浩峰电影文学剧本选

（二）

张富生　著

远方出版社

图书在版编目（CIP）数据

浩峰电影文学剧本选. 二／张富生著. —呼和浩特：远方出版社，2016. 11

ISBN 978-7-5555-0763-5

Ⅰ. ①浩… Ⅱ. ①张… Ⅲ. ①电影文学剧本-作品集-中国-当代 Ⅳ. ①I235. 1

中国版本图书馆 CIP 数据核字（2016）第 284200 号

浩峰电影文学剧本选（二）

作　　者	张富生
责任编辑	胡丽娟　张利君
封面设计	白　欣
版式设计	王果桃
出版发行	远方出版社
社　　址	呼和浩特市乌兰察布东路 666 号
电　　话	（0471）2236471 总编室　2236460 发行部
经　　销	新华书店
印　　刷	内蒙古爱信达教育印务有限责任公司
开　　本	880×1230　1/32
字　　数	345 千
印　　张	14. 5
版　　次	2016 年 11 月 第 1 版
印　　次	2016 年 11 月 第 1 次印刷
印　　数	1—2000 册
标准书号	ISBN 978-7-5555-0763-5
定　　价	58. 00 元

目 录

片　　名：孝心·凡人·蕴情深

字　　幕：

演职员表：

鸟瞰城市，高楼林立，立交横亘，车来车往。宽阔的街道，两边绿化带青草茵茵，隔一段的花圃里繁花似锦，灿烂夺目。人行道上人来人往，熙熙攘攘，人们行色匆匆。

龙城六中

一所庞大的中学，一进校门映入眼帘的是绿如地毯的草坪。一左一右的避雨亭矗立在草坪中，一长方形照壁上写着八个鲜红的大字：诚实、守信、励学、上进。转过照壁是并排东西向的两栋六层楼。楼后是一个大操场，东边是一环型千米塑胶跑道，中间的主席台下是集操地点，西边则是足球场、篮球场。操场四周由灌木和高大的杨树、柳树围绕着。

晨阳艳艳，校园里到处是学生，有高中生、初中生，有跑步的、打球的，还有背书、谈笑、玩耍的。这是一个充满生机的校园。

东楼，初中二班教室

明亮的阳光洒满教室，学生们各忙各的，并没有在意阳光的灿烂与温暖。

靠墙一排，几位学生围着王志敏。王志敏正挥笔给同学刘笛抄写自己的作业。

周小伟拿着作业本过来着急地说：王志敏，这道数学题怎么做？我做了几次答案都对不上，你先给看看，我剩最后一题了。

刘笛站起来拦住他：去去去，一边去！少一题“小童瑶”不追究，能搪塞过去了，我的作业起码得有一半才行，不然“小童瑶”不会放过我，她都警告我多次了。

周小伟愤愤不平地说：王志敏只能给你抄作业，我问一道题都不行？你也太霸道了吧。

刘笛挥挥手：少废话！我上了一晚上网，没时间写作业，你不知道？闭住你的鸟嘴，一边歇着去，别找抽！

刘笛扭头对其他几位同学说：走开！你们都走开，让他专心抄写。没多少时间了，乱点没关系，只要蒙混过关一切 OK！

周小伟狠狠地瞪了刘笛一眼，晃着作业本回到自己座位上。

上课铃声响了，学生们一窝蜂似的涌进教室，童瑶老师走进教室，走上讲台。

“起立！老师好！”

“同学们好！坐下吧，各小组长把作业本收齐放在讲桌上，速度快点。”

几位小组长迅速把放在桌角的作业本收了放至讲桌上。

童　瑶：今天有没写作业的吗？请举手！没有？好现象。同学们为什么老师要每天收作业本？就是为督促不自觉的同学完成作业，增强你们学习的自制力。如果你们能主动学习，就不用老师费心、费力地督促你们了，对不对？

“对！”“我们理解！”

童老师：理解就好，今天我们讲第十五课，大家打开书。

童老师转身在黑板上写课文名“孔乙己”。长长的披肩发垂到腰际，苗条的身材凸显着独特的气质。

童　瑶：哪位同学把课文念一遍？刘笛，你来念！

刘笛站起来：老师怎么又是我？我没有举手。

童　瑶：正因为没举手才让你念，这是对你的督促。念吧！

刘笛无奈地开始念课文。

六中，操场

课休时间，学生们都在操场上活动，做什么的都有。刘笛、周小伟、王志敏正在喜眉笑眼地谈论什么。忽然一颗足球飞来重重地砸在刘笛头上，刘笛一下蹲在那里，捂着头不动了。

志敏焦急地摇摇他：你不要紧吧？说话！

刘笛摇摇手没作声。这时一高年级学生跑来捡了球就走。志敏噌地蹿到他面前拦住他。

高年生：怎么啦？

志　敏：把人打得蹲在那儿你没看见？不闻也不问，就这样走？

高年生满不在乎地掂着球：我只管捡球，是他们踢的球，你找他们去。

志　敏：把球给我，我找他们去！

高年生：多管闲事，又没砸到你。

志　敏：我同学，我就管！

这时，刘笛晃晃头站起来走到志敏一边。周小伟和学生甲也立过来。

高年生高喊：你们过来！这几个小同学要找事。

忽然跑来七八位高年级学生，双方虎视眈眈地对峙着，大有一触即发之势。

足球队长：你们想干嘛？打架？

志　敏：球把我同学砸爬下了，赔礼道歉总该有吧。过来捡了球就走，话没一句，你们还是高年级的学长呢！

队长打量打量志敏：挺会找理由，那好！由我赔礼道歉，对不起！是我们不小心踢偏了，对不起！小同学你没事吧？

刘　笛：现在好多了，刚砸到时眼冒金星，接着一黑我就蹲下了。

队　长：没事就好！我向你道歉！对不起！

刘　笛：现在好了，没事了。

志敏让开了路，队长笑笑：你们挺哥们的，好！再见！

学生们都散了。

志敏关切地问刘笛：你真没事？

刘笛晃晃头：真没事，这不好了，没有一点感觉了，真的！

周小伟：志敏够义气，切中要害，他们只能甘拜下风了。

志　敏：这叫据理力争。高年级的更应该讲理、懂礼。咱们回教室吧！

王志敏家

一套三居两室的房子，家用电器应有尽有。

餐　厅

志敏妈把最后一盘菜摆上桌，边擦手边高声道：吃饭了，志敏！吃完饭再写作业。哎！你也别看电视了，吃饭！瞧你忙得吃饭还得请，真是废寝忘食啊。

志敏笑着走过来道：尿脬打人虽然不疼，臊味难闻。

志敏妈：又是家乡的俚语，骂人不带脏字，还有村里的习惯。快去洗手，饭前便后要洗手，不提醒就不行。

志敏爸赶快去洗了手过来，笑着：辛苦你了老婆，我知道这个家你最辛苦，无论哪件事都得操心。让你受累了。

志敏妈：就会卖片心汤，虚伪着呢。

志敏爸：我可是发自内心地赞许，不行你看看我的一颗红心。

志敏微笑着，听爸妈斗嘴没有吭气。

志敏妈：我就服了你爸这张嘴了，有时想生气发泄一下也让他几句话说没了机会，儿子你得向你爸学习，八面玲珑，圆球一个，比中庸还中庸。儿子，快吃！妈给你拨俩鸡蛋，正长身体需要营养。

志敏爸：对！儿子！你正是能吃的年龄，你没听过三个小子吃死一个老子吗？

志敏妈：你爸三句不离本行，农村调调。

志敏爸：农村调调都是经验之谈，是真理谁都得服。

志敏妈笑着：我服！我服！快吃饭吧！

志敏爸：就是嘛！不服不行！儿子！星期天和爸妈选车去。

志　敏：咱家要买车？真的吗？

志敏爸点点头。

志敏妈：看到了吧，没和我商量自己就决定了，这个家谁掌权哪？

志敏爸：当然你是一把手啦，钱攒够了，我想先去看看，合心就买，不合心再说。你说呢，孩儿他妈？

志敏妈：我一把手你做主，还是你说了算，再说你喜欢车也不是一天两天了，早早就拿了驾照，还不为了这一天？说实话，你也确实需要一辆车，有了车，也能撑起你公司的门面，对吧？现在的人势利着呢。

志敏爸：不愧是我老婆，懂商场上的风气。做生意的人哪个不是一双势利眼呢？其实车不过是一代步工具。咱量身定做看菜下饭，买一辆开着，不比别人差就好。咱又不是有钱人花钱买排场。

志　敏：先买车开着，等我长大挣钱给你换奔驰、宝马。

志敏爸：看！还是我儿子靠谱，说到老爸心坎里了。

志敏妈：我儿子！从小就孝顺，学习一流，真是妈的好儿子！

志敏羞涩地笑笑，大口吃饭。

志敏爸：你儿子你儿子！谁抢来？志敏你也别不好意思，孝顺是人生最好的品德，孝顺也是一份重要的担当，这份担当没有付出是换不来的。百善孝为先，就是在生意场上大家也都乐意和孝顺的人做生意呢。好啦，买车的事就这样定了，看对眼就买。食不语知道不？

志敏妈：那你还说。

三人笑了。

汽车销售店

星期天，志敏跟爸妈乐呵呵地看车。志敏爸问询，坐车里体验。销售员陪着讲解。

六中校门口，中午

志敏推着自行车出校门，刘笛用车别住他。

刘　笛：中午别回家，我请你吃饭。

志　敏：吃饭？不必了吧。

刘　笛：谢谢你给我抄作业解围，该请。

志　敏：我不是拿了你的钱嘛！

刘　笛：两回事！这是情意。走！我还叫了周小伟、赵郁。

志　敏：我妈饭都做好了。

刘　笛：打电话告诉一下不就好了，给你电话。

志　敏：学校不是不许带手机吗？不怕没收？

刘笛笑着：下了学我才开机。没事，没收了咱再买，咱爸有钱。

志敏给妈妈拨了电话。

志敏家，下午

志敏下学回家，换了拖鞋，找不到妈妈，他拿茶几上的电话打给妈妈。

志　敏：妈，这么晚了还不回家？

志敏妈：儿子！你自个弄饭吃吧，冰箱里有半成品、成品，想吃什么自己弄。下午接到电话，你爷爷病危，我和你爸开车往老家赶，想见老人家最后一面。你一个人在家一定关好门窗，小心电器、煤气什么的，记住啊！

志　敏：看到爷爷把病情告诉我。妈！你应该带我一起去看爷爷，我一直挂念爷爷呢，让爸开车小心，家里不用你们操心，放心吧。

志敏妈：知道你最亲爷爷。时间紧，没接你一道来。在家里一定小心。

城市鸟瞰

晚上的城市灯火辉煌，闪烁的霓虹，大屏的LED，汽车尾灯串成一条红色长龙，光怪陆离的世界。

志敏家，深夜

铃声响，被惊醒的志敏摸到床头的手机，接起来。

电话声：喂！你是李莉什么人？儿子？那你马上到市人民医院来！李莉出车祸正在这里接受抢救！

志敏急着问：我妈伤重不重？我爸呢？

对　方：你来了就知道了。

志敏急忙穿裤子，提了褂子冲出屋子。

市人民医院，抢救室

志敏在门外焦急地守候着，护士、大夫出出进进。

一护士推开门：李莉家属！

志　敏：我是她儿子。

护　士：李莉暂时没有生命危险，转到重症病房了。

志　敏：那我爸呢？他和我妈同车送来。

护　士：送来就没生命体征了，送太平间了。

志敏懵了，一屁股坐到地上。

护士连忙扶他：你没事吧？不要紧吧？

志敏站起来，挣开她的手，缓缓迈步走往太平间。

字 幕 两个月后

龙城六中，初二二班

志敏来上学，神情凄凄，他去座位上默默坐着，同学们聚拢来，又默默散去。

刘笛拍拍他的肩，也没有说话，周小伟也没说什么。

童瑶来上课，看到志敏来了，她走到他面前：你来了，老师很高兴。下课到老师办公室一下好吗？

王志敏点点头，童瑶走上讲台。

教师办公室

王志敏来找童瑶，获允后进入办公室来到童老师跟前。

童瑶拉把椅子让他坐，他摇摇头。

童 瑶：志敏！经过老师申请，学校批准免去你的学杂费。老师还能帮助你做什么，你尽管说，老师一定全力以赴。

志 敏：谢谢老师！谢谢您一直帮助我处理家务事。我妈说没有您的帮助，我们真不知道该怎么处理这些事。

童 瑶：没什么，应该的。我是你的老师，当然不能袖手旁观。志敏，我只想说，你们现在一无所有，生活中的困难一定不会少！你一定要有心理准备，责任不轻啊。

志 敏：我是个男子汉，一定挑起这副担子，老师放心。我有个请求，课间操我可以不做吗？我得回家喂妈妈吃药。大夫说这药得按时按量，不能间断。

童 瑶：可以！时间够不够？

志　敏：够用了。我已搬到离学校不远的出租屋里，跑着也就三两分钟。

童　瑶：哦！我抽空去看你妈妈好吗？学校哪一边？

志　敏：西边二百米拐弯处的平房里。

童　瑶：你记着，老师和同学们就是你的亲人。老师知道在这个城市里你没有别的亲人了，所以，你多和同学们聊聊，和老师聊也行，别闷着。再有，这期间落下的课老师给你补。你可以随时来办公室，老师讲给你，你把同学的作业、笔记借来认真看看，有不懂的地方尽管问老师！

志　敏：嗯！

童　瑶：没其他事，你可以走了！

志敏转身离开办公室。

赵老师：这就是家里遭遇不测那个学生？

童　瑶：是啊！爸爸死了，妈妈高位截瘫，浑身只有嘴能说话，眼睛看东西，鼻子呼吸，其他部位没有知觉，真惨哪！他爸的公司，他家的房子都卖了，赔了受害者。他们一无所有了，这孩子 15 岁就得扛起如此重担。

赵老师：命运捉弄人啊。这孩子平时表现如何？

童　瑶：学习在班里排前五名，不笑不说话，热心爱帮助人，很有正义感，而且对父母很孝顺。这天塌一般的打击他撑住了，就看他能不能坚持过好以后的生活，那更是困难重重。

赵老师：我从孩子的眼神里看到他是一个坚强、守信的人。你看他沉稳中全是决心和担当呢！

童　瑶：但愿如你所说。有课没有？时间到了。

赵老师：有！咱一块走。

俩人对视笑了，一同走出办公室。

学校门口

志敏匆匆跑出学校，跑到街上。

街　上

志敏匆匆跑向出租房。

志敏匆匆跑向学校。

租屋，晚上

志敏喂妈妈吃饭，吃完饭后洗浴、按摩，志敏大汗涔涔。

学校楼道

志敏跑出教室，拐弯处撞上一同学。同学趔趄几步才站稳，志敏定神一看是刘笛。

志　敏：对不起！对不起！怪我跑得太急。

刘笛火冒三丈，一把揪住志敏的领子：你瞎眼了，干嘛往人身上跑，抢死呢！

志敏赔着笑：怪我！对不起！对不起！

刘　笛：对不起就完了？你说这事怎么处理？

志　敏：怎么处理都成，我先回家一下就回来，任由你处理。

刘　笛：说得轻巧，回来处理！回来我早不疼了，让你给我抄抄作业都不肯了，能等回来处理？

学生甲上前掰开刘笛的手：行了，他有急事，回来再说怎么不可以！

刘　笛：你算哪根葱装蒜啊？

学生甲：王志敏你走！我就不信这个邪了，不就撞一下嘛，连声道歉都不行，你又没怎么样，干嘛不依不饶。

志　敏：是我不对，我真有事，一会回来再说。

志敏跑走了。

刘笛拽住欲走的学生甲：把他放走，有你在，你说怎么办吧，我这儿疼得厉害。

学生甲冷冷一笑：凉拌，少来讹人，当我怕你！放心！我可不是吃素的。

学生乙拉住刘笛挥起的拳头：算了！都是一个班的，搞什么搞。刘笛你在班里的关系和王志敏最铁，是铁哥们，他回去喂他妈吃药你不知道？耽误了他妈的病情你能负得了责？

刘笛慢慢松开了手：要你们管我们的事！

说完悻悻地走了。

学生甲、乙对视一眼，随着一起下楼去做操。

租　屋

一排平房最末两间，外墙上写着大大的“拆”字，附近很少有人居住行走，人们都已搬走就等回迁了。

志敏进屋先晾杯水，然后让妈妈方便，洗手后喂妈妈喝药。

志　敏：妈！你想吃东西不？喂你点水果好不好？水果养人。

志敏妈：不想吃，儿子！这日子没有个头，你不烦吗？

志　敏：不烦，正好考验儿子的孝心呢，再说，您常说人往好处想，事往好处做。没有您我就成了孤儿，那多惨！您说过：面包会有的，一切都会有的，我相信奇迹会发生的。

志敏妈：妈拖累你了。

志　敏：不要这样说，您给了我生命，给了我一个家，没有您我辍学了那不是更惨了吗？妈！大夫都说您有希望恢复的。

志敏妈：大夫是宽妈的心呐。

志　敏：大夫说的有道理，我每天给您按摩、推拿，说不定哪天神经元对接成功，身体所有功能就会恢复，这是可能发生的事，奇迹将在我手中出现。

志敏妈苦笑：但愿吧，你不该上学了吗？

志　敏：是时候了，妈您想吃什么就对我说，我买给您。

志敏妈：没有想吃的，你扶妈侧躺好不好？总朝天躺着没意思。

志敏扶妈妈侧躺好，又把枕头放好以防堵住妈妈的鼻子，然后才和妈妈再见，出门而去。

志敏妈想着以后生活的艰难，轻声啜泣起来。

城市，暗夜

电闪雷鸣，一切笼罩在雨夜之中，树枝随风剧烈摇晃，不时有树枝被狂风折断落到地上，路面上的雨水来不及排走聚成一片汪洋，街上阒无一人，疾驶而过的汽车，屹立如昨的路灯，变幻陆离的霓虹灯。

租　屋

志敏把床上的学习用具归置到书包里。看看手表已是十二点，他吹灭自用的蜡烛，走到妈妈床前，摸摸妈妈的额头，大吃一惊。

志敏摇着妈妈大喊：妈！妈妈！你怎么啦！

妈妈低声哼一声。

志敏急忙从纸箱中找出一雨披，将妈妈挪到床边，用雨披裹好，然后拽着妈妈的手把妈妈背起来，推开屋门走入风雨中。

街上，雨夜

闪电不时划过夜空，照得雨注如织，志敏背着妈妈朝医院方向跑着，喘着粗气。不时抹把遮目的雨水，将妈妈向上 掂掂。他奋力跑着，雨夜里风雨雷电、路灯霓虹陪伴着娘俩，忽然他脚下一滑，使劲靠住身旁的电线杆定定神，脚崴了，疼得钻心。他咬牙向前走着，脚步一瘸一拐，速度明显慢了下来。

不远处灯光明亮的医院显现出来，他奋力行进。脸上的肌肉在抽搐。

龙城六中，初二二班

课时，童瑶见志敏的座位空着。

童　瑶：张欣怡，张志敏怎么没来？

张欣怡起立回答：老师，不知道。他没有向我请假。

童　瑶：噢！刘笛下了课跑他家看看怎么回事，发挥一下你跑步的特长。

刘　笛：没问题！保证让您五分钟内听到消息。

童　瑶：咱们上课，打开书！

租　屋

刘笛推门进入志敏的家。窗台上的蜡烛还立着，床上一片狼藉，屋里没人，他掏出电话打给童老师。

刘　笛：童老师！屋里没人，是不是他妈妈忽然发病了，我想到附近医院找找行吗？

童　瑶：好吧！你就到最近的中心医院找找，不管有没有消息必须返回学校，听到了吗？路上注意安全！

刘　笛：好咧！放你的“狼心”吧！

童　瑶：什么？我没听清。

刘笛连忙挂了电话，做了个鬼脸，向外跑去。

中心医院，急诊观察室

刘笛在这里看到了分别在两张床上输液的志敏和志敏妈妈。

刘笛狐疑地：你怎么也输液？

志　敏：着急上火，让大雨淋了个重感冒，来到这里把妈妈放床上我也瘫倒了，是大夫把我架上床的，再后来我就什么都不知道了。大夫刚刚才把我唤醒，正好你扶我看看我妈妈。

刘　笛：这不在那儿吗？

志敏从床上下来，刘笛赶忙提起输液瓶举到头上，志敏一迈步脚还是火辣辣地疼，他吸了口凉气，一拐一拐地来到妈妈床边，摸摸妈妈的额头，彻底放下心来，然后扶着刘笛肩头返回床上，揉自己的脚。

志　敏：倒霉的，路上有个坑把我的脚崴了，不然可以早到医院呢，你看脚肿的。

刘笛挂好输液瓶：要不我留下照顾你，不去学校了。

志　敏：别！你回学校吧，我这不和没事人一样吗？这瓶液体输完就可以回家了，我妈妈也是输完即可，你回去告诉童老师一声。

刘　笛：好吧！现在小童瑶正上课不能接电话。她可关心你呢，一上课就问班头你怎么没到校，又让我到你家找你，你家没有我才跑这里找到你。你们关系不一般啊。

志　敏：你少来，你还不是叫她小童瑶？你快回学校吧，别耽误课程，我这厢有礼了。

刘　笛：不用！我不是学习的料，上学是为了应付差事，给我老爸充门面。我知道我一准考不上大学，有我老爸养着我，学习没什么用。好了，我回学校安顿小童瑶。

志　敏：这样叫太没有礼貌了，起码叫个童姐姐也好啊。

刘笛笑着：就小童瑶！你告黑状去。

租屋，傍晚

童瑶领着一帮孩子来看望王志敏，进入屋里，志敏正在床上躺着，看见老师和同学们，他一骨碌从床上爬起来，下了地。

志　敏：童老师！你们来了？妈！老师来看你了。

志敏把妈妈扶起倚着枕头躺坐着。

志敏手足无措地：童老师！这里连个坐的地方也没有，大家坐我床上吧！

志敏妈笑着：谢谢童老师！谢谢同学们！

童瑶坐到志敏妈床边：您好些了吗？

志敏妈：好了。是重感冒，输了液就好了。多谢童老师的关心。

童　瑶：过来看看您，有日子不见您，心里就想着过来看看。

志敏妈：有一个多月没见了，从你帮我们处理了交通事故就没见了，我也想您呢。童老师，都因为我志敏没能上课，也没来得及请假，志敏遇上您这么关心他的老师，还有关心他的同学们，真是他的福气。

童　瑶：瞧您说的！老师关心学生是应该的，是每位老师必须承担的责任。同学们这样团结友爱，也让我心里为他们高兴呢。

志敏妈：是我拖累你们了。

童　瑶：没拖累这一说。志敏在班里和同学们团结友爱，互帮互助，说句真心话，我们班学生的这种风气全校第一，应该发扬光大。和谐社会就应该这样，您记不记得社区主任给您办低保时说，志敏的孝心感动了她，我一直记得呢，来！孩子们过来看看王妈妈。

刘笛，张欣怡，周小伟，学生甲、乙，都聚到志敏妈妈身边，握手问好，志敏妈回谢着。

童　瑶：刘笛！你进进出出干嘛呢，还打两个电话。学校规定不许带手机上学不知道？没收你的那两手机还在我办公室里放着呢。

刘笛诡秘地笑笑：下课才开机。带手机还不是为了给你打探消息，不为这我哪有胆子带电话上学。

童瑶笑着对志敏妈：把他胆小的，违反规定还推在我头上。这是我们班的调皮大王，其实只要不影响课堂秩序，老师们都会睁一只闭一只眼，这些学生可会钻空子呢。

志敏妈跟着笑起来。

这时屋外有汽车停下的声音，刘笛快步打开门，刘笛爸领着一个扛大纸箱的工人进来。

刘笛介绍道：这是我老爸。

童　瑶：认识！我们见过多次了。

刘笛爸笑道：都是因为你我们见面不止五次了，光荣吧！

刘笛不好意思地躲到周小伟身后。

刘笛爸：志敏，志敏妈，你们好！

志敏妈：你好你好！

刘笛爸上前握住志敏妈的手：看样子你比我年轻好多呢，我就喊你弟妹了。早上刘笛打电话给我，诉说你们家里的事，并提议让我送你一把轮椅，我就订了货给你们送来了，请你们一定收下。

志敏妈：这怎么好意思呢，让你送轮椅给我？

工人打开箱子安装轮椅。

刘笛爸：有什么不好意思的，刘笛说志敏是他的铁哥们，又说昨晚上如果有轮椅，志敏就不会淋感冒了，还说有了轮椅志敏就可以推你晒晒太阳，多好！

童　瑶：刘老板的好心你们得收下，这是一片心意啊！

志敏妈：志敏！你好好谢谢刘叔叔。

刘笛爸呵呵笑着：好了好了！小子，我听刘笛说你对你母亲很孝顺，和他又是最好的同学，所以买了送来，你一定要坚持下去。

志　敏：是！我会坚持下去的。

扛箱子人：刘老板！装好了，可以试坐了。

刘笛爸：来！志敏，扶你妈试试座驾，来！

刘笛爸、志敏、周小伟，将志敏妈搀扶到轮椅上，张欣怡推着在地上转了一圈。

张欣怡问志敏妈妈：阿姨你感觉怎么样？

志敏妈：感觉很好，志敏也不用总是背啊抱啊的，省劲儿了。

刘　笛：爸！不是让你买电动的吗？

刘笛爸：本想买电动的，可买到跟前商人的小气就出来了，节省一点呗！你不用不高兴，等你阿姨好了，我送她一辆电动的。

刘　笛：好了还坐轮椅？

刘笛爸：是电动代步车。干脆这样，弟妹等你好了，我送你一辆小汽车，听到了吗刘笛！这可不是老爸小气，明白不？时间不早了，你们聊，我告辞了！再见！

刘笛爸和扛箱人走了。

童　瑶：我们也该走了，你们赶快休息，大病初愈需要好好休息休息。

志敏妈：谢谢童老师！谢谢同学们！刘笛谢谢你！

刘　笛：不用谢！我爸有钱。童老师，你把没收的手机给志敏一个让他好联系咱们，剩下那个你用得了，放着也是放着。

童　瑶：什么时候刘笛变这么乖了？

刘　笛：该任性时任性，不该任性就不能任性。

童　瑶：同学们和志敏阿姨再见！

志敏推妈妈送客到门口。

志　敏：谢谢童老师！谢谢同学们！

街　上

师生们嬉笑颜开地走着，红彤彤的夕阳让他们的脸灿烂如阳。

他们挥手告别的剪影。

租屋，晚上

志敏对妈妈说：妈！咱这里水也给掐了，所幸我存了一桶。

志敏妈：先是停电，现在断水，我看咱们得搬家了。

志　敏：离学校近的房子租金高，咱租不起；离远了又不方便上学。要不就辍学打工挣钱，给你把病治好，两全其美。

志敏妈：你就知道辍学！你知道妈妈为了让你上学受的苦遭

的罪吗？妈这样躺着舒服吗？这是活受罪，为了让你上学妈妈坚持下来了，你却要辍学。伤妈的心啊，那妈还不如早些死了呢。

志　敏：妈妈！您别说了，我不辍学，明早我就去找水，路那面就是一住宅小区，我就不信打不来水，您放心，您儿子生活上是有能力的。

志敏妈：唉！妈放心！知道我儿子是男子汉，水只是小事一桩，可就是苦了你了，妈心疼！

志敏笑笑：妈！咱别瞎说了，该按摩了，别的什么也不要想，就想怎么治好病，您一定要好起来。

志敏上床给妈妈按摩，从头至脚按摩，又用热毛巾擦洗全身，最后把妈妈摆右侧卧姿势，盖了毛巾被。

志　敏：妈，你睡吧，我看一会儿书就睡。

志敏妈：你也早些睡，别熬夜啊！

志　敏：我不熬夜，快睡吧。

志敏拿了本书出屋到马路边路灯下。

路灯下

高压汞灯招蚊虫，飞蛾在灯光中飞舞，偶尔有汽车驶过，志敏认真地看书，时不时拍着爬到脸上的蚊子。

夜深人静。清风息息，月光皎洁，天空疏星几点。

志敏抬头望着月牙儿，深思起来。

画外音：要是爸爸活着多好，哪用自己操心生活！而且，一家人在一起多幸福，多快乐啊！万恶的车祸！万恶的车祸！

郊区，山脚下（回忆）

一条溪水蜿蜒流淌，遍野绿草如毯。沿溪水棵棵柳树茂盛。

树下土塄边志敏爸正用工兵铲修做灶坑，不一会就点起灶火。炊烟袅袅四散而去，灶上坐着一锅水，煮上了毛豆和嫩玉米。

志敏躺在铺着坐垫的草地上玩手机，志敏妈一边坐着看书，一边在塑料布上摆着野餐食物：罐头、香肠、面包、啤酒饮料、小食品。

风和日丽的秋天，绿色是大自然的主题盛装，清新的空气令人惬意舒坦，祥和的秋风吹拂柳枝摇摇，不知名的野花撒满山岗。

志敏爸笑着喊：饭熟啦，吃饭喽！

他端着锅，小心翼翼地来到聚集地。打开锅香味四溢，一家人围着锅吃着毛豆，啃着玉米，喝着啤酒饮料。

志敏大口咀嚼着说：爸爸，这毛豆真的又甜又香！

志敏爸：是吧，采摘园为了招揽顾客，种地只施农家肥，不用化肥，更不打农药，全天然食品，当然味胜一筹。

志敏妈笑着：听你爸这一套，纯纯的老农民一个。

志敏爸啃着玉米，我是小农民一个，还不老呢。你不也一样？

志敏妈：才不一样呢，我从小在孤儿院长大，没在农村生活过，跟农村挂不上钩。

志敏爸：追根溯源，你爸、你爷爷总是农民吧，这个世界上只要是人都和农村脱不了干系，都有千丝万缕的联系呢。

志敏妈：不讲道理的理，你怎么不说类人猿、猿人呢？真是的！

一家人都笑起来。

志　敏：爸！妈！咱们以后常来这里野餐好不好，这儿山清水秀多美啊！

志敏妈：好啊，我举双手赞成，咱们买上两顶帐篷、三个睡袋，都可以在这里露营了。

志敏爸：你不是怕狼吗，什么的就行？只要你愿意，我甘当车夫、大厨、搬运工。

志敏妈：吓唬我呢，哪有狼，当我不懂，这里有野兔、野鸡就不错了，狼早跑进深山了。我有一个提议，志敏考一个一百分，咱就来一次山里，怎么样？

志　敏：没问题，我只要努努力，那一百分就往口袋里钻呢，我怕一百分多得都来不及来这里呢。

爸妈笑起来：吹吧，你就吹吧！

一家人乐呵呵吃着、聊着。陪伴他们的是美丽的大自然……

路灯下，现实

志敏擦擦眼睛，起身，望望无人的街，四处静悄悄的，只有路灯像士兵一样挺立。他伸了个懒腰，回屋，随手关了门。

居民区，清晨

晨光和煦，秋风缓缓，又是一个美好的早晨。

一栋三层楼的一层阳面屋门打开，马玉龙从屋里出来，望望晨光，活动一下胳膊腿，转身掏钥匙锁门。不远处提只水桶的志敏见状飞步向前，来到马玉龙身后。

志　敏：爷爷，您好！

马爷爷闻声扭头看看志敏，疑惑地：你是？

志敏笑着：爷爷，我是那个拆迁区的住户，就在那边平房里住着。昨晚那里断水了，我想到你家里接桶水，好吗？

马爷爷瞅瞅他：蹭水啊！没水没电，你们怎么还不搬走？要求高，人家不答应是吧？

志　敏：爷爷，我只是租住在这儿，拆迁和我没半毛钱关系，只是这儿离学校近，我既能上学，又能照顾我妈妈。离开这儿我就没办法兼顾，只能辍学。爷爷，您就让我接桶水吧。

马爷爷：你说得挺感人。没骗人？

志　敏：爷爷，我发誓，没有半句假话，不信你可以调查。

马爷爷：调查你干嘛，我又不是公安局的。

说着，马爷爷拽开门：那就接一桶吧，厨房就能接，进来吧！

志敏跟马爷爷进屋。

马　宅

一厅两室的房子，屋里收拾得很整洁，志敏随马爷爷接了水又出了门。

马宅门口

马爷爷：你多大了？

志　敏：十四周岁，马上就是十五岁的男子汉了。爷爷！谢谢您让我接水。爷爷！要不我给您付钱行吗？

马爷爷：给钱？好啊，一桶水一块钱。

志敏讪笑着：爷爷，有点贵啊！

马爷爷：逗你玩，不要钱。你叫什么名字？

志　敏：我叫王志敏，志气的志，敏捷的敏。爷爷您贵姓？

马爷爷：我姓马。

志　敏：马爷爷，谢谢爷爷！

马爷爷：我不是卖水的，现在社会太现实，一桶水都要挣出金子来呢。你家还有什么人呢，怎么让你来打水？

志　敏：就我妈妈和我。妈妈和爸爸出了车祸，妈妈高位截瘫，除了说话、眨眼、吃饭，浑身上下没有知觉，不能动。爸爸当场死了。

马爷爷：哦。

志　敏：爸爸死后，我和妈妈只能租住到这里了。这里租金低，离学校近。

马爷爷审视一番：你家住哪一排房子？

志　敏：临路第一排，最西面两间。爷爷，屋主是个好人，他搬走时免了我的两个月房钱。爷爷！我尽遇好人了，您也是好人啊。

马爷爷：小嘴还挺会说话，不像十四岁的人。

志　敏：真的，从小爸爸就教育我不许说谎话。

马爷爷点点头：我去晨练，你没水就过来接，早上七点到九点过来即可。

志敏高兴得：谢谢爷爷！谢谢爷爷！您帮我解决了大问题，谢谢！

马爷爷：不谢，你今天不上学？

志　敏：上，上，光顾说话忘记上学了。再见马爷爷。

马爷爷望着他进入他说的房子，才锁门朝街上走去。

租　屋

太阳升到屋顶的时候，马爷爷来到屋门口，他敲敲门。

志敏妈在屋里：谁啊？请进！

马爷爷进屋打量这家徒四壁的屋里，一边是用砖头垒起搭块木板的桌子，上面放着锅碗瓢盆，一边是盛水的桶和一罐液化气，靠墙一左一右摆着两张床，左边床上脸冲墙躺一中年女子，床下塞着两纸箱，床边上放着轮椅。

志敏妈：您是哪一位啊，有什么事吗？不急您就等会儿，志敏马上就放学到家了，或者您对我说也行，我保证传达到位。

马爷爷轻轻叹口气：你们没水没电怎么生活啊？

志敏妈：将就的事，点蜡烛，借水喝。您找地方坐着等等。

马爷爷：看来你家孩子是个孝顺的孩子。

志敏妈：是啊，都是他操持着这个家，一边上学一边伺候我这个累赘。苦了他了，他还不到十五岁呢。

马爷爷：是啊，男儿十五夺杀父之仇，有这么孝顺的一个儿子是你修来的福气。

志敏妈：可不是呢，我知足啊。

马爷爷：老话说的知足常乐，心里踏实，用不用我帮你些什么？

志敏妈：不用。谢谢您！

马爷爷：那我就走了，再见！

马爷爷说了再见走出屋子。

街　上

马爷爷揉揉眼睛，抬头望着太阳，自言自语地感慨：真是一家一本难念的经，谁也不知别家的苦啊！这孩子没编故事，是个好孩子。

租　屋

地下站着人，床边坐满人。

社区主任：志敏妈、志敏，今天召集拆迁办的人员、社区人员，最主要的是邀请到了房地产公司的胡老板到你家，为你们的住房拆迁做一个了断，你们有什么具体困难、什么样的要求，尽管提出来，这可是千载难逢的好机会，各位领导就为了让你们有一个合理满意的结局才来这里的，你们要把握机会啊！志敏妈，你先说，简单一些。

志敏妈：让志敏代表我说吧，他能代表我。

志　敏：主任阿姨！各位叔叔大爷！各位领导，我们没有任何要求，只是想能不能等工地开工前一天我再搬家，这样我可以继续上几天学。如果搬离这里，我真没法兼顾学习和照顾我妈妈了，只能放弃学习，因为妈妈比学习更重要。

大家相觑无语，没想到志敏的要求就这么简单，没有不着边际的要求。

拆迁办主任：这个要求一点不过分，我看可以答应。胡老板，您是主要领导，您看呢？

胡老板：完全可以答应，我的桌上摆了一份材料，是部门经理上报的，说一个孩子为了照顾母亲成了所谓的钉子户，他们想让孩子多读几天书才把房子留下来。我不信，看来的确有点难度。

胡老板：孩子，你的回答足见你是一个通情达理、不贪心的人。这样的人，大家都喜欢，是你的孝心感动了社区主任，而她的宣传工作做得很好，又用你的行动感动了我们部门经理，于是上报材料就放到我桌子上。来这里时社区主任一路上的讲解让我感动，亲眼看见你，看到你的家人，我深有感触。我呢，也是一个孝顺的人，啊不说了，陈年旧事，我相信在家敬父母不用远烧香的古训是一真理！这世上，父母给了我们生命，对他们不孝那还叫人吗？乌鸦还知道反哺呢。不说了，不说了，今天就是亲眼见见你这个孝子。

志　敏：谢谢老板叔叔！

胡老板：不谢，孩子，从动工挖地基到楼房建成需要一年至两年的时间，这期间所有的困难你和你妈妈克服一下好吗？

志　敏：好的。我妈妈最坚强！

胡老板：那就好。孩子，虽然这里没你们一寸地、一分屋，但我任性一把，等房子盖好后送你们一小套，两室一厅，而且分文不取，是对你伺候母亲、孝顺母亲的奖励，也是对你坚持学习的鼓励。到时候，工作人员会通知你领钥匙，听清楚了吗？

志敏妈：志敏，快谢谢胡老板！我们真是无法报答您的恩德呢。

志　敏：谢谢！谢谢！

说着给大家鞠躬。

胡老板拦住了他：不要这样，我们就是要鼓励正道上前行的年轻人发挥正能量。记住，学习不能落下，妈妈一定照顾好，你肩膀上担子不轻呢。工地动工前他们通知你，可以吗？

志　敏：谢谢，谢谢！照顾妈妈和学习是我的责任和义务，我一定做好，等我长大挣钱了加倍回报社会，回报帮助过我的好人。

胡老板笑道：看看，是个知恩图报的人，像个男子汉，我喜欢！

社区主任：胡老板，您也是好心人，我代表社区所有居民感谢您的大方，感谢您对我们工作的支持。今后我们会更加努力工作，让我们社区成为和睦的大家庭，让传统美德在我社区发扬光大。

胡老板：宣传工作做到我头上来了，好，咱们共同努力！这事就解决了，没事了咱们走吧。

社区主任：好！大家没别的事就走吧。

胡老板：主任！你们的社区工作做得很好，尤其是宣传工作。你得对我说说，你是怎么让我的部门领导把材料放我桌上的？

社区主任：百善孝为先。实在是这孩子的孝心令人感动，没想到胡老板更是大好人、大善人。

胡老板：原以为我是唯利是图的黑心商人啊？

社区主任：不是这样的！

胡老板笑起来，握手和志敏妈、志敏告别：再见！再见！

大家散去，志敏推着妈妈站在门口送别，眼里满是泪花。

马爷爷家

志敏接了水后，将桶放在门口，回到客厅。

志　敏：马爷爷，工地已确定开工日期，我再接几次水就不接了，谢谢爷爷！多亏您的帮助，不然我早就不能上学了呢，谢谢！

马爷爷：你要搬家了？搬哪里？地方找好了吗？

志　敏：还没有呢，我准备星期天再找找，您也帮我留心一下。

马爷爷考虑一下：我早就想过了。你可以上学前把你妈妈推到爷爷这里，爷爷帮你照看，放学你再接走，这样的话你虽然更辛苦一些，不过，你可以两顾啊。

志　敏：这个办法好，爷爷，我先谢谢您！不过这样拖累爷爷您了，如果我有钱能付您一些，心里也舒坦一些。

马爷爷：什么话，你付钱我还不干呢，现在社会谁管谁啊。

志　敏：爷爷，您真好，解决了我的大问题。我马上回去和妈妈说，她一定高兴得能蹦起来呢。

马爷爷：你妈妈能蹦啊，没的说别瞎说。快去吧，你不上学啦？

志敏兴冲冲地：上呢，我马上告诉我妈妈去。

马爷爷：别迟到，路上注意安全。

志　敏：好嘞！再见。

志敏走了。马爷爷沉思起来，顺手关了电视。

街　上

艳阳高照，路上车来车往、人来人往，志敏疾跑的身影，身旁路人匆匆。

租　屋

马爷爷敲敲门。

志敏妈：哪位？请进！

马爷爷进屋看到志敏妈坐在轮椅上，笑脸相迎。

马爷爷：今天在轮椅上，坐轮椅是不是舒服一些？

志敏妈：都一样，反正都没知觉。

马爷爷：哦，我来过，上次你脸朝着墙躺着。

志敏妈笑着：听着声音有些熟悉，没想到是位这么年轻的大叔。您找志敏有事吗？

马爷爷：快七十了还年轻，你真会说话。不过叫大叔我不习惯，叫大爷、叔叔听着顺耳。

志敏妈：大叔就是称呼您这个年纪的人的，越叫越年轻，也亲切。

马爷爷：随你。我没事，只是想过来看看，听志敏说你们快搬家了。

志敏妈：我猜到了，您就是每天供我们水喝还有一好主意的马爷爷？真谢谢您啦！

马爷爷：脑子挺灵活，好闺女！

志敏妈：大叔，听志敏讲您我就想见见您啦，没承想今天见到您了。大叔，遇到您这样的贵人是我们的福气。

马爷爷：我看志敏这孩子好，实诚！

志敏妈：是啊，不是我夸耀，他真是个好孩子呢！要不是他孝顺、无微不至地照顾我，我早就随他爸爸去了。

马爷爷：当着孩子的面你可不能说这样的话，会挫伤孩子的心呢！

志敏妈：我也就对您说说，每天不是躺着就是坐着，没一个说话的人。以前我住的那个小区，可以说我的话最多，他们都喊我话痨呢，现在跟谁说话啊。

马爷爷：我深有同感，我也是孤老头一枚，享受孤独呢。

志敏妈：大叔，您说话好有水平啊。要说志敏这孩子真是孝顺，他爸爸过世后，就他伺候我，每天三顿饭，一次从头到脚的按摩，一次擦浴。尤其晚上，两个小时给我翻一次身，没有一次间断，我心疼他累，你猜他说什么？他说，妈我不累，大夫说您有恢复的希望，所以不能落下一点。您别担心我，您一定要相信奇迹会在您儿子手中实现。只要您好起来，我再累一些也高兴。

马爷爷由衷地赞美：这孩子真是孝顺，要是我孙子就好了。

志敏妈：那就给您当孙子吧。

马爷爷笑了：没那命啊。

志敏妈：大叔，求您办个事好不好？

马爷爷：你说。

志敏妈：您给打听打听附近有没有房出租。地下室也行，只要能容身、遮风避雨就行，离学校近些，不会耽误孩子的学习，我就怕耽误了孩子的学习，我可就成了千古罪人了。

马爷爷：你说到哪儿去了，没那么严重，人常说车到山前必有路，船到桥头必然直。我帮你打听着。

志敏妈：谢谢大叔！谢谢！

马爷爷：不谢，八字没一撇呢。

志敏妈：现在的科学都以分秒计算，如果耽误了学习，可不就毁了孩子的一生了吗？那我活着都没意义了。

马爷爷：这么好的一儿子，你可不能瞎说，想宽、想远，人生路很长。你好好休息，一有房屋的消息我就告诉你。

志敏妈苦笑笑：我不休息还能有选择吗？纯粹活死人一个。

马爷爷：好啦！多往好处想，有这么好一儿子知足吧。再见！

马爷爷四下看看一贫如洗的屋里，轻轻摇摇头，出门而去。

马宅门口

马爷爷在朝阳中伸腿展胳膊，晨练。

志敏来打水，笑问：马爷爷今天这么早？

马爷爷点点头，指指屋里没说话，志敏进屋接了水出来。

马爷爷：志敏，放下水和你说句话。

志敏来到马爷爷面前笑眯眯望着爷爷。

马爷爷：找到房子了吗？

志　敏：没呢！我已发动所有同学都去找了，如果实在没有消息，只能打扰您、麻烦您，照您说的那样，早上推妈妈过来，中午接走，下午上学推来，晚上接走。那样的话就苦了妈妈和您了，您得跟着费心、费力、而我妈妈得早起晚睡，休息不好。而且，一坐轮椅就是半天，长时间在轮椅上受罪，不知妈妈能坚持下来不！

说着志敏脸色阴沉下来，为妈妈的身体担心。

马爷爷停下动作，郑重地：这个问题爷爷想了好久，与其你把妈妈推来推去大家受罪，不如租了我那间卧室，这样都不用受苦受罪，我也有了租金收入，三全其美你看行吗？

志敏激动得一躬到底：爷爷！谢谢您，您可救了我的命了。我妈不受罪，我还能上学，谢谢，谢谢！太好了！我马上回去告诉我妈妈！

说罢他拔腿就跑。

马爷爷笑着喊住他：急什么，还没说租金的事呢。

志敏急切地望着爷爷：爷爷，低保除掉我妈妈的药费、营养费剩下都给您。三百！只有三百了，爷爷成吧？

爷　爷：三百都给我，你吃什么喝什么？

志　敏：我去找个管吃的地方打工，挣些钱给您！

爷爷笑了：有点想法，但你现在都忙得马不停蹄了，哪有时间打工？这样吧，一个月一百。

志　敏：一百？爷爷，您太吃亏了，这里的房租都上千呢。

马爷爷：就一百！定了，但有个条件。

志　敏：什么条件？我一定答应。

马爷爷：不是答应，而是一定做到。你知道我老了爱清静，咱们住一屋檐下，你不许打扰我，否则我有权利赶你们走。

志敏乐得心花怒放：我保证不发出任何声响，我一没电脑，二没电视，三没手机，只一复读机，音量调到最低，好吗爷爷？

马爷爷：好吧。你回去和你妈妈说，明天就可以搬来住。不过我说明一点，我独居十多年，你们住进来会不习惯，如果我生气、发脾气你不许顶撞，不许不耐烦，咱们好多地方得磨合，互相体谅，能做到吗？

志敏一个立正，敬了个少先队礼：保证做到，我妈妈也一定能做到，我妈妈爱说话，但也能做到。

马爷爷点点头：我相信！你不急着告诉你妈妈了？回来！把水提着！

志敏冲爷爷一乐，提着水匆匆走了。水在桶里晃荡着。

马宅，早晨

志敏敲开了门，笑呵呵地把妈妈推进屋里，刘笛提一包衣服，周小伟捧着一个盆，盆里是锅碗瓢勺，张欣怡拿的脸盆里是洗漱用具，学生甲、乙各拿东西随后进了门。

志敏妈：大叔，谢谢您！您的帮助让我激动得一夜没睡，这份大恩情让我怎么报答啊！

马爷爷点点头，他看到周小伟盆里的两双碗筷破旧不堪，伸手将碗筷拿起，扔到垃圾桶里。

马爷爷：我有，随便用。这个扔了，讨个吉利。

志敏妈：早想换一副碗筷呢。大叔，您把碗筷扔了好！好！

马爷爷：你们住那间屋子，昨天收拾好了。

志敏屋

两张单人床已经摆好，还摆有写字台和一把椅子，这些人进来显得拥挤，大家纷纷把东西放到床上、写字台上。

志敏高兴地：妈！我有写字台用，可以舒服地做作业了。

志敏妈妈：很好！你和刘笛他们去把床搬来，问马爷爷放哪儿好。

张欣怡为阿姨铺床整理。

马　宅

男生们来到外屋。

志敏笑问马爷爷：爷爷还有两张床放哪里啊？

马爷爷：放地下室吧，给你钥匙，3 号。

志　敏：好的！谢谢爷爷！

孩子们出门，马爷爷开了电视机。

志敏屋

志敏妈：同学们，谢谢你们帮我们搬家，让你们受累了！

张欣怡笑道：不用谢！我们是同学，阿姨！你们命真好，遇上这么多好心人帮助。

志敏妈：可不是嘛，所有的帮助我们都铭记在心中呢。

马　宅

志敏他们放了床，回到屋里。

马爷爷站在屋中拦住他们：你们没事可以走了，把你们女同学喊上。

刘笛愤慨地瞪了马爷爷一眼，搓着脏手高声说：张欣怡、张欣怡！快走吧！

志敏在一边有些尴尬地笑笑，没有吭气。

张欣怡出来和马爷爷告别一声，同学们相跟着走了。

马爷爷：志敏！我的生活是有规律的，所以你得向我靠拢，比如，我晨练，午餐后睡午觉，晚饭六点吃，饭后走一小时，不得以任何事情打扰我，明白吗？

志　敏：明白，爷爷！没问题。

马爷爷：还有我早餐七点，午餐十二点，晚餐六点，你做饭避开这些时间段，咱互不干扰。

志　敏：好的，我会照您说的做。

马爷爷：今天的早餐我吃过了，时间归你了。还有！你的同学们不要随意来访，我厌恶人多。

志　敏：回头我告诉同学，他们不会随便来的。

马爷爷看看志敏这么顺从，没说话出门了，马上又返回来，掏出一串钥匙扔给志敏：这是屋门钥匙、地下室钥匙，别丢了，丢了你得给我换门锁。

说完真走了。

街　上

几个同学悻悻地走着，都闷闷不乐。

刘　笛：什么人哪，一点情礼不讲！这不我手还没洗就给撵出来了。唉！我看那老头儿纯属变态，多年鳏居造成的离群变态。

周小伟：就是，兴头头帮同学搬家，原以为老头能表扬一下互助精神呢，至少不吭声也好啊，却赶我们走，就是变态。

张欣怡：好啦！别说了，我们是帮王志敏，不是帮老头，人为什么表扬你？老头赶我们走一定有他的道理。我理解！他不喜欢人多，知道不？这样挺好，阿姨可以休息休息，对老头得有同情心、理解心。不是老头好心，谁会一百元把房子租给志敏呢，就凭这一点我们就得佩服老头。刘笛你家那么大房子租一间给志敏行吗？

刘　笛：我们家离学校太远，不然白让志敏他们住！

周小伟：少来！不用谝，我父母首先做不到。

张欣怡：你们想啊，老头独居十几年，突然来一帮人，当然有抵触情绪了，很正常的人情道理。

刘　笛：我不服！给人施舍就赶客人走？这算什么人情道理。

张欣怡：你还不是这样的人？

刘　笛：我？你瞎说，你们说我是这样的人吗？

张欣怡：志敏忙妈妈的事不能给你抄作业了，你还不是给他甩脸子！

刘　笛：这是两码事，我不是让我爸送他轮椅了嘛，扯平了。

张欣怡：这才是两码事！

刘　笛：一码事就是一码事。

学生甲：你们抬杠有用吗？真是的，要说志敏遇着马爷爷这样的人，命真好。

学生乙：志敏对他妈妈那么好，所以好人都帮他，志敏的孝心感动着他们呢。换个打爹骂娘的不孝子试试，唾沫星子就淹死他们了。

张欣怡：到校时间到了，我的书包还在传达室呢。

周小伟：我们的也在，咱跑着吧，快跑。

志敏屋

志敏喂妈妈吃完早饭，将妈妈抱上床摆成舒服的姿势。

志　敏：我去上学，一会儿回来喂你药，咱和以前一样过，心里面感激马爷爷！不是他，我也许真的要辍学呢。妈！咱这么好的房子住着，又有轮椅推着您，这都是恩人们造就的，真盼您早日好起来。

志敏妈：是啊！马爷爷与你非亲非故，把房子租给你，这份恩情你可不能忘！

志　敏：马爷爷真的好，我心里感觉就和我亲爷爷一样。你放心，我一定像对待亲爷爷一样对待他。我上学去了，再见！

志敏妈：你不吃早饭？

志敏一笑：一次不吃没有关系，再见！

志敏抓起书包跑走了，志敏妈仰卧在床上，眼里全是泪水。

马宅，客厅

窗外的明月把如水的月光洒进屋里，马爷爷正在沙发上看电视，听到敲门声，起身去开门，原来是张欣怡和李颖。

马爷爷不快地：你们找谁？

张欣怡：马爷爷，您不认识我了？我是张欣怡，王志敏的同学。马爷爷！我们找王志敏问一道题，时间不会太长，一会儿就走。

马爷爷没有吭声，指指志敏屋，斜眼看她们进入，他抬头望望墙上的石英钟，八点。马爷爷不满地摇摇头，坐回沙发上看起电视来。

志敏屋

志敏惊讶地：你们怎么来了？

张欣怡：李颖非拉我来问你一道题，我对他说马爷爷不喜欢人打扰，她不信，只好硬着头皮来了。马爷爷开门时，没有说什么，不会给你惹麻烦吧？

李　颖：老头驴脸拉得老长，像欠了他二百吊钱似的。

志敏忙做低声的手势，张欣怡还没来得及捂住她的嘴，她就说完了。

志敏轻轻打开门缝窥见马爷爷在沙发上，他轻轻地闭了门。

张欣怡：你瞎说什么呢，不是告诉你不许瞎说话吗？

张　颖：是那老头表情不友好。

张欣怡拍她一下：还说！贱！

志敏摇摇手：哪道题？我看！

志敏妈：这位同学没见过啊。

李　颖：阿姨，我是李颖。他们都喊我快嘴婆！又叫我快嘴剑客。

张欣怡：贱人的贱。

李　颖：刀、戟、剑、叉的剑，阿姨！我比他们大一岁，我属羊，他们属猴，我生日小，所以也大不了他们多少。

志　敏：是够快的，咱们做题吧。

张欣怡：你快说哪道题吧，正经的不说，没用的说一箩筐。

李颖打开书，三人在写字台上讨论起来。

客　厅

马爷爷飞快地转换着频道，看不到心思上，干脆关了电视，到窗前欣赏起明月来。

志敏送同学出来，张欣怡和爷爷打了声招呼走了，志敏关上门。

马爷爷：你过来一下。

志敏有些愧疚地笑着来到马爷爷面前。

马爷爷：你是在愚弄我老头吗？故意叫俩同学来挑战、示威、羞辱老头，我老头说话没分量、没威信对不对？

志敏忙解释：没有！爷爷，绝对没有这样的意思，我发誓，对天发誓！他们是突然过来找我问问题的，我不知道她们来。

马爷爷哼一声：那就当我说话像刮风，说话不算数，或者干脆视我为健忘症患者、老年痴呆症喽！

志敏急得双手直摇：没有没有，绝对没有，您千万别这样说。

马爷爷不客气地：不是误会，咱们有约在先，不要让你同学随便来。结果半夜三更上门，弄得我没心情看电视，看哪儿都不知道，这叫什么事喔。

志　敏：爷爷，刚才我又对他们讲了不许再来！真的！

马爷爷盯着他看了一会儿，脸色放缓一些：还有，那个门才是正门，谁都是走单元里的门，这个门是为我种花草方便才开的，其他人都走正门。

志敏抹把汗：好的，我知道了，以后让他们走正门，走单元门。

马爷爷：这么说他们还会来喽？

志　敏：爷爷，没有！没有下一次，他们决不会再来打扰。

马爷爷哼一声，瞅瞅无措的志敏，自顾自走向自己的卧室，边走边说：没礼貌的丫头！我的脸像驴那么长吗？当我听不见，没大没小！

志敏看爷爷进了卧室，才蹑手蹑脚回到自己屋，轻轻关了门。

志敏屋

志敏对妈妈伸伸舌头，低声说：爷爷生气了，电视也不看回卧室了。爷爷的耳朵好灵敏，都听到了。李颖说话没把门的，班里同学都知道，爷爷不知道啊。

志敏妈：嘘！小点声，李颖说话有点过，妈妈听着不顺耳，志敏你可不能这样对待爷爷。

志　敏：妈，我知道。我不会说这种出格的话，更不会做出格的事。

志敏妈：这就对了，是我的儿子。你落下的功课补上了没有？

志　敏：补上了，要不是李颖来问问题，我是谁啊，您儿子！

志敏妈：我儿子聪明好学、勤劳勇敢、孝顺感人，是妈妈的好儿子。妈告诉你，人老了会变得和孩子一样，人说老小孩老小孩，所以呢，不管爷爷怎么说、怎么做，你都不许反驳、顶撞。就一句话：不许计较。

志　敏：知道了！妈妈喝药，我还学习呢，天不早了。

志敏妈：嫌妈啰嗦了。

志　敏：没有，要不我别学习陪您聊天？

志敏妈笑了：傻小子，还会将妈的军呢，去吧，学习去吧。

母子都笑了。

志敏屋，晚上

马爷爷敲开志敏的门，进到屋里。

志敏妈已酣然入睡，志敏趴在写字台上写作业，抬头看着进屋的爷爷。

马爷爷：志敏啊，我没有得罪你吧？

志　敏：没有啊，爷爷！

马爷爷：那为什么几天也不和我说句话，一回家就躲你屋里，当我空气人啊？

志敏赔着笑站立起来：爷爷，没事不想打扰您。真没有刻意地躲您，爷爷！这几天回来您都不在客厅，所以没能跟您说上话，我错了，以后我到您屋里说话，您不要不耐烦就行，我是个话痨呢。

马爷爷想了一下：你还总把你妈推你屋里，不想让她跟我说话？

志　敏：没有的事，谁那样谁是小狗，真的。

马爷爷看志敏一会儿：算了！写你作业吧，写完咱再说。

马爷爷走了，志敏吐吐舌头，又坐下写作业。

小区院景

路灯灯光下蛾、蚊虫飞舞碰撞，大树的树叶渐渐凋零，已是深秋的季节了。月光皓洁如水，透过树叶隙缝看月亮更是妙不可言。小区到处泊着汽车，只留下中间一窄窄的人行道。亮灯的人家稀稀拉拉，夜深了。

志敏屋，深夜

志敏写完作业，伸伸懒腰，见妈妈睡得正香，他悄悄收好书包，给妈妈翻个身，然后悄悄来到客厅找马爷爷。

马宅，客厅

马爷爷坐在沙发上，头仰在靠背上打着鼾，电视机里播放着电视连续剧。

志敏轻轻摇醒爷爷。

志　敏：爷爷！醒醒爷爷，这样睡觉会感冒的。

马爷爷迷迷糊糊地：谁说我睡着了，没睡！演到哪里了？

志　敏：爷爷！天太晚了，别看了，您回屋休息吧，早睡早起身体好！

马爷爷四周看看，望望墙上的钟，12 点了：谁说我睡着了，我就闭目养养神，要你管！

志敏一边往起搀扶爷爷，一边说：我不是管您，咱上床躺着养神好不好？爷爷 ，看在我的面子上，上床养神去。

马爷爷惺惺道：睡觉你也管，这不是打扰我休息嘛，看你面子上，我去睡觉，说实话我一点不瞌睡。

志敏笑着：好咧！知道您不瞌睡，我关电视了。

边说边关了电视，扶着马爷爷进入他的卧室。

马爷爷，卧室

屋里摆着几件旧式家具，家具擦拭得非常干净。马爷爷躺上床呼呼睡去，志敏给他盖好被子，然后悄悄离开。

马宅，傍晚

开门进来一中年男子，一米七几的个头，刚刚发福的身材，他是马爷爷的儿子马福来。客厅坐着的马爷爷见儿子进来，没有表现出一丝热情，而是冷冷地。

马福来笑着：爸，我特地来瞧你，你气色不错啊！

马爷爷：没你们在眼前晃悠，不生闲气，当然气色好了，年轻好几岁呢！

马福来：瞧您说的，我是来请你到饭店去吃晚饭的，咱不做晚饭出去吃，也是我的一片孝心。

马爷爷：打住！我吃不起你的饭，你有什么事直说，别藏头露尾的。

马福来讪讪地笑着：爸，我可是好心好意看望你的，别把好心当了驴肝肺！

马爷爷：知道你好心，我领情了。你不坐？站着舒服？

马福来坐到爸爸一边的沙发上。

这时志敏到客厅打水，见有客人，他对客人笑着点点头，进厨房打了水返回屋里去。

马福来：他就是你弄来的孙子？听说还有一瘫妈？

马爷爷：他是我的房客，租我房子住，他妈不是瘫子，是车祸受重伤。

马福来指指志敏屋，欲言又止，缓缓道：租客？真有你的，你有吃有穿又有退休金花着，还不满足，还弄一孙子房客？

马爷爷：工资不够花，还受你们剥削，物价天天涨，租一间房给他们，不也有个小收入、小进项补贴家用。

马福来：爸，你一个人住着宽敞又自在，多好！弄一房客，你知道现在的房客有多少骗子，专门骗老人的房产啊、珠宝啊、贵重宝贝，先是装可怜套近乎，最后把你房子卖了，你还帮着数钱呢。我怕你上当受骗！

马爷爷不屑地：骗我是人的本事，心甘情愿，总比把钱扔给不肖子心情舒畅。我办事！我快乐！

马福来：爸，你老糊涂了，等把你房子卖了，你哭天无泪才相信还是儿子说得对，一心为你！

马爷爷挥挥手：你今天来就是为了我租房的事？

马福来：不是！我一进小区邻居就对我说这一堆事，我只不过顺便提醒你一下。爸！你孙子太不懂事，刚给一千元，几天就造没了，弄得我穷呵呵的手里没钱，真不好意思对你说。

马爷爷：和你一个德行，你惯的！你回去好好收拾收拾他，他就变好了。

马福来佯笑着：他是你孙子，我收拾他你又收拾我，我可不惹那麻烦。爸，借我几百块钱渡下难关，你有了房客，支援一下，要不我也不敢开口。

马爷爷哼一声：你哪次登门不要钱呢？剩二百了，我生活费。

马福来：爸！二百少了点，房租给我一半不结了？

马爷爷：房租一半？

马福来投来期待的目光，点点头。

马爷爷：那你就拿五十好了。

马福来：五十？房租才一百？你开玩笑呢吧。

马爷爷：谁开玩笑！那孩子独自照顾他妈，特孝顺，要给了你们他妈都死了好几回了。为他的孝心，所以我就要了这个价。

马福来：你老糊涂了，脑子进水了，这间房怎么也租个千八百的。不行！退房！

马爷爷瞪着他：有你什么事？我的房子我做主！这钱你拿还是不拿？

马福来拿起茶几上的钱：这也太少了吧，你又不是活雷锋，干嘛这么傻？我说的是房租！

马爷爷：你别多嘴，我两千八的退休金还不是接济了你们，你两口子挣钱少说有六千多，还来剥我皮、剔我骨、榨我油。你看看人家，都是儿子给老子花钱，你们像话吗？

马福来：我们的钱都养活你孙子了。你孙子花销多大！这高一更是花钱花得可怕。

马爷爷：百善孝为先，你对我不孝，你儿子一准跟你学，我看你老了怎么办？瓦檐水跌到底，你不孝爹娘儿不孝你！

马福来：不用教育我，这二百够干嘛用，一百房租谁信？

他瞅着志敏屋，愤愤不平地说。

马爷爷：不信拉倒，我就是看人孝顺，白住！

马福来：唉！我爸老糊涂了，老年痴呆症的前兆。

马爷爷眼一瞪：你说什么？有这样说老子的吗？

马福来：没说你，没说你，我走了，过几天来看你。

马爷爷：用不着！你不登门才是我的福气呢，少生气，长寿！

马福来愤愤地斜视志敏屋一眼，气呼呼地走了。

马爷爷长吁口气，打开了电视。

客　厅

志敏出来走到爷爷面前：马爷爷，是您儿子吗？

马爷爷恼悻悻地：不孝之子！你都听到了吧，成天啃老，没一点孝心！

志　敏：爷爷，总有一天他会明白过来孝顺您的。

马爷爷：明白什么呀，死了明白吧！都四十多的人了，还这么不着调，怎么改？！

志　敏：爷爷！您有孙子？他多大了？长得帅不？

马爷爷眼里有了神气：我孙子比你大两岁，刚上高中，以前我们住一块时成天在我身上腻乎着。自从和他爹妈搬走后就变了，成天去网吧，别的什么都不管。如今手机、电脑就是他亲爹亲娘，什么人情道理一点不懂，毁了，好好一孙子毁了。唉！搬走十多年了，搬走时才这么高，现在这么高，不过孙子还是亲我，说话也向着我。

志　敏：爷爷！人都会转变，尤其您孙子小，还待转变呢。

马爷爷：你不也小呢？比他还小两岁呢，他父子俩加起来比不上你一半。我就这命，受苦受罪不孝儿。

志　敏：爷爷，今晚上我妈说请您吃饭，好不好？

马爷爷：为什么？

志　敏：我妈说受您大恩情无以为报，从搬来就想请您吃饭，总没有机会，我妈让我炒两个菜，在家请您，您不要嫌我们寒碜。我们实在拿不出像样的菜，只买了只鸡，炒两个菜，您不许笑话我们。

马爷爷：你们生活条件有限，就不用来这虚的。你们记着：一、你们出了租金，不是白住；二、我也没有给你们多大的帮助，所以你们不亏欠任何人的，尤其不亏欠我的。

志　敏：爷爷您就答应和我们吃顿饭吧，要不我妈妈会伤心的，真得会伤心的，我妈妈病着不能受这样的打击。

马爷爷思考一会儿：那我就愧领了，告诉你妈，下不为例。

志敏高兴起来：下不为例。谢谢爷爷接受邀请！我妈还让我给您买了一小瓶劲酒，不知道您爱不爱喝。

马爷爷笑着点点头。

马宅门口，上午

志敏跑回来掏钥匙开门，眼下一亮，仔细一看是一个玻璃样的东西，志敏捡起来看看，扁扁的，半椭圆形状，球中间有像眼睛一样的花纹。他看看四周无人，拿着进屋。

志敏屋

志　敏：妈，我回来了。你看我在门口捡到了什么？你看！

志敏将玻璃球举在妈妈的眼前。

志敏妈：让妈妈好好看看，转一下！好！别动！志敏，你在哪儿捡到的？这是颗宝石，叫猫儿眼，很贵重！

志　敏：在咱家门口捡的，我看看！就像猫儿眼睛正看我呢。

志敏妈：哪里捡的放回哪里，丢它的人一定很着急。

志　敏：妈！我放回去不好吧，不如写个招领启示，这样更稳妥。

志敏妈笑道：我儿子心细，这样更好，就依你。

志　敏：我中午回来就写。

忽听外屋有人走动，志敏将妈妈抱在轮椅上推出屋子，见马爷爷在寻找什么东西。

志敏妈：大叔，在找东西吗？

马爷爷：找一块石头，我准备拿它去《天下寻宝》鉴定一下价格，好给我孙子备学费，谁知走到地点了，却丢了。这不赶快沿原路寻找，找到客厅了都没找到，怕是丢了。

志敏妈：大叔，志敏捡到一猫眼，您看是不是您的。志敏还准备写招领启示呢。

志敏把石头给爷爷，马爷爷一看：就是它，这是我在单位当采购时顺便买的，当时花了一千多元，现在大概值三万元。你们等一下。

马爷爷匆匆回自己卧室，不一会儿拿出一鉴定书和一珠宝盒。

马爷爷：你们看，这是当年的鉴定书、说明书，我没骗你们，刚才我想不拿这鉴定书，看专家怎么说，就这么一装却弄丢了，给我急出一身汗。人老了就丢三落四的。

志敏妈：就在家门口捡的，我猜不是咱家人就是邻居丢的。大叔，这是宝贝啊？

马爷爷：是啊，我就剩下这宝贝了。这宝石我估计能卖个三四万，孙子的学费不就齐了？现在筹备，省得到时抓瞎。

志　敏：爷爷，您从前是干什么的，珠宝商人吗？

马爷爷：不是，我是工艺美术厂的采购，也就是现在说的金银珠宝加工厂，我在厂里当了二十多年采购，私下也攒了不少宝贝，都是我灰色收入买的。儿子结婚时大都变卖了，就剩这颗眼，成色好，温润圆滑，造型好，舍不得卖，我就藏起来了。要让我儿子知道，一准早没了。哎！不说了，我得去鉴定去，你们在家吧。

马爷爷匆匆地走了。

志　敏：妈，你吃药，我也该上学去了。您是想在屋里躺着还是轮椅上坐着？

志敏妈：坐着吧，总躺着也不是事。推我回屋，免得打扰马爷爷。

志　敏：好的！

他推妈妈回屋。

马宅，客厅

马爷爷正和轮椅上的志敏妈说话，门响了，马爷爷开门迎进来一瘦弱的小青年，头戴副耳机正有节奏地摇头晃脑，大概在听歌曲。

马爷爷介绍：这是我孙子，马伟鹏，高中一年级，不好好学习，天天泡网吧，谁管也不听。快问阿姨好，鹏鹏！

马伟鹏自顾自晃着，马爷爷拽下他一只耳机。

马爷爷：问阿姨好！

马伟鹏：阿姨好！爷爷哪里来的阿姨？

马爷爷：我的房客，我把那间卧室租给她了。

马伟鹏听到房客眼睛一亮：爷爷有租金了？太好了爷爷！把租金给我好不好？我分文没有了。爷爷，救济救济我好不好，你看我都瘦成麻秆了。

马爷爷：不好好吃饭，成天钻网吧里能不瘦？

马伟鹏：爷爷！给我钱，我可是真断顿了。

马爷爷：你和你爸一个德性，除了要钱没别的本事。你爸不是给你一千了吗？

马伟鹏：哪够，我都连着吃了几顿泡面了。爷爷把租金给我得了。

马爷爷：行啊，一百块拿走。

马伟鹏：才一百？一天上网就得几十呢。我不管，给我钱，我真一分钱都没了。

马爷爷又叹了口气，无奈地掏出二百元：这可是最后一次，再要可没有了，爷爷也得生活呢。

马伟鹏一乐，伸手拿过钱装好了，用右手挥挥表示再见，又把耳机戴上，摇头晃脑地走了。

马爷爷：看见了吧，高中生了一点礼貌都不懂，什么人情道理都不知，每天在网吧里吃喝玩乐，谁也管不住。他妈呢，每天抱只小狗，儿子儿子叫着。一家人没有一家人的热乎劲，各过各的似的，狗生了病可以抱着连夜上医院，对年老的父母却不闻不问，管你有病没病，没钱了伸手要，把对父母、亲人的爱施用到宠物身上，这不是畸型的爱是什么？

志敏妈：您说得在理，父母之爱、亲朋之爱环环相扣，构成了人世间的大爱，如今的确有的人把这爱的真谛混淆了，不过只是一些个别人。

马爷爷：是啊，偏偏就让我摊上这样的儿子、媳妇，命衰啊！

志敏妈：您老把心放宽，儿孙自有儿孙福，孩子的事由他们去，您把身体养好，健健康康的，不拖累他们，不就帮了他们大忙了吗？像我一样瘫到床上更不好了呢！

马爷爷：我啊就是想不开、放不下，有时想，他们生活很自在不管他们，可他们一来这里我就心软了，自己抠牙缝省下也得给他们，多天他们不来这里还过意不去。

志敏妈笑着：大叔，有您这样的父亲真是他们的福气呢。

马爷爷：唉！看他们这样对待我，我寻思着，等我老了，不能动了，更没指望，有的罪受呢，想到这些我的心拔凉拔凉的。

志敏妈：大叔，两代人之间有代沟，这是正常的。您多找他聊聊，父子之间多沟通，你们的关系一定能转变好。

马爷爷：唉！你说吧，有指望就好了。

六中，初二二班

志敏趴在桌上赶写作业，周小伟也在一边凑着热闹。

刘笛踱过来：王志敏，你那房东老头对你好不好？

志敏头也没抬：好啊！挺好！怎么了？

刘　笛：那变态老头能对你好？打死我也不信。

志　敏：你别胡说八道，人怎么变态了？去去去！别打扰我写作业。

刘　笛：哼！一块儿住了没几天就让人洗脑了吧，“你们请回吧，把你们女同学叫着”，还有赶客人走的吗？这不变态？

刘　笛：你回家不能写作业？

志　敏：在学校挤时间写完，回家有时间多给妈妈按摩一会儿，大夫说多按摩对妈妈恢复功能有帮助。

周小伟：志敏说得对，把时间花在有用的地方才算是真的珍惜时间，你那样叫挥霍时间，叫白活。

刘　笛：你屎壳郎上路充什么 QQ 车啊！学习一塌糊涂还说我？

周小伟：我好歹倒数十名，你呢，倒数第一名。

志　敏：都闭嘴！你们有意思吗？倒数也值得炫耀！光彩啊？

刘　笛：好鞋不踩臭狗屎，我不和你计较。后天是我生日，晚上在福瑞酒店请你们吃饭。

周小伟：别人庆生都是在中午，你干嘛在晚上？

刘　笛：我老爸晚上才有时间。

周小伟：不买礼物让去不？

刘　笛：我就告诉你们任何礼物不收，我爸说等长大踏入社会了，随礼少不了，现在中学生就免了，我爸高尚吧，任何礼物不收。

周小伟：同学们都一样，还只是照顾我俩？

刘　笛：真啰嗦，都一样，我老爸思想特超前。

周小伟：太好了，你老爸够萌，每到同学庆生，我就犯怵，礼重买不起，礼轻让人家小看，这回带嘴就行。我看咱班定个规矩，谁庆生都不收礼物，省得大家花钱买一堆没用的东西，扔在家的角落里，谁庆生咱就照一张相片，又有纪念意义，又不俗气。

刘　笛：你这个提议好，不过你得当全班面提议才行，跟我们提有屁用。

周小伟：哪天开完会我就提。

志敏写完作业，收拾好桌面，站起来。

刘　笛：你听到我的邀请了吗？

志　敏：听到了，不过我得先回家喂妈妈吃了饭再去，行吗？

周小伟：行啊。

刘　笛：要你多嘴！志敏你一定来，我把好吃的给你留着。

志　敏：嗯！不过我现在得小解一下。

志敏跑出去了。

刘　笛：刚才你说班会上提建议真的假的？

周小伟：真的！

刘　笛：你说小童瑶会不会同意？

周小伟：会，这么好的提议她一准同意，小童瑶嘛！

刘　笛：没大没小。小童瑶是你叫的？

周小伟：又不是你的专利，干嘛不让叫？霸道！

刘　笛：你再说，看我怎么收拾你。

周小伟跑向教室门口，偏要叫：小童瑶！小童瑶！

正撞到走来的童瑶怀里。

童　瑶：跑什么跑，什么小童瑶？

周小伟尴尬地：没有没有什么……

童　瑶：刘笛，告诉志敏，让他来办公室找我。

刘　笛：好的！

童瑶转身走了。

马宅，清晨

志敏喂妈妈吃饭。

志敏妈：今天没听到马爷爷活动的声音，感觉少了点什么。

志敏仔细地听一下：就是，是不是早早出门了？吃完饭我去看看！

志敏妈：我吃好了，你不用收拾，先去看看。

志敏放下碗筷，来到马爷爷卧室敲门，没有反应，他推开门。

马爷爷卧室

马爷爷仰面朝天躺着，脸色通红，喘气粗重。志敏摸摸爷爷的额头，热得烫人。

他急忙跑回自己屋里，边把妈妈抱上床，边告诉妈妈：爷爷发高烧，我送他到医院，您先在床上躺着。

志敏妈：路上注意安全，车辆太多！

志敏边应着边推轮椅到爷爷卧室，把爷爷抱上轮椅，推着爷爷飞快地向医院跑去。

街　上

车水马龙，行人匆匆，志敏推爷爷跑着。

中心医院急诊室

大夫忙给爷爷治疗，迅速给爷爷输上液体。

志敏在门外打电话。

志　敏：马叔叔吗？我是马爷爷家的房客小子，马爷爷突发高烧，烧得昏过去了，正在医院急救。您刚上班？正忙着什么……喂，喂……

志　敏：怎么断线了呢，又拨电话已是关机，他无奈地摇摇头。

护　士：谁是马玉龙家属？

志　敏：我是！

护　士：马玉龙感冒，需要物理降温、药物控制，进观察室输液，静待观察。

志敏跟护士进急诊室，帮护士把爷爷抬上车床转往观察室，他推着轮椅跟在后面。

观察室

所有病床上都有人躺着输液，护士把车床插在一空位上。

护　士：你看着病人，液体输完来喊我。

志敏应着。他看爷爷嘴唇干裂，到急诊室找护士要了棉签和纸杯，打了些水回来，细心地给爷爷润着嘴唇，爷爷嘴唇蠕动，吞咽着。

医院门口

要进医院的车辆排起了长龙，堵塞了整条街，交警正疏导车流。路边的杨柳树叶子都已凋了不少，已经是深秋季节，只有菊花在顽强地绽放，金黄色的叶瓣掉落不少，冷风吹着。

观察室

马爷爷醒了，他看见志敏在身边：我这是在哪儿？

志　敏：您在医院呢，您高烧得都昏迷了，难受也不叫我。都输了两小时液体了，我去叫大夫来！

大夫来了，给马爷爷听诊。

大　夫：老人家发高烧，得亏来得及时，没有引起别的病症，这瓶液体输完就可以回家养着了。注意保暖，别二次感冒就好。您可是把您孙子给急坏了，跑前跑后的。您好福气，沾孙子的光了，现在像这样的孩子真不多见了。

马爷爷：我有这样的孙子倒好了，他是我家房客。

大　夫：啊？判断失误，我以为是您孙子呢。你跟我来一下，我给开些药，记得让老人家按时吃，两天就好了。

志敏跟大夫走了，一会儿拿着药方回来。

马爷爷：志敏，你送我来医院，你妈有人照顾吗？

志　敏：您别担心，妈妈我安顿好了。再说，您这儿马上输完液也能回家了，不误事，只是这药方……

马爷爷掏出钱包拿出一张医保卡：你去把费缴了，把药取出来，一会咱走着，密码是123456。

志　敏：嗯，爷爷，我刚还给马叔叔打电话了，他刚上班正忙着，一会儿说不定会来看您，要不要等他一会儿。

马爷爷哼了一声：别信他，我压根不指望他来，等把我火化了来看吧。

志　敏：爷爷看您说的。

马爷爷：你快去吧。

志敏跑去交费。马爷爷闭目养神。

马宅，上午

志敏推马爷爷回来。刘笛、周小伟趴在窗户上向里窥探。

志　敏：嗨，你们怎么来了？

他俩跑过来。

刘　笛：我们奉小童瑶指令来看看你怎么没到学校。

志　敏：马爷爷突发高烧推他到医院瞧了瞧。

刘笛埋怨：你也不打电话告诉我们一声，省得小童瑶让我们跑这冤枉路，给你电话不用烧着吃啊。

志敏笑道：对不起，好久不用电话生疏了，一着急只打给马叔叔，忘记给你们打了。接着钥匙，开门！

刘笛打开门，三人推爷爷进屋。

马爷爷的卧室

三人把马爷爷搀扶上床。

志　敏：爷爷您躺着休息，我去喂妈妈吃药，中午饭我来做，您千万别动，别弄个二次感冒，听话啊。

马爷爷听话地闭上湿润的眼睛。

三个孩子轻轻掩上门来到客厅。

客　厅

志　敏：你们回学校吧，我下午去上学。

周小伟：好的，你在家照顾两位病人吧，够你喝一壶的，我们走！

志敏屋

志敏给妈妈喂药。

志敏妈：你先说马爷爷什么病，要紧不？

志　敏：没有实质性的病，发烧，输了液。烧退了，大夫让回家来养着，爷爷身体底子好，不然不能这么快就好。

志敏妈：最重要的是身体，没有好身体，一切都是幻想，你得记住哦。

志　敏：知道。您看我这身体多棒，一下子就把爷爷抱上轮椅了，棒吧？

志敏妈：棒！我儿子就是棒！

母子相视而笑。

马爷爷卧室，中午

马爷爷在床上睡着，志敏把妈妈推进屋，摇醒爷爷，又去端了饭菜进来，将腐乳、凉拌菜和一碗稀粥放到床头柜上。

马爷爷缓缓地坐了起来。

志敏妈：大叔，我来看看您。怎么就病了呢？好好的。

马爷爷：不是什么大病，就是身上少气无力的。

志敏妈：高烧过后都这样，养两天就好了。

志　敏：爷爷，知道您这时候没有胃口，妈妈让我熬了粥，您美美地喝一碗，吃了饭身体才有抵抗力。

马爷爷：我喜欢喝粥，这粥黏黏的、稠稠的，看着就香。

志敏妈：晾一会儿再吃，大叔！您这身体这么壮，怎么能感冒呢？

马爷爷：晚上睡觉时忘了关窗户，受了风，半夜起来关窗户就觉得不得劲。老啦，扛不住了，年轻时在野地里睡觉都没事。

志敏妈：大叔，今后千万别再开窗睡觉了。

马爷爷：忘关窗户了。平时一直都关窗，昨晚屋里有味，我想晾一晾就忘了。谢谢你们救了我一命，要不是你们，我病死在床上也没人知道。

志敏妈：不许乱说话，不好！也不用说谢谢，那样我和志敏该说多少谢谢啊！

马爷爷：好，不说不说，志敏要是我孙子我该多幸福啊！

志　敏：爷爷，我就是您孙子！

马爷爷：好！好！志敏妈，你可舍得把志敏给我吗？

志敏妈：舍得！

马爷爷笑了：哄大叔玩吧！你也没吃饭吧，让志敏在这儿喂你，咱一块儿吃着香，志敏把你妈妈的饭端来一起吃吧。

志敏答应着去端来妈妈的饭，喂妈妈吃。马爷爷坐在床上吃起来。

马宅，餐厅，晚上

志敏妈在餐桌一边的轮椅上坐着，志敏把马爷爷扶了过来，桌上摆着清淡的晚餐，腐乳、波菜、豆腐、一碟咸菜，还有两颗剥了皮的鸡蛋。

志敏妈：大叔，晚饭还是清淡些好，您不要不喜欢，对身体好。

马爷爷：我懂！早餐吃好，午餐吃饱，晚餐七分饱，养生之道。志敏怎么没有你的鸡蛋？

志　敏：我刚才剥鸡蛋时看着香就吃了一颗。爷爷，一人一天只吃一颗就好了。

马爷爷：我信不过，你拿清水漱漱口吐到杯子里让我看看！

马爷爷拿了盛鸡蛋的盘子将一颗鸡蛋拨到志敏妈的碗里，拿着盘子到厨房转一圈出来，将半个鸡蛋放到志敏碗里，然后开始大口吃饭。

志　敏：爷爷您真厉害，都成侦探了。

马爷爷笑道：我有半个就好，你赶快喂你妈吃好，趁热吃饭。

志　敏：好的！

马爷爷：这粥熬得真香，要在平时我得喝三碗。

志敏妈：大叔，您什么时候想喝粥就和志敏说，我能跟着沾光。

马爷爷：是我沾你的光。

一家人乐呵呵地吃着饭。

马宅，客厅

清早，阳光从窗户射进屋里，照得屋里亮堂堂。马爷爷在沙发上慵懒地坐着，闭目养神。

儿子、媳妇、孙子前后相随进了屋子。马爷爷看着他们，没有吭声。

马福来笑着：爸，你儿媳妇早想着来看你，这不又听说你病了，所以特地赶过来看看你。

马爷爷：说这话脸不发烧啊？我都出院三天了，你们才特地赶来看望，足见你们心诚，要不特地的话，那就过十天半月来看病人，寻思寻思不晚吗？

马福来不好再说什么，尴尬地笑着，给媳妇传了个眼色。

媳妇笑道：爸，瞧您说的。爸，您知道我那工作一下都离不开人，责任重大。

马爷爷：知道！你们工作连轴转，不下班，不休息，确实忙。

媳妇不好意思地：爸，不是那意思，我们一回家就伺候你孙子，要吃要喝要钱花，全我们忙活。再说你孙子高中一年级正是打基础的时候，我们不伺候不行啊。

马伟鹏：别拿我说事，我可没要你们伺候，我能独立生活，你伺候你的狗儿子得了。

说完又低头玩手机，从进屋眼睛就没离开过手机。

媳妇：忘恩负义的熊孩子，我和你爸还不是为你才来找爷爷说话的？

马伟鹏抬起头：哼！还不知道为了谁呢。爷爷，这绝对没我半毛钱的关系，都是我妈拖着我爸来的，说担心你把房子给了房客，说天长日久老头儿心一软把房子赠给外人就完了。爷爷，您可别怨我，我可不管这事。

马福来恼羞成怒，兜头甩给儿子一巴掌：你个熊孩子，胡说什么呢！

马伟鹏哧溜一下躲到爷爷身后：爷爷，你看你儿子打我！欺负我！

马爷爷动怒了，眼睛瞪得溜圆，一手护着孙子，一手指门：我孙子不会说假话！你们走！走！快走！知道你们来准没好事，没想到打我房子的主意，居心不良！告诉你们，我还没死呢，死了也没你们的份！我给我孙子！孙子不要捐给福利院。房子！你们想都不用想，快走！

马福来讪讪地：爸，你别听你孙子胡说八道，没有的事。

马爷爷气哼哼地：我孙子从不骗人。你们快走！别让我看着生气！快走！

媳妇见势不妙拉拉马福来，俩人无趣地走了。

临出门马福来指着马伟鹏：你个吃里扒外的熊孩子，你等着。

屋里剩下爷孙俩，好一阵沉默。

马伟鹏：爷爷，你别生气，气坏了不值，别生气了爷爷！

马爷爷瞅瞅孙子，长长叹口气，坐回沙发上：我怎么生了这么一个不孝子呢。

马伟鹏：爷爷，这可怎么办呐，我不敢回家了，你儿子会打死我的。我可是为你得罪他们的，你得给我撑腰做主。

马爷爷：你不回家就住爷爷这里，咱俩一屋。

马伟鹏：这儿连 wifi 都没有，怎么住？爷爷，干脆你给我点钱我出去躲躲他们。

马爷爷盯着孙子，心里无限感慨：知道爷爷这儿寒碜，还向爷爷要钱？

马伟鹏：我可是为了你，怎么也给个三百五百的意思意思。

马爷爷无奈地掏出二百块钱：我可是只有这二百了。

马伟鹏笑了，接过钱来：爷爷，你怎么每次都是二百？不能多给二百吗？

马爷爷：每次二百也给不起你们父子俩，多了更承受不起。

马伟鹏：爷爷，最起码我能躲他们两天了。爷爷，等我上大学挣了钱，加倍还你！

马爷爷：你能有一点感恩之心爷爷就知足了，就没白疼你。

马伟鹏笑着走了。

马爷爷快快地倒在沙发上，阳光还是那么明媚、温暖，不以人的心情为转移。

志敏屋，中午

志敏下学回家来，见妈妈的泪水把枕头湿了一片。

志敏关切地：妈妈你怎么了，哪里难受呢？

志敏妈：妈没事，妈在为马爷爷痛心、流泪。志敏啊，你一定要对马爷爷好。马爷爷为给咱租房受了多少气，吃了多少埋怨，你千万不许对不起爷爷。

志　敏：你放心，我理解马爷爷，不就是他儿子给他气受吗，等有了房子我就接爷爷一起去住，我养着他！马爷爷就是我亲爷爷，马爷爷太善良、太仁义了。

志敏妈：妈就怕你不知道呢。

志　敏：我是您儿子，能不知道这些吗？

志敏妈：妈妈的好儿子，妈信你，你做饭多做些，我没听到爷爷做饭，一准是生气不吃饭了，这样会饿坏身体的，你做好端给爷爷。

志　敏：没问题，我做我最拿手的饭，您喝了药，我就去做饭。

马爷爷卧室

志敏敲敲门，端一碗汤面进屋。

马爷爷睁着双眼瞪着天花板出神。

志敏笑着：爷爷，吃饭！您瞧我做的葱花擀面汤，汤清葱绿，您闻闻多香啊，我放了好些香油呢。

马爷爷转回眼神，叹口气坐了起来：我哪有胃口吃饭哪。

志　敏：爷爷，我妈说不论发生什么事必须吃饭，人是铁饭是钢，饿坏身体不值的。再说，爷爷，您尝尝我做的汤面，保证吃了一碗想两碗，吃了两碗想一锅，这叫自信汤面。吃吧，爷爷！

马爷爷笑了：你说相声的？

马爷爷端起碗尝尝：嗯，这个味道不错，沾你光了。

志　敏：爷爷吃孙子的，不说这样的话，快吃！锅里还多着呢。

马爷爷眼里泛着泪花，看看志敏，埋头吃起来。

马　宅

几天后的中午，马爷爷散步回家来吃饭，他一进门就见刘笛、周小伟、张欣怡、李颖、学生甲排了一排给他鞠躬，齐声问好。马爷爷愣怔了一下没有理睬他们，换了拖鞋，来到叮当作响的厨房。

志敏正忙着切菜、炒菜。

马爷不客气地：你说话不算话，怎么又邀同学来家里了？而且还是好几个！

志　敏：爷爷，您一会儿就知道了。

马爷爷：这都几点了，该我做饭了。

志　敏：马上就好！马上就好！

马爷爷回到客厅打开电视，不时望望厨房，望望志敏屋，那里传出孩子们低低的说话声。

电视里播法制新闻，马爷爷凑前听着主持人诉说案情。

这时志敏推妈妈来到客厅，身后刘笛端着一生日蛋糕，张欣怡拿着一束鲜花还有王冠，周小伟拿着一瓶干红，李颖、学生甲各端两盘炒菜，马爷爷惊异地望着。

孩子们：爷爷生日快乐！

志敏妈说：大叔，孩子们给您庆祝生日来了，庆祝您的七十大寿。

马爷爷想了想，恍然大悟，心情非常激动。

志　敏：爷爷，今天是您的七十大寿，蛋糕不大，您别见怪，只想表示我们对您的感恩之心，爷爷。

马爷爷擦擦眼睛沁出的泪水，缓缓地站了起来，他望着孩子们虔诚的笑脸，心中百感交集。张欣怡给他戴上王冠，送上鲜花，他捧着鲜花回到自己卧室去，客厅剩下面面相觑的孩子们。志敏迈步去追爷爷。

志敏妈：别去，你把蜡烛点着吧。

马爷爷的卧室传出马爷爷低沉的呜咽声，老人的哭泣牵动着每个人的心。过了一阵，马爷爷拿一瓶白酒出来，心情已平静了好多。

志敏拉爷爷坐到沙发上。孩子们一起为爷爷唱起生日快乐歌。志敏妈也随声唱着，眼泪止不住地流。马爷爷眼睛又湿润了。

刘　笛：爷爷许个愿吧。

马爷爷顺从地双手合十。愿毕，在孩子们的指挥下，吹灭了蜡烛。

志敏妈：大叔，我真诚地祝福您身体健康，幸福快乐！孩子们说要给您庆寿，我就同意了，您别介意没和您商量，大叔。让志敏斟酒，我今天讨您一杯寿酒喝！

马爷爷抹着眼睛：我太激动了，孩子们！谢谢你们给我庆寿，这是老伴走后晚辈给我过的第一次生日，也是十几年来唯一一次生日，谢谢大家啊！

志敏斟满酒，端起来一杯：爷爷，这是我妈妈敬您的生日酒，请您干杯！

马爷爷：好的好的。

和爷爷碰杯后，志敏喂妈妈喝了酒，并夹一口菜给妈妈吃。

志敏妈：你给爷爷也夹一口。

爷爷笑道：爷爷自己来！

志敏端起酒杯：来，大家都举杯，祝贺爷爷的七十大寿，干杯！

张欣怡：爷爷，祝您福如东海，寿比南山！

刘　笛：爷爷生日快乐！来，大家都干杯，周小伟必须干了杯中酒。

周小伟为难地：我不会喝酒，这又是白酒，免了吧。

刘　笛：不行，这是必需的，寿酒必须喝！

周小伟呷了一小口，辣得直吐舌头，大家都笑起来。

马爷爷：吃口菜，吃口菜压压就好了。

志敏妈：大家就围茶几坐吧，别站着庆寿，大叔，咱们不上餐厅了，好吗？

马爷爷乐得合不拢嘴：好，好的！孩子们坐，那边有凳子，搬来坐！大家围茶几坐好了。

李　颖：爷爷，志敏和我们商量给您祝寿，我心里有点害怕，怕您赶我们走。

马爷爷：不会的，不会的，我怎么会赶你们走呢。

刘　笛：爷爷，志敏说您不会，说您是位善良的老头儿。

周小伟：你说什么呢，老头儿老头儿的，爷爷，别听他瞎说。来，生日快乐！咱走一个。

马爷爷：你不是不会喝酒吗？怎么说“走一个”这么顺溜？

刘　笛：他在您面前装孙子呢！

大家齐笑起来。

马爷爷笑着抿一口酒：我有个问题。志敏啊，你怎么知道我的生日是今天呢？

志　敏：就那天我抱您上轮椅时，您的身份证从衬衣口袋里掉出来了，我怕丢就装我身上了，到了医院我才又装回您口袋里，所以我就记住您的生日了，一直想着给您过一个美好的生日。来，我们举杯为爷爷祝寿！

干杯！干杯！欢快的祝福，来自内心的祝福，让马爷爷幸福无比。

马　宅

一个阳光明媚的休息日，志敏推妈妈去晒太阳，来到门口，马爷爷笑着迎上来，接过轮椅，志敏不解地望着他。

马爷爷笑着：我正好要去晒太阳，一并晒得了，你也要休息一下。

志　敏：谢谢爷爷，那就拜托您了。

马爷爷：一家人不说两家话，你去看看电视、听听音乐，不要总钻在学习里，也寻找一点自己的快乐。

志　敏：是，爷爷。

马爷爷推着志敏妈出门了。

小区路上

马爷爷笑容满面地推着志敏妈，与熟人打着招呼。

熟　人：老马！这是推着谁啊？

马爷爷：我闺女。

熟　人：瞎说，你不是只有一个儿子嘛，多会儿冒出一闺女？

马爷爷：刚认的闺女，出来晒太阳补钙。

熟　人：你闺女挺漂亮！什么病啊？

志敏妈笑着：是车祸造成的高位截瘫。

熟　人：啊！可惜 一好闺女了。闺女啊，老马是好人，一辈子的好人。

志敏妈：大叔，人都夸您呢。

马爷爷哈哈一乐：闺女，从今天起我每天推你晒太阳，也好减轻志敏一些负担。你呢，也不用只有星期日才晒太阳，同时也能体现我还是个有用的人，没到让人伺候的地步。

志敏妈：您每天推我，我心里过意不去。

马爷爷：这有什么，顺便的事，我不是也得晒太阳嘛，我就当锻炼得了。

志敏妈：大叔，您不嫌累嫌烦就行。大叔，这样叫您拗口，不如叫您老爸好了。认不认我这瘫闺女？

马爷爷：认！我巴不得认你呢。我有个好孙子，又有好闺女，多美啊！

志敏妈：老爸！

马爷爷：唉！

志敏妈：老爸，咱到那最热闹的地方显摆显摆去。

马爷爷：好嘞，走着。

马爷爷推着志敏妈快步走着，俩人笑得合不拢嘴。

马宅，早上

马爷爷刚吃完饭，准备洗自己的碗，忽听志敏妈在屋里惊慌地喊：来人啊，救救我，救救我！

马爷爷三步并作两步冲进志敏屋。

志敏屋

志敏妈在床上瞪着大叔：快，快，一只蟑螂抓我的脖子呢，快，把它赶走！

马爷爷一把抓起一餐巾纸，急问：哪儿呢，在哪儿呢？

志敏妈：我脖子下面，正爬在我的脖子上呢，爬得我好怕！

马爷爷一手扶起她的头，一手准确地用纸罩住蟑螂抓起来扔到地上跺了一脚，然后轻轻放下志敏妈的头。

志敏妈长吁口气：谢谢老爸救我，我从小就怕蟑螂。吓死我了，这屋里有蟑螂。

马爷爷：从来没有过蟑螂。大概邻居家钻进来的。我也最怕那玩意，不是你惊叫，我可不敢碰它，等下我去买蟑螂药来。

志敏妈：那家伙一开始在我脸上爬，我一叫喊，钻到我脖子下面，钻来钻去，钻得我好痒痒。我心里害怕，只好大叫了。

马爷爷盯着她没有说话，她有了察觉停下嘴。

马爷爷高兴地：你痒痒？好情况，就是说你脖子有了感觉，好消息闺女，好消息！

马爷爷把手伸到脖子处，挠了挠。

志敏妈：感觉到了，感觉到了，您的手热乎乎的。

马爷爷：你转转头。

志敏妈左右转头：老爸，您看，我能转头了，刚才一惊吓，吓得脖子能转动了。

马爷爷：你再试试，手啊脚啊，还有身体其他部分。

志敏妈：手、脚还没感觉。

马爷爷：脖子有感觉是一大进步，慢慢地其他地方就会有感觉，这都是志敏不懈努力给你按摩的结果。康复的前兆，可喜可贺！

志敏妈：老爸，谢谢你！

马爷爷：干嘛谢我。

志敏妈：饮水思源，没有您让我们住这儿，我不能有这样的好转。

马爷爷搬了把椅子坐到床边。

马爷爷：你打小就害怕蟑螂吗？

志敏妈：是啊，不是一般地怕，特怕。大概我上辈子是蟑螂爱吃的虫子。您刚才说您也怕蟑螂，男人也怕一只小虫子？

马爷爷微笑着：这人啊，怕什么的都有，怕蛇、怕狗、怕毛毛虫、怕老鼠。我儿子就怕老鼠，前些时他来找我要钱，一进门就嚷嚷："爸，有老鼠！你这里有死老鼠。"我说："尽胡说，我这屋子干净得水洗过一样，老鼠上我这儿干嘛呢？再说一只死老鼠有多大的味你就闻到了，你又不是狗鼻子。"他不听我说，四处嗅着，果然在门口鞋柜一边的旮旯里有一只死耗子，大概是去谁家吃了耗子药跑进来死在那里的。我用铲子铲了死老鼠往前走，我儿子吓得蹦到凳子上，双手一边大摇一边大喊："爸！爸！你别过来，别过来！"我说："儿子，看你那㞞样，以后我在家养两只老鼠专门治你，看你还敢不孝顺。""我服了，我服你了，你是我亲爸，你快把它扔远远的，求你了。"我把死老鼠扔了出去。那天他不敢开口要钱就走了，我心里又有些不落忍。唉，可怜天下父母心啊。

志敏妈：那天你们吵的话我都听到了。老爸，为我一瘫子您为难了。

马爷爷：不关你的事。他老婆小心眼，怕我悄悄地把房子赠给你们呢，那天来就想让我把房子写到他们名下。我才不傻呢，要真写给他们，他们一准把我赶到大街上，我清楚得很呢。

志敏妈：老爸，不会的，马大哥不像那么不仁义的人，他们会转变的，这需要一些时间。

马爷爷摇着头苦笑着：我早给他们盖棺定论了，死了改变吧。他妈走了十几年，从没关心过我死活疼痛，上门没别的事，就是要钱。人们都说，儿女是讨债的冤家。千真万确，我上辈子欠他们的，其实儿子这样和我老伴脱不了干系。

街上，回忆

五六岁的马福来在地上打滚哭闹着要吃冰淇淋。

年轻的马妻：你起来！妈妈给你钱你自己去买，买两根！

马福来爬起来接过钱就跑了。

马妻对马玉龙：不就一冰淇淋嘛，再穷不能穷孩子！

年轻的马玉龙：孩子刚出医院你不知道？吃冰淇淋行吗？你想让孩子再打针输液？

马　妻：至于嘛，一吃冰淇淋就能病了？好了，我儿子我知道！

马福来拿一大盒冰淇淋回来，一手把找回的钱递给妈妈，一手揭开冰淇淋吃起来。

马妻喜眉笑眼地：我儿子长大了，知道买一大盒的。儿子，给爸爸吃一口好不好？

马来福：不给，不给我买冰淇淋，不给他吃！

马妻哈哈笑着：那你给妈妈吃一口？

马福来看妈妈一眼：不给，谁也不给吃，我买的！

马　妻：好儿子，从小就知道保护自己的东西，将来准能把持好一个家。

马玉龙：你惯他的都是什么啊，自私自利，独断专行，将来一定自私不孝！你有的罪受啦，不信你等着。

马　妻：我教他节俭有错吗？这样才不会把钱给外人花，儿子，妈亲一个！

马玉龙无奈地摇摇头：你一定会后悔的，娇子犹如杀子。

马　妻：才不会呢。儿子，回家，妈给你做好吃的，不给你爸爸吃，走！

马玉龙默默跟在母子后边回家。

志敏屋，现实

马爷爷：人常说三岁看大，七岁至老。父母的言行影响孩子的一生，儿子现在自私、不孝，都是他妈教育的产物。假如他妈活着，也一定会后悔的。可惜她走了，把这后果丢给我一个孤老头子来承受，唉！

志敏妈：老爸，和下一代一定要沟通、讲道理。我看大哥还是有些情义的，你生气他默默地走了，没有别的无理举动，我想他能转变的。

马爷爷：老话说得好，江山易改，秉性难移。他们完了，原来寄希望于孙子身上，可在他老子、妈的教育下，我感觉也是希望难存。

志敏妈：我看鹏鹏挺好的，天真、纯朴、直爽，说话都向着你呢。

马爷爷：在我心里，孙子比儿子强一点，但也是墙里跌到墙外。

志敏妈：孩子的可塑性高，好好引导会成才的。

马爷爷：如今我也想通了，由他去吧，这就是命啊！和你说说话心里敞亮多了。我去买蟑螂药。今天阴天，说有小雨转中雨呢。

志敏妈：志敏告诉我了。

马爷爷：志敏多孝顺，要是天下所有孩子都像他那样，还用想养老问题吗？人类一个大家庭多好啊！唉，你歇着。

马爷爷走了，志敏妈独自高兴地把头扭来扭去。

马宅，客厅

志敏妈坐着轮椅在客厅待着。

马爷爷进屋跺着脚上的泥水：幸亏没推你一起去买药，不然就是两个落汤鸡。

志敏妈：还是老爸聪明！志敏做饭呢，咱一起吃饭好不好？

马爷爷：这可不好意思，不能总是沾你们的光，你们那点钱可不能总请我。

志敏打厨房出来：爷爷，饭好了，咱们在餐厅吃饭。爷爷你尝尝我专心炒的菜，那叫一个味儿好，保证您吃了这顿想下顿。

志敏妈笑道：又吹牛，老爸您不知道，一开始志敏做的饭贼难吃，什么食不下咽就是说他做的饭，我又不敢打击他的积极性，只能说好吃好吃。现在嘛，确实好吃！

志敏推着妈妈，马爷爷随后来到餐桌边，三人围桌而坐。

志　敏：妈，那你当初就该指出我的不足，说不定儿子的饭菜会做得更好吃呢。

志敏妈：我怕你受打击再也不做了，我喝西北风啊。

马爷爷：看你把我家志敏说成什么样了，志敏不是那样任性的孩子！

志　敏：就是嘛，还是爷爷讲公道话，最疼我！

三人乐起来。

桌上摆着一盘西红柿炒鸡蛋，一盘韭菜炒香干，一盘青椒青菜，还有大米饭。

马爷爷笑道：看着馋，闻着香，令我食欲大增，而且酒虫子也勾起来了，我得喝一杯。

马爷爷去拿酒，志敏喂妈妈吃饭。

马爷爷拿来了酒和两个酒杯，给志敏倒了半杯。

马爷爷：阴雨天喝酒祛风湿、取暖。志敏，喂你妈妈喝一口，你也喝一杯。

志敏喂妈妈一口酒，然后把杯子里剩的酒都喝完，接着喂妈妈吃饭。

马爷爷夹菜喂志敏：喝酒得多吃菜，不吃菜容易醉，尤其空腹喝酒更容易醉。

志敏妈：老爸，你把他惯成酒鬼我可不依，还教他喝酒经验呢。

马爷爷开心地笑起来：不能，志敏根子正，控制力很强，我几次给他紧箍咒都没能激起他的火来，小心眼多着呢，这小子是块材料。要说这小子也能喝两杯呢，那天给我庆生就看出来了。

志敏妈：他经常陪他爸爸喝。在乡下时，他爷爷也惯着他喝！

马爷爷：我说呢。志敏啊，高兴不？

志　敏：高兴！爷爷，高兴着呢，自从搬到您这里来，感觉有了一个新家，心里真的很高兴。

马爷爷：我是说你妈妈的病情有了好转，你妈妈的脖子能转动了。

志　敏：真的吗？我说今天喂妈妈饭有些不一样，可怎么也想不出哪里不一样。妈妈，您怎么不告诉我？

妈妈笑着扭头吃了一口大米，转回头笑着。

马爷爷乐呵呵地抿着小酒，志敏妈左右扭着头，呵呵地笑着。

马爷爷：好了好了，闺女，别转了，转多了头晕。志敏啊，你每天辛辛苦苦按摩有了回报，坚持下去你妈妈真有可能康复啊。

志敏乐得合不拢嘴：爷爷，都是您好心让我们住在这儿，我妈妈心情好才有了这样的结果。

马爷爷：一听就知道志敏是个感恩的孩子，愿不得大家都喜欢你，都乐意帮助你，都是被你对妈妈的孝心打动了啊。听说在学校里你也是个助人为乐的好青年呢。

志敏妈：老爸，您这样夸他会翘尾巴的。志敏总说，您的大恩情我们什么时候能报答啊。

马爷爷：不是我酒后话多，志敏真是一个好孩子，来这里打水一是一二是二，不说谎。赶我到你租的屋子一看，果不其然，一点没有编故事，我从那时就有些喜欢他了。经过后来的了解，他对你的孝顺，我能不受感动嘛。从你们搬来住，你们带给我多少欢乐和惊喜，我享受到了家的温暖，仿佛又回到从前的家里，时髦话叫穿越。我觉得咱们比亲人还亲呢。咱们这样过是不是还有些生分？我看咱们把生活费合起来搭伙过日子好不好？你们出一份，我出一份，统一吃喝，不就更是一家人了，成吗？

志敏妈：老爸，我们生活费少得可怜，这样对您不公平。

马爷爷：什么公平不公平，你们是我的亲人，咱们心心相印。这样不分内外更有家的感觉，我更能享受温暖。

志　敏：爷爷，那您可亏大发了，您划不来！

马爷爷：就这样定了。咱这段时间各过各的，我心里觉得有些别扭，合起来，吃大锅饭香，让我重铸家庭温暖。其实在我心里，你们早就成了我的亲人，所以你们得听我的，满足我的心愿！

志敏母子相视一眼。

志敏妈：老爸，我知道您的心，我无法表达的我心意，就让志敏给您鞠个躬吧。

马爷爷拦住志敏：闺女，咱一家人不说两家话，咱也看看志敏能否管好这个家，能不能养好咱们的胃。志敏你天天做饭，爷爷呢，帮你给你妈妈喂药、喂水，带她晒太阳、遛弯买菜，怎么样？

志　敏：爷爷，我全力以赴，一定把饭做得香喷喷的，让你们胖起来。

马爷爷：有钱难买老来瘦，我还是别受你饭菜的诱惑了，不然真胖起来对身体不好。

志　敏：那怎么办？

马爷爷：逗你玩！

一家人其乐融融，开心地笑起来。

路　上

马爷爷推着志敏妈走着，轮椅的一边挂着蔬菜，马爷爷不时和路边的人寒暄着。阳光温暖宜人，清风轻轻拂动无叶的柳枝。

马爷爷：闺女，你有个好儿子，我心里真为你高兴。鹏鹏要有志敏一半我就烧高香了。

志敏妈：老爸，鹏鹏一定能学好，一定能进步，您放心，鹏鹏会变好的。

马爷爷苦笑笑：唉！想着好吧！

志敏妈：老爸，咱这样生活您感觉怎么样，舒心不？

马爷爷：太舒心了，你没见我皱纹都变少了呢。说实话，我是打心眼里高兴，挡都挡不住。时候不早了，咱该回家了。

志敏妈：好啊，自从改口叫您老爸后，您不知我有多幸福，心里那叫一个踏实。有时候听您说话的腔调，就一个活生生的我爸，那份感觉真让我快乐无比。以前我躺在床上不能动，烦得我只想寻死呢！

马爷爷：人都有想不开的时候，所以你不能瞎想了，你不还总劝我想开点吗？闺女，一家一本难念的经，一人一颗复杂的心。这话说得多明白！闺女啊，从你改口称呼我老爸，我心里总是暖暖的，总想给你举行一个认亲仪式。

志敏妈：老爸，咱不要那些虚头巴脑的东西，这样多好，实实在在、亲亲切切，有那表面仪式，显得生分。

马爷爷：那就作罢。老天给我一个闺女，是我的命好。

志敏妈：只是一不能动的瘫闺女！

马爷爷：不许瞎说！你不知道有个闺女多好，心里甜美着呢，真的幸福快乐呢。咱不说了，走快些。

志敏妈：老爸向前冲。

马爷爷笑着快步走起来，俩人脸上洋溢着幸福。

时光荏苒，季节变换，飞雪迎春，春节嘉庆。

迎春报春，春意盎然。牡丹盛开，游人如织。

菊花傲立，塔吊下高楼在成长。

马 宅

马爷爷开门把志敏妈推进屋里，关门后才发现孙子马伟鹏在客厅的沙发上玩手机。

马爷爷：你怎么来了，不上学？

马伟鹏：爷爷，你儿子把我赶出家门了。我妈说，搬迁的楼房都盖好了，你捡来的孙子该退位了，所以就赶我来给你占领屋子。

马爷爷的笑凝固在脸上，原来儿子给自己来这一手。

马爷爷长叹口气：看到了吧，这就是亲儿子的惦记、关心。鹏鹏，你和爷爷住一屋。

马伟鹏：爷爷，我和生人住不惯，我睡客厅。

马爷爷：好吧，晚上拿床被子盖，天气冷了，别冻着。

马伟鹏又把耳机戴好，玩手机。

马爷爷把志敏妈推回志敏屋去。

马宅，中午

志敏到厨房忙了一会儿就把饭菜端上了桌，然后招呼爷爷吃饭，自己到屋里把妈妈推了出来。

马伟鹏过来看看简单的饭菜：怎么都是素菜？这怎么吃呢！没有鸡翅，最起码有一盘红烧肉也好啊。

马爷爷：人心没尽！这不比你在网吧里啃干吃面丰盛？再说，吃素淡一点对身体好。动为纲，素经常，知道吗？

马伟鹏懒洋洋地拿起筷子扒拉几口大米，放下筷子不吃了。

马爷爷见状，无奈地从兜里掏出十块钱：你去买香肠吃吧。

马伟鹏抓过钱笑了：还是爷爷好，我顺便去上学了。

马伟鹏走了。

志　敏：马爷爷，下午您去买二斤肉，晚上我做红烧肉。南方的红烧肉也叫毛式红烧肉，发甜的，特好吃！

马爷爷：不能惯他这毛病，由他去。

志敏妈：老爸，孩子还小呢，注意增加营养。你看他瘦的，再说我也想吃肉了。

马爷爷：他天生瘦，小时候他吃奶，他妈妈怕影响自己的体型，所以就喂牛奶，没有吃起奶膘来，所以瘦，不是营养问题。既然闺女想吃，那我下午就去买肉回来。

马宅，翌日，客厅

志敏下学回来对马爷爷说：爷爷，好消息，社区主任阿姨让我明天到售楼部领钥匙。爷爷，我们有房子了，房地产的胡老板之前说送我一套房子，我心里没底，所以没对您说。现在有了准信儿才告诉您，您可别怪罪我。

马爷爷笑了：我闺女早就告诉我了，这胡老板还是守信用的人，不是头脑发热说了不算的人。

志　敏：爷爷，您早知道为什么不漏口风给我？让人心里怪不好意思的，我一直担心您怪罪我。

马爷爷：哈哈哈，你不也不漏口风嘛，扯平了。

志　敏：主任阿姨说领了钥匙给她，还说她已找好了人给简单装修一下，一个月后就可以入住。

马爷爷：好事情都让你赶上了。孩子，老人常说，在家敬父母，不用远烧香。你的孝心感动着人们都为你做好事呢，快去告诉妈妈吧，让她也高兴高兴。

志敏笑着回屋，马爷爷想到了什么，沉下脸来，转换频道。

马伟鹏回来了，来到客厅。

马爷爷：你怎么才回来？

马伟鹏：下课晚了，老师非讲完课文才放学。

马爷爷：你把你那耳机收了好好学习，不然你考不上大学，爷爷就白准备大学学费了。

马伟鹏：真的？那我好好学习。不过爷爷，你得给我增加营养才行，没有营养怎么学？

马爷爷：你呀，不是爷爷说你，你看看志敏，比你小两岁，你和人家比一比。

马伟鹏：爷爷，要不你每天给我十块钱，我买营养品吃，一定有精力冲刺高考。

马爷爷：唉，你呀你，真是我的好孙子呢。钱孙子！

六中，初三二班

刘笛和志敏坐在窗户边的桌子旁看着楼下，说着话，周小伟在一边写字。

刘　笛：定了哪天搬家了吗？用不用咱爸的汽车去拉？

志　敏：过五天搬家。东西少，隔条马路就到，用汽车不是豆腐花了肉价钱？亏你想得出来！

刘笛嘿嘿一笑：你说得对，咱们几个人一趟齐了的事，干嘛还用汽车。

周小伟：显摆有钱呗。

刘　笛：闭住你的嘴，写你的作业，瞎掺和什么？

志　敏：房子下来得正是时候，我能专心致志地复习一段时间，争取考上高中。我计划考六中高中部，房子在这儿，两全其美。你考哪儿？

刘　笛：我下一级考六中的分校，你知道我的学习差一点。

周小伟：何止一点，一大截呢。

刘　笛：你少打击我刚提起来的积极性，我爸说六中分校容易考取，学校会照顾一些本校学生升入高中，这样我的希望不就很大了吗？

周小伟：希望是大了去了，你爸捐一些钱给学校，保险能上高中。我就惨了，爸妈没钱支援，还没好好学习，危险着呢。

志　敏：想那么多干嘛？抓紧时间拼一下，临阵磨枪不快也光。说不定临场发挥好，一举考上高中呢。

张欣怡进来：你们不抓紧时间复习，还有闲心聊天啊。

刘　笛：老姐，你管得太宽了吧，真是老姐！

张欣怡：谁是你老姐？童瑶才是呢！你别油嘴滑舌，赶快复习去吧。

刘　笛：老姐，那是志敏叫的，我可不承认她是老姐，只能叫你，老姐！我们正说志敏搬家的事呢，你去不?

张欣怡：那必需的，再忙也得去。

刘　笛：那就这么定了，搬完家，我请大家吃饭，咱们好好庆祝庆祝志敏的乔迁之喜。白得一套房子，该庆祝对不对? 我就纳闷了，胡老板怎么白送一套房子给他这个穷小子，图了什么?

周小伟：还不是志敏的孝心打动了他。志敏打动的人可多了，马爷爷、社区主任、胡老板、小童瑶。

张欣怡：你的话也不少啊，学习要这么积极就好了。

刘　笛：老姐，你说话怎么偏着外人。

志　敏：别逗了，你们大家对我的好，我都记着呢，将来我会努力报答。我说话算话，但庆祝不是时候，等中考结束了，我请大家吃一顿大餐，大家说好不好?

他们望着志敏，思绪万千，默默地同意了。

马宅，餐厅，晚上

桌上摆了丰盛的菜肴和一瓶白酒，桌旁马爷爷和志敏妈唠着，马伟鹏在一边兴致勃勃地玩着手机，志敏拿了餐具出来。

志　敏：爷爷，齐了，爷爷做的饭香飘了一屋子，今天什么节日啊?

马爷爷：没节日，今天下厨房展现我的厨艺，心里也是想请你好好吃一顿。说实话，早想请你的，就是有些担心，怕你们说我显摆、夸富、小瞧人，所以一直没能称心如意地请你们吃顿饭。今天我给你们饯行，咱们一醉方休，志敏妈也尽情喝一次，每次聚餐你只喝一点，看着都不过瘾。

志敏妈：好的，我也放胆地喝，我也早想过过瘾。

马爷爷呵呵地笑着：原来你也能喝啊，每次怕你不能喝让着你，你却深藏不露。

大家乐起来，志敏斟了酒。

马爷爷举杯：来，都拿起酒来，鹏鹏也喝点。我说几句，今天庆祝你们新房装修完毕，再就是感谢你们母子陪伴我度过这两年来的日子，让我这个垂暮之人重新拾回家庭的温暖、亲情的温馨，咱干第一杯。

马爷爷喝完酒，抹了把眼泪。

马爷爷：吃菜吃菜，尝一尝爷爷的厨艺。当年在单位当采购有时间，所以练就了一手做菜的手艺。

志敏吃了一大口菜：爷爷，您炒的菜比我炒的强多了。

志敏妈：香！老爸的厨艺好，志敏代表妈妈和爷爷干一杯，谢谢爷爷对咱们母子的恩德，这恩德一定牢记心中。

志敏举杯：爷爷，这杯酒是代表妈妈敬您的，祝爷爷身体健康，福寿如山。

马爷爷：干！大家都健康快乐！

马爷爷放下酒杯：志敏啊！爷爷心里清楚，你们马上要搬走了，今天爷爷给你们饯行。天下无不散的筵席，至亲的亲人也有一别啊。

志敏妈：老爸，咱们不能分开啊，您和我们一起搬到新家住吧，这房子您可以租出去挣养老金，志敏伺候您到老，这是志敏提出来的，您知道志敏一准能做得到。这样，咱们还是一家人啊！百年之后，这房子归马大哥。老爸！您要是不搬过去就是嫌弃我们。

马爷爷：闺女，这情我领着，我知道志敏这孩子靠谱，可是我放心不下我孙子，这个不省心的孙子揪着我的心呢，我想不开、放不下啊！

马伟鹏无动于衷地瞅着爷爷，瞅瞅志敏妈、志敏，又埋头翻看手机。

志敏妈：老爸，我可是真诚地邀请您和我们一起生活呢，有您推我晒太阳、遛弯、聊天，我多开心啊！求您了。

马爷爷：和你们生活我也开心，但事情不是那么简单。不说了，你们搬得并不远，我会经常过去看望你们的，当然，也可以推你去晒太阳，马路隔不断我们的父子深情。来，大家干杯！然后吃饭。

虽说是喜庆的筵席，但气氛却有份伤感和忧郁的压抑。

新区，志敏新家，单元

有的正在装修，有的在晾晒，有的在打扫，但只有志敏一家搬来住了。

志敏新房

两室各置一张单人床，床上用品齐全，是马爷爷送的，厨房用具也是马爷爷送的。志敏推着妈妈在新房里转了一圈，回到不大的客厅里。

客　厅

摆一简装沙发和茶几。

志敏妈：儿子，记住这一切的来源，记住帮助过我们的每一个人。儿子，主任阿姨用心良苦，还给你添置了书柜、写字台，这就是在告诉你，一定要好好学习，考上大学才是他们的心愿。

志　敏：嗯，我一准做到、做好。妈妈，我多想和爷爷住一起啊，可惜他不来！

志敏妈：马爷爷有儿子、孙子，所以他不能和我们住。但我们可以过去看望爷爷，你说是不是？爷爷也经常会过来看我们。还要记住胡老板、主任阿姨、童瑶老师、刘笛、张欣怡、你的所有同学对你的帮助，你一定要考上大学，学好知识，将来更好地回报社会、回报恩人们。孩子，滴水之恩当涌泉相报，更不用说如此的大恩情了。

志　敏：我会的，妈妈，我一定做到您说的这一切。

字　幕： 马爷爷两年后过世，没有过来和志敏他们生活在一起，让他们十分遗憾。志敏推着妈妈参加了马爷爷的葬礼，马爷爷终年 75 岁。

剧　终

2015. 7

2

凡人小事同学情

片　　名：凡人小事同学情

字　　幕：

演职员表：

城市雪景

天空装点了城市的壮美，洁白覆盖了大地。马路上的汽车像蜗牛一样爬行，天雾蒙蒙的。正是早晨上学的时间，街上学生们三五成群地向不同的学校走去，一路说笑打闹着。

筒子楼

一男一女两个十一二岁的少年来到楼下。

男孩刘勇双手攥成喇叭状朝楼上喊：丁一鸣！丁一鸣！上学去喽！

女孩李晶玉：你每天只喊两声，万一他听不到怎么办？

刘　勇：这是约定，男子汉的约定你不懂！

李晶玉：切！告诉你个好办法，拨打手机，响两声对方不要接又清楚又警醒。多好的工具不利用，扯着嗓子喊！你当大山里找回声啊！

刘　勇：老外了不是？这万一哪天手机忘记关静音，上课老师没收了你又不赔，不知道学校不准带手机？以前那个聪明漂亮的李晶玉哪儿去了！

李晶玉：哼，就这点记性，怪不得数学跟不上。

刘　勇：说你自己呢吧，我数学班里排名前十，谁像你二十五白受苦！

李晶玉扬手打刘勇，刘勇笑着躲开，谁知脚下一滑，一个趔趄差点儿摔倒。

李晶玉笑着：该！该！让你欺负本姑娘。

楼门里跑出丁一鸣，手中捧着馅饼：谁这么大胆子敢欺负你！我给你报仇！

刘　勇：谁敢欺负母老虎啊！

李晶玉：你！你说谁是母老虎？我把你耳朵撕了卖菜。

李晶玉扑着要揪他的耳朵，刘勇躲避着。

丁一鸣：快来接饼，刚出锅的，烫死我了，一人一张。

刘勇拿过一张，就是一大口：嘿！烫！烫！

李晶玉：馋猫！

李晶玉咬一口：真好吃！丁一鸣，你妈妈做的馅饼真是萌萌哒！

刘　勇：真香！真好吃！这馅饼味道越来越美了。

李晶玉：丁一鸣，你妈妈要是我妈妈就好了，我可以天天吃馅饼。

刘勇大口嚼着：那就给你做妈妈得了，丁一鸣缺媳妇，给你当婆婆妈正好！

李晶玉：狗嘴里吐不出象牙来，不理你了！

李晶玉佯装生气，独自前行。

丁一鸣：你尽胡咧咧个啥？干嘛拿我俩打岔！赔礼道歉去！

刘勇大口咬着饼子：才不呢！又没说错！

丁一鸣搡他一膀子。没防备的刘勇滑倒在地，竭力保护着手中的馅饼。李晶玉听到动静转回身来，见丁一鸣拉刘勇起来。

李晶玉：你干嘛推倒他？一句笑话至于吗？

丁一鸣：只轻轻搡他一下就倒了，软绵绵的像泥捏的。我在帮助你教训他呢，你还帮他说话。

李晶玉：我不想你们打架知道不！反正连你也不是好人，懒得管你们！

她蹬蹬地走了。

丁一鸣：都是因为你！还不快追！

俩人跑着追李晶玉去了。

红星小学

一栋六层的主教楼，西边一栋是三层配楼，楼后的操场上白雪皑皑，学生们在雪地里欢呼雀跃，疯狂玩耍，雪球飞来飞去，欢声笑语，一片喧腾。

五年二班

丁一鸣正急急忙忙抄别人的作业，班里不多几个学生。

王宾气喘吁吁地跑来：丁一鸣！丁一鸣！刘勇在操场上被人打了。

丁一鸣扔下钢笔，飞奔而去。

操场上

刘勇和三个男生滚打在一起，他显然吃了亏，但他奋力死磕着。丁一鸣二话不说，扑上去加入混战。他们互殴着，学生们围观着、议论着、起哄着，直到老师和保安过来才结束“战斗”。

教师办公室

班主任连老师铁青着脸：一进校门听到的就是你们打架，真英雄！为什么打起来的？

刘勇嗫嚅道：我们打雪仗，我的雪球飞到他头上了，他扑过来就打我。他们几个同学仗着人多欺负我，把我鼻子都打流血了。

连老师：你受委屈了是不是？只是一只雪球吗，那么多学生打雪仗，怎么不打他们专打你？

刘　勇：那谁知道！

连老师：你还嘴硬！不坦白你的错误！平时看着你很老实，今天藏奸耍滑？雪球里放石块儿，所幸只是砸在头上，如果砸人眼睛呢，你不是要人残废吗？五年级的人学会来阴的了，还有脸喊冤！马上去洗洗，到教室里写检查！还有你丁一鸣，不问青红皂白就打架，这不叫哥们义气，叫帮凶！你俩还真是难兄难弟呢。一块儿写检查去，深刻认识错误。如果认识不深刻，就让家长来解释，听到没有？马上去！

俩人怏怏地走了。

李老师：现在的孩子越来越复杂，藏奸耍滑不知跟谁学的。雪团包石块儿，不学好。

连老师：就是啊！真搞不懂！打雪仗多么开心快乐的活动，让他们发展成打架的导火索了。

李老师：此风不可张，必须刹住，以儆效尤，不然还有下回呢。你别看这俩小子表面上像小绵羊似的，万一去寻仇，事情就麻烦了。

连老师：可不是咋地，两个愣头青，没一个省油的灯，只是学习还不错，都在前十名。

李老师笑着：学习好就偏心呗！老师的通病。

连老师：我可是从不偏心，为人师表要是偏心还怎么教育学生？

李老师：知道你不偏心，只是心长得偏而已！学生得引导，不用总是压啊、卡啊、批评啊，动不动拿家长说事儿。

连老师：就你知道！你别引导我走歪路就是了，教育要公平，对此你很有感触吧。

李老师：不识好人心！由你去吧！

连老师笑笑：你是好人，天下最好的好人，我记住了。

俩老师对视而笑。

五年二班

连老师在讲台上讲话：学校是学知识受教育、讲文明讲礼貌的地方，不是打架斗殴的地方，在这里你们学知识、学做人，将来做一名对社会有用的人。刘勇、丁一鸣和人打架，这是扰乱学校秩序，违犯校规校纪，同学们一定要从他们身上吸取教训，坚决不允许这样的事再次发生。同学们，你们都是五年级的学生了，都是有思想的小青年了，你们扪心自问，老师五年来苦口婆心、含辛茹苦，你们就学会打架？对得起老师吗？对得起一直关心你们的父母吗？对得起你们自己耗费的五年光阴吗？这个问题就此打住，刘勇、丁一鸣检查写好交上来！今天讲新课，打开书第102页。

连老师转身在黑板上写生字。

五年二班

下课了，学生们四散而去，丁一鸣来到刘勇面前，李晶玉也凑过来。

丁一鸣：怎么才写几个字，你不是写检查达人吗？写快些我等着抄呢！

刘　勇：你也开动脑筋赶快写，一会儿咱们一综合，一定是一篇杰出的检查，咱检查界也露一脸，得个第一名。

丁一鸣：你贫吧，惹怒连老师，一个电话打给家长，你我都死翘翘了。

刘　勇：咱是谁啊，放你的心吧！这篇检查我包了，晚上到你家写作业。

丁一鸣：为什么不到你家？

刘　勇：主要是想吃你妈做的馅饼啊，回味无穷啊，香！

丁一鸣：馋猫！还有心情吃喝，真是个吃货。你赶快把检查写出来，我一抄完事儿！吃馅饼还不是分分钟钟的事。

李晶玉：知道你们就会出事，和人打架！有一个好人也打不起来，一丘之貉。

刘　勇：没你事儿，别掺和！

李晶玉：哼！老师训斥你们，该！检查通不过，我告诉丁叔叔、刘叔叔去，不信你们看着。

刘　勇：你当叛徒，背信弃义，馅饼没你事儿？

李晶玉：才不稀罕呢！你等刘叔叔打得你坐不了凳子才高兴呢！

刘勇连忙伏案疾书。

丁一鸣家，傍晚

筒子楼的两间半房子里，丁一鸣、刘勇、李晶玉正在丁一鸣的半间屋里嘁嘁喳喳互问互告学习着。

丁父开门进屋，高声问：一鸣，你妈呢？怎么还不做饭？

丁一鸣：我回来我妈就不在。爸，我们几个写作业呢。

丁父来到一鸣屋：噢！你们都在，好好学习！我给你们做饭，想吃什么？

李晶玉：丁叔叔不用忙，我们写完作业就回家了。

丁一鸣：爸，馅饼还有吗？刘勇想吃馅饼。

丁　父：好啊！不过好像不够大家吃，我再做一些葱花烙饼咱们吃。

丁一鸣：太好了！你们也尝尝我爸做的葱花饼，那叫一个美味，以后你们应该又想吃葱花烙饼了。

丁父边走向厨房边自言自语：又去赌博了，有点儿钱就去赌，这日子怎么过！

丁一鸣屋

李晶玉悄声问：刘勇！咱们回家写作业好不好？

丁一鸣：没听我爸说做好吃的吗？不许走！我老爸辛辛苦苦去做饭，你却要走？真没礼貌！专心写你们的作业！

刘勇瞅瞅李晶玉：别走了，不要辜负丁叔的一片好心。

李晶玉无奈地坐下来写作业。

厨　房

丁父忙着切葱、和面、做饼。

丁母懊丧着脸蹭进厨房来。

丁　母：给孩子做什么饭啊，老公？

丁父头也未抬：你不是答应我了吗？怎么又去赌了！

丁　母：老公，对不起！我以后坚决不赌了，昨晚上我做了个好梦，预示我发大财，我想今天一定能把输掉的钱赢回来，结果又输了，这梦不灵。老公！我郑重发誓，再不赌了，再赌你把我这手指切掉。

丁父不屑地：狗改不了吃屎，我对你是彻底失去信心了，你能戒掉赌，我戒掉吃，光喝水！

丁　母：我这次下了必死的决心，你不信是不是？

丁母一把抓过丁父的菜刀，将左手放在案板上，右手拿起刀来。

丁　父：别装样了，玩刀危险！

丁母右手拿刀徐徐向左手落下：你别管！切去指头我就有记性了，你别管！

丁父抢刀，丁母拿刀的手一挡，刀正好碰到她左胳膊，划了一个口子，血渗了出来。丁母扔下刀，按住伤口：这下我记住了，谁叫我也不去！绝不再赌。

丁　父：你做什么呢！

丁父跑去找来创可贴给丁母包扎伤口。

这时，李晶玉、刘勇背着书包从那屋出来，丁一鸣恼悻悻跟在身后，李晶玉、刘勇告别后走了。

丁一鸣：爸！妈！你们在干什么呢？把我同学都吓跑了。

丁　母：我真不知道他们在啊！

丁父叹口气：都怪老爸，不该和你妈争论这事情。

丁一鸣：我以后怎么和他们交往，他们是我最好的同学啊，妈，你就不能不去赌博吗？都是你引起的，赌赌赌，就知道赌！

丁　父：一鸣，你明天跟他们解释一下，改天老爸请你们下馆子，赔礼道歉！

丁一鸣狠狠地瞪妈妈一眼：妈！你再赌博我就不认你这个妈！

丁母讪笑着：不赌了，不赌了，妈发誓不赌了！

丁一鸣气呼呼地回自己房间，重重地关上门。

丁　父：孩子这么大了，你绝对不要再赌！给孩子树立一个好妈妈的形象。

丁　母：我发誓，绝不赌博了！

筒子楼

外墙上写着大大的“拆”字，人们纷纷搬家迁移，丁一鸣家正在搬家，刘勇、李晶玉帮忙搬东西，司机师傅捆绑车载。

丁一鸣对刘勇、李晶玉：我们租了离爷爷家近的房子，就在学校旁边。校长是我爸的老同学，所以就给我转学了，在那里上学方便，等有时间了我回来看你们。

刘　勇：我们也会去看你！

丁一鸣点点头：听人们说你们的房子也要拆迁，你们也很快换新房子了。

李晶玉：是啊，到时咱们都住新房子，多好啊！

丁　父：一鸣上车！刘勇、李晶玉再见！常来家玩儿啊！

李晶玉、刘勇含泪挥手告别！

画外音

丁一鸣搬走后没了音讯，过了一段时间我和李晶玉去他住的地方找他，房东说他们搬走了，网上没了他的 QQ，手机成了空号，我们在一个城市住着却失联了。一晃就是五年多，期间我们时刻思念他的音容笑貌，时刻惦记他过得怎么样，回忆着他和我们深深的情谊，直到我们拆迁又搬回原址也没有他的消息，真是泥牛入海。

二十中学校

一进校门看到留言板上公布了入学新生的排班名单，刘勇挤入人群中找自己的排班，意外发现丁一鸣的名字，他高兴地挤出人群来到李晶玉的面前。

李晶玉也已是亭亭玉立的青春女子了，笑盈盈地望着他。

刘　勇：你排三班，我一班。你猜我看到谁的名字了，丁一鸣！和我一个班，他也考了二十中。

李晶玉：不一定吧，同名同姓的人多着呢。

刘　勇：也是哈，要真是丁一鸣就好了，咱们又能一起发疯了。

李晶玉转身就走。

刘　勇：你等等我！明天早上我找你一起到学校好不好？

李晶玉：不好！明天早上我妈送我到学校。

刘　勇：那咱军训场上见！

李晶玉：不到班里报到？

刘　勇：去啊！这不往班里走嘛！

二十中校门

翌日早晨，四辆军车停在校门外，拉载去军训的学生们，刘勇在一班同学里未见丁一鸣，失望地爬上车。

二十中

门口红字横幅上写“欢迎新同学”。

学生们陆陆续续从四面八方赶来上学，校园四处都有兴高采烈的学生，绿草绿树陪伴着他们。

高一班

刘勇将自己座位擦拭一番，摆好文具，抬头看门口时眼睛一亮。丁一鸣走进教室，目不斜视地来到他座位旁，那是最后一排座位。刘勇发现他心事重重，都没注意周围情况。

刘勇来到他身边拍他肩头：嗨！丁一鸣！真是你，军训时没有看到你，还以为是同名同姓的人呢。

丁一鸣：刘勇，你是刘勇！

刘　勇：太好了！咱哥们又到一个班了。丁一鸣，这几年你死哪儿去了，我和李晶玉可劲找你找不到，你玩儿潜水、玩失踪啊？

丁一鸣：我也想找你们，可家里发生了一些事情就耽搁了。

刘　勇：网上不见，电话空号，去你住的地方又搬家，你玩得真彻底，五年的光阴就这样白白地过去，我们连音讯都没通一下。

丁一鸣：人世无常，一言难尽。这以后有的聊了，我得眯一会儿，太困了。

丁一鸣趴在桌子上，刘勇听这话头，想说话没有张口，悻悻地转回自己座位上。

上课铃响起，学生们鱼贯而入，班主任来上课，是位风韵犹存的中年女教师。她在黑板上刷刷地写下自己名字：徐亚平。

徐老师转身：同学们，咱们军训在一块滚打了半个月，所以没必要详细介绍了。我宣布：章永军担任班长，高婷婷担任副班长，至于课代表要看入学摸底考试再任命。今天学第一课，大家翻开书第三页看课文。

楼道里

下课铃一响：刘勇就跑到三班门口等李晶玉出来。

刘　勇：真是丁一鸣！真的是他！个子长这么高，比我高一大截，神情冷漠，有些带搭不理的样子，满脸倦容，变得不敢认他了。

李晶玉：真的是他？他真考回来了？变什么样了，带我去看他。

刘　勇：在我们教室，我没见他出来。看见他你就明白怎么回事了，走！

李晶玉跟刘勇走向一班说：时长不见有些生疏是人之常情，你不能以你的眼光看待人。

刘　勇：知道你和他近，说话一直向着他！

高一班

刘勇热情地：丁一鸣！你看谁来了？

丁一鸣正趴着打瞌睡，听到声音睁开眼：是李晶玉！你也在这个学校？

李晶玉点头笑笑：三班！

刘　勇：她隔咱们一个教室。丁一鸣，咱抽时间聚聚好不好？五年没见面。

丁一鸣坐起来：好啊！行！

李晶玉：你是不是搬回旧址才考的二十中？

丁一鸣点点头：栖凤小区，8 号楼一单元 201 室。

刘　勇：啊！那可是早两年的事，比我们还早一些搬回来呢。干嘛不来找我们，真是的！

丁一鸣：因为家里的事情，我又在原来地方上初中，光路上就两小时，所以没有时间找你们，我现在困得总想睡觉。

三人无语，李晶玉望望他疲惫的面庞走了。

刘　勇：你怎么能这样对待李晶玉，人好心好意来看你，你就这样冷淡？以前你可不是这样子，你知不知道这么长时间里晶玉天天念叨你，放心不下你。你对我冷淡无所谓，但你对她真不应该，太无情了！

丁一鸣勉强睁开眼瞅瞅他没有吭气。

刘　勇：怎么变成这样，你的热情被狗吃了吗？纯属脑子进了水！哼！

刘勇气哼哼地走了，丁一鸣又趴在桌上睡觉。

马路上

刘勇和李晶玉并排骑车。身边车水马龙。

刘勇愤愤不平地抱怨：我知道时隔五年人会变化，但没想到变得如此不近情理，对往日的情谊没有丝毫顾及，冷漠无情，话也不多说，怎么会这样？真是的，恨不得揪住他耳朵对他使劲吼吼，让他醒悟过来！

李晶玉：你说起来喋喋不休不也是这几年变得？他说家里发生了事情你该相信。叨叨叨跟我妈一样。

刘　勇：切！才不是老太婆呢，反正你说话就没有向过我，你的胸大！我就纳闷了，怎么会变成这样？

李晶玉：你才胸大呢！干嘛欺负人！

刘　勇：我这样说的吗？是胸怀大，能容人，你听错了！

李晶玉：你就不是好人！我耳朵灵着呢。

刘　勇：我的错，说走嘴了，姑奶奶！

李晶玉：谁是你姑奶奶，我没那么老！

刘　勇：我错，我全错，是我的错，小生这厢有理了。

李晶玉斜了他一眼。

刘　勇：今天中午咱妈做什么好吃的？

李晶玉：谁和你咱妈？香香的菜没你的份。

刘　勇：我只是问问，我说要吃了吗？小心眼！小气鬼！

李晶玉：标准的吃货谁不知道，你呀，闭嘴让嘴歇一歇，别让嘴累着！

李晶玉紧蹬几下车朝前走了。

刘　勇：不可理喻！不知哪根筋搭错了，变了变了都变了！唉！

刘勇追向前去。

栖凤小区

环境不错的一个小区。草坪似地毯，垂柳绿条条，还有一座很小的假山，山上有一个避风亭。

丁一鸣家

敲门声，丁一鸣打开门惊异地：你们怎么来了？

刘　勇：我们专门来拜访！不要嫌弃打扰啊！

李晶玉、刘勇进屋。刘勇四处打量着刮好的粗粗的墙、铺了廉价地砖的地。

刘　勇：没我们家装潢得好，李晶玉家比你这里好几十倍呢。

李晶玉拧他一下，他不说话了，推开主卧门。

主　卧

丁叔叔在床上倚着床头躺着，瘦骨嶙峋，满脸倦容。

刘　勇：您是丁叔叔吗？勉强认出您来，怎么病成这样？什么病？

丁叔睁开眼：你是谁啊？

刘　勇：我是刘勇，一鸣的小学同学，经常来你家蹭吃蹭喝的那个淘气包。丁叔，您瘦得皮包骨了。

丁　叔：一晃好几年不见，真不敢认你们了，变化太大了，长成大小伙子了。那位是李晶玉吧，我记得你们三个最要好。

李晶玉：是我！丁叔，您怎么瘦成这样？怎么回事？

丁　叔：胰腺癌！

刘　勇：那还不赶快去医院治疗？

丁　叔：大夫让在家养着，实际上就是在家等死呗！

刘勇不吭声了，丁一鸣轻轻拉他一下，三人回到客厅。

客　厅

刘勇抱着头坐到旧式沙发上，无语。李晶玉早已眼泪汪汪。丁一鸣无奈地摇头。忽然卧室里传来呻吟声，丁一鸣急忙从茶几上拿了针管及药水冲进卧室，刘勇、李晶玉紧随其后。

主　卧

丁叔在床上躬成了虾米状，压制不住地呻吟着，丁一鸣上前一手扳住爸爸的肩，一手将针扎在他肩头，将药水推了进去。不一会，丁叔不抽搐了，满头冷汗，窝在那里。

丁叔无力地：儿子，你让大夫把我安乐了吧，我真受不了这个罪了。

丁一鸣：爸，你歇歇，我再找大夫去买些针来，咱不等发作就打针，你就不用这样疼了。爸，你蜷着好受一些就蜷着。

丁一鸣给爸爸盖了毛巾被，三人又回到客厅。

客　厅

丁一鸣：胰腺癌是癌症中最疼的一种，现在我爸只能依靠打针止疼，可是发作间歇时间越来越短，看着他疼成那样却不能以身替代，我心疼啊。

李晶玉拉刘勇一下，使个眼色，俩人走了。

丁一鸣痛苦无力地坐到沙发上，托着腮，泪水涟涟。

丁爷爷开门进屋：一鸣，你爸怎么样？

丁一鸣：刚才发作了一次，我给他打了一针。爷爷，止疼药只剩一针了，晚上发作可怎么办？

丁爷爷：你再找刘大夫赊几针来，好好求求人家，爷爷一半天发工资就还上，去吧！舍去脸面为爸爸求求人家，这病疼起来会疼死人的。

丁一鸣：我去，爷爷！奶奶怎么样？

丁爷爷：回去躺床上了，我把她反锁在屋里了。

丁一鸣：那我现在就去医院，不然大夫下班了。

丁爷爷：路上注意安全，我给你爸做些吃的。唉！苦了俺娃了！

有人敲门，一鸣开门，李晶玉、刘勇站在门口，李晶玉手中拿着一叠钞票。

李晶玉：这里是我攒的两千元、刘勇的一千元，取出来救救急，我们知道你现在的处境，快拿着吧。

一鸣眼里泛起泪花：这怎么好意思呢。

李晶玉：什么时候了，闲话少说，快拿着！

丁一鸣：算我借你们的，将来还你们。我马上去买药，爷爷！这是一千元你拿着，我赶快去医院。

单元门口

丁一鸣：你们别去了，我一个人就行，谢谢啊。

刘　勇：谢什么谢！你快去快回，丁叔还等着呢。

一鸣跑走了。

李晶玉：你不是挺能嘚嘚的吗，哑巴了？后悔不后悔，说话不经大脑随便瞎说。

刘　勇：我错还不行吗？怪不得丁一鸣这样，换了我早疯了，压力真比山大，我回家和妈妈要些钱，咱能帮就帮帮他！

李晶玉：这才像句人话。我也朝我妈去要，要不咱们在班里搞个募捐吧，你们班、我们班两个班呢。

刘　勇：好办法，我怎么没想到呢？

李晶玉：你就想着损人，还能想到这一层？

刘　勇：好男不和女斗。说正事，现在到我家弄两募捐箱，写一情况告白，贴在箱子上你说行不？

李晶玉：好！告白要写大一些。走吧，到你家去！

高一班

翌日上课以前，讲台上放着募捐箱，下面挂着情况告白，同学们纷纷捐出自己的爱心，五元、十元、五十元、百元，塞入箱中，徐老师也塞了二百元。

高三班

亦然，学生们纷纷捐募。

快上课时李晶玉抱着箱子来找刘勇，俩人商量了一下，把箱子放到校保安室的窗台上，俩人飞跑去上课。

保安室

下学时间，刘勇、李晶玉、王宾、婧婧来到这里，把箱子抱进保安室，几个人将捐款清点记账。

婧　婧：一共八千五百二十元。

李晶玉：咱们给丁一鸣送去吧，他今天没来上学，一定是他爸的病发作得厉害。

刘　勇：咱们都去好不好？

大家表示同意，和保安叔叔告别后，几个人骑车出了校门。

路　上

刘　勇：奇了怪了，丁一鸣家怎么不见他妈？我一会儿问问。

李晶玉：你又冒傻气，这时候问这个问题合适吗？你这不是添乱吗？

刘　勇：我怎么添乱了？就随便一问。

李晶玉：没有情况他妈妈能不在家伺候老公？没脑子！不

许问！

王　宾：你们说什么呢？我越听越糊涂。

李晶玉：我们在说见到丁一鸣不要问他问题，现在他爸的事就够他喝一壶的了。有疑问，等清闲了再问，大家同意吗？

大家一致同意，骑车前行。

刘勇家

晚上。装潢考究的家里，家用电器俱全，刘勇在客厅坐着玩儿手机，刘母在桌上择菜。

刘　母：小勇啊！

刘勇没听到。

刘　母：小勇，怎么听不到妈和你说话？

刘　勇：嗯！听到了，你说。

刘　母：今天募捐到多少钱？

刘　勇：八千五百二十元。

刘　母：善款还不少呢，要说现在的科学家海了去了，飞天下海什么都成功，怎么就制服不了一个小小的癌症呢？唉！小勇，听说中药治疗还是有一些效果的，他们试过没有？

刘　勇：什么办法都用尽了，没治！丁叔瘦成一副骨架子，真可怜！真心疼！

刘　母：俗话说“有什么别有病，没什么别没钱”，可怜的怎么得这病！唉！

刘　勇：等我考上大学毕业后，专门研究治癌症的药品，从中药里提炼，一定让神奇的中药治愈癌症。

刘　母：别做你的大头梦了，你都高中了还没有与医药沾过边，夸什么海口？对医药没有一点认识，怎么研究医药。

刘　勇：妈，你别把人看扁了。

刘　母：我说的是实情，所有的好大夫都是从小接触医药，尤其中医药，从小就爱才能积聚丰厚底蕴。你快去写你的作业去吧，你的主要任务是考上名牌大学。

刘　勇：我一定能成才，不信你看我的。

刘　母：每天回家有一点时间就玩儿手机，成才？劈材吧，你别玩儿手机了，小心你爸看到给你摔了手机。怎么没听你说一鸣他妈呢？那可是个漂亮女人呢，我们见过好多次面。

刘　勇：去他家几次也没见他妈妈，一鸣也不提她妈妈。李晶玉不让我问，李晶玉说其中有隐情，现在问不合适。

刘　母：还是人姑娘心思细腻，我也觉得不该问。

刘　勇：这个问题我是第一个想到的，她怎么不第一个提起来？

刘　母：姑娘说的在理，小勇！要是李晶玉当了你媳妇，妈可是烧了高香哦！

刘　勇：妈！说什么呢。

刘　母：我还不是怕你错过好姻缘？傻小子！妈知道你打小就喜欢人家，要不妈找人给你说说？

刘　勇：妈！人刚上高中你就撺掇人搞对象？你不是千叮咛万嘱咐不让我找对象吗？活打了嘴了吧？

刘　母：不许这样说你妈！我是怕别人抢走李晶玉，给你提个醒。

刘　勇：这些事你不用管！你儿子能找不到媳妇？我这么帅，班里也只有我一个。好了，我去写作业了。

刘勇回卧室，刘母笑着自语一句“傻小子”，继续择菜。

高一班

早晨上课前，丁一鸣进入教室，臂上系着孝，神情凄凄。他坐到自己座位上，同学们不知该说什么，只能点点头打个招呼。刘勇过去坐到一鸣旁边，上课铃响起来才回到自己座位去。徐老师来上课问好后，丁一鸣站起来，来到讲台，给徐老师鞠了一躬，然后给同学们鞠躬。

丁一鸣：谢谢老师！谢谢同学们！谢谢你们对我的大力帮助，尤其是帮我处理爸爸的善后事宜，谢谢！我会努力学习，学好知识，报效社会，绝不辜负所有人对我的期望。

说完回到自己座位。

徐老师：丁一鸣同学来上学了，我希望同学们发扬互助互爱的精神，帮助他把落下的功课补起来，坚决不让任何一位同学掉队，让团结友爱的正能量在全班、在全校发扬光大。下面，咱们上课。

夜　市

刘勇、李晶玉、丁一鸣正在路边摊吃烧烤。

刘　勇：丁一鸣，这些年你一直无消息，给我们讲讲你是怎么过来的？你受了不少苦吧，跟我们说说，我们很想知道。

丁一鸣默不作声，只是喝酒。

李晶玉：你不想说就不要说，咱们喝酒！来！咱们仨干一杯！

三人干杯，然后大口吃着烤串。

刘　勇：算了！我有个急切的问题，就是——就是怎么不见你妈妈呢？

丁一鸣：别提她！我今天这样的惨状都是她害的！告诉你，

以后不许提她！提她小心我和你急！

李晶玉：不提不提！来！为咱们的相聚干杯！干！

丁一鸣：李晶玉够义气，喝两杯白酒了，我陪你一杯！

丁一鸣又倒一杯：这一杯陪刘勇！咱哥俩走一个！

丁一鸣醉意上来了：我告诉你们，千万不能赌博，小赌也不行！赌博会毁了你的一切，告诉你！千万不许赌博，你们要参与赌博我和你们一刀两断！干杯！

丁一鸣：我那个妈赌博，毁了我们一家，害了我爸的性命。要不是她，我爸能得病吗？能得癌症吗？他不能够死啊！他才四十五岁啊！你说她是我妈妈？不是！是害人精、赌博鬼！

丁一鸣租房，回忆

丁父下班回来：一鸣，写作业呢？你妈怎么还不做饭？这闲锅冷灶的。

丁一鸣：妈不在！爸，我来做饭吧。

丁　父：不用。你好好学习一定给老爸争气，考上重点高中，然后上名牌大学，帮老子圆了上大学的梦，听到吗？

丁一鸣：没问题！凭我的能力和学习基础一定能考上大学，你儿子是谁啊！

丁父笑了：吹吧！反正这屋顶有十大几层呢，小子！这换了学习环境，你得努力适应，明白吗？傻小子一个。

丁一鸣：人现在都称“熊孩子”呢，“傻小子”out 啦。

丁　父：学你的。别贫嘴，我去买些肉去。

丁父到那边柜子里摸钱，摸索一阵，神色大变，坐到旧沙发上不吭声了。

丁一鸣：爸，你怎么了？面色这么难看，病了吗？

丁　父：完了完了！你妈把拆迁补偿拿去赌博了。

丁一鸣：不会吧，那么多钱她敢？

丁　父：这个臭婆娘什么不敢？她不让我存银行我心里就犯嘀咕，这下完了，那是咱家一辈子的积蓄啊，一分钱也没剩，整整五十万那！

丁一鸣：你别急！我去麻将馆找她去。

丁一鸣跑走了。

丁父无力地倒在沙发上：老天不公！为什么让她沾染赌博啊！这以后我们怎么生活啊！

夜市，现实，地边摊

丁一鸣：该死的女人从此没有了踪影，电话也换了号码。从那天起她就不是我妈了，我老爸连气带急一病不起。为了给爸爸看病，我们搬到一间地下室去居住，再后来把电脑、手机等值点儿钱的东西全卖了，只是靠老爸单位的病假工资生活。过了半年多，爸爸病好一些，能起床了，单位却把工资掐了。单位是私企，没有给员工上任何保险，我们哭天不灵、呼地不应，全靠爷爷和叔叔接济，日子一天一天熬过来。

丁一鸣：我初中就在家门口那个学校上，为的是离家近，好照顾老爸。两年前这里新房子建好了，我爷爷把乡下的祖屋卖掉，虽然钱不多，但把房子收拾得能住了，我们才搬过来。爷爷说：搬新家冲冲喜，爸爸一高兴身体会好的，搬来时我很想去找你们。

刘　勇：你告诉我们一声，我们会想办法帮助你的。

李晶玉：我们是发小，最好的朋友，你应该相信我们。说实话，我和刘勇在栖凤小区门口找过你，只要一路过就会在小区门口驻足眺望，希望能碰到你。

丁一鸣：我命太衰，真不想让你们看到我这破败的样子。

刘　勇：你不该这样，我们是朋友，是兄弟啊。

丁一鸣：一年前爸爸检查出癌症晚期，爷爷东奔西跑借了债也没能治好他的病。大夫告诉我们回家养着，好则一年，坏则几个月。我老爸拖了一年多才走，就为了看到我考上重点高中。我爸爸受的那个罪惨不忍睹，我想以身替代，但不行啊，老爸他是疼死的啊！呜呜呜……

李晶玉陪她流着泪。

丁一鸣：就是那个赌博的贱人，摧残了我爸爸的生命。我爸多壮的一个人，硬生生让她气病气死了。我一定要找到那个贱人，为我爸索回命来，见了她我就打死她，狠狠地打死她，贱人！

李晶玉：你不要这样说，要恨你该恨赌博，他毕竟是你妈。

丁一鸣：她不配！这五年来我们受的罪海了去了，没钱！没朋友！得病！为了爸爸我还下苦功学习，为的是让老爸高兴一点！我心里疼啊！来！再喝！咱们再喝一杯！

刘　勇：不喝了！咱不喝了，你看咱们喝不少了。

丁一鸣：不行！都喝，谁也不许不喝，干！现在我最心疼我爷爷，他跟着我们受罪了，他只有一千多元退休金，奶奶又患老年痴呆症，为了让我安心学习，他每天拉着奶奶到街上捡废品换钱，爷爷六十大几的人了，白发人送黑发人，还得供养我，他心里该多苦啊！这都是那个贱人害的。

一鸣趴在桌上哭起来，李晶玉想劝他不哭不哭，可自己却止不住地落泪。

刘勇泪水涟涟：你哭吧！痛痛快快哭一场，心里会舒服一点。

李晶玉：咱们走吧，老板！结账！

马路上

刘勇搀扶着丁一鸣踉踉跄跄地走着，李晶玉去前面拦出租车，身边彩灯闪烁。

丁一鸣冲天喊：郝惠芳！你还我爸爸的命来！都是你害死了我爸爸！我恨不得一把掐死你，我要杀了你！

李晶玉拦下出租车，和刘勇将丁一鸣塞进车里，李晶玉坐到前排，出租车开走了。

刘勇家

下午的斜阳将阳光洒进屋里，屋里显得格外亮堂。

刘母进屋来到刘勇卧室，探着头：小勇，想吃什么妈给你做。

刘　勇：妈，今天回来这么早？

刘　母：今天周末，早些回来给你做饭，平时忙里着慌做得不好吃！

刘　勇：妈妈做的饭一向好吃啊，咱今天吃饺子好不好？

刘　母：好啊，只要我儿子爱吃，那就包饺子。

刘母转身到厨房去，厨房响起锅碗瓢盆交响曲。

刘勇家

晚上的餐厅。桌上摆着热腾腾的饺子和两盘凉拌菜，刘父美滋滋地品着小酒，刘勇和妈妈吃着饺子。

刘　勇：爸，咱家电脑坏了几年也不修，我得上网查资料呢！

刘　父：和你妈商量，她是领导，她不让修怕影响你学习！

刘　勇：妈，现在谁家没有电脑啊，你不能让我成电脑盲吧。

刘　母：一台笔记本四五千，我和你爸一个月工资呢，入网费、初装费、数字电视费，下来多少钱啊？你平时手机上网不一样上网吗？

刘　勇：手机上网网速没有笔记本来的快，再说流量费加电话费早超过电脑入网费了。电脑容量大，网速快，用着方便。而且手机可以走 WIFI，折算手机还比电脑贵一些呢。

刘　父：要不干脆买台笔记本？他上了大学也就不用换，一步到位！

刘　母：说的好听，那样电话费、电脑费一样省不下。想一想买台笔记本也划算，不过你不许打电游，什么英雄联盟、怪兽出动，浪费时间，影响学习。

刘　勇：妈妈也知道这么多电游啊？这些电游我都没玩儿过呢。

刘　母：看把你委屈的，手机上没玩过？谁信哪！你答不答应吧？

刘　勇：我答应我答应！我保证不玩电游，妈！思想超前些行不？我的同学都玩儿坏两台电脑了。我服了，真抠！

刘　父：怎么这样说你妈！你妈还不是为了这个家，为了你？老婆，我看就这样定了，明天就去买，再穷不能穷孩子！

刘　母：你们父子一唱一和挺配合，要买你掏钱！

刘　父：看你把你妈说生气了吧，快赔罪！

刘　母：全家人的生活起居全是我一分一分安排才过成这样

的，不抠能行吗？问你爸，他拿回来的钱够干个甚，说起来是做生意的呢，可从没拿回来一次大钱！

刘　勇：妈，我和你开玩笑。

刘　母：我知道我儿子是无心说的，要怪怪你爸那个老东西。

刘　父：急了吧，唉！没文化真可怕，没有前途更可怕。怕就怕什么都不怕，你妈就是都不怕。

刘　母：你说谁呢？

刘　父：说给儿子听呢，你不知道我是给老板打工的吗？哪个打工者能拿大钱？

刘父说着走到那边从挎包里拿出一沓钱：这是两千！先给儿子买电脑！

刘母喜眉笑眼：今天不说买电脑是不是这钱就贪污了？

刘父抿口酒：哪敢！再说我又不设小金库，这两个月产品走俏，我估计下个月奖金会更多一些。

刘　母：不设小金库，平时请客吃饭，朋友交往不花钱？我心知肚明，睁一眼闭一眼就罢了，你是胆子小的人吗？

刘　父：真是冤枉，六月要下雪了。

刘　母：我不跟你计较。明天去买电脑，我儿子要求一点不过分，咱们买一牌子的，高配的。

刘　勇：妈你也知道高配啊？

刘　母：现在哪里都是电脑，能不知道这些皮毛？

刘　父：看把你妈能的。快吃，饺子要凉了。小勇，我相信你是有控制力的。

刘　母：我也相信我儿子！告诉你，这其实就是这几年不修电脑培育过来的控制力。

一家人笑起来。

刘勇家

翌日中午，电脑安装完毕，刘勇上线。

刘勇！又偷着上网吧了？

没！我家买电脑了。

太好了，这下联系更方便了。

就是！你作业写完了吗？

写完了，我去英雄联盟，你去不？

不去！再见！

刘母在一边：这是你们同学？

刘　勇：是啊！班长章永军，学习成绩班里拔尖，电脑也玩儿得高深，听说都会编程呢。

刘　母：班长也打电游？

刘　勇：真的！不信你去班里问。

刘　母：我又不是警察，我只相信你的控制力，偶尔玩玩也可以，只要你学习前五。

刘勇笑道：没问题！看你儿子的吧。

丁一鸣家

晚上，有人敲门，丁一鸣开门是两位警察。

丁一鸣：你们有什么事情吗？

警察甲：我们和你说个事情，可以进去吗？

丁一鸣：请进！请坐！

警察乙：你就是丁一鸣？我们来是为了你妈妈郝慧芳的事情。郝慧芳涉嫌聚众赌博、参与赌博、诈骗被逮捕，判刑十三年，由于犯人情绪不稳定，不配合改造，有自杀倾向，所以我们找你，希望你出面安抚她的情绪，让她安心改造。你是她儿子，我们想让你去看看她。

丁一鸣：我不认识郝慧芳，她早不是我妈了，你们可以走了。

警察甲：母子关系是割不断的，你不认她，但血缘关系在那里摆着呢，你应该知道这一点。

丁一鸣：她把我老爸活活气死了，我早已发誓不认她了。

警察乙：一鸣啊！虽然她的所作所为让人痛恨，但你是她儿子这一条改变不了，你有责任出面挽救她，让她安心改造。我们狱方想挽救每一个罪犯，让他们通过改造重新走上正道。你是一个高中生，大道理我就不讲了，这时候拉她一把，她就会重新做人；反之，她就会破罐子破摔。万一在狱中出了什么事，你会后悔一辈子，痛苦一辈子。如果你的同学朋友发生状况，你不也一样伸手帮助吗？所以呢，我们希望你去探视她。

一鸣聆听着，内心翻滚着，两位警察耐心地讲解着。

学校校园

课休，学生们在校园里活动，花圃中盛开着菊花、串串红、鸡冠花，刘勇、丁一鸣站在花圃里。

丁一鸣：你说我去不去探望她？

刘　勇：去看看也行，毕竟是你妈妈。你们多长时间没见了？

丁一鸣：咱们多长时间没见加上现在的时间就是我们没见面的时间。

刘　勇：要说不去看她也合情合理，对你深入骨髓的伤害，对你爸的伤害更大，我也说不好该去不该去，你自己决定！

丁一鸣：说半天我究竟是去还是不去？我决定了还请教你干嘛！

刘　勇：换作我我肯定不去！

丁一鸣：我真不想去见他，可警察叔叔说得也对。不管去哪儿，她都是我妈。算了，我好好想想再说吧！唉！

这时，王宾跑来：丁一鸣，徐老师喊你去办公室找她。

办公室

徐老师：丁一鸣，是这样，老师向学校为你申请了助学金，你一会儿就到财务室去领。一学期发一次，这是学校对你的帮助，希望你努力学习，实现你爸对你的期望。

丁一鸣点点头。

徐老师：我知道你的个性，所以就不多说了，放宽心态，展望未来，争取以优异的成绩考上大学。没事了，你去吧。

丁一鸣：谢谢老师！

说罢转身走了。

身边的齐老师：这就是你说的那个有赌博妈妈的学生？

徐老师：是啊！

齐老师：看他神情开朗，不是沉郁的人。

徐老师：是啊！经过几年的磨练，那可真是痛彻心扉的磨练，给一般孩子会一蹶不振，他没有倒下，真是一个坚强的孩子。

齐老师：我喜欢坚强勇敢的孩子，这孩子我一见就喜欢！

徐老师：你才多大就喊人孩子？出校门才几天，你只比他大四岁就孩子孩子了，有对象没有都是疑问。

齐老师羞红了脸：徐老师——

徐老师笑了：开个玩笑，其实老师没有年龄限制。一字之师知道不？我想那个年龄也不会差几岁，都叫老师，你以后喊他们学生、同学，名字最贴切。

齐老师：知道了，多谢徐老师指点。

徐老师：这丫头疯了，敢和老师顶嘴了。

其他老师都笑起来。

刘勇家

星期天近中午，刘勇领丁一鸣、李晶玉进家，换拖鞋。

刘　勇：妈！客人我给你请来了！

刘母从厨房出来：欢迎两位客人！一鸣，小玉，你们客厅里坐，今天让小勇请你们来，咱们吃个便饭，马上就好。

一鸣、李晶玉齐声问好，然后去客厅就坐，闲聊起来。

餐　厅

刘母放置碗筷：小勇，你们马上洗手，到这里坐。

三人来到餐桌前。

刘　母：难得你们刘叔休息，所以让他做几个菜，你们好好聚聚。小勇，斟酒，倒饮料。

桌上丰盛的菜肴，白酒、红酒齐备。

李晶玉：这也太丰盛了！阿姨，太丰盛了！你们闻闻多香，闻着就醉了。

刘　勇：那是！我爸以前学过几年厨师，做菜是我家老大。

丁一鸣：阿姨，真不好意思！让你们请我们吃饭。

刘父端鱼上桌：有什么不好意思的。菜齐了，咱们开吃，你们三个是同窗加好朋友，又是发小，又这么长时间没见面，是该好好聚聚。咱们男子汉喝白酒，小女子喝红酒。

李晶玉：叔，我喝饮料得了。

刘　勇：不能谦虚！那天喝了那么多白酒，今天咱全喝酒。

刘　母：今天日子特殊，阿姨和你喝红的，满上。

刘父举杯：女孩在外面喝酒不好，但今天例外。大家举杯，这一杯酒呢，祝丁一鸣生日快乐！

三个孩子愣住了。

刘　母：我记得清清楚楚今天是一鸣的生日，大后天是小勇生日，小玉十天后，今天正好凑到一块儿就一起给你们把生日过了，祝你们生日快乐！

丁一鸣：谢谢叔叔阿姨！谢谢你们记得我的生日！而且还这么隆重地给我过生日，谢谢！

他泪花闪烁。

李晶玉：这一下激动得我不知道该说什么好了。阿姨叔叔，你们都还记得我们的生日，真让我们高兴得无法表达。

刘　父：谁让你们三个关系这么铁。来！咱们走一个再说，一起干了。

生日快乐！干！

刘　父：第二杯祝你们仨生日快乐，抢着过的生日一样快乐。干！

刘　父：第三杯祝在座的大家身体健康，快乐如意！干！好！吃菜，大家随意，想吃吃想喝喝。

刘母给三个孩子夹了菜：你们学习费脑子，又是长身体的时候，多吃才是硬道理。

李晶玉：我们都长这么高了，再长就超高了。

刘　母：没有的事。长高了咱打篮球、打排球，就是我家小勇还差点，得长成你们这样才可以。

刘　勇：妈！不带说我的。妈，这么大惊喜捂得这么严实，给一鸣过生日该和我先说一声，漏漏风吧，让我这个嫉妒啊，你到底亲谁？

刘　母：吃醋了吗？傻小子！告诉你漏了风，一鸣、小玉他们能来吗？

丁一鸣眼含热泪：谢谢叔叔阿姨，我都不知道说些什么好了。

李晶玉：我们只能说谢谢，谢谢叔叔阿姨！心里真的是热浪滚滚呢。

刘　母：还是俺们小玉的小嘴会说。来，吃鱼！

刘　父：不许放下筷子，一股劲吃饱喝足。一会儿啊，咱吃长寿面。本来你阿姨要买蛋糕，我不让，还是吃祖宗留下的长寿面，喻意深厚，和和美美的。来！咱们喝着！

李晶玉：好吃！香甜爽口，刘叔做的菜比我爸妈坐的好吃多了。他们就知道逼我学习，从没做这样好吃的菜给我吃。

刘　母：那是你父母没时间，每天在单位上班，哪有时间做菜？你们得理解。什么时候嘴馋了，告诉刘叔一声，阿姨给你们做，听到了吗？

李晶玉：嗯。

丁一鸣默默地吃着、喝着，泪水顺颊而下。

刘　母：一鸣啊，你们家发生的不幸，小勇都对我说了，可惜我没帮上什么忙。

刘父捅捅她，低声说：不是不让你提这些事吗，你喝多了吧。

刘　母：不好意思，不好意思，说错话了。不说了，不说了。

丁一鸣：没事，这些事都过去了，都翻篇了。阿姨，真心感谢你们给我过生日，您是亲人除外第一个给我过生日的人，为此，我再敬您一杯。

刘　母：我得说说我的意思，我实在憋不住想说话。一鸣啊，听说警察让你去探监，我觉得你该去一趟。是她给了你生命，尽管她做过的事为众人所不耻，但你能挽救她时，就伸手拉她一下，也是当儿子对她的一片孝心、一点义务。

丁一鸣：我真的不想见他，阿姨。一想起我爸，我心痛啊！

一鸣泪水汪汪，李晶玉递给他纸巾。

刘母也唏嘘不止。

刘　父：今天是让大家高兴快乐的，你又引起了这事，干嘛呢？

刘勇给刘妈递纸巾。

刘　父：说件高兴的事，今年过春节你们都来我这里过，好不好？

李晶玉：好啊，太好了，加我不？

刘母泪中带笑：加！没你不行，咱让刘叔叔做稀罕的菜，说好了就一定来，不见不散。

李晶玉：说说罢了，我爸妈还不知道让不让我来呢。

刘　母：好说！过些天我到你家做做你妈的思想工作，我想她会给我这个面子的。

李晶玉：让阿姨费心了，我敬叔叔阿姨一杯，先干为敬。

刘　父：你们喝着，我去拉面，三位寿星尝尝我的手艺，正宗的山西拉面。

丁一鸣又倒酒，李晶玉拦住他。

丁一鸣舌头有些僵了：就一杯！最后一杯！今天我太高兴了，我得感谢叔叔阿姨。

刘　母：听小玉的，咱不喝了，阿姨给你们倒茶喝，正宗龙井，你刘叔出差在产地买的。

刘　勇：现在人时兴喝普洱茶，龙井落后了。

李晶玉：阿姨别听他的，喝惯了还是龙井好喝，清香。

刘　母：还是我们小玉乖巧，阿姨从心里喜欢女孩子，拿刘勇和你换了算了。

大家都笑了。

刘父端着面过来：来！长寿面。各位寿星来吃长寿面。

刘母从托盘拿面碗：吃面！吃面就吃山西炸酱面，那叫一个香与甜。

李晶玉：广告词也挪来了。

大家又笑起来。

监狱探监室

郝惠芳被押了出来，她见到丁一鸣很激动，拍着玻璃喊一鸣，发现一鸣听不见，又急忙抓起电话来。

郝惠芳：儿子儿子，你可来了，想死妈妈了。儿子，妈梦到你好几回了。儿子，妈妈对不起你，对不起你爸！妈该死！真的对不起，呜呜！

郝惠芳自己抽自己嘴巴子。

警　察：401！注意情绪，注意自己的情绪。

郝惠芳平静一些：儿子！对不起！都是妈的错，不该赌博，都是赌博害我走到这步田地。儿子，千万不能赌博！儿子，我去学校看过你，你没认出我来，真的！一鸣，妈妈悔啊，悔得我心疼。我去过新家，却不敢进去，我没有这个权利，后来，我到你爸坟上祭奠后，就来自首了。我那时多想和你说话，但我没有勇气，没有脸和你说话。儿子！都是我鬼迷心窍迷上赌博，害你成了这个样子。儿子我好悔呀，儿子！原谅妈妈，求你们原谅妈妈！

丁一鸣泪水掩面：你毁了我们家，害死了爸爸。我恨你！我恨你！

郝惠芳：儿子！妈不是人，都是我的错，宽恕妈妈这次吧。

警　察：401 号！时间到！

郝惠芳：一鸣！替妈妈坟上求求你爸！求求他原谅我。儿子一定去啊！你爸总去梦里找我，你求他，妈就不做噩梦了，妈怕啊！

挂了电话，看着警察带走了妈妈后，丁一鸣擦干眼泪走出探监室。

监狱外

刘勇坐在马路边无聊地扔石子，见丁一鸣出来他站起来。

刘　勇：怎么样？说什么了？

丁一鸣：她说她后悔了，对不起我和我爸，对不起这个家！哼！后悔有什么用！

刘　勇：多美好的一个家，活生生让赌博害得家破人亡。唉！咱们回吧。

丁一鸣点点头，俩人走向不远处的公交站牌。

马路上

刘勇骑车回家抬头看看天上翻滚着的白云，连忙蹬车。闪电划过，雷声迅疾，一阵夹着狂风的暴雨浇下，刘勇瞬间被淋个湿透，他望着急匆匆避雨的行人，看看自己的衣衫，索性不去避雨，冒雨前行，路上只有他一个人在雨中疾驰着。

刘勇家

刘勇从洗手间出来，用毛巾擦着头发。

刘母端着碗过来：小勇，把这姜汤喝了，驱驱风寒，不然会感冒的。这么大个人了，傻不拉叽不知道避雨。

刘　勇：哪里就能感冒了？一下下衣服就湿透了，索性锻炼一次呗。这才叫经风雨呢！

刘　母：少贫！喝完汤在被子里捂一捂，听妈的没错。

刘勇接过一口气喝完。

刘　母：快去蒙被子躺着，不然浑身疼。

刘　勇：好咧！

刘　母：这几天丁一鸣、李晶玉怎么不来家玩？

刘　勇：忙着学习，他爸的事连累他落了不少的课程，只能加紧往上赶！

刘　母：可怜的孩子！怎么遇上个赌博妈呢，一鸣跟着她受了多少罪啊，真可怜！

刘　勇：妈，你这么惦记着他，认他做干儿子吧，省得牵肠挂肚，我还多一个兄弟。

刘　母：你不用多心，妈看一鸣真是可怜，小小年纪丧父，母亲又坐监狱，这不是和孤儿一样吗？

刘　勇：我和他这么要好，我真想你认他做干儿子，不知道他同意不！

刘　母：我选个好日子认他做干儿子。你快去暖暖，别感冒啊！

刘勇笑着进了卧室。

高一班

徐老师：刘勇，知道一鸣为什么没来上学吗？今天昨天两天了，也没和老师请假。他没有手机，老师无法联系他。

刘勇站起来：说他奶奶病了，让我请假来着，我给忘了。

徐老师笑着：又不是郭冬临的小品，为好朋友说谎也不看场合。中午下了学跑他家里看看怎么回事，是不是有什么犯难的事发生了，老师关心的是这个！

刘勇不好意思地：好吧！一下学就去。

徐老师：坐下吧！咱们上课。

楼　道

刘勇截住李晶玉：李晶玉，丁一鸣两天没来上学，咱中午去他家看看好吗？

李晶玉：好啊！中午学校门口等我。

刘勇点点头跑走了。

丁一鸣家

丁爷爷开门邀俩人进屋。

丁爷爷：你们先坐！我给你们倒水，天气热。秋老虎，秋老虎，也就这几天了。

刘　勇：爷爷，不用！一鸣怎么回事？老师派我来看看。

丁爷爷：哦！忙得我把请假的事给忘了。前天大雨，他奶奶一个人走丢了，我和一鸣去找。一鸣淋了雨感冒发高烧了，他奶奶也发烧，两个病人把我忙得忘了请假了。这不他奶奶好了，一鸣还高烧不退，让他去医院也不去，吃了两片药在那屋躺着呢，我拗不过他，只能依他，俩病人真够我招架的。

一鸣卧室

李晶玉摸一鸣的头：丁爷爷，一鸣还发烧呢，得去医院看看。

丁一鸣睁眼看看他们：你们来了。

说完又闭上眼睛。

刘　勇：爷爷，我们送他去医院，你照顾奶奶。

丁爷爷：这是五百元，到医院挂个急诊，不够再说。

刘　勇：李晶门口先拦出租车，我搀他出去。

刘勇搀扶着丁一鸣走出家门，坐了车向医院急驰而去。

急诊室

丁一鸣躺在救急床上睡着了，胳膊上扎着针管，李晶玉坐在一旁守着他。

刘勇提着菜屉进来：他怎么样，醒来没？

李晶玉：醒了一下又睡了，烧退了，我估计没事了。让你买点吃的真难，这么长时间！

刘　勇：我出了医院正好我妈给我打电话，说家里有饭，我就打车回去拿的，这还慢？

李晶玉：饿得我前心贴后背了，还快？

丁一鸣睁开了眼睛：你们说什么呢？

刘　勇：看到馋猫了哇，闻到饭香就醒了。醒醒，咱一块吃饭。

丁一鸣：什么饭？我先看看，我还没胃口呢！

刘　勇：少矫情！

李晶玉：起来，我给你提着液瓶，咱到楼道的椅子上吃，这里是急救室，不许吃饭。

楼道休息点

刘勇打开饭菜盒，一层苦瓜鸡蛋，一层小炒肉，一层豆腐干炒油菜，另一盒是馒头和稀饭。

刘　勇：怎么样，您还满意吗皇上？

丁一鸣：也罢了，看苦瓜鸡蛋还好，盛点粥就着吃一口得了。

李晶玉：我可是真饿了，闻到饭菜香味了。

刘　勇：狗鼻子呗！

李晶玉捶他一拳，三个人在休息室吃饭。

李晶玉：丁一鸣，不是你病了我可是吃不着这么美味的饭菜，我领你的情。

刘　勇：一片真心喂了白眼狼，我可是专门让我妈炒的你最爱吃的菜呢！

丁一鸣：敢情是李晶玉爱吃呀，不是为我病人炒的？看来是沾李晶玉的光呢，你这个重色轻友的家伙！

刘　勇：你们怎么能这样对待我的真心实意呢，伤心啊！我得大哭一场，呜呜！

丁一鸣：小心眼，开句玩笑就哭了，没你我能来医院吗？也怪！一输液，这浑身就轻松了，谢谢你们送我到医院！一会输完液我就能回去了。

李晶玉：大夫不是要你观察一下午吗？

丁一鸣：我的身体我知道，不能全听大夫的，没病都要想个病，让你花钱呢！

刘　勇：胡说！给医院抹黑！

李晶玉：真有那样的大夫，你不知道而已。

丁一鸣：家里还有奶奶病着，怕爷爷忙不过来。

刘　勇：你不相信医院，躺在家里才忙不过来呢，早来医院早好了，也不用操你的瞎心。奶奶病比你好得快。

李晶玉：是啊，爷爷说的。

楼道里人多了起来，看病的人、护士、大夫全来了。

刘　勇：我们不去上课了，已经请了假，下午陪你了，不然哪敢坐到现在。

李晶玉：我也请了假，我去洗刘勇家的饭桶。

刘　勇：你们怎么回事，这叫菜屉、饭菜盒或者便当盒，饭桶饭桶，贼难听，谁是饭桶呢？

李晶玉：谁是谁知道！

公交车里

晚上，刘勇和李晶玉坐一排，看着窗外灯光灿烂。

刘　勇：小玉。

李晶玉：不许你叫小玉，只有我亲人才能这么叫我。

刘　勇：那我更应该叫了，我是情人。

李晶玉：你叫试试，揪你耳朵去卖菜。

刘　勇：小玉小玉，你别动手！问你个事，听说你班同学在追你是不是？

李晶玉：瞎说！

刘　勇：那我总能看到大个子马宏在你身边转来转去！

李晶玉：没有的事，他是我的粉丝，在网上聊得多一些而已。

刘　勇：我就知道嘛，你心里装着丁一鸣，一定不能看上他人。

李晶玉：你再瞎说，别怪我跟你急。

刘　勇：佯装掩饰不了你的内心！咱们一直厮混这么多年，谁不知道谁啊，一鸣是你心中的最爱，我能看不到？

李晶玉揪住他的耳朵：让你瞎说！让你瞎说！

刘　勇：好了好了！别闹！咱们都高中了，找男女朋友不稀罕，你看班里同学都对对碰了。

李晶玉：我爸妈不让找朋友，说等我考上大学再说。

刘　勇：你爸妈思想够陈旧的，现在都什么年代了，还不开化。

李晶玉：不许说我爸妈！

刘　勇：不说不说！我看你就选丁一鸣得了，长得帅，又是你的初恋、暗恋，知根知底，真是不二人选。你记不记得五年级秋天的夜里，咱三个一起回家，也是秋风飒飒，月光皎洁……

马路回忆

皓月当空，已是晚上9点多，行人已渐渐稀疏，三人在月光下走着。李晶玉跑前跑后，异常活泼。

李晶玉：你们看，月亮总是跟着我，我走它也走，我跑它也跑，你们看呐！

刘勇追上她：就是嘿！一步不落地跟着呢。

丁一鸣：小儿科。我上一年级时就知道月亮跟着我们走，稀奇什么，这只是一种现象，视觉现象，知道视觉效果吧？一个意思，没文化，幼稚！

刘　勇：你才幼稚小儿科呢。

李晶玉：对！丁一鸣没文化，月亮就是跟着我们走，你羡慕嫉妒恨吧！

丁一鸣：小丫头片子混充大尾巴狼！

李晶玉拉着刘勇：咱们快跑！让月亮跟着我们走，把月亮带走，让黑暗吞噬他。黑暗女巫一口吞了他。

李晶玉快乐地大声欢笑着，刘勇和她一起疯跑着，霓虹闪烁，车灯如梭。

丁一鸣摇摇头：幼稚！太幼稚了！

天上皓月圆圆，月光如水。

公交车现实

李晶玉探头窗外，一轮冷月挂在天空。

李晶玉：看，月亮可是跟着我呢，这么多年一直跟着。

刘　勇：幼稚！幼稚！高中了还这样。

李晶玉捶他一拳：谁幼稚？说话和丁一鸣一样！

刘　勇：月亮在天空，没有其他东西对比，所以你就感觉月亮跟着你走呢。

李晶玉：你上高中有知识了，和丁一鸣欺负我。哼！不理你了！

刘　勇：不理也是幼稚！

李晶玉起身：你这个大坏蛋！

转身跑下车，刘勇跟着下车。

路　上

李晶玉：你怎么也下车？你一直坐着就得了，一会儿没车了。

刘　勇：送你到家，我就放心了。没车有腿啊。

李晶玉：不是有什么企图吧？

刘　勇：没企图，是委托，丁一鸣委托我送你回家。现在还是有坏人的。

李晶玉：这是你的目的喽！

刘　勇：可你说什么企图。

李晶玉：就是企图！就是企图！

刘　勇：企图是没有实现的策划，这都实现了就不叫企图，你不懂。

李晶玉：你懂！

俩人走在洒满月光的街上。

校　园

深秋的季节，落叶纷纷，刘勇跑来找丁一鸣。

刘　勇：丁一鸣，早上上学前，李晶玉的妈妈打电话给我，说李晶玉三天没上学，不吃不喝，让我约了你到他家，中午就去。

丁一鸣：三天不吃不喝？是病吗？

刘　勇：不是病！如果是病，李晶玉会打电话通知我的。一定发生了不寻常的事。

丁一鸣：会发生什么事呢？

刘　勇：不用瞎猜，去她家一看便知。

丁一鸣：中午一下学就去，你管饭！

刘　勇：凭什么我管？她是你媳妇，你得管饭。

丁一鸣：什么时候成我媳妇了，又胡说！

刘　勇：她心里一直恋着你，从小学到现在都没有变，你假装不知道？真够可以的！实话说，没有你出现，她早就答应我的追求了。

丁一鸣：刘勇，你看我现在这样，能与她匹配吗？我不是自私的人，所以我退出是最好的选择，因为我给不了她幸福。

刘　勇：爱情不是让来让去，你也不可能落魄永久。所以这种话少说，更不能对李晶玉说，会对她造成伤害呢。说句实话，我是喜欢她，从小就喜欢，一直追求她，可我知道她心里没我，我就退后了，把她当妹妹呗！

丁一鸣：算了！搁置再议，这是上策。

幸福小区

李晶玉家门口，丁一鸣、刘勇上前按门铃。

李母开门：是你们来了！快进来！快进来！大中午让你们跑一趟。

刘　勇：阿姨，发生什么事了？

李母将二人让到客厅。

客　厅

李母放低声音：请你们来是想让你们劝劝小玉，前天她回来晚了，我就说她几句，她没搭理，饭也不吃就睡了。这两天水米未进，也不和我们说话，我是打也打了，骂也骂了，还在菩萨面前烧了香，她就是一言不发，窝在床上。我急死气死，她就是不和我们说话。我束手无策了，只好请你们来劝劝她，兴许会得到真相，你们一定帮这个忙。

刘　勇：阿姨，你别着急，我们试试。

李　母：我这个妈当的，恳求这个小祖宗都不行呢，唉！我领你们去她卧室。

卧　室

李母进卧室。

李晶玉蒙头躺着，李母掀开她的被子。

李母：小玉，刘勇他们来看你了，你和他们说说话。你们劝劝她多喝些水，吃些东西。我这是上辈子造了什么孽了，修来这么个小冤家！你们聊啊，我出去。唉！

刘　勇：李晶玉，你这是怎么了？憔悴、苍老，眼睛肿成核桃，蓬头垢面，简直像街上乱跑的精神病患者。

李晶玉望着他俩，泪水又涌了出来。

刘　勇：到底怎么了？是不是发生了什么事，你说啊！

丁一鸣：你别逼她，她捋清思绪会说的。你去把门关上。

刘勇连忙关了门，丁一鸣自己坐在李晶玉床边。

丁一鸣低声说：李晶玉，一准发生了大事情，不然你不能成这个样子。有的事不想和父母说，但可以和我们说，告诉我们，我们一定帮你解决。你说吧，无论任何事情，天塌下来由地接着，你得信任我们，你得往开想，先迈过心里的那道坎。一定要说出来。

李晶玉轻声啜泣着。

刘　勇：李晶玉，这世上你最信任丁一鸣，对不？我第二？我们是你除去父母之外最好的朋友对不？不要有隐瞒，我们会帮你，我们发誓！

丁一鸣捅捅他，阻止他说话。李晶玉咬着被角思索着什么。

丁一鸣：你得相信我们，知道我说话算数，一定帮你解决问题，并且绝不走漏一点风声。

刘　勇：你好歹说句话，光哭有用吗？

李晶玉：我没病，也没事，你们回去吧！

刘　勇：三没啊！没病没事没哭过！

丁一鸣：你小声点！

丁一鸣示意门口，刘勇轻轻到门口听了一阵，返回来对他们摇摇头。

丁一鸣：你想对一个人说也可以，你选择，他还是我？

李晶玉长吁口气：我告诉你们，但你们一定要发誓保密一辈子，包括父母一概人等都不许说，我父母要是知道了一定会打死我。

刘勇握拳：我发誓！掉脑袋也不说！

李晶玉思忖良久，做了个手势，刘勇、丁一鸣俯头凑到她跟前。

李晶玉：前天晚上，晚自习后我一个人回家，走到公园那里……

公园路回忆

没有路灯的公园里路人稀少，李晶玉骑车过来，她左顾右盼。突然灌木丛中立起一个人，扑了过来，手中尖刀闪着寒光，李晶玉吓得连车倒在路边。

蒙面人：把钱交出来！快！

李晶玉胆战心惊地把自己仅有的钱掏给他。

蒙面人：就这几个钱？穷光蛋！

蒙面人把钱装入口袋，拖起李晶玉，把刀子架在她脖子上，狠狠说道：不准出声！出声就杀了你！走！

蒙面人拽着李晶玉进入黑黑的树林中……

卧室现实

李晶玉蒙着头断断续续地说：我被强暴了。

刘　勇：你报警了吗？

李晶玉：我不敢报警，万一将这件事情宣扬出去，我——我怎么活？我父母就会把我打死，我没脸再去学校，再去见你们，我怎么办啊，呜呜！

刘　勇：这又不是你的错，抓住那个王八蛋我非宰了他。

丁一鸣按按他的肩，轻声安慰李晶玉：不报就不报。你别怕！我和刘勇一定给你报仇！一定抓住那个坏蛋！你应该相信我们。李晶玉，你是受害者，没有一点错，你不能这样窝在床上哭哭啼啼、不吃不喝一辈子哇！你得鼓起勇气面对现实。

李晶玉：我真没脸见人！我还怎么活呀？

刘　勇：你不要灰心丧气，我和丁一鸣为你抓那个坏蛋去，我就不信，他能逃过正义的惩罚。

丁一鸣：那是后话。你得振作起来，冲破自卑的思想牢笼，得往前看，你呢吃喝必须照旧，每天照旧去上学，不能让你爸妈猜疑，更不能引起同学的猜疑。他们一起疑心，那流言蜚语你承受不住。听我的话，这事就此打住，翻篇了！不去想，不再说，只存在我们心里，我和刘勇一定会给你一个满意的答复。你先喝些水，你嘴唇都裂口子了，人万万不能缺水。刘勇，给她倒些热水喝。

刘勇把暖壶里的水倒入杯中，递给李晶玉。

门开处，李母端着热饭进来，见状脸上愁云一扫而光。

李母：小玉呀，妈给你熬了豆粥，趁热喝一些好吗？

李晶玉接过碗喝了起来。

李母：慢些慢些，别呛着。丁一鸣、刘勇，谢谢你们！你们劝的她同意吃饭了，我心里这个高兴劲别提了！谢谢！

刘　勇：阿姨，她和她班同学闹了点矛盾就想不开了。至于嘛！再怎么受委屈也不能拿自己的身体制气，对不对！

丁一鸣：阿姨，李晶玉明天就去上学，你给她做些有营养的饭菜，吃饱才能有劲上学，但不要撑着。

李　母：知道知道，阿姨也给你们做了饭，留下一起吃吧。

刘　勇：不用！我们有饭，没事我们就走了。李晶玉，听妈妈的话好好吃饭，这点小事饿两天不值，再见。

李母送他俩出门。

李　母：真心谢谢你们，水也没喝一口，饭也不吃，叫阿姨怎么谢谢你们才好。

刘　勇：阿姨留步，有事随时打电话给我们，我们会全力以赴！

李　母：谢谢！也是我求菩萨显灵了，她一下就变回来了，我得赶快烧香还愿。

刘　勇：是呢。阿姨再见！

街上面馆

丁一鸣、刘勇骑车前行，丁一鸣指着前面一家面馆，刘勇点点头，俩人停车进入面馆，坐到桌前。

刘　勇：你一大碗够不够吃呢，再要一盘凉菜，行不？

丁一鸣点点头。

刘勇对服务员说，两大碗面，拼一盘凉菜，快点上，我们赶着上学呢。

服务员答应着去报菜。

刘　勇：这事怎么办？一定不能让那个罪犯逍遥法外，我们一定要抓住那个坏蛋。

丁一鸣：我们合计合计，想个计策，抓他个现行，我想他吃到甜头，一定会继续作案，那时咱们抓他现行。

刘　勇：对对！想个十全十美的方法，咱是小诸葛亮呢。

丁一鸣：不就干什么坏什么的小诸葛吗？知道！

刘　勇：你不用讥讽我，先填饱肚子再说。肚子乱叫呢。

丁一鸣：要不说你是吃货呢，这个饭我来请！

刘　勇：用不着！我提出吃饭，我就请。下次！下次叫上李晶玉，要个十来八个菜，你掏钱我不心疼。

丁一鸣：你的心思都用到算计别人上了。

公园路

晚上路灯已修好，但路人没几个人，一位穿着校服的女生独自走着，鞋跟声哒哒地响，声音传得很远。

校　园

刘勇和丁一鸣劝解李晶玉，李晶玉死气沉沉的样子。

刘　勇：李晶玉不要无精打采的，打起精神来。开心是一天，不开心也是一天，为什么不开开心心过一天呢？你不要用别人的罪孽来惩罚自己。佛说“有即是无，无即是有”，你要学会“身在化外，心在化外”。

李晶玉：我好多了，那些天都有寻死的念头呢，只是我感觉什么都没意思，打不起精神。

丁一鸣：李晶玉，你看我受的磨难够劲不，我不也扛了下来了？人就得横下心来，努力抗争，与天斗，与地斗，与坏人斗，与自己斗。

刘　勇：那是你们班头吧，一准是来找你的。

李晶玉：是李倩男。

刘　勇：我们撤了，你们聊。

刘勇、一鸣跑走了。

李倩男：李晶玉，让我好找。你那两保镖怎么走了，不怕我欺负你？

李晶玉：班头，有事吗？

李倩男：看你最近总是萎靡不振，是不是病了，或者让大姨妈折腾的？你得去医院瞧瞧大夫去。

李晶玉：没事，就是不想动，话都懒得说。

李倩男：哦，要是有什么事告诉姐妹为你分忧。我找你是告诉你，马宏过生日，让我邀你一块去庆生，你去不？

李晶玉：我没精神，不去了，你帮我谢谢他的邀请。

李倩男拍拍她：好吧。是马宏特别嘱咐的。我帮你推了好了，你真得把身体养好了，总这样可不行。

李晶玉点点头。

一班教室

丁一鸣、刘勇仔细听讲数学题。

三班教室，课休

李晶玉孤零零坐着。

马宏凑过去：李晶玉，思考什么呢？

李晶玉看看他未回答。

马　宏：那天我过生日你没来，我真想你过来玩一天。李倩男说你没精神去，我心里总感觉缺了什么。李晶玉，下了学我请你看电影好不好？法国浪漫片，听说还不错。不去，要不晚上去迪厅玩？

李晶玉：我真的没有精神去玩。

马　宏：想让你蹦迪换个心情。

李晶玉：谢谢！我不去。

马宏失望地：那好吧，等你什么时候有精神了告诉我，我请你！

二十中

下了晚自习的学生们蜂拥而出，四散而去。

马路上

丁一鸣、刘勇、李晶玉骑车回家。

刘　勇：小玉，记得不记得小时候，咱们俩到丁一鸣家蹭饭吃馅饼的事？

李晶玉点点头。

刘　勇：我记得那是下了大雨的第二天。

李晶玉：才不是呢，是下了大雪的第二天。

刘　勇：你脑子串行了，是下了雨的第二天。

丁一鸣：你那天雪球里藏石块，把人六年级学生头砸破，还和人打了起来，害得我跟你记了一大过。

刘勇笑起来：你就记这，不记好事。

丁一鸣：你办过好事吗？李晶玉你说他办过好事吗？

李晶玉：有！一定有！

丁一鸣：那你说他的好，我听听。

刘　勇：还是小玉公平，你快说给他，我也听听。

李晶玉：那次在教室里把我气哭了，丁一鸣和你打起来，在教室里你俩滚来滚去。弄得一片狼藉，那是小学几年级？三年级还是四年级，我记不清了。

刘勇叫起屈来，你们什么人啊，只记人坏事！

丁一鸣：那你说说你做的好事，说啊！

刘勇思考一阵：也是哈，怎么做了那么多好事，一件也想不起来呢。

丁一鸣：可见你没做好事呗，李晶玉你说对不对？

李晶玉抿嘴一乐，没有说话。

刘　勇：我脑子现在不记事了，等穿越一下就会想起来。

丁一鸣：承认脑子进水了吧，成天这个进水了那个被门夹了，原来自己首先进了水，是你承认的哦。

刘　勇：你这叫落井下石，乘人之危！

丁一鸣：毛爷爷说“一个人做好事不难，难的是一辈子做好事”，你好事做得少所以想不起来。

刘　勇：少拿伟人压我，那你说你做的好事，说说李晶玉做的好事。

丁一鸣：我们俩一说就停不下来，李晶玉家到了，咱改天再说。

三人互看一眼笑眯眯地蹬车。

公园路

月亮当空，如水月光，路上一位背肩包的女生婀娜多姿地走着，鞋跟撞击地面的声音，哒哒哒。

高一班

刘　勇：丁一鸣，李晶玉会不会得抑郁症？我感觉越来越不对劲。

丁一鸣：不能吧。

刘　勇：现在她话也不说一句，到了学校就是在椅子上坐着，没有笑声，没有话声，我想她在家也一样，怎么办啊？沉沦下去不是抑郁症是什么？

丁一鸣：这段时间咱们不是主动给她找乐子吗？

刘　勇：那算小意思，领她去医院最为上策。

丁一鸣：要是她父母领她上医院最得力，而且万一有什么父母可以在身边可以督促和指导。在加上合理的饭菜，她恢复得也快。

刘　勇：我下学就去她家告诉她妈妈。

丁一鸣：不能直接说，想个办法旁敲侧击，让她妈妈知道，是最稳妥的办法。

刘　勇：要不这样，她妈妈每天到小区超市买菜，咱这样……

丁一鸣：行是行，但那是小区超市。

刘　勇：她们小区住着好几个咱们同学呢！

丁一鸣：就这样办！看你的了。

幸福小区超市

李母正从货架上拿东西，抬头看见刘勇在那边转货架，像是寻找着什么一样，当他转过来时，李母拉住他。

李　母：你不上学找什么呢？

刘　勇：阿姨！买这么多好吃的啊！阿姨，你看到一位和我差不多的女生吗？个头也和我差不多高，长得秀气漂亮，但神情忧郁。

李　母：没呀，没看到！

刘　勇：阿姨，她是我们年级的同学，患了抑郁症，上学路上走丢了，老师发动全年级学生找她，我来她住的小区找找，碰碰运气。

李　母：抑郁症？听说过，怎么个表现呢？

刘　勇：同学因为考试没考好，父母训斥一顿，从此就闷闷不乐。不说、不笑、不理人，每天上学呆在教室，回家宅在床上，路上走路也边溜边走。父母不以为然，以为她只是一时想不开，没成想发展严重了，才领她去看病。大夫说已发展到抑郁症二期，想治好得费些时间呢。这不上学走着走着没影了，家长、老师着急得要命，让我们来寻找。听说这病发展下去就是精神分裂症，人这一辈子就完了！阿姨，你听我说话了吗？

李母回过神来：听着呢，听着呢。

刘　勇：您忙着，我去那边再找找。再见！阿姨！

李母若有所思地放下装物箱缓缓走向超市门口，服务员问话她也没听到。

李晶玉家

中午吃饭，李母在饭桌上埋怨李父：你一个男子汉也不管孩子，你看孩子成什么样了，你没见孩子不说话、不笑、不理人？宅在卧室不起来？你问都不问一句。女儿成了外人。就知道逼着孩子学习、学习，生硬把孩子逼成抑郁症。

李　父：是你逼的！说话没深浅，张嘴就来，不分青红皂白，反正你嘴是痛快了，从不像当妈的一样，从细微处关心呵护女儿，你和女儿好好说过心里话吗？是你把女儿逼成这样的。

李晶玉坐在一边，静静地吃饭，毫不为之所动。

李　母：是你！就是你！回家来吃了睡、醒了走，外头不顺就拿女儿撒气，你个没良心的还把责任推给我！告诉你！小玉真病了我和你没完，反正我和你过够了。

李母摔下筷子捂着脸哭起来。

李晶玉见状，放下筷子回卧室去了。

李　父：哭什么哭！当女儿的面你就数落我，不分场合，你痛快了，女儿呢？不抑郁行吗？成天就是吵吵吵！不能等女儿回卧室悄声说？你给孩子一种病理暗示，没病也被你说得有病了。

李　母：你关心过女儿的生活吗？她学习怎么样，哪个同学和她和得来，你知道吗？是我给她做饭、洗衣服伺候她，你动过一根手指头吗？前些天小玉病了，你都不管，说过段时间就好了，还不是我请刘勇、丁一鸣来劝，要不是小玉能吃饭吗？你属狼心狗肺的，不管女儿的死活……

李　父：打住！严父慈母你不知道！明天带她上医院。咱不吵了行吗？都吵了一辈子了。还有，以后不要在孩子面前吵，真是的！气都气饱了，唉！

李父走了。李母来到李晶玉卧室。

卧　室

李　母：小玉，下午上学和老师请个假，爸妈带你到医院看病，任你这么没精打采的不是办法。

李晶玉：我没病。

李　母：让大夫检查一下，没病就更好了。你可是妈的心尖尖，万一有什么，妈妈也不活了。

李晶玉：要去你去！我要躺一会儿。

李母无奈地长叹口气，出去了。

佛堂里李母跪着祈求菩萨保佑李晶玉。香烟缭绕……

医院诊室

李父、李母领着李晶玉来看病，大夫打量着李晶玉，说着什么，李母询问着……

李晶玉家

李母端水让李晶玉喝药。

学校校园

李晶玉孤单地立在树下，头上沾着一枚落叶。

刘勇、丁一鸣从远处过来和他说话，她点点头应着。

公园路

没有月亮的晚上，只有繁星满天。路灯又是熄灭的，前面漆黑一片，一长发女子慢慢地走过来，鞋跟撞击在地面上哒哒地响。

忽然树林里冲出一个蒙面人，一下就把寒光闪闪的刀子架在女子脖子上，狠狠地说道：不准出声，出声就要你的命！把钱给我掏出来！快！

女子把钱包里的钱、手机掏给她，蒙面人抓过钱装入口袋，四下看看，拽着女子就往树林里走：放老实点！刀子不吃素！

女子鼻子哼一声，软软地从蒙面人手中滑落到底。蒙面人愣了一下，没缓过神来。灌木丛中飞出一个人，手中的木棍呼啸而来。这时，吓瘫的女子飞起一脚正踢中蒙面人致命处。蒙面人刀子落地，双手抱着裆部倒在一边，挥棍的人猛砸蒙面人。女子一翻身骑在蒙面人身上，她甩去长发，原来是刘勇。刘勇从包里拿出绳子把蒙面人捆起来，自己先踹他几脚。拿木棍的是丁一鸣，手中的棍子又快又狠地落在蒙面人身上。

蒙面人翻滚着躲避着，求告着：别打了，别打了，饶了我吧。

丁一鸣：刘勇快打电话报警！这一棍子是李晶玉的，这一棍子是刘勇的，这一棍子是我的。

刘勇从蒙面人兜里搜出手机，一边拨打电话报警，一边踢着。

刘　勇：行了，别打了，万一打死了死无对证，没办法辩解。

丁一鸣又狠狠地打一棍子：我真恨不得一棍子敲死他，为李晶玉报仇。呸！垃圾！

他仍下棍子和刘勇坐到路边。

丁一鸣气喘吁吁地：让你害人！我还不信抓不着你，人渣！刘勇你没事吧？我真怕他给你一刀呢。

刘　勇：没事，毫发无损，你才想我会挨刀子？早干嘛去了，尽整些没用的，马后炮，当时他把刀子架在我脖子上，凉冰冰地真让我惊了一下，多亏吓昏的动作演了几遍，不然这刀子架在脖子上不死也伤了，甚是危险。

两辆警车呼啸而至，公安人员下来问询，拍照取证，把刀子收入袋中，把罪犯押上车，一位年纪大些的刑警请丁一鸣、刘勇上了另一辆车，两辆车开走了。

刑警大队

刑警甲给刘勇做笔录。丁一鸣做完笔录，过来坐在刘勇旁边。

刑警甲：你们说的强暴，我们只能记录在案，没有人证、物证，我们不能立案。

刘　勇：我们有证人，但是受害人有诸多理由不能报案。真的，你要相信我们。

刑警甲：我相信你们说的是真的，但不能立案，法律是讲究证据事实的，现在持刀抢劫立案，必须有人证、物证，证据确凿才能立案。你们放心，你们所说的女同学的事，我们当然会追究到底，只要他犯过的罪行我们都会一一查清楚，当然你们若把受害者的姓名告诉我们，我们会采取秘密侦察手段，绝不泄露受害人信息。

二人齐齐摇摇头。

刑警甲：好吧，你在这里签字，如果有什么问题，我们会找你们问询！

刘勇边签字边答应：没问题，随时恭候。

刑警甲：侯队，笔录做完了。

年纪大些的刑警过来：同学！你们这样的行动很危险，你们首先得保护自身的安全，毕竟你们还是学生，和罪犯搏斗没有经验，这种危险的事应该由我们来做。这次幸运的是你们一举拿下了罪犯，罪犯没有还手的机会，不然会有生命危险。记住我的话，不要把自己置于危险之中，在这里我谢谢你们，但不鼓励你们做第二次，记住了吗？

刘　勇：我们记住了，侯叔叔！我能把我们手机拿回来吗？我要用呢，在罪犯物证口袋里。

侯队问刑警甲：取证了？记录在案了吗？

刑警甲点点头。

侯　队：让他填表先发还给他吧。

刑警甲：你过来填表。

刘勇喜滋滋地到桌前填表，拿回了自己的手机。

刘　勇：谢谢警察叔叔。

刑警甲：不用谢，这是应该的。

刘勇对侯队：侯队叔叔，你们一定要将他的罪行全部挖出来，狠狠宣判，给我同学报仇。

侯　队：你们放心，我们会依法办案，绝不姑息一个坏人。你们路上注意交通安全。

刘　勇：会的，警察叔叔们再见。

刘勇、丁一鸣离开了刑警队。

刑警大队门口

刘勇接到妈妈的来电：我正往家走呢，马上就到了，没事挂了。

刘　勇：这么晚了，要不你到我家凑乎一口得了。

丁一鸣：不了，爷爷在家会着急的。这事千万不要外传，一定要保密哦！

刘　勇：知道了，唠唠叨叨的！快！拦下那辆出租车。

俩人追了几步，出租车早就没影了。

刘勇一下坐到地上：我的个娘呦！我的脚，我得换掉高跟鞋。

丁一鸣：我还以为你习惯穿它了呢，也不想想学生有穿高跟鞋的没有。

刘　勇：有！好多女生书包里就放着高跟鞋呢，真的！走起路来袅袅婷婷的真美。我这不是为了扮得像一些嘛！这么多天，一天一趟，脚都被这鞋弄残了，现在有了结果，不然啊，因为这鞋我会疯掉。看来女同胞为了亭亭玉立真下血本呢！我的脚——

丁一鸣：是谁在唠叨，快着点！

刘　勇：拉我一把，要不打电话告诉李晶玉一声？

丁一鸣：这么晚了告什么告！出租车！出租车！

出租车停下，载了他俩驶入灯光灿烂的暗夜中。

校园课休

学生们都在落满树叶的校园活动。李晶玉、刘勇、丁一鸣站在一颗柳树下，柳树枝条轻拂着他们的头。

刘　勇：李晶玉，你的气色比前段时间好多了。

李晶玉：我没感觉好啊。

刘　勇：不信你问丁一鸣。

李晶玉望望丁一鸣，丁一鸣点点头。

刘　勇：再告诉你个特大好消息，伤害你的那个罪犯被抓住了，解气不？

李晶玉：你哄我高兴呢吧。

刘　勇：千真万确！你问丁一鸣。

丁一鸣：是真的！抓住罪犯时我们在场。昨天晚上的事，这坏人作恶，一定会被抓。善有善报恶有恶报，不是不报时候未到，时辰一到，万恶必报。

李晶玉：太好了！我这口恶气总算出来了，恨不得撕他一块肉！你们怎么知道的？在现场？

刘　勇：这你得感谢警察叔叔为你抓住了坏人，我们路过时看到了。我们回家晚了，我在公园路那看到的。你干脆出来当证人，让坏蛋得到严惩才解恨呢。

李晶玉：我没有那个勇气。你们知道我父母，我不能作证！还有学校、邻里间的议论，我受不了！

丁一鸣：我理解你，尊重你的选择！刘勇你别给李晶玉压力。这事就算翻篇了，过去了，没有了。咱们快乐起来好不好？从现在起让快乐占领大脑。

刘　勇：好啊，我赞成。

李晶玉点点头。

丁一鸣：农展馆有菊花展你去不去？听说都是奇花异草，世界独一无二。

刘　勇：什么奇异？不就是转基因花卉吗？

丁一鸣：你个大头鬼，这么扫人兴啊！我刚说的李晶玉有了一点意思。

刘勇扇扇自己的嘴巴子：让你嘴快，让你逞能，对不起！对不起！李晶玉咱就去看看菊花展究竟是什么样子！咱主要是快乐地玩一天，求你了。

李晶玉叹叹气：我哪有时间去啊，我得补习前段时间落下的课程。我妈一下给我报了三科的补习班，连唯一的星期天下午也给挤占了。

刘　勇：啊？真为你焦心。

丁一鸣：啊什么啊！要说家长为孩子好，但也不能不管不顾啊。

刘　勇：就是嘛！你妈真是记吃不记打，忘了你病时可怜的样子吗？忘了怎么为你身体焦心了吗？真是的。

李晶玉：不许这样说我妈！她是为我好！

刘　勇：为你好就不顾死活了吗？还信佛呢。佛让人们做好事，这是做好事吗？

丁一鸣：你少说几句没人把你当哑巴，还不闭嘴！

刘勇不吭声了。

丁一鸣：不去就不去吧。要说高一正是为考大学打基础的时候，考得上考不上，在这一年得辛苦了。李晶玉，你得善待自己，自己照顾自己，感觉累了就歇一歇，心中不快乐就找我和刘勇聊天解解闷。咱们都这么大了，能照顾自己了，对不对？不用大人为我们操心。

李晶玉抿嘴点点头。

刘　勇：这才是句人话，累了就歇息，烦了找我，我给你解闷，到我家我让我妈给你做好吃的，好不好？

李晶玉点点头。

上课铃响起来，所有人向教室跑去。

马　路

初冬的早晨，路旁树木叶子落尽了，只剩侧柏、松树翠绿如初。冷风吹着枯叶在四处滚动，清洁工人将树叶扫聚一堆，装入蛇皮袋中。

路上行人匆匆，川流不息。

丁一鸣家

刘勇敲门。

丁爷爷开门：是刘勇，快进来！今天冷了吧？

刘　勇：是够呛，穿秋裤都顶不住了。爷爷，一鸣在家吗？

爷　爷：在他屋里学习呢。

刘勇进入一鸣卧室。

卧　室

丁一鸣放下正在读的英语书：你怎么来了？（他看看桌上的表）啊！十一点，我说我觉得有点饿呢，你不在家好好学习跑我这儿干嘛？有问题要问？

刘　勇：少来！我问你问题？想都不用想！我刚从刑警队出来，早上八点侯队打电话给我，你猜什么事？

丁一鸣：能有什么事，无外乎还你被抢走的钱呗。

刘　勇：真给你说着了，我的两千五百块钱回来了。年底了，正发愁这钱怎么跟父母交账呢，这钱是我对我妈说你有急用才借到的。

丁一鸣：啊？以我的名义借钱？这不是给我埋地雷吗？万一还不上，你妈朝我要我怎么办？你居心何在！以后不许以我的名头干坏事，不然好兄弟没得做。

刘　勇：你不问我借钱干什么用就怪罪我！什么好兄弟坏兄弟，都不是！

丁一鸣：你的鬼主意太多了，我怎么猜得到，你长大了没办法管你了。

刘　勇：你少说风凉话！我告诉你吧，我借钱专门给罪犯预备的。你想啊，抢劫我身上没钱，罪犯实施强暴，我是男的，他最后什么都抵赖，一推六二五，这两千五百元抢入他口袋，最起码抢劫罪那是跑不掉了，对不对？这叫诱饵。

丁一鸣：你的计谋太缜密了，我真服了你呢，我怎么就没注意到这一点。只想抓坏蛋呢，没钱不等于白抓吗？

刘　勇：这下明白了？晚了！因为你脑子里全是短路的集成

电路和废水。

丁一鸣：你牛得不知道自己是谁了吧。

刘　勇：开个玩笑而已。警察叔叔对我说，罪犯招供强暴三名女生，只有一名报案作证，抢劫我算第四次，持刀抢劫起刑八年。而两千五百元加手机一千元判重罪，四次抢劫判几年？强奸妇女，你看他得判多少年！警察叔叔说已移交检察院，审核后就会诉诸法院了。

丁一鸣：铁证如山，给李晶玉报仇了，判他个终身监禁，看他还敢害人不。

刘　勇：要我说枪毙了才好呢，害人一生啊，想想李晶玉心灵上的阴影能除掉吗？一辈子呀！

丁一鸣：这样的坏人真该枪毙！中午了，在我家吃饭吧！

刘　勇：我回去吃。大清早就出门，我妈该怨我星期日也不着家了，再说我妈说做好吃的犒劳我，要不你到我家吃饭，咱把李晶玉叫着？

丁一鸣：算了，李晶玉时间多宝贵，咱不要占用她时间了。正有一件事不知怎么对李晶玉说，我思考了好几天了。

刘　勇：该给她吃一个定心丸，有助于她除去阴影。

丁一鸣：你又猜到了。

刘　勇：那是！我懂她，不要拖，拖下去对她没一点好处，多一天她就会多伤心一天。

人民公园

初冬的早晨虽然冷，但晨练的人们依然熙熙攘攘。公园一角的古槐下李晶玉一袭黄色风衣分外显眼，站在树下观看打太极的人们。一旁是冬天休养生息的草木，那些草木带给人们一种凄凉的深思。

蜿蜒的小路上相伴而来的是刘勇和丁一鸣，俩人一起往李晶玉站处走去。李晶玉的风衣在冬天显示出一缕生机——寒冬来临春、天不远的生机。

古槐下

丁一鸣捧着一支玫瑰，刘勇举着一个戒指走到李晶玉面前。

李晶玉：你们这是要我的选择吗?

刘　勇：是啊！我们的情谊你早已知道，今后不许你在我们俩中间飘忽不定了！选择可以让我们责任分明，互补长短。

丁一鸣：刘勇代表我说了，我同样的意思。

李晶玉泪花闪烁：你们的意思我懂，从小学到现在我们亲如兄妹。在我心里你们就是我的嫡亲哥哥，我可以和你们撒娇耍赖，有什么心事向你们透漏，说真的，有些话对父母不能说，但会向你们倾诉，因为你们是我心中永远的哥哥，以前是，现在是，将来是，永远是！你们的礼物我收下，是哥哥对妹妹的祝福和心灵的倾诉，是对妹妹强力的保护。

李晶玉接过花与戒指：你们记住，我永远是你们的妹妹，我爱你们!

李晶玉抹把泪水跑走了。

刘　勇：丁一鸣，发什么愣啊，跟大哥追妹妹去。记住！我是大哥。

丁一鸣：废什么话，比你大三天才是大哥呢，这一辈子你都追不上。

刘　勇：我主意多，比你聪明，我才配当大哥。

丁一鸣：唉!

丁一鸣答应一声跑去了，刘勇奋起急追。晨练的人望着他们。

剧　终

2015 年 12 月 30 日

故事梗概

初中生石峰随父亲来父亲打工的城市读初中，遭到同学的冷眼、孤立和排挤。石峰不惧困难，努力学习，自信、自立，最终得到了师生们的认可，在班里站稳脚跟，融入了大城市的生活，为以后的生活打下良好的基础。

本篇展现了初中生的天真、可爱，对生活懵懂的向往、憧憬和自立的艰辛。

鸟瞰

山川大地郁郁葱葱，茂密的丛林，高速路的立交平坦延伸。高楼林立的城市，车水马龙的街道，繁华的商业街，毗邻的商铺橱窗，街上的行人匆匆。

画　外

大都市的繁华吸引着人们蜂拥而至，但汇集而来的人们要融入这个群体，是要付出巨大的努力和沉重的代价，还有艰辛的劳动。他们的子女想要融入城市学生的学习生活中，同样要经历千锤百炼才能成功。

四十三中学校

美丽、宽敞的校园，矗立着两栋六层教学楼，校门口挂着横幅标语上写着“欢迎新同学，迎接新学年”。

初一四班

正在进行学生自我介绍。

“我叫赵瑞，来自八一小学，男生。”

大家笑起来，班主任刘老师笑着：知道你是男生，下一位！

“我叫李小红，沙河小学毕业。”“我叫毛远望，北建小学。”有人说：“他叫毛血旺！”大家笑起来。“牛莉，沙河小学。”“刘国原，北建小学。”“李典典，来自八一小学。”

张同轩：她叫李舔舔。老师她叫李舔舔。

刘老师：不许给同学起绰号，这样不好，知道吗？下一位！

张同轩吐吐舌头。

“我叫石峰，来自山阴县中心小学。”

张同轩：名字太土啦，怎么不叫土坡呢，一听就土老帽一个。

刘老师严肃地：张同轩，怎么这样说话呢，这很不对！每一位同学都是平等的，不许歧视同学！我们是一个集体，今后我们就要在这个集体中生活学习三年，所以，大家一定要团结友爱，和睦相处。我不能容忍这样的话在班里传播，大家听明白了吗？你来介绍一下你自己。

张同轩站起来：我叫张同轩，来自八一小学。

郭启德笑道：张同学？我们都是同学啊。

大家哗然大笑。

张同轩：你什么耳神？我叫张同轩，气宇轩昂的轩，你听不懂人话啊？

郭启德：是你咬字不清楚，怨人听错？真是水平有限。

刘老师：好了好了，一时听蒙耳朵也是有的。下一位同学！

校园里，课休

绿树成荫，花草茂盛，学生们分散在各处玩耍、游走、运动、嬉戏，张同轩和郭启德站在灌木丛一边聊天。

张同轩：那天出我洋相、改我名字我不计较你了，我就是看不惯石峰，山豆子一枚，听不惯他的京晋腔。

郭启德：我也一样看不惯他，一口掉渣的土话，摸底考试居然前三名，把我的名次都占领了，成了学习委员、课代表！委员个屁！不就比我多一分嘛！

张同轩笑了：这叫羡慕嫉妒恨，吃不着的葡萄酸！

郭启德：我嫉妒他？哼！喊他山里娃是好听的，应该叫他山猴子！

张同轩：那就叫他山猴子。咱们该教训教训他，打击一下他的嚣张气焰。

郭启德：我举双手赞成，一个山村里的山豆子兴个什么劲儿。

张同轩：我不想和他较劲，都是帮你出气知道吗？

郭启德：哥们领情。对了，那天送你上学的那辆车是什么车？

张同轩：凯迪拉克，八十多万的车，其实不如大奔排场有派，可我老爸喜欢。

郭启德：等我有了钱买辆悍马开，那多威风，跟坦克一样不怕碰撞。

张同轩：说说嘴顺溜，你能买得起悍马？

郭启德：那还不容易，路上绊倒捡块马头金，摔跤捡张彩票就中五百万，万事皆有可能。人走时运马走膘，幸运早晚光顾我。

张同轩：你烧香许愿了没有？幻想一下是可以的。

郭启德：就你家有钱，你家是土豪，烧包什么？一切都是浮云。

张同轩：我说什么了？葡萄是酸的。好好学习吧，水平有限。

郭启德：少打击本人的积极性，水平有限是谦虚，你等着看吧。

马路上

下午下了学后，石峰被张同轩、郭启德、刘国原拦在绿化带一边。

石　峰：你们要干嘛？

张同轩：不干嘛！你为啥要骂我？

石　峰：少来！我从不骂人，没学会。

张同轩：清高得你，这不骂我了吗？你不骂人就是说骂我不是人喽！哥们一齐上，揍他！

石峰见势不妙一把推开自行车招架起来。三个打一个，渐渐地石峰占了上风，他很灵活地左右躲闪，瞅机会就出拳，很快就有两个倒在地上了，另一个不敢上了。他拍拍手上的土，冷冷一笑，骑车走了。

这三人异常恼怒，但又无可奈何地望着他走远。

张同轩：怎么搞的，三个人打不过他，这亏吃得真憋屈！

刘国原思忖一下：我有个办法找补一下，咱们这样……（耳语）

郭启德：办法很好，就是损了一些。

张同轩：只要能报仇，什么损不损的，就这样办！决不能让一个山豆子逞猖狂，先下手为强，不然传出去咱们的脸往哪搁？走！

教师办公室

三人在刘老师面前站着，灰头土脸，衣冠不整。

刘老师：你们这是和谁打架了？

刘国原：我们让石峰打了。

张同轩：那个土包子把我们打成这样，你看！这手上都出血了。

刘老师狐疑地：他一个打你们三个？

刘国原：我们三个没动他一指头，我们知道学校不让打架斗殴，所以没动手，要我们动手，来这告状的就是他了。

刘老师：我有些纳闷，说说为什么打起来的。

张同轩：路上骑车没注意别了他一下，他就不依不饶大打出手，我们没动手所以就吃亏了。我打电话请教我爸，我爸让我找老师，他说老师会秉公处理的。

刘老师：你们不动手做得对，等我找石峰了解清楚了，我会公平处理。刘国原，你去把石峰找来。

刘国原：我可不敢，怕他打我，你看我胳膊上的瘀青还疼呢。

刘老师的电话响起来，刘老师接起电话：喂，你好！噢！张总啊，嗯！我正了解情况呢，了解清楚了会给你一个交待。好的！再见！

刘老师思虑一下：你们三个到教室等着去吧。在这里会影响老师们备课。

教师办公室

石父身着建工衣站在刘老师桌前，石峰也立在一边。

刘老师：石师傅，我也想相信石峰没有打人，可孩子们都有伤无法解释，而且，石峰也承认他们四个人的确打架了。石师傅，我知道你给人打工很不容易，很辛苦，孩子来学校上学更不容易，一定花费了不少心血和金钱。情况就是这样，现在学生家长出面讨要说法，您说个解决办法我听听。

石　峰：刘老师，我说的都是真的，是他们半路截住我打我，我被逼无奈还手。您想，他们三个我一个我不还手还不被他们打坏？

石父拍他一掌：没打人就伤了？伤痕作证有个跑？刘老师，您说怎么办就怎么办！孩子们打架难不其谁有理没理，一个巴掌拍不响，求您想个办法化解了算了，孩子们还要在一起念书呢。

刘老师：这事情如果上报学校，学校处理这事不会轻描淡写，各打五十大板，最终得记过处分，这样对石峰太不利，不如这样，赔他们一些医药费，让他们去医院检查检查，您看呢？

石　父：好好好！就这样解决。

石　峰：是他们先打我，凭甚给他们钱！

石　父：你闭嘴！打架就没理！刘老师，我这儿有五百块您看行吗？

刘老师：就五百吧，我转交他们。我不相信石峰打人，可是打架是双方的，不然打不起来，就这样吧，石师傅！

石父把钱交给刘老师，拉了石峰走出办公室。

刘老师带着自己的包，看看空无一人的办公室，锁门。

石峰租屋

是一间十多平米的地下室，液化石油气、灶具就摆在门外，屋里一张双人床，床角摆着一些衣服，一只陈旧的五斗橱上摆着锅碗瓢盆等做饭用具。

石父坐在床边：小峰，爹不相信你会无缘无故打人，但人在矮檐下不能不低头！你得领刘老师的情，她都是为了你好啊。

石峰气鼓鼓地：我想不明白，为甚咱出钱。

石　父：花五百就该花，人有伤也算个补偿吧。你想，四个人三个都说你打人，没有外人作证怎么辩得清楚！人都有伤你没伤，谁信人打你？所以刘老师这样处理对你最有利，真要捅到学校真是不得了！不开除也得背个处分，刚上学没几天不值。小峰啊，你得接受教训，什么时候也不要逞强，枪打出头鸟，知道吗？儿啊，融入城市生活不容易，该吃亏就吃亏，该受委屈就受委屈，等人们接受你了，一切都会好起来。这是我这些年出门打工的经验。

石峰看看爹久经沧桑的脸：爹，我听你的，今后不和他们打架。

石　父：这就对了，这时候了工地上吃完饭了，咱下馆子去吧。

石　峰：不用了，刚刚花了五百还下馆子？我煮挂面吧，用西红柿酱一拌，自己做的面比饭店的好吃，吃着也香甜，你坐着歇歇，累了一天了。

石父看着儿子懂事的脸，点点头，扭头抹抹眼角。

初一四班

郭启德在门口瞭望。

张同轩站在讲台上大声鼓动：谁也不许搭理石峰！谁要是做不到，小心我的拳头，不听话一意孤行的，我一定打残他，不信试试！

“那他要主动和我们示好呢？”

张同轩：敷衍一下不就得了，把他排挤出咱们班，我请大家吃大餐，并且送给你们每人一份心爱的礼物，决不亏待大家。

李小红：刘老师让大家团结友爱、和睦共进，你在这里煽动搞分裂排挤，小心我告诉老师！

张同轩：你敢！不许当告密者！不然小心你的狗头！

李小红：恐吓我？我才不怕呢！

郭启德低声说：来了来了，石峰来了！

张同轩满不在乎地下了讲台。

石峰背书包进入教室，他像往常一样笑着点头和同学们打招呼，发现了同学们的异样，他尴尬地坐到自己的座位上，看看四周的同学，把上课要用的课本放到桌上。

同桌王静拿着数学书：石峰，这道题怎么做？

一直关注石峰的张同轩一下蹿了过来挤开王静：你去问郭启

德，我找他有事。

王静无奈地去问郭启德。

石峰盯着张同轩等他说话，张同轩却扭头和后排学生说起来。

石　峰：你找我干嘛？有事？

张同轩：我找他没找你！你搭什么茬！

说完，他诡秘地一笑走了。上课铃响起来，学生蜂拥而入，是齐老师的英语课。

齐老师：今天先复习一下第二课，大家翻到第八页。石峰，把课文念一遍。

石峰：The man in the car is my father.

石峰带着方言的口音把大家都逗乐了。

齐老师笑道：石峰，一定先把普通话讲好，那是口语的基础，不然口语发音更不好掌握。

石峰低下头无语。

张同轩：种地用不着说英语。

齐老师：谁说种地用不着英语？英国也有农民，他们种地不说话？张同轩孤陋寡闻了吧，你别自傲，你说的口语也不标准，得对着口形好好学呢。今天学习第三课，大家先和老师把课文读一遍。

教师办公室

刘老师：石峰，齐老师跟我说了，我也是这意思，把你的家乡话变成普通话。不要不好意思，放下面子，不怕嘲讽，农村孩子对口音问题更得努力。你年龄小容易改，改掉口音将来对你的生活、学习、前途大有帮助，知道吗？

石　峰：点点头。

刘老师：当初老师从山里出来，也是说着一口浓重的家乡话，后来老师告诉我普通话的重要性，所以我下了好大一番功夫，才讲一口流利的普通话，师范一毕业就以优异的成绩应聘到四十三中当老师了，普通话帮了我很大的忙，不然，只能回家乡去教书了。初中是一阶段，又是基础，老师希望你把这个基础打好，将来会对你的学业、生活起到莫大的作用，你要理解老师要你改口音的苦心。

石　峰：我听老师的，一定把口音改掉。

刘老师点点头：改去乡音，并不是不要乡音，你回家乡时尽可以说你们家乡话，在学校一定要说普通话，我听你爸的普通话就说得很好。

石　峰：我爹打工年长了，所以改了。

刘老师：你要向你爸学习。学习普通话的媒介很多，电视、广播、复读机，你要尽可能地利用，老师相信你。还有，老师见你总独自一个人走来走去，为什么不和同学们聊聊天，玩耍嬉戏呢？你的性格不是这样的，说说什么原因。

石峰低声道：他们不理我。

刘老师：石峰，作为一名学习委员，你得主动接近同学、团结同学，只有主动才能把班里的工作做好，真正起到一名学习委员的作用。

石　峰：嗯，我会的。

刘老师：石峰，你不能因为家境不好背包袱，不能因为农村出身就自卑，这个社会所有人都是平等的，你要鼓起勇气活出自信，活出精彩，活出一个自主的自己来，老师对你是有信心的。当然老师知道班里有些人对你不友好，老师会找他们交谈、沟通。打铁还须本身硬，所以你必须先自信，知道吗？

石　峰：嗯！

刘老师：你有什么问题需要老师帮忙解决就来找老师，老师一定支持你！没事你可以回教室了。

石峰走了。

邱老师：这孩子在我课堂上表现很好，不是那种沉默的人。

刘老师：谁说不是呢，学习在班里前五名，作为一名农村来的孩子没的说，是佼佼者。我一直观察他，从没发现他主动和同学们交往、沟通，总是形单影只，不知自卑作怪还是同学们孤立他。

邱老师：要是同学们孤立他你可得好好查查，这种现象会把孩子逼疯的，逼得心灵扭曲，甚至自杀的都有呢。

刘老师：不然我担心什么呢，我得下功夫查查。

邱老师：早发现早杜绝，把这种现象消灭在萌芽之中，我发现你对他有些偏爱。

刘老师：瞎说！等有时间向你请教吧。不过我对这孩子学习很满意，我知道农村学校的学生学习这么好，一定下过超常的苦功。我和你一样喜欢学习好的学生，喜欢归喜欢，但我从不偏心！我有课，你呢？

邱老师：说得好，不偏心！我一班，咱一块儿走！

上课铃急促地响起来，两位老师对视笑笑夹了讲义走出办公室。

公交车上

石峰听着报站，跟着复诵着。

商业街

石峰跟着橱窗里电视的广播员念叨着。

租　屋

石峰跟着复读机大声朗读着。

石父提着食物包高兴地进屋。

石　父：小峰，我买了两个菜，还买了酒，今天咱爷俩喝一杯。

石峰把自己面前的书本用具推到一边，腾出床边的一块地方，铺了张塑料布，石父把包里的菜肴拿了出来，有烧鸡、炒菜、凉菜。石峰拿了碗筷过来，石父坐在床边，给碗里倒了酒。

石　峰：爹，今儿什么日子要喝酒？

石　父：爹高兴！今天工长宣布我升大工了。以后爹就不用搬砖、和泥、扛钢筋了，最要紧的是一天可以增加一百元的工资，而且不受人吆喝！来！走一个。

石峰笑笑端着碗：为爹荣升大工干杯！

石父开心地喝口酒：工长对我不赖，一直说我太老实，“工作没的说，就不能灵活一些，转变一些？”我心里有底，只是笑笑，我知道老实人最终不吃亏，我只是看师傅们怎么干活，学了不少土建的技术。这一下都用上了，工长也是农民出身，我心里很感激他。

石　峰：那你该好好请他吃一顿大餐。

石　父：我请了，他死活不去。他说：“老石！我是看你实诚，技术也说得过去所以提升你，咱不来虚的，好好干活就行了。”工长那人是个好人啊！心里也向着老实人呢。小峰，我想不行咱就换个租房，对你学习有帮助的房子。

石　峰：不用，这儿挺好，没人打扰，也没噪音，清静，可以专心学习。

石　父：还是俺儿想得好，等过几年咱攒够了钱，在城里买套房子，把你爷爷、奶奶、妈妈、妹妹接来一起热热闹闹地生活，咱也当城里人让他们瞧瞧！

石　峰：嗯！

石　父：上次和你打架的孩子们呢？你们和好了吗？

石　峰：我们好着呢，下了课总在一起玩耍。

石　父：那就对了。老话说“老实人常在”，爹老实一辈子这不挺好？儿子孝顺，老婆温顺，和和美美一家人，爹心里高兴、满足。特别是儿子学习好，到了城里学习也没落下，爹为你骄傲。小峰啊，你得向爹学习，出什么事都忍着。古人说：忍为高，和为贵。也就是说好人有好报，你呢，千万别跟同学打架了，打架不好。

石　峰：爹，上次他们合伙打我，看我农村来的好欺负，不过他们吃了亏，我没下死劲和他们打，要真打他们会更惨。

石　父：好！干！

祖　屋

深夜时分，石父在床上呼呼大睡，石峰在床边专心写作业。

校　园

张同轩找到李典典：李舔舔！给你个纸条你敢不敢收？

李典典望望他：又不是炸弹，有什么敢不敢的，不会是你的纸条吧？

张同轩：我可不是你这一级品位的人，你心上人给的。

李典典：胡说八道！你才有心上人呢。

张同轩：这可是石峰亲口跟我说的。给，纸条上写着呢。

李典典接过纸条看完：这样的纸条你以后少给我传递！没事找抽！

她把纸条撕碎，扔在一边的垃圾箱里，顾自走了。

张同轩自语：邪门！就这样结束了？

刘国原跑来：怎么样？计策妙吧！

张同轩：妙个鸟！馊主意，照猫画虎，人就没当回事，撕碎走人！什么破主意，还说一定会掀起轩然大波，让他在班里、在女生面前永远抬不起头来，还什么一箭双雕，纯粹胡扯。

刘国原想了想说：咱不给这一根筋的人，只要努力，瞎猫一定碰上死耗子！

张同轩：你说怎么办？

刘国原笑笑：照猫画虎，给班头，直接就传到刘老师那里了，无线网络，班头和刘老师最好，一准传到。

张同轩：那你快去写纸条。

刘国原：小菜一碟，这次写得更肉麻一些，让她看了一准气个倒仰，你就等着吧。下课给你。

初一四班

快到课时了，教室里一片嘈杂，石峰独自趴在桌上写作业，李小红阴沉着脸进入教室。

李小红：石峰！刘老师叫你去办公室，马上！

石峰立马放下笔，去找刘老师。刘国原高兴地对张同轩做个胜利的手势。张同轩做同一手势，得意地笑着。

教师办公室

刘老师把一张纸和笔放到石峰面前。

刘老师：石峰，你把这几十个字写这里。

石峰看看：老师，这不是句子、不是词，写它干嘛？

刘老师：让你写字，没说让你写文章，快写吧！

石峰飞快地把字写完交给老师。

刘老师：这么快？好！你去上课吧。

石峰跑走了。

刘老师拿出一纸条与石峰的字比较起来，又拿出放大镜仔细观察，过了一会儿，她点点头自语道：张同轩自作聪明，字写得很像，但笔画力度不够，这种小伎俩亏他能想到。唉！搞什么小动作，就不能好好相处，相安无事？光怕班里事情少！

初一四班

齐老师：英语最注重词汇量，大家如果背会两千个单词，那么就能应付日常对话了。今天我要表扬石峰同学，他的普通话说得很不错了，给英语口语打下了很好的基础。下面时间大家把课文抄下来，并将它翻译出来，开始吧。

石峰怎么也找不到笔了，他轻轻捅捅前排同学：借支笔给我好吗？

前排头也未回：我没有多余的笔。

他向同桌王静借也没借着，向跨行的李小红借，李小红盯他一眼，从笔盒里拿给他一支笔，他连忙道谢，然后伏桌疾写。

下课后，石峰出了教室，张同轩来到李小红桌前。

张同轩：谁让你借笔给他，不是说孤立他吗？

李小红：老师让我们团结友爱、互相帮助。我是班长，不帮助他谁帮助。你什么意思？一定是你偷了他的笔！

张同轩：你胡说！你见我偷笔了？竟敢冤枉我。一个小小的班头牛什么牛，竟敢不听我的话，不是我投票选你你能当班头？切！

李小红：我就是要帮助同学，发扬正能量，你要那些阴谋鬼计小心我告诉老师。

张同轩：你敢！长了你狗胆了，你要告密我可不管你班长不班长，一样收拾你。告诉你，别不识抬举，叫你声班头就不知自己姓什么了！你是不是真看上那农村小子了。一个山豆子，你什么眼光啊，还纸条传爱呢！

李小红气得眼泪直流：你胡说！你……

李小红趴在桌子上哭泣起来。

牛莉莉：你干什么欺负女孩子？你什么人啊！

张同轩哼了一声，满不在乎地走了。

牛莉莉：班头，你别哭！给他告老师去，走！

李小红伏桌抽泣着没有动。

上课铃将学生们催促到各个教室。上课了，李老师诧异没人喊起立，她见李小红趴在桌上。

刘老师：李小红，你怎么了？你说话，别光是哭！

李小红哇地哭出声来：他！他欺负人！

刘老师：牛莉莉，谁欺负李小红了？

牛莉莉站起来：张同轩把她骂哭了。

刘老师斜看张同轩一眼：大家看书自习。李小红，你跟我到办公室来。

初一四班

郭启德：她出卖了你怎么办？

张同轩：她敢！真那样我收拾坏她，我不怕！放你的狼心，不就说她几句嘛，有什么呀！

教室门开着，李小红眼红红地回到自己的座位上。

刘老师在门口看看学生们，说：张同轩！你来办公室！

张同轩走出教室，刘老师掩住门走了。

李小红：刘老师让大家温习第五课的课文。

教室里嗡嗡声四起，学生们询问、交谈，低声说笑。

教师办公室

张总被叫来了，张同轩哭丧着脸站在一边。

刘老师：张总，情况就是这样。孩子们淘气些没有什么，但鼓动孤立、排挤同学可是方向性的大事情，你可能也听说过，有的学生受排挤后自杀身亡，还有的学生把排挤他的同学捅成重伤。血淋淋的现实啊，如果我们不引导、不制止，那毁了的孩子不止一个！学校也三令五申，坚决不允许这样的事情发生，一经发现严肃处理。

张总讨好地笑着：这不刘老师，您发现得早嘛！而且没有造成恶果。我回家一定好好教育他，积极配合您的工作。

刘老师：不能只顾挣钱不管育人。分一点点时间出来，问询一下孩子的成绩、学习情况、学校的生活，孩子教育好了，你这一辈子都不用挂心，孰重孰轻一目了然。

张　总：说得很对！刘老师，谢谢你给他这次机会！

刘老师：有一点我要对你说清楚，不准打骂孩子。孩子大了，懂道理了，你要多和他沟通，多讲道理不斥骂，让他知道孤立同学的危害性。

张　总：好的，好的，我会好好给他讲道理。

刘老师：张同轩，下午你在家写份检查，一定要真诚、深刻，明天上学带来。张总，总之一切为了孩子，咱们共同努力把孩子引到正道上来，让孩子有一个光明的前途。

张　总：下午我在家督促他写检查。刘老师还有别的吩咐吗？没有我们就先走。

刘老师：没有了，那就再见吧。

张　总：再见！

说着他拍张同轩头：还不快走！杵这儿等轿子抬你吗？你这熊孩子！

父子俩走了。

邱老师：刘老师，真为你发现得早庆幸呢，孤立、排挤会把孩子的心灵逼得扭曲、变态，什么样的事都有可能发生。尤其农村来的孩子，他们本身就有自卑感，再受孤立、排挤，能有个好吗？坚决刹住这股歪风邪气，决不手软姑息。

刘老师：刚才张同轩把我班班长李小红欺负哭了，李小红生气才告诉我，不然我还蒙在鼓里呢。真出了事，谁承担得起？主要是会毁掉孩子的一生！当老师的责任重大着呢！

邱老师：对了，上次你和石峰谈话他就说同学们都不理他。

刘老师：是啊，所以我才留心观察，现在的孩子讯息来得快，比我们那时活跃、机灵、复杂，大多是独生子女，难伺候着呢。

邱老师：谁说不是呢，你这个优秀教师都有难做的时候，我们就更不用说了。

刘老师：少来，你还嫌我不够烦心？还挖苦我！

邱老师：没有，我是在说实情。我可是没别的意思，别小心眼！

刘老师：哼，你是好心，我知道！

俩人笑了。

初一四班，翌日

张同轩慢步进入教室，没有了往日的骄横，来到座位，吸一口凉气，才小心翼翼地坐下来。郭启德、刘国原关心地围过来。

张同轩挥挥手：去去去！都是你们出的烂主意，你们脑子进了水，又把我害成这样，滚一边去！

郭启德悻悻道：我又没给你出主意。晚上没做好梦，早上遇见你了。

刘国原：狗咬吕洞宾，不识好人心！

张同轩：你们嘀咕什么呢，说清楚再走！

二人回到自己座位上。

刘老师来上课，学生们纷纷入座。

李小红：起立！老师好！

刘老师：同学们好！坐下吧，今天课前，咱们先听听张同轩同学做的检查。张同轩，你把检查念一遍。

张同轩缓缓站起来，念道：老师！我孤立、排挤石峰同学，犯下了不可饶恕的罪行。在同学老师的帮助教育下，我认识到自己错误的严重性，我坚决改正自己所犯罪行。在这里，我向石峰同学赔情道歉，并向李小红赔情道歉，保证今后不再犯类似的错误。请各位老师、各位同学监督我的行为吧。

念完他龇牙咧嘴地坐下，显然臀部疼痛难忍。

刘老师：同学们，团结友爱，团结友爱！老师第一天上学时就给你们讲了，而你们呢，没有做到。张同轩做得更加离谱，竟然鼓动别人排挤石峰同学。大家知道，石峰同学由农村转来，但他的学习并不比你们任何一个人差。每次打扫卫生他都抢先打扫，对同学都很热情友好，你们怎么能这样对待一位将与你们同窗学习三年的同学呢？今天张同轩的检查大家都听到了，我们学校、我们班集决不允许这样的错误再次发生。这件事的后果很严重，所以必须杜绝。希望大家引以为戒，发扬正能量，为你们的美好前途，为我们班这个大家庭的和谐贡献一份力量。

刘老师：为了表示诚意和改正错误的决心，张同轩，你当面向石峰道个歉，赔个不是，你们握手言和。

张同轩不情愿地、困难地站起来走到石峰面前。

张同轩嗫嗫嚅嚅道：我错了，请你原谅！

俩人握手，换来了同学们的掌声。过后，张同轩又来到李小红面前：班头，对不起，我不该骂你，请原谅！

李小红没有说话，张同轩转回头望望刘老师。

校　园

秋末的校园景色，树叶飘零一地，草坪已开始发黄失翠了。一圃菊花灿烂傲立。

操场上，两班的学生正在上体育课，雄纠纠地走着方队。

初一四班

课休时分，郭启德、刘国原又围到张同轩这边。

郭启德：一定是班头告密了吧！早对你说，别得罪李小红，你就是不听！那丫头有心计、有道道，得罪谁也不能得罪她，她是老师的红人，和老师最铁，她说什么老师都相信。

张同轩狠狠地瞥一眼正和同学笑谈的李小红。

刘国原：没有成心得罪她，只想利用她一下而已。

张同轩：行了行了，别说了，拉我一下，坐时间长了麻木了。

郭启德嘻嘻一乐：是屁股被打肿了吧！你看你坐的表情，龇牙咧嘴的。

张同轩瞪他一眼：你高兴什么，等我好了让你知道知道。

郭启德：我老爸也打我呢，不过扇几个耳光就完了。今年上初中以来还没有打过我呢，他和我妈说我长大了，打不动了。

张同轩：我老爸再长五岁也打得动，他五大三粗，又是种地劳动过的，我两手都掰不过他一手腕，昨天他用皮带抽我。他不打别处，只打屁股。我用手摸摸，一棱一棱的呢，让我手趴着床打，最后还是我妈哭喊着救下我，不然我今天都上不了学呢。我从不求饶喊疼，硬挺着。

刘国原：就是！严刑拷打算什么，咱扛得住。

张同轩：哪天让我老爸打打你，看你扛得住不！

刘国原不好意思地笑笑，三人扶着出教室。

校园里

冷风刮着，在这里活动的学生不是很多，李小红、李典典、牛莉莉正聊得高兴。

牛莉莉：咱李姐这次真是救了石峰一命呢，他总该念姐的好了吧。

李典典：石峰一直就对同学们好，对你不好吗？

李小红：这倒也是，石峰对谁都先笑后说话，很善良的人呢。

牛莉莉：你们怎么对待人家的，孤立的事为什么不早对老师说？收到纸条就把人告了？一定有心是吧。换了我，趁纸条到手钓一金龟婿。

李小红：你说什么呢，多大就想谈朋友了？才上初中哎！没羞！没羞！

李典典：她在羡慕嫉妒恨，石峰没给她纸条生气了呗！

牛莉莉：去你的！尽瞎说！本姑娘和你们不一样，心气高着呢。我一心好好学习，将来考研考博、出国留学。

李典典一把拽住她的胳膊：你看你像考博的人吗？学习中不溜，又没特长，考什么考！

牛莉莉：你有你有！李姐我告诉你，石峰还给典典纸条了，不然她能向着石峰说话？心里有了。

李小红：真的？我怎么不知道！

李典典：好啊，看我收拾你，竟敢泄露我的隐私。

李小红拉住李典典：说说怎么回事。

李典典：有什么好说的呢，就那天张同轩拿纸条给我说石峰让他转交的，纸条上写他看上我了，说我长得美，还说我们交往吧，我撕了扔了，就这。我只告诉了莉莉，谁想闺密也不保密，以后心里话对谁说啊。

李小红：你当时有没有做思想斗争，赴约？交往？告老师？

李典典：有什么呀，不就一农村孩子的纸条嘛。要说石峰长得还算行，学习也不错，沉稳型的男子汉……

牛莉莉：少年郎！才多大就男子汉了。原来她看上石峰了，所以没告老师！

李典典：切！实话说看倒没看上，只是觉得孤立排挤他怪可怜的，咱胸怀大呀！

牛莉莉：是胸大！不是胸怀大！

李典典急了，追着牛莉莉打。牛莉莉转身跑，撞上了一位路过的同学，撞得人打了个趔趄。

同　学：急什么！撞什么撞？

李典典笑着：对不起！对不起！她没看见，真没看见！

同学无奈地摇摇头走了。

三女生互视着大笑起来。

李小红：你的纸条也是张同轩给的？

李典典：是啊！怎么了？

李小红：我就纳了闷了，张同轩替孤立者传纸条，不可思议。

牛莉莉：我想这里一定有名堂。

李典典：我刚刚分析，刘老师接到你的报告没了下文，我想刘老师一定看出了事情的端倪，所以把这事情压了下来，姜还是老的辣！

李小红：废话！刘老师教学十多年，这种事情见多了，所以压下了。

李典典：你沾了大光，不然闹得沸沸扬扬，风言风语四传，你的名誉能不受损？说好话的不多，说坏话的大有人在。不过如果假戏真做你也就有了心上人了。

李小红：还以为你说出一真理呢，狗嘴里吐不出象牙！

初一四班

石峰正努力打扫教室，同组的几个同学帮着擦抹桌椅。刘国原鬼鬼祟祟地探头招呼石峰，石峰放下拖把来到教室外。

楼道里

刘国原：告诉你件事情，你可不许把我卖了。

石　峰：你说，我不会说你。

刘国原：张同轩叫了几个高年级同学要好好收拾你，在回家的路上等着你呢。

石　峰：这小子总是找我茬！我又没惹他，看来光忍着解决不了问题！

刘国原：因为你是农民的儿子，他看你不顺眼。再说孤立你失败，在全班同学面前做了检讨，他心不甘，打你出口气不就顺了？

石峰不屑地：鼠肚鸡肠！我还想找他呢。

刘国原：人家叫的人多，五六个呢，又是初三的。反正我告诉你了，吃了大亏是你的事，你看着办吧。

刘国原跑走了。石峰转身见几位女同学正扒着门看他呢，他笑笑没说话，进入了教室。

马路上

李小红、李典典、王静三人骑车回家，正是交通高峰，人来车往。

石峰骑车追上她们：李小红，站一站，我有话说。

三美女停下车子，看他说什么。

石峰嗫嚅半天说：班长，谢谢你把孤立我的事告诉老师，我现在压力小多了。

李典典：你光谢班头，谢不谢我们？

石　峰：当然谢啦！我要谢全班同学和老师。

李小红：你在班里讲谢谢多好，全班同学都知道。

石峰笑着：我说完了，我走了。

说罢石峰骑车飞快地走了。

李典典：什么呀！没头没脑叫住我们，说了几句谢谢，耽误我们的时间。

王　静：他很少说感谢的话，我知道。

李小红：我以为送典典信件的邮差呢。

王　静：邮差？明明是石峰，怎么变邮差了？

李典典：你没正形，可别怪我说话。

李小红：不说了不说了，天这么冷，还不快回家？快骑吧。

李典典：让你俏，冻得跳。什么天气还不穿毛衣，只穿秋衣！

李小红：还不快走，你想冻死我呀！

王　静：舔舔，你说什么邮差？

李典典：你敢叫我外号，看我收拾你，别让我抓住你！

王静赶紧笑着紧骑，典典追她而去。

李小红：等等我！等等我！

校门口

冬天的气息令树木成了光杆，只有松柏还在绿挺。张同轩推车走出车棚，等上了刘国原、郭启德。

刘国原：老大！我家里有事，先走一步。

张同轩：不是说好让我请你们在网吧玩两小时吗？

刘国原：不啦，我老爸让我到我爷爷家看看，他们两个星期没去我爷爷家了。

张同轩：去吧去吧。你呢？也有事？

郭启德：是啊！我正想说呢，他先开了口，我到我二姨家取东西，这是我妈交给我的任务。

张同轩：哼！都滚！我一个人正好清静清静。

张同轩独自走了，俩人对视一眼也散了。

街心公园

一片冬天景色，树木冬眠，张同轩叉住车子，一提车把上了公园的路牙子。他骑车来到公园的小路上，顺路沿着簇簇枯黄的灌木行来到一片树林前面，车子被人拽住了，回头看是石峰。

张同轩叉住车子：你想干嘛？找死啊，乡巴佬！

石峰冷冷一笑，一把拽倒他，扭住他一只胳膊，扭得他不能反抗，然后用力踢他的屁股。张同轩无法挣扎，扯着嗓子叫骂着。

张同轩：长了你狗胆了，敢打你爷爷！你个山豆子！乡巴佬！

石峰听到“乡巴佬”这个词，踢得更用力了。张同轩怕疼，不骂了。

石　峰：骂啊！不骂了？你怎么总是看我不顺眼，三番五次找茬打我、孤立我，你当我是软柿子好捏是吧。那天课堂上你做检查后，我就原谅你了，谁知你又想找高年级学生来打我，今天我就和你算算总账。

张同轩：多会找高年级学生打你了，有吗？

石　峰：我都一清二楚，别抵赖！这次只是小小的警告，下次你还胡作非为，我打你个不能动弹，不信试试。记住，不许报告老师，你如果告了，我就像捏小鸡一样捏死你，大不了我还回县城上学去。说，报告不？

张同轩敢怒不敢言，没有说话。

石　峰：这事要是露出一点口风，我见你就打。

张同轩哼了一声。

石峰又踢一脚：我农村孩子怎么啦？学习比你强，能力比你强，你狗眼看人低。势利眼，浮上水！你对我的欺负我记着呢，要么咱两清，要么你去报告。老虎不发威，你当病猫啊，哼！

石峰扔下他，骑车走了。

张同轩坐在地上没有起身。

这时，那边过来两个老太太。

一老太太说：小伙子，这路上骑车能不摔跤吗？小伙子，能起来吗？给你打120好不好，我有电话。

张同轩：这又不会死的。

另一个老太太：那边宽敞的马路不骑，看把你摔得，可怜的，我给你打110吧。

张同轩爬起来，拍拍身上的土，顾自走了。

老太太：摔得不重，咱姐俩走吧。现在的年轻人没礼貌，也不说谢谢就走了。

学校附近的小巷

张同轩骑车路经这里时被三个头发各异的青年拦住了。

红头发：小子，识相点，把身上的钱都掏出来！

张同轩胆小地：我没钱！

绿头发扯下他的书包翻着：没钱？没钱骑这么好的车，谁信啊！老实点快掏钱。

张同轩把兜里的一百多元钱翻出来。

绿头发：老大，这小子就这几个钱，怎么办？

蓝头发放下电话：把他的车推走，下午拿钱来赎，五百，不然就把车卖掉。

红头发：小同学，听到没？下午不见钱，就到车市找车去吧。

蓝头发：搜搜他内衣口袋，有什么值钱的没？

红头发搜身，绿头发过来拽了他的项链：这项链值点钱。

红头发：呵，土豪啊！老大，内衣口袋里有五百块钱，还有苹果手机，这手机值几千块呢。

蓝头发：小样，跟我藏猫猫你还嫩了点。今天遇上财神了，可不能轻易放过！

红头发谄媚地笑着：干脆把他弄到老窝去，多要些钱，起码咱上网钱不用发愁啦。

蓝头发：那可是犯法的事，你们敢干？

红头发：怎么不敢！只要老大一句话。

这时石峰骑车从巷子通过，见状扔下自行车走过来。

石　峰：张同轩，怎么回事？

张同轩低声道：他们抢了我的钱、手机和自行车。

石　峰：你们晴天白日抢劫，不怕警察抓你们？

红头发：穷小子一个，一看就不是有钱的主，把那个拉了打车走，让这个小子去报信要钱。

石　峰：住手，你们敢！

蓝头发拨弄着手机：你他妈哪棵葱啊，把他身上的钱掏了让他滚。

红头发和绿头发青年伸手拽石峰的左右手，石峰连忙反抗，两手用力，脚下使绊子，把红头发青年摔倒，挥拳狠击蓝头发青年的脸，一刹就是三拳，打得蓝头发青年口鼻流血。石峰一把夺过手机，扔给张同轩，然后和他们三个打在一起。张同轩拿着手机吓愣了。

蓝头发青年抹抹鼻子上的血，吐了一口，从身上掏出一把折叠刀，扑上去。

张同轩看见，急得大叫：石峰！小心！他们有刀子。

石峰正和红、绿头发青年纠缠着，中了蓝头发青年的刀子，正捅在石峰腹部，血马上涌了出来，石峰捂着伤处蹲了下来。

蓝头发青年看看地上的血，看看手中淋着血的刀，慌了神，扔下刀子就跑。红、绿头发青年也撒丫子。红头发青年回头抓起车骑着跑了。

张同轩颤声道：石峰！石峰！你不要紧吧？

石　峰：打电话报警！叫120。

医院急诊抢救室

张同轩在门口坐着，他身边是两位警察，还有接到信息赶来的石父、张总和张同轩母亲。

大夫出门，众人围向他，焦急地询问。

大夫摘下口罩：刀子斜扎的，穿进了腹膜，没有伤及脏器，缝了十五针，基本没有生命危险。刚才进行了局部麻醉，所以伤者一直清醒着，可以询问口录。

护士将石峰推出抢救室，推往病房，众人紧跟其后。

外科病房

石峰已移到床上，他看着大家，护士给他挂好吊瓶。

警　察：各位，先出去一下，我们录口供。抓住罪犯是首要任务，谢谢大家配合。

病房外

张总感激地对石父：你儿子真勇敢，救了我儿子。谢谢！你培养了一个勇敢儿子。

石　父：愣头青一个，不谢不谢！

张母拉着儿子左看右看：儿子，你没伤到吧，吓死人了！这动刀动枪的，你不害怕？

张同轩：要不是石峰，我就被他们绑架了，真的！那蓝头发青年说要绑我。

张　母：谢天谢地，谢谢菩萨保佑！儿子，你又没钱，绑你干嘛？

张同轩：蓝头发青年说了，没钱骑这好的车，一身名牌，用苹果手机？项链也被抢去了！

张　母：你个熊孩子，一买衣服就要名牌，这不是露富吗？还好没受伤，你要有个三长两短，让妈怎么活啊。

张同轩：别说了！好啦！好在石峰没生命危险，不然，我也不要活了。

张　母：呸呸呸！不许瞎说！

警察出来冲他们点点头走了。

大家进入病房。

租　屋

多天以后，石父打开了门，石峰进屋就上床躺下了，张总、张同轩提着几大包礼品跟进，把礼物放到墙根。

张　总：你们就住这儿啊！我能理解，和我当初一样，不过当时我还没成家，一个人出来闯荡。石哥！石峰痊愈，我心安一点。石哥！这是三千块钱，拿着给石峰补点营养。

石父推辞着：这多不好意思！住院费是你交的，还给营养费……

张　总：他救的是我儿子，没有石峰我儿子还不知怎么回事呢，我不出钱像话吗！出钱心里好受些，这只是一点点心意，你不收就是看不起我，就是不想和我长相交处。再说，孩子们是同学，也该收下啊，医院里又没花多少钱，还不到一万呢。你别当回事。

张同轩：石大叔，你就收下吧，不然我和我爸心里不好受。石峰，你让你爸收下，不然，我就不拿你当好朋友了。

石　峰：我们是好朋友吗？

张同轩：当然是了，生死之交的好朋友。你快说话！

石　峰：爹，张叔一片好心，你就收下吧。

石父不好意思地接过钱放到石峰枕边。

张　总：这就对了，石哥！你要不到我公司当收发吧，不会少你的。

石　父：不用！我这儿做得挺好，工长挺重视，我开心着呢。

张　总：那也好，什么时候来找我就成，我公司的门永远为你敞开着。同轩，没事咱们走，让石峰好好歇歇。石哥，有事一定找我。石峰好好养伤，再见！

张同轩和石峰再见，石父送到门口。

张总推他回去：别出门，你也该歇歇了！留步。

租　屋

石　父：小峰，这家人性好，住院费全包了，还给营养费，这样的人能长相处。

石　峰：我还不是为救他儿子受的伤？

石　父：应当感恩啊！小峰，你不听网上好多见义勇为的人受冷遇吗？

石　父：那倒也是。我知情知意，只是那么一说。爹，你没告诉我妈妈她们吧？

石　父：没有，你伤又不重，所以没告诉。告诉了你妈早来伺候你了。

石　峰：就是，省得她们操心。爹，那里有罐头，你一天吃一罐，打凉败火，这些天你上班还伺候我，得下下火。

石　父：我是锻炼出来的人，在地里干一天农活不喝水都没事，从没有上火一说。你一出院，我可以专心上班了。这些天晚去早走我都不好意思了，你歇几天再去上学吧。

石　峰：我明天就去上学，这些天的课程补起来得费大劲呢。

石　父：也是。不过你不要剧烈运动，不能磕碰伤口，自己照顾好自己。

石　峰：嗯！我能照顾自己。

石　父：想吃什么？爹给你做。

石　峰：想吃你做的葱油汤面，面擀得薄薄的，葱切得细细的，香香地来一碗。

石　父：好说！给你汆一点羊肉，怎么样？

石　峰：太好了，我喜欢！

石父拿案板、菜刀做饭，石峰幸福地看着面前的爹爹。

初一四班

石峰进入教室时没人和他打招呼，只是所有人都在注视他。

他笑笑坐下来，同学们陆续进入教室。张同轩和刘国原今天来得最晚，他们一见石峰径直来到他面前。

张同轩：哥们！不是说休息几天再上学吗？

石峰笑着：我怕落课更多，所以来了。

张同轩大声道：静一静！大家静一静！大家记住，石峰是我的救命恩人，也是大家的好同学，从今天起谁要敢欺负他小心我拳头不认人，听到了？

牛莉莉低声对李小红说：转变真快！那时孤立人家，现在紧着巴结人家，真是势利小人！

李小红：可不是嘛，以前嫌人农村孩子，现在这样，不是在打自己的耳光吗！其实农村孩子怎么啦？石峰人好，又待人热心，而且用学习征服了大家，就他用世俗的眼光看人。现在人救他一命，你说得对，这叫狗脸翻翻，绝对势利小人！

牛莉莉、李小红笑起来。

张同轩敲敲李小红的桌子：你俩嗡嗡嗡嘀咕什么呢，大点声！

李小红：我俩说话没你半毛钱的关系，要你管！

张同轩：瞎！小丫头！你当哥是病猫啊？

李小红：我可不敢有你这样的哥。

张同轩：你认我哥算了，可惜不是亲哥。

牛莉莉：你一边去！别在这儿耍贫嘴。

石峰站起来拉张同轩回他位子上。

李小红：什么人哪，还想当我哥?!

上课了，刘老师见石峰来上课，她来到石峰桌前：石峰，没好彻底就来上课？

石　峰：我怕落课太多追不上，我身体很好，没一点问题，所以来上学。

刘老师：好！你这种对待学习的态度值得同学们学习。同学们，石峰同学做了一件英雄做的事，大家都要向他学习这种见义勇为的精神，与坏人坏事做斗争的精神。但是，警察叔叔说了，发现坏人第一时间要报警，让警察叔叔来抓坏人为上策，尤其是学生更应该这样。石峰同学的英勇行为将会得到学校的表彰奖励。学校决定免除石峰三年里所有的学习费用，发扬正气，剔除邪恶。

刘老师走上讲台。

刘老师：石峰同学落下的课，同学们要帮助他赶上来，希望同学们发扬助人为乐的精神帮助他。石峰如果有不懂、不理解的难题尽管找老师，老师都会给你讲解，各科老师都可以去找！

石峰嗯着点点头，学生们将羡慕的目光投射在他身上。

刘老师：咱们上课！打开 82 页看课文。

校　园

冬天的校园还有学生在跑步锻炼，还有几个踢足球的，剩下大部分学生都会蜷在教室，或在楼道玩耍、闲聊。张同轩拽着石峰来到单杠旁，郭启德、刘国原跟着。

张同轩掏出一信封：石峰，把这转交给你爹！

石　峰：什么东西？

张同轩：五百块钱。

石　峰：这个我不管，你当刘老师的面交给我爹不是更诚心诚意吗？给我算怎么回事？

张同轩作个揖：我这厢有礼了，我谢罪！在医院时就想当面还给你爹，可我老爸在，他要听说还有这一回事，一准会揍我一顿，所以我没敢。就那次讹你的医药费啊，你忘了吧。

石　峰：我怎么能忘了呢。

郭启德：石峰，你大人有大量收下吧，我们在此向你郑重地赔礼道歉行不！不看僧面看佛面，就收下吧。

张同轩：你就担待一下，好哥们不能这样为难哥们的。

刘国原：石峰，行啦，别拿架子了。那件事是我出的主意，是有些过分，我承认我们错了，不该诬陷你，更不该诈你钱。对不起！对不起！

郭启德：好哥们给面子，真当刘老师的面给你爹，我们在班里今后怎么混！我们三个向你鞠躬赔罪好了。

三个人齐鞠一躬。

石峰长吁口气：这样了结，刘老师还当我就是打你们的罪人呢。

张同轩：那天虽然是我们去打你，但你没吃亏，还不是你打了我们？对不！

石峰扑哧笑了：这口冤枉气憋得我喘不过气来，当时恨不得把你们撕成碎片。是我爹给我讲了一夜道理，我才忍下来。算了，从前的事不说了，我交给爹吧，拿来！

张同轩笑了：这才是好哥们，以后我们都听你的指挥，指挥权交给你，够意思吧。还有我老爸听公安人员说，那仨小子抓住了，都是刚辍学的初、高中生。

刘国原：该让他们坐几年牢，让他们接受教训。

石　峰：那你呢？

刘国原：我这不认罪态度良好，而且积极赔罪！况且我只是小错误不断，大错不犯。

四人笑起来。

郭启德：要上课了，咱们进教室，天这么冷，快走！

学生们涌入教学楼。

下学路上

中午放学时学生们纷纷骑车回家。霎时，学校门口人满为患，熙熙攘攘，四处流散。

张同轩拦住石峰：走，和我吃麦当劳去。

石　峰：我不喜欢吃那些垃圾食品。

张同轩：走吧！吃几回就顺口了，那俩也去呢。

石峰无奈地：好吧，吃不饱怪你。

张同轩：吃不饱咱再去吃面。

郭启德、刘国原过来：咱们走！吃大餐去喽！

张同轩：其实这餐该刘国原请，算他赔罪，出那么个馊主意！

刘国原：请就请！你先把钱垫着，回头我还你！

张同轩：那还不如我请呢，你请客我掏钱，我可不干赔本买卖！走喽！

教师办公室

刘老师在窗前看着楼下初一四班几个男生打篮球。石峰、张同轩、郭启德、刘国原一组，赵瑞、毛远望、学生甲一组。正打得热火朝天，石峰的技术还能跟得上，张同轩打得最好，班里的女生为他们加油、鼓掌。

刘老师对邱老师说：我班男生正为年级篮球赛做准备，你看，从发生那件事后，我班学生空前团结，男女生之间也和睦很多，这大冷天的女生为男生加油打气，真是一群好孩子！

邱老师：别夸了，眼气谁啊。明年我也向校长申请当班主任去，我要培养更优秀的学生。

刘老师笑了：酸的！你不是嫌班主任劳心费神又落不了好吗？

邱老师：我算看透了，班主任能把学生当儿女一样亲近，就说你吧，一开口就是你的学生多亲切。我们副科老师就没有这种亲近感，只能拾人牙慧，关爱一个自己喜欢的学生还得看班主任的脸色，唉！

刘老师：多可怜啊！明年你接我这个班，我也该歇歇，出去走走、看看。

邱老师：跟人学吧！说好了，只要你放手，我就接。我就不信当不好班主任！

刘老师：行！可怜劲的。

邱老师：唉！要说班主任费的心思比我们多多了，我理解。那就说好了，四班我来带。

刘老师：到年底再说吧，我摸摸底再说。

邱老师：看看！马上就打退堂鼓了，算了！我也不接你的班了，要接接新生。

俩人笑着继续看着楼下。

租　屋

石峰在写作业，石父进屋，拍打着身上的雪。

石　峰：下雪了，爹！你怎么现在回来？不是工地吃完饭才回来吗？

石　父：是啊，下得不小，我来喊你去吃请。刚才接到张总的电话，死活要请咱父子去酒店吃饭，我推辞不掉，所以回来喊你，一会儿张总就派车接咱爷俩。

长风大酒店雅间

张总、张母、张同轩、石父、石峰、郭启德、刘国原围着桌坐着，桌上珍馐佳肴，还有一瓶茅台、一瓶红酒。

张总举杯：早想着好好请两位恩人聚聚，一直忙，今天有时间所以邀请你们来。这第一杯，为救命恩人石峰举起，共同干杯！

大家齐干。

张　总：这第二杯，祝石哥、祝在座的各位身体健康，万事如意，咱们走一个！

张　总：这三杯过后，大家随意，孩子们放开吃，不够再加，你们随意！老哥，咱哥俩走一个，为了咱们的儿子。

大家杯盏交错，筷箸纷动。

石峰举杯：各位举杯！谢谢张总请客，并祝张总、张妈、我爹身体健康、快乐幸福！祝我们学习上进，学业有成！干杯！

张总笑道：这小子行！像个久经江湖的老手。

张同轩：石峰正经场合才露一手呢！

张　总：你看看人家！你呢？就知道上网、玩手机，没一点正形，还不快把手机关了！

张同轩不情愿地放下手机。

张　总：石哥，不怕你笑话，因为上网，我打了他几次都不改！

张　母：还说呢，这么大孩子了还打得坐不了凳子，心疼得我三天没理他！

石　父：张总，孩子不能总是打，得讲道理，明理了他就自己改好了。石峰我就不打他。

张同轩：老爸听到没？不打骂才能变成石峰这个样子呢。

张　总：瞧你干的那些事！不打，不打你早进局子了！我就不信棍棒之下不出孝子！

张同轩狠狠剜老爸一眼，和同学们说话去了。

张同轩：石峰，我就纳了闷了，你做那么多坏事还有这么多人说你好，那次街心公园毒打我一顿，我还没和你算账呢。

石　峰：那是你运气不好！不过我可是手下留情，只踢你们的屁股，没伤别的部位！

张同轩：我们什么呀，你只打我，关他们什么事？

郭启德：之前他也教训了我和刘国原。

刘国原：他各个击破，郭启德首先就投降了。

郭启德：你投降得更彻底，还告诉石峰说张同轩找高年级同学修理他的事。

张同轩：我真醉了，愿不得他知道得一清二楚，原来你们当了叛徒。那些天还疏远我，怪不得你们告诉我联合反扑才是正道。

刘国原：手下败将还反扑个甚？你是老大，也没和我们说。

张同轩：那多丢人败兴。

刘国原：我们脸皮更薄，所以就瞒下去呗！石峰，你是不是会武功啊，我们三个人打你都没见你吃亏？

石　峰：不会！我只是学过两年摔跤。不说了，没意思！

张同轩拿起一杯酒：快说！不然倒你身上。

郭启德把酒接过来：你说了，这杯酒我喝。

石　峰：告诉你们吧，我们老家兴摔跤，村里年初三举行摔跤擂台赛，胜者奖励一只大肥羊。我家邻居王叔叔是摔跤能手，经常赢羊，我和他学了两年多，现在王叔叔到省队当了教练。

刘国原：怪不得！你本身劲大，又会摔跤，我们不吃亏才怪！郭启德，把酒喝了，石峰细细讲给我们听。

石　峰：我小时候特喜欢摔跤，年初三的比赛必看……

齐村回忆

村里一片节日的气象，红对联、爆竹屑，村委会大院门口挂一横幅，上写“第十届齐村摔跤大赛”。门里门外做买卖的小商贩有肩扛、推车、摆地摊的，吆喝叫卖着，人山人海，熙熙攘攘。

大院中搭一擂台，台上正有一对选手摔得不亦乐乎。解说员讲解着：红方的大背挎没有将蓝方拿下，蓝方的扫堂腿也没有奏效。蓝方加油，不然就危险了。

台子四边围着看热闹的人。

年少的石峰骑在爹脖子上高兴地直嚷嚷：爹！快看！王叔一个右腿绊把他绊倒了。

讲解员：红方胜利！乡亲们，今天的胜方是王喜田，下面请乡长为获胜者颁发奖状，奖品是一只七十斤的绵羊。有请乡长、村长上台！

锣鼓队齐齐敲打开来，锣鼓喧天，欢声震耳。

石峰兴奋地：爹！王叔又赢了一只羊，我长大了也给你赢只最大的羊。

石　父：好！爹等着我娃，你快下来！累死爹了，多大了还直管让背。

齐村，石家

早晨，天蒙蒙亮，石峰就从炕上爬起来，穿好衣服出了家门来到邻居王叔家。

王家院

宽敞的院里摆着练功器具。王叔正举石锁练臂力，石峰不吭声看着。王叔放下石锁擦擦汗，练踢木桩，石峰凑过去在一边比画着。王叔笑着拉他过来，给他指拨架势，他和王叔练着，直到妹妹跑过来喊他吃饭。

王　叔：石峰，你想练就过来练，必须再早一些，叔看你是个有心劲儿的孩子，叔教你！你能受得了这份苦吗？

石　峰：我能！我跟你练会了给俺爹赢一只羊！

王叔笑了：美的你！你赢走羊，叔赢甚呢？

石峰不好意思地跑了。

酒店雅间现实

石　峰：我和王叔练了两年多，王叔就去省队当教练去了。说实话，在我们这一拨人中我就是摔跤冠军。摔跤必须灵活，抓住瞬间机会，以力导力，也就是太极的四两拨千斤，就会无往而不胜。王叔走后，我就自己练。后来我爹外出打工，我在家帮妈妈做些农活，又上着学，就没时间练摔跤了，但从小练过的招式、抓机会的功夫丢不掉，遇上场合又施展出来。

张同轩：怪不得你一个人对付三个坏人都不惧呢。

石　峰：当然不惧三个坏蛋了。

刘国原：这小子说咱三个人呢，揍他！

四个人嘻嘻哈哈缠斗起来。

石　父：别闹了，看打碎盘子！张总，酒也喝了，饭也吃了，情我们也领了，明天还得上班，咱们散了吧。

张　总：咱到隔壁歌厅唱歌去。

石　父：可不能了，这些天加班太累！散了吧，石峰，咱们走！

孩子们穿衣，张总和大家寒暄道别。

酒店门口

大雪纷飞，大地洁白，在七彩灯光的照射下，更是光怪陆离，美不胜收。

石　峰：这雪景多美啊！

张　总：这雪下得正是时候，来年年景一定不错，瑞雪兆丰年！

石　父：是啊，能收一季好冬麦呢。

孩子们在雪里打开了雪仗，三个大人看着跃跃欲试。

司机将车开来。

张　总：先送石哥他们回家，我们在大厅等着。

大都市

大都市的雪夜景色无比旖旎，灯光璀璨，LED 大屏更加绚烂。

初一四班

元旦文艺晚会，李小红主持，刘老师、邱老师在学生们的要求下跳了段广场舞，然后牛莉莉唱歌。

牛莉莉来到教室中央，行了一个西方鞠躬礼，大声道：初一四班国际巨星牛莉莉演唱一曲《鸿雁》奉献给大家。

她边唱边舞，博得了大家的掌声。

刘国原看石峰乐呵呵的，眼珠一转，站起来说：我提议让石峰唱一首歌好不好？大家欢迎！石峰来一个！石峰来一个！

同学们拍手欢迎。

石峰被刘国原提溜起来，推入场中。

石峰踌躇一下：我给大家唱首山西民歌吧。

石峰高歌：桃花花你就红来，杏花花你就白，翻山越岭眊你来，呀咯呀呀呔！……

声音出奇宏亮，穿过教室在楼道里萦绕……别的班的师生们都静下来，出神地听起来，有的还跟着哼哼。

刘老师乐得合不拢嘴，对邱老师说：没想到这小子还会唱一曲，唱得不错！

邱老师：何止不错，唱得棒极了！嗓音多宏亮，究竟是山里的孩子嗓门这个高啊，真棒！

同学们兴奋得掌声不绝，欢迎再唱一曲，石峰推脱着坐下了，学生们的目光都投向石峰。刘国原发现了心里满是羡慕忌妒恨，只能落寞地拍着手。

祖　屋

石峰准备写作业，打开书发现一纸条，上面写着：你不是说要和我交往吗？我同意了，给我准信。

石峰自思：我什么时候和同学说过这话呢，瞎扯！说不定又是张同轩作怪呢。哼！我不会上当的。

一翻抄本也有一纸条：经过这段时间的了解，你上次纸条上说的事我答应了。

石峰紧皱眉头思索着，内心独白：我从没传过纸条，没有的事，谁的恶作剧啊？开玩笑开大发了开我头上了，下午谁到我座位上去过呢？

初一四班回忆

课休时间，李小红笑眯眯地来到石峰桌边：石峰，你看这道题怎么做呢？

石峰接过书，看着红笔标着的题。

张同轩凑了过来：你们干什么呢？

李小红：关你什么事，要你管。石峰快讲给我听。

张同轩：你是我们班长，我当然关心你了，这叫团结友爱。

李小红狠狠地抓走石峰手上的书，离开了。

张同轩尴尬地笑笑：打扰你们了，下午我请你吃饭好不好？

石　峰：不用，今天我到我爹工地的食堂吃。你没事吧？

张同轩：我能有什么事。不说了，你不去我找刘国原去。

租屋现实

石峰内心独白：一定是张同轩搞的鬼。哼！你小子等着，我也会。算了算了，忍为高，和为贵，我听爹的。

石　父：小峰发生什么事了？你在那儿嘟嘟囔囔的。

石　峰：没事，我在思考作业呢，你睡吧。

老师办公室

刘老师：元旦晚会后，石峰成了我班的红人。同学们都愿意和他说话、问询作业，我发现所有的女生在他身边转圈，让我又担心起来。

邱老师：放心吧你，孩子们和好团结，多好的事，穷担心。

刘老师：这些女孩子会不会爱上他呢？

邱老师：这倒是值得一虑。少女的心被他的英雄行为感动着，还有那一曲高歌激荡着，难免有别的想法，换了我一样动心。石峰虽然是农村孩子，但长得有阳刚之气，你的预见有道理！

刘老师：就怕这个，孩子们一动心思在这上，班里又该风波四起了。肯定会影响学习不说，备不住还会生出什么别的事情来。千万不能让孩子们犯规啊。

邱老师：确实是个问题。学校的行政手段难免有漏洞。我看你还是好好引导引导，让孩子们认识早恋的不良后果，自觉远离早恋不就行了。

刘老师：我又怕孩子们没这个想法，我们说教后反而引起了头。怎么办哪，进退两难。

邱老师：现在的学生思想复杂着呢，干脆挑明了学校的规定给予警示，也不啻是个办法。

刘老师：我得好好想想！

邱老师：你班的刘国原思想复杂，点子多，心眼多。

刘老师：是啊，那小子心眼多于比干，七十三窍呢。唉！你也不给想个办法。

邱老师：你以往的办法就很好，引导！前两届学生不平平坦坦地步入高中？知道下不少功夫，办法一定是有的。

刘老师：听你说话轻描淡写，轻松得很呢，真羡慕你。

邱老师：少来！拿津贴时就不羡慕了，哼！

刘老师笑了：为人师表还财迷、钱串子！

邱老师：没钱你给我生存、生活着试试，真是的！

俩人笑起来！

校 园

张同轩气冲冲地找到石峰：你小子干嘛总跟我过不去？

石峰愕然：又发什么神经？

张同轩：你干嘛抢我的女朋友？

石　峰：你胡咧咧什么，你女朋友是谁？怎么就早恋啦？

张同轩：装洋蒜！我那天告诉你我看上李小红了。

石　峰：瞎扯淡！你看上就是你女朋友了？霸道！你和我聊天从没说过这些事，你不知道？

张同轩：我跟李小红相约，她说答应你的求爱了，还是纸条传爱。

刘国原跑来：哥俩说什么呢，说得这么热烈！

石　峰：张同轩犯病了，在这胡扯。

张同轩：没胡扯，我可是认真的，刚刚我找李小红想约她看电影，她对我说她接受你了。你还好哥们呢，挖墙脚，抢我女朋友！

石　峰：瞎说八道！我就从来没有给女同学传递纸条的想法，干嘛冤枉我？你少在这儿耍无赖！

刘国原：等等，等等，早写的纸条！我明白了，张同轩你好好想想，那纸条的事，不是你送的吗？眼下有了回音了？

张同轩不吭声了，盯着刘国原。

石峰疑心顿生：你说清楚，他送什么纸条了？

刘国原：当初为了打击你、拉黑你，我仿照你的笔迹写了求爱信，很肉麻的求爱信，张同轩送给了李小红和李典典两个人呢！

石　峰：两张？我明白了，原来是你挖的陷阱，你这是污人清白，害人匪浅，你还有脸找我？你给我说清楚！

张同轩见事不妙转身就跑。

石　峰：你别跑！给我站住！你能跑到哪里去！

石峰追去，刘国原诡秘地笑起来。

片　　名：我的好坏同学

字　　幕：

演职员表：

剧　　终

片　　名：留在故乡的成长

字　　幕：

演职员表：

衬底画面

崇山峻岭，茂密的大树参天，茫茫林海中岚烟缥缈，仿佛仙境一般的群山。

秦　村

一个几十户人家的山村，户户都掩映在绿树丛中，村间路上一群鸡自由自在地在路边啄食，那边两只黑猪欢快地拱着一堆柴草。黄狗在自家院门洞内卧着酣睡，听到有响动，睁开眼看看又合住继续酣睡。几位老人在十字街头边的石头上坐着晒太阳，偶尔有行人路过。

秦村西头场院

秦继礼一家在打场。继礼爹用宽大的木锨铲了高粱往麻袋里装。刚上一年级的继礼把着麻袋口。继礼妈用木锨将铺着的高粱归置到一块。五岁的秦彩凤在一边钻来钻去，手里拿着一穗硕大的高粱，不时把高粱拍到地上的堆里。继礼妈停下手中的活来到父子俩跟前，用自己脖子上的毛巾给继礼擦擦头上的汗。

继礼妈：继礼，剩下不多了，你去玩一会儿吧。俺和你爹收拾就好了。

继礼笑着：装完再玩。今天腾出场地来，二叔家的庄稼就能上场了。

继礼妈笑着：俺娃多懂事！装完可就天黑得不能玩了。

继　礼：那就不玩呗！彩凤，过来帮哥把着口袋，哥去撒尿。

彩凤蹦蹦跳跳地跑过来，扔掉手中的高粱穗，接过哥哥的口袋。继礼跑走了。继礼爹一锨高粱倒下来，口袋从彩凤手中松落，高粱撒了一地。

继礼妈：快快快！一边玩去吧，耽误工夫。俺来！

继礼爹和继礼娘装高粱，彩凤笑着跑去玩了。

继礼妈笑道：真是，人不缺地功，地不缺人粮。今年收成好，完成和酒厂的供货合同，咱还能剩不少呢。

继礼爹笑道：能剩两千多斤，额外卖高价就是两千多块，咱能过个好年。过些天咱上县城给你买身好衣服穿。

继礼妈：留着给儿子交学费吧，黄脸婆子穿给谁看！

继礼爹：给老公看呗！还想给谁看？

俩人相视而笑。装满一袋，继礼爹拿毛巾擦汗，继礼跑回来。

继礼爹：继礼，领着彩凤回去对爷爷奶奶说，今天咱打完场了，让爷爷奶奶做好吃的，咱庆祝庆祝，去吧！

继　礼：好咧！彩凤！彩凤！和哥回家，快！走喽！

继礼喊着向村里跑去，彩凤咯咯地笑着追哥哥而去。这里秦守业夫妇望着儿女的背影，脸上满满的幸福。

村中路

彩凤跑着，边喊：哥！你等等俺！等等俺！俺鞋掉了。

继礼回头看看：就你事多！快点跑！快点！

彩凤气喘吁吁地追上继礼，一起向家跑去。

秦宅，正屋，晚上

正屋里全家人围桌吃饭。桌上炖鸡一盆，切凉肉一盘，豆腐干、炒鸡蛋、煮花生米、炒青菜、烩菜各一盆。继礼爷爷和儿子守业相邻坐着吱吱地喝着酒，一盅一盅地干，继礼下桌也拿了酒盅来。

继　礼：爷爷，俺也喝一盅。

爷　爷：喝！该喝！来！俺给继礼斟一盅。咱家的丰收，继礼也是大功臣呢！老婆子、继礼妈，你们也喝一盅解解乏。

奶奶、继礼妈笑着直摇手。

奶　奶：继礼妈，今儿个高兴！又获得丰收，你也喝一个！

继礼妈：俺不会喝酒，娘，你喝吧。

奶　奶：俺也不喝，俺喝酒头晕。

彩凤看看奶奶、妈妈：你们不喝俺喝！

她拿起爷爷的酒盅抿了一小口，辣得直用手去抓肉吃，大家都笑起来。

爷爷举起盅子：来！咱爷仨喝一个！

继礼一口半盅下肚：好酒！

继礼爹：小孩子家家的知道甚是好酒，瞎喝哇！

继　礼：就知道呢！爷爷常和俺喝酒，爷爷说这酒到了嘴里是酒香，入到口里绵辣，咽下时嗓子发热，嘴里有发甜和发香的感觉，而且不上头，这就是好酒。

继礼爹：敢情俺爹教出一个酒虫子来。

爷　爷：说得好！实情！来！咱再走一个。

三人举盅喝酒。

奶奶、继礼妈、彩凤夹菜吃着。继礼妈给继礼爹夹了肉，奶奶则给继礼夹了鸡蛋。

彩　凤：奶奶，俺呢？

奶奶笑着夹给她：少不了你的，小馋猫！

爷爷笑道：看见了吧！就是向下亲！

奶　奶：也夹给你！老小孩似的。

一家人笑着，其乐融融。

继礼爹：爹，娘，明天俺收拾一下就去县城打短工去，俺那个同学早让俺帮他装潢去呢。现在收完场，俺也去挣些过年钱，年前一准回来。还有，明年俺想和继礼妈去外地打工。光指望种地甚时候才能成为万元户呢？俺计划出去挣几年钱，把咱这老院翻新成小二楼，咱也过过楼上楼下的日子。

爷　爷：也是！出去见见世面，别像俺似的，这辈子只去过县城，不知道大城市究竟是个甚样子。家里你们不用牵挂，放心地去，俺和俺孙子能把那些地种好，不误吃喝。

继礼爹：那些地就让给二弟、三弟他们种吧，你和俺娘该歇着享享清福了，再说你身体又不大好，就让他们种吧。

爷爷呵呵笑着：俺这身体硬朗着呢。人就是得活动着，不然身体马上就垮了，趁现在还能支撑，再种几年没问题。这点你放心，而且俺不是还有继礼帮忙嘛，继礼你说是不？

继　礼：爷爷，没问题！放学、休假，俺都能下地劳动。

奶　奶：可不能放弃学习，学生以学为主。

爷　爷：是啊，学习是第一位的，必须学习好了，爷爷才能放心地让你帮忙。

继礼笑着：知道！俺在班里学习居第一，还是中队长呢。

继礼妈：自吹自大。

继　礼：真的呢。

大家笑起来，彩凤一边瞅着哥哥一边啃着鸡翅。

秦村，秦宅

春节过后，春联簇新，院里干净整洁，这一切似乎还散发着年的味道。继礼爹、继礼妈背着铺盖卷，孩子提着小包裹，他们要去打工去了。爷爷奶奶送儿子儿媳到了院门口就立在院门口不送了，挥着手送别，继礼、彩凤一直把父母送到村口。

秦村村口

继礼爹、继礼妈和儿女一一道别。彩凤扑到妈妈怀里哭成个泪人，继礼妈也泪流满面。

继礼妈：回去吧！俺们挣了钱回来看你们！继礼，拉着妹妹，回头好好孝顺爷爷奶奶，听爷爷奶奶的话。快回吧，大野地里怪冷的！

继礼懂事地强拉妹妹搂在怀中，示意爹娘快走，尽管他也是泪水涟涟。夫妻俩三步一回头地走了，老远还见继礼妈在擦眼睛。彩凤在哥的臂弯里哭泣着，直到看不到父母的影子了，继礼才擦擦眼睛。

继　礼：彩凤，不哭！哥给你买好吃的。你吃不？去小卖铺去，你想吃啥哥给你买啥。

彩凤无望地抽泣着，泪眼婆娑地点点头，拽着哥的衣襟返回村里。

秦　宅

清　晨：继礼背了书包去上学，奶奶和彩凤送他到门口。

继　礼：奶奶，别送了，俺又不是第一天上学。

奶　奶：好，奶奶不送。到了学校不要淘气，好好学习啊。

继　礼：晓得！奶奶再见！彩凤，你陪奶奶在家好不好？

彩凤可怜巴巴地：不好！俺要送你上学。

继礼瞅瞅她要哭的神情想了想说：那你送哥到村口就回来好不好？要不奶奶会担心的。

彩　凤：嗯！俺听你的。

继礼对奶奶挥挥手，和彩凤走在村里的路上。

村南口

继礼站下：彩凤你回吧。你看学校离这里四里路，拐过弯就能看到，哥哥一溜小跑一会儿就到了。你马上也该上学了，还和小丫头一样黏着哥，村里人会笑话你。

彩　凤：俺才不怕他们笑话呢！俺就一个哥，俺上了学也黏着你！哥，俺不想离开你。

继　礼：哥要迟到了，你快往回走，听话！哥一下学就往回跑，好不好？回吧，时间长了奶奶一担心又会来寻你，你不能让奶奶着急啊！

彩凤低下了头，恋恋不舍地往回走。继礼转身飞快地向学校跑去。

彩凤抬头喊：哥！你下学俺在这里等你！

继礼挥挥手：知道了！

中心学校

这是一个中心学校，教室是由东西向的八栋瓦房组成，一进校门是一个大大的土坪，坪中矗立着高高的旗杆，接着是左右各四排八栋校舍及办公室，过后是操场，操场上有两个篮球架，一边有三个乒乓球台，还有单杠、双杠等体育器材。

继礼跑进二班教室，放下书包，返身来到旗杆坪，学生们都在这里列队准备升旗仪式。

旭日东升，阳光照耀在还未苏醒的草地上，坪边的柳枝随风摇摆，隐隐透露着春天到来的气息。

学生们在各班班长的口令下，整齐地聚到旗杆下。

臂戴三道杠的大队长口令朗朗：立正！稍息！立正！升旗仪式开始，奏国歌！

喇叭里歌声嘹亮，抬旗的四位学生抬着旗来到旗杆下。

大队长：敬礼！

学生们敬少先队礼。那边，校长领十几位教师行注目，国旗缓缓升起，在空中迎风飘扬。

大队长：礼毕！升旗仪式结束！带队回各班教室！

口令声中学生排队走回各班，老师们回到办公室去。

二班教室

孩子们一进教室活泼起来，寒假一个多月没见面的学生们喜气洋洋，互相问候、说笑、打闹着。

上课铃响起，学生们都回到座位上等老师来上课。

继礼手背后，挺胸抬头，学生们也如他精神抖擞。

班主任马老师来上课。

继礼口令：起立！老师好！

马老师笑眯眯地：同学们好！坐下吧。

马老师：同学们，一个假期不见，看你们都似乎长大了。确实，一过年，大家都长大一岁了，应该懂事一些了。假期里想着你们的活泼可爱，调皮捣蛋，老师就更想你们呢。我希望同学们在新的一年里更加努力学习，坚强勇敢地生活。下面，秦继礼带几个同学和我去校务处领新书，其他同学安静地等着，不许喧哗！

马老师领着几个同学出了教室，教室里立刻炸了营，喧腾起来。

田　野

春意盎然，万物复苏。杨柳披翠，桃李争艳。返青的麦苗绿油油，随风摇曳。

秦村，一幢老院

老屋院门的锁锈迹斑斑，一看就知道久无人居。继礼乐呵呵地领彩凤来到院门口，看看四周无人。

继　礼：彩凤，你在这儿看着，有人来就大声咳嗽。

彩凤点点头，瞅着哥哥。

继礼来到围墙边的一棵大树下，攀树而上，很快就站到墙上，顺着墙走向老远的老屋顶去，然后他趴在屋檐边伸手在椽子墙洞里掏摸，没有东西，换个地方再掏摸，掏出两鸟蛋来，他放入上衣兜里，又掏出一只红嫩嫩叽叽叫的小雀。

彩凤看见了，蹦着高嚷：给俺！俺要那只小雀。哥，快给俺！

继　礼：低声点！都是你的！别嚷嚷！

他又掏出一只长出羽毛的小雀，小心翼翼地把小雀装入口袋，然后小心翼翼地原路返回，跳下树来。

彩凤高兴得合不拢嘴：哥，快给俺！快给俺！

继　礼：快回家，哥给你放纸盒里养着，等长大了它就认你了，落在你肩上不飞走。快回家！

彩凤追着哥跑着跳着，咯咯地笑着。

秦宅，正屋

彩凤正在用细长的苇篾喂小雀，两只小雀叽叽叫着，张大嘴要吃的。

奶奶走来看见了。

奶　奶：又是你哥淘气！在哪儿抓的？

彩　凤：在老屋子屋檐下，掏出两只雀、两个蛋。蛋让俺哥挤破了，流了一口袋蛋汁呢。奶奶，这只雀怎么不吃食？就这只长了羽毛的不吃，光屁股的一喂就吃。

奶　奶：光屁股的不懂事，所以一喂就吃，长了毛的懂喂它的不是它爹娘，所以不吃，你再怎么喂也不如爹娘嘴对嘴喂得好，有些气性大的雀就是不吃，能把自己饿死呢。可怜的小雀！

彩凤忽闪着大眼睛：奶奶，那怎么办？把它们送回窝里去行不？

奶　奶：晚了！老雀嫌小雀有生人味就不会再喂小雀了，小雀会被活活饿死呢。你用手掰开它的嘴喂喂，兴许喂惯了小雀就开吃了。凤啊，你们做了一件坏事情，破坏了小雀一家的幸福，也许会要了小雀的命呢，这是做恶，会遭报应的。你哥不学好，人不知己过，牛不知力大。

彩凤怏怏道：奶奶，俺只说想要一只小雀，俺哥就去掏，可不能怪俺，俺又不知道这些道理。

奶奶笑道：奶奶不怪你，也不怪你哥，只怪奶奶没有提前说给你们听。你想想，老雀丢了小雀多伤心？小雀离开妈妈多伤心？换句话说，你娘出去打工你伤心不伤心？

彩　凤：伤心死了，奶奶！哥放学回来俺让他把小雀送回去。

奶　奶：世间万物同一理，谁家爹娘不亲孙！你长大就懂了。

彩　凤：俺现在就懂！俺娘走的那天，俺哭了半宿呢，好想和娘一起去打工。

奶奶慈祥地笑着，摸着孙女的头：现在村里人奔大城市打工奔生活，咱村的青壮年几乎都出去了，村里就剩一堆老头老太太，一堆娃娃们。你长大也会去城里呢。

彩凤把放鸟的盒子搁到一边。

彩　凤：奶奶，俺想娘了，好想呢！

奶　奶：假想！是奶奶说了才想吧？

彩凤拍拍胸口：这儿想。俺是天天想娘娘不应，好几次梦见俺娘回来了，带了好多好吃的，高兴得俺都醒了。奶奶，俺娘甚时候回来看俺呢？

奶　奶：俺也不知道。这一走两年多，过年都不回来看看，你说你亲他们干甚！凤啊，你满嘴里是娘，怎么不提你爹？不亲爹吗？

彩　凤：奶奶，爹亲，娘亲，奶奶更亲！爷爷也亲，哥也亲。

奶奶笑道：把你小嘴能的，一个不落！你爹娘也是，把孩子放下就不管了，倒是省心。

爷爷撩帘子进屋：省甚的心啊！老婆子，中午吃甚饭？

奶　奶：正说守业他两口子呢，一走两年多也不省得回来看看他们儿女。

爷　爷：是你挂心了吧，守业不是刚打了电话嘛！你别替他们操心，操操自己的心吧。

奶　奶：也是！唉！养儿不得济啊。想吃甚？俺去做。

爷爷笑道：馋酒了。买块猪头肉，弄面吃吧。

奶　奶：你不每天喝着吗？

爷　爷：每天两盅不尽兴。彩凤和爷爷去小卖铺，想吃甚，爷爷买给你。

奶　奶：凤儿快跟着爷爷，爷爷好不容易开了口。

爷爷笑着：看你把俺说成甚人了。

奶　奶：甚时候领俺凤去过小卖铺？还说呢，还不是俺老婆子操心！自从他们夫妇俩出去打工，俺操心操得都瘦了，头发也白了，为你秦家儿女操碎了心，还得操孙子的心。

爷　爷：男主外，女主内，这是古训。没有规矩不成方圆。

奶　奶：老旧思想要不得。毛主席说男女都一样，男女平等。

爷爷笑着：俺俩都操碎了心，都为这个家呢。彩凤走！

爷孙走了，奶奶笑着望着他们的背影：这爷孙俩亲的。唉！俺也就是瞎操心的命！

说着她走向厨房。盒子里的小雀叽叽叫着。

秦村，十字街口

大半晌午，几个老头坐在石头上晒太阳。秦继礼背着书包走了过来。

老头甲：继礼，这么早下学啦？

继　礼：二爷爷，没到下学时间呢。俺请了一会假，帮爷爷锄锄地，地里长草了呢。

老头甲：好孙子，是秦家的汉子，能帮爷爷干活了。

继　礼：俺都快十岁的大人了。二爷爷再见！

继礼跑走了。

老头甲羡慕地：这小子长大一定了不得，懂礼貌，懂孝顺，比俺的儿孙强多了。

老头乙：一代更比一代强，咱们哪，早就成了拍到沙滩上的淤沙，等着沤肥呢。老秦头也是，儿子挣了那么多钱，也不让回来盖楼房，还住百年前的老房子，守财奴一个。

老头丙：现在不时兴盖房了，人都到野外盖别墅呢！

老头甲：电视里说，农村空气新鲜，粮食新鲜，水没有污染，长寿的人都生活在农村。

老头丙：村里人都往城里跑，咱这浅水里养不了龙了。

老头乙：城里有甚好！俺去过，住的房子跟鸽子窝似的，挤得转不开身，街上尽是高楼大厦，挤得转不开车，闻一闻一股子汽油味，呛得直咳嗽。

老头甲：唉！俺老啦，不然也去大城市逛逛，也不白活这一辈子。成天猫在山沟沟里，说句时髦的话，井底的蛤蟆见过几多天与地呢？看着年轻人一拨一拨去城里，俺心里痒痒的。要是能年轻十岁，俺一定去当回城里人。

老头乙：你过过嘴瘾吧。俺听说秦守业出去两年多可是发了大财呢。

老头甲：谁说不是呢！都说老秦头有了钱还下地干活，是不会享福的人。

老头丙：其实干干田里的活，活动活动筋骨，对身体好。你们看秦老头，谁听过他有病呢？

老头甲：那你也到地里干活去，你有那个命吗？

老头丙：唉！动不了了。这世道不公平，俺真的还想到地里受苦去都不成。你们不懂，生命在于运动。

大田里

继礼家种的谷子一尺多高了，爷爷和继礼在锄地，锄了一垄又一垄，他们不时摘了草帽扇扇、擦擦汗。

烈日炎炎，太阳晒得地都冒了烟。

爷　爷：人勤春来早。咱动手早，又赶上风调雨顺，你看这谷子长得多壮实。

继　礼：爷爷，你一冬天积的农家肥起了大作用呢，要不长不了这么壮。

爷　爷：是啊！庄稼一枝花，全靠粪当家。农家肥是最好的肥料，种出的庄稼不光长得好，吃起来味也比使用化肥的庄稼味道好。

继　礼：可现在种地都使用化肥呢！

爷　爷：是啊，这世界变化太大，你爹邮回来的电视机是三十八寸的，在村里是数一数二的大电视呢！对了，继礼你累了就歇歇。

继　礼：不累！爷爷你去歇吧，看你头上的汗都没有停过。

爷爷笑道：这大日头的，不出汗会把人憋死的。看！你奶奶送水来了，咱喝口水歇歇。

爷爷领着继礼来到田边水渠旁的柳树下。俩人坐到地塄上，扇着草帽。

那边田间小路拐角处，彩凤跑转来，身后奶奶紧追着。

奶　奶：别跑那么快，看摔着。

彩凤挥着手嚷嚷：爷爷，俺给你送绿豆汤来了。

爷爷笑着站起来，接过老伴递来的瓦罐：甚时候了才送水过来，也不怕把你孙子烤上火了。

奶　奶：俺专门熬了绿豆汤，给你们消暑解渴。老的小的哪个不让俺操心，伺候你一辈子了，没落着个好。

爷爷倒汤入碗，递给继礼：你先喝。

继　礼：爷爷，你先喝吧。

爷　爷：喝吧，谁先喝都一样，多着呢。

彩凤背着手嘻嘻笑着：爷爷，猜俺给你带来了什么？猜。

爷爷乐呵呵道：那还用猜，小丫头，快拿过来吧。

彩凤把烟袋从身后杵到爷爷面前，爷爷抢了过来。

爷　爷：还是俺彩凤心细，锄地时俺总觉得缺了点什么。

继　礼：爷爷，大夫不让你抽烟，你总不听，抽烟有害健康。

爷　爷：爷爷就抽一锅，就一锅。爷爷抽了一辈子烟了，身体这不挺好。

奶　奶：挺好个甚！谁早起气喘一阵才下炕呢?!你先喝汤，

趁热！

彩凤在水渠沿上跳着够柳枝条，想拽下来。

继礼起来伸手拽了几枝柳条，挽成一柳条帽给彩凤戴头上。

彩凤蹦跳着到奶奶面前：奶奶，俺是解放军。

奶奶笑道：是哩，俺孩像个娃娃兵，这样更俊气呢！

爷爷抽过烟，喝了碗绿豆汤。

奶　奶：凤啊，咱回吧，天不早了，回去给爷俩做饭。

彩　凤：俺不回，俺要在地里玩，俺要和哥玩。

继　礼：去！去！去！哪有时间陪你玩。你要不听话，哥不理你了。

彩　凤：奶奶，俺哥不理俺！

奶　奶：理呢理呢，你听话就理呢。走，回吧。

彩　凤：俺和奶奶做了好吃的不给你吃，哼！

说完，她跟在奶奶身后屁颠屁颠地走了。

爷爷望着泛波的庄稼：田多不勤没有谷，猪多不养没有肉。你看那片荒地是秦五小家的，好吃懒做，俺看他年下吃甚！继礼，再锄几垄也该回去了，晌午了。

继礼应着，拿着锄头又干了起来，爷爷欣慰地望着他。

爷爷自思忖：俺娃长大了，能顶个大人干活儿了。老人们说的没错：三岁看大，七岁至老。从小俺就看好俺继礼，这不应验了吗？多好的孩子，学习生活一点不要大人操心。

爷爷走入大田，挥舞起锄头。

夏初的火热最先铺撒在大田间。

秦村，西头场院

北面六间厦棚，东西是秸垛，宽大的场地没有晾晒庄稼时就成了孩子们的玩耍场地，女孩子们踢毽子，男孩子们踢足球，打闹、嬉戏，散养的鸡都被撵到秸垛旁寻食。继礼和彩凤来到场院见没了自己踢球的位子，他堵到了球门区，孩子们停下来望着他。

继　礼：成天踢这个破球烦不烦哪，咱玩大官二官猫屎官好不好？

其他孩子：什么大官二官猫屎官？怎么玩？

继　礼：当了大官就能管所有的人，可以命令二官抓犯人、打板子。俺教你们怎么玩，去找砖头来，半截的、多半截的、整的都要，快去！

孩子们四处寻找砖头，看来继礼是他们玩耍的头，很有威信，不一会儿孩子们就找来一堆砖头。

继礼将砖头立了三块一竖排，左右各立一块。

继　礼：这第一块整砖为猫屎官，中间最小砖为大官，后边一块是二官，左右为差人，咱们用手中的砖击打这些砖，打倒哪个，就是哪个代表的官位，所有人都听大官的指挥，没打着的人都扮逃犯。藏起来差人去捉，捉到了回来受审。

说着继礼向后量了十步，画一横杠，然后捡起块半砖：从横杠处单脚跳三步，蜷起的脚不得落下，落下算输，用手里的砖砸"官位"，砸住什么就是什么，听明白了吧。

其他孩子：明白了。

大家抢着要砸官位。

继　礼：石头，剪刀，布，谁赢谁先砸，排先后公平。

男孩子们都来，石头剪刀布，确定了排名，开始游戏，单腿跳、扔砖头，有的力小砸不着，很快有了结果。

继礼大官、继仁猫屎官、刘强二官，甲、乙差人，剩下为犯人。

继　礼：继仁过来趴下当马，当我坐骑，快！

场院所有玩耍的孩子都被吸引过来，观望着。

继礼坐到继仁背上傲气凌人道：差人闭眼，不许偷看！犯人们听令，你们可以藏到这一片，包括场屋、秸垛、地里、树后，如果跑出这一片地方就算输，就不带你们玩，听明白了吗？

其他孩子：明白了。

继　礼：犯人们去藏起来！

犯人们跑走了。

继礼官腔十足地发号司令：差人听令！

差　人：在！

继　礼：速去将逃犯缉拿归案！速去速回！

差　人：得令！

两差人也跑走了。

继　礼：二官，给本官倒水来喝。

刘　强：这里没水没杯子倒甚水呢？

继　礼：你应就是了，俺是大官，你得听俺的话。

刘　强：是！

继　礼：本官念你是初犯，不予计较，你去找板子来伺侯。

刘　强：得令！

刘强去找木板。

继礼神气地一指女孩子们：你们这些子民有冤有屈对本官道来，本官为你们伸冤报仇。

正说得高兴，继仁没劲倒下了，把继礼摔倒了。孩子们大笑起来，叽叽喳喳评说着。

继礼爬起来：猫屎官，连椅子都当不好，你能干甚？

继仁可怜巴巴地：人没劲了，你还坐着。

这时，差人押来一犯人。

继礼连忙又坐到继仁背上。

差人甲：报告大官！抓住逃犯一名。

继　礼：押上来！嘚！大胆罪犯，竟敢逃跑，该当何罪？

犯人：小人下次不敢了，老爷饶命。

继　礼：二官！二官呢？你准备的板子呢？

刘　强：小人在，东西在此。

刘强拿出一粗棍子。

继　礼：念犯人初犯，打十军棍，狠狠打来。

二官拿棍子打犯人十下。

继　礼：将人犯收监！退堂！

大家都乐起来，纷纷要求加入游戏，女孩子们也要求加入。

继　礼：咱开始下一轮，女的就不用参加了。

女孩子们：不行！俺们要参加。

继　礼：你们砖头都扔不动，打不了官位。

女孩子们：俺们当犯人，你们男孩子拿官位。

继　礼：打棍子你们不许哭。

女孩子们：谁哭谁小狗，俺们才不哭呢！

继　礼：那好，咱重新开始，起点处站队。

孩子们一窝蜂似的冲向画横杠处，嚷着、推着、挤着、笑着、闹着，场院一片欢乐。

山角岙中心学校

继礼领着衣着一新的彩凤进入学校，来到一年级教室门口，王老师在教室门口接待新生。

继　礼：王老师好！

王老师：你好！秦继礼！

继　礼：王老师，俺妹妹秦彩凤来报到。快问王老师好！

彩凤羞怯地：王老师好！

王老师：好！彩凤，你先进教室坐着等一会儿，老师把咱班的新生都接到了给你们安排座位，进教室吧。秦继礼，你回你们班去吧。

继　礼：唉！

他瞅瞅走进教室的彩凤，跑向自己班去。

校门口

下学了，秦继礼背着书包出校门，彩凤立在那儿等他呢！

继　礼：你怎么不回家？

彩　凤：俺不敢一个人走路，等你一起回。

继　礼：胆小鬼！你看那就是咱们村，顺路走就到了。怕甚，你已经是学生了，得学会独立，不能总是依赖哥。万一哥值日或者班里有事你就不回家了？

彩　凤：那俺等着呗！反正俺就等你回家。

继礼听到这话，无奈：你多会儿才能长大啊！

彩　凤：俺早长大了，不大能上学？

继　礼：哼！那也叫个大。

继礼说完撒腿就跑，彩凤急忙就追，边嚷：你等等俺！等等俺！

继礼一口气跑到村口才停下等着。

彩凤气喘吁吁地跑来，坐到地上哭起来。

继　礼：你哭什么！上气不接下气的。

彩凤边哭边念叨：俺回家告诉奶奶，你欺负俺，不和俺相跟着回家。唔……万一坏人把俺拐走了都怪你！还当哥哥呢，欺负人！

继　礼：别哭了！别哭了！谁欺负你了！

彩　凤：就要哭！俺回去就告诉爷爷，让爷爷狠狠地骂你！

继礼无奈地央告：别哭了小奶奶！今后俺每天和你一起回家、一起上学，中不中？

彩凤止住抽泣，抬头问：真的？

继　礼：真的，哥说话算话。

彩凤抹把泪，站起来：说话算话，不然俺一准告诉奶奶、爷爷！

继　礼：算话算话，咱回家！

彩凤哼了一声跟着哥哥进村了。

学　校

一年一班，彩凤手背后，聚精会神地听课。

三年一班，秦继礼挺胸抬头专心听老师讲课。

秦村，场院

星期天，孩子们一早就在这里玩耍了。

太阳升起老高时，继礼和彩凤来到场院。

继　仁：继礼哥，玩不玩，加你！

继礼两手挥着：别玩了，咱到克虎去赶集好不好？

孩子们一起响应：好啊！咱们去赶集。去克虎赶集喽！

孩子们把手中的砖头扔到一边，然后在继礼的带领下，走向通往克虎村的路。

山　路

两旁是茂密而肥实的庄稼，不时有一两块地在歇田。孩子们兴高采烈地跑着、唱着、跳着、打闹着。欢乐是孩子们的主题。

克虎村

临近村口就感受到了集市的热闹气氛，老远就听到高音喇叭里唱戏的声音，村外就有摆摊买卖东西的，两溜子摊贩延伸进村里去，农副产品、日用百货、小吃大餐应有尽有。

孩子们一齐来到戏台下，戏台设在克虎村委会大院一侧，正有一老生在上面咿咿呀呀地唱着。

继　礼：大家想去哪玩就去哪儿，晌午在这儿集合一起回家，有事吹口哨联系，别走出村去走丢了。

孩子们分头去逛街。

两条东西街、南边一条没有设摊、显得冷清，一条南北街和东西街相交，这十字街热闹非凡，川流不息的人群，嘈杂的叫买叫卖声。几乎每个摊都有喇叭嚷着推销商品。

继礼和继仁并排走着，不时询问一下价格，彩凤紧跟哥哥后边，四处观望一下，又把目光放到哥哥身上，光怕自己走丢了。

水果摊位

继礼盯着硕大的红嘴大桃问：彩凤，吃桃不？哥给你买。

彩凤早馋涎欲滴了：吃！俺吃！

继　仁：哥，有没有俺的？

继　礼：当然有了，想吃哪个自己挑。

三人挑了三个最大最红的大九宝放入秤盘。商贩：六块！

继礼付了款，继仁用衣襟擦擦桃，一口咬去了桃尖。

继　仁：甜！好吃！真好吃！

继　礼：彩凤你怎么不吃？

彩　凤：俺留给奶奶吃。

继　礼：吃吧，一会回家时，俺给爷爷奶奶再买，有呢。

彩凤这才掏出手绢擦擦，大口吃起来：好吃！哥！你也吃！

继礼大嘴咬一口，兄妹三人对视笑着吃起来。

尧虎集市

人群熙攘，热闹喧哗，走在人群中的继礼好像听到了口哨声，他站住细细地听。

继　仁：哥，俺也听到口哨声了。

继　礼：听听在哪个方向。

喧闹声中忽隐忽现的口哨声，继礼、继仁、彩凤寻声来到村西边。

尧虎村西

这是南边一条的东西街西村口，路旁两排的杨树，再往西是一条南北向的机耕道。

路中两群孩子对峙着，一群人数少的是秦村来的孩子们。

继礼跑向本村阵营问：继生，怎么回事？

继　生：他们欺负咱外村来的孩子，把俺们撵到这里了。

继　礼：这不是咱一个学校的吗？

继　生：是哩，四、五年级的。

继　礼：喂！咱们是一个学校的同学，为甚这样？

对方甲：废话！谁不知道一个学校的，不是说要较量较量吗？咱现在试巴试巴。

对方乙：学校离你村近，你们欺负俺们，今天让你们尝尝俺的厉害。

继　礼：俺们来赶集，又不是来打仗，俺们走！

甲乙率众向前几步，两群孩子更贴近了。

甲：想走？没门！比个高低再说。

说话间克虎孩子群里扔出一块石头打在继生身上，这下炸了窝，两边孩子混战扭打起来。继礼见势不妙拉着彩凤穿过人群来到机耕道旁，指着向北的道。

继　礼：你快顺路跑，不许拐弯，一直跑就到咱村了，你快跑！俺去救他们。

彩凤向北跑去，继礼又返回战场，边拉边拽边喊叫，不时出拳相向。不一会儿，人少的秦村孩子都退到机耕道上。

继　礼：向北快跑！快跑！

他们跑向北边。

克虎村的孩子们追着喊着，手中的石头满天飞，见他们跑远，克虎村的孩子停下来，不追了。

机耕道北边

继礼他们快追上小跑的彩凤才放慢脚步走起来，一边议论着输赢，一边检查身上的受伤处。

继礼头上被打了一个大包，上衣口袋被撕开；继生腿上挨了一砖头，青肿了，腿疼得一瘸一拐；继仁鼻子出了血。这个说："俺砸了那小子脸上一石头，一准破了。"那个说："俺踹那小子，踹倒了俺才脱身，不然就被捉住了。"另一个说："俺摔那小子一个背挎，才甩掉他们。"

秦村村口

继礼指指路边的水渠：洗洗！都洗洗，别土头土脸地进村。

水渠里的水哗哗地流着，清澈见底，水的源头是不远处的深井泵房。

孩子们双手掬着水喝着，有的直接把头扎在水里洗涮着。彩凤悄悄到上游掬了口水喝，又用水抹了抹脸。

继　生：咱们明天到学校收拾他们，看他们嚣张的。

继礼想想：算了吧！学校毕竟不是咱村的学校，咱也是外村人，人家又是高年级的，咱们没吃大亏就算了。回村后不许对大人们说，免得他们担心，你们同意不？

其他孩子：同意，继礼哥！俺们听你的。

继　生：俺咽不下这口气，受他们欺负，那是在他的地盘上，不然，俺就下黑手往死里打！

刘　强：你一拳把人鼻子打出血了，还不算下黑手。

继　生：你看见了？嘿嘿嘿！俺还有更黑的呢。

彩凤惊魂才定，低声道：哥，饭时了，俺要回家，快回家吧。

继礼望望天上的太阳：不早了，回去吃饭，跑步走。

孩子们一阵风似的向村里跑去。

继礼嘱咐彩凤：回去不许对爷爷奶奶说，他们会担心的。

彩凤点点头，俩人向村里跑去。这里只留下碧波一样的庄稼随风荡漾，还有那条古老而宁静的山路。

山角夼学校

翌日早晨上学时，几个五年级学生拦在继礼前面。

甲：就是你带人打到俺村的？

继　礼：俺们是去赶集，怎么能说打到你村的呢，你们仗着本村人多欺负外村同学还好意思说。

乙：这小子最能打。喂！俺和你约一架，一对一，谁也不许叫帮手。

继　礼：俺才不和你打架呢，俺是来上学学知识的。

甲：脓包！这么胆虚还逞甚英雄好汉，有本事就答应，下午下学山边边上好好干一架。

继礼摇摇头，闪开他们的阻拦进了校门。

甲：看到了吧，怂了。人家不应战，那就改天说吧。

三年一班

继礼端端正正地上课，其他学生也一样的姿势。

秦宅院

彩凤追着哥哥进院门，咯咯地笑声充盈一院，但看到爷爷奶奶脸色铁青地坐在院里桌子前，两人马上敛回笑容。

继　礼：爷爷，你们怎么了，吵架了吗？

爷爷奶奶没有回音，这时秦守业打西屋出来。

继　礼：爹，你甚时回来的？

秦守业佯笑笑：刚回来不久，你们下学了？

继　礼：嗯！

继礼妈于国红从东屋出来。

继礼惊诧地：娘！彩凤，娘也回来了。

彩凤有些生疏地抓着哥哥的衣襟，望着爹娘，低低叫一声：娘！

继礼妈欣喜地：凤啊，是娘！过来，让娘好好看看你。

彩凤缓缓走过去，继礼妈一把揽过女儿，细细看着，泪水唰唰地流了出来。彩凤笑了，继礼妈摩挲着她的头。

继礼妈：长大了，俺凤长大了！一晃三年没见，俺凤长大了，都上学了。继礼，过来，娘看看！

继礼泪水盈盈挪到娘眼前。继礼妈拉他过来，娘仨哭成一团。奶奶早已泪水涟涟，爷爷转过脸去擦拭脸庞，继礼爹低下头，寻思着什么，泪花闪烁。

过了一阵，奶奶擦擦泪水：好了好了！大晌午的，别哭了，娘给你们做饭去！

继礼妈：娘，俺帮你。

奶　奶：不用，你和孩子们说话吧，娘一下就做好了。

爷爷翁声翁气道：进屋坐吧，院里大太阳晒的。

在爷爷的带领下，一家人进了北屋。

北　屋

彩凤给娘和爷爷、爹倒了水，端给他们，然后倚炕沿站着。爷爷坐八仙桌旁。继礼爹、娘一个坐炕沿，一个坐条凳。

爷爷装了袋烟抽着：守业，你把你们的事对孩子们说说，瞒不了的，早说开了也好，说说吧。

继礼爹踌躇再三，不知如何开口，他无法面对儿女祈盼的眼神。屋里静静如寂，都能听到人的心跳声。

秦守业无奈起身，拉了继礼来到院子里。

院　子

秦守业：继礼，爹和你说个事，是这样的，爹娘这次回来是办理离婚手续的。

晴天霹雳一般，继礼瞪大眼睛张大嘴。

秦守业：我和你娘商量好了，一同回来明天到民政局办手续。

继　礼：你们离婚，俺不同意！俺和彩凤盼星星盼月亮盼你们回来离婚？

秦守业：这也是没办法的事，我和你娘两地分居，对彼此又没了感情，所以我们商量协议离婚。

继　礼：不行，俺不同意，到死俺也不同意！俺不管，反正你们不许离婚。

这时，屋里传出彩凤的哭声。

秦守业：这个我也没办法对你们解释，大人的事，感情的事，你们也不懂，等你们长大就懂了。

继礼大声嚷道：甚叫不懂！李建爹妈离婚，他因打架进了少管所；继生爹娘出外打工没了音讯，继生和孤儿一样；你们就想让俺和彩凤当孤儿吗？

秦守业：唉！我和你娘商量好了，你跟我，彩凤跟你娘，暂时住在爷爷这里。

继　礼：俺没娘，彩凤没爹，这不是孤儿是什么?！那天彩凤对俺说，她梦到爹娘回来了，带了好多好吃的给她，她都乐醒了。她流着泪问俺："哥！爹娘甚时候回来呀，怎么就不回来呀？"俺对她说："凤啊！爹娘给咱们挣钱呢，很快就回来了。"爹，你们真回来了，却回来办离婚，彩凤和俺多伤心啊！爷爷奶奶也伤心。这样的话，你们还不如不回来呢！

继　礼：爹，咱不挣钱了，你挣的钱也够花了，你们回来吧，咱一家人和和美美、热热闹闹过日子好不好？

秦守业：明天一早我们去民政局办手续，然后就走了，我公司里有一大摊子事等我回去办呢。

继　礼：告诉你！你要是和俺娘离婚，俺就不认你这个爹！

说完，继礼跑出院门。秦守业默默站着，无奈地摇摇头。

奶奶在院子里摆好饭，高声说：出来吃饭吧，过饭时了。

崖头上

继礼在草丛里躺着，闭着眼寻思着什么。

继礼妈走来，坐到他身边。

继礼妈：俺就知道你在这儿。

继礼一下坐起来：娘，你怎么知道俺在这儿？

继礼妈微微笑着：娘知道你的脾性，生了气或者不痛快了，就在这儿坐着。娘的儿娘不知道谁知道？

继礼点点头，从崖头上看去，一边是沟壑交错、莽莽苍苍的大山，一边是层层叠叠的沃野，让人豁然开朗。

继礼妈：继礼啊，娘跟你说，爹娘离婚的事别往心里去，这是大人的感情纠葛，你不懂！娘告诉你，俺们一开始出去打工在一起挺好。过了半年，他同学联系他去山东沿海地区，他就去了，说立稳脚跟接俺过去。他到了山东没几天就做成一笔海产品的买卖，挣了几十万。同学见他是个人才，给他注资成立了分公司，他就成了二老板。他脑子活络，接二连三做成几笔大买卖，腰包就鼓起来了，给你爷爷他们换了大彩电，开始想翻新房子，后来想你和彩凤在村里没有发展前途，和俺商量把你们都接到城里去，那里的学习条件就是好，俺当时就赞成了。一晃三年了，前些日子打电话给俺，要和俺离婚，俺一下懵了，难受得病了十来天。病床上娘前前后后、左左右右地想，最后娘想，既然你爹对俺没了感情，勉强生活在一起对彼此产生的伤害更深。再说娘离开他不也生活得很好？他再打电话给娘，娘就同意了，所以回来办手续，解放自己的同时也解放了他。

继礼凝视着娘的面孔：娘，俺知道你心里苦着呢，俺明白，是俺爹把这个家拆散的，让俺没了娘、彩凤没了爹，俺心痛呢！

继礼妈：人的感情难有对与错，等娘再挣些养老的钱，就回乡下和你们一起过，好不好？继礼，爹娘永远是你们的爹娘，只是爹娘不在一个屋里生活而已！

继　礼：俺知道一定是俺爹不对，他是陈世美。

继礼妈：娘对你说，你不要恨你爹。娘已经答应和他离婚了，你就看在娘的面子上，依了娘吧。再说，他给了俺十万块钱呢！

继　礼：娘的心太软，你梗着脖子不离婚他能怎么样？

继礼妈：俗话说，油和水掺不到一起，两块石头捏不到一块，那样拖着实际上过着离婚的生活，两个人都痛苦，不如痛痛快快地离了各念各的好吧。

继　礼：俺和妹妹从此没有完整的家了。

继礼妈：俺想过，这都是爹娘的错。虽然不完整，但大家在一起可以和和气气的，和没离一样。要和他寻死觅活地闹，弄个翻脸无情、仇人一样，不用说俺和你爹，就是俺娃的痛苦也更深呢。

继　礼：娘，实话对俺说，俺爹是不是重找了婆姨？

继礼妈：俺不知道，他也没对俺说过。但娘知道，一个人对另一个人没了感情，那就是缘分走到头了。天要下雨娘要嫁人，都是没法子的事情。你爹他有文化，趁年轻奋斗一番事业也是好事情啊，他是高中生呢！

继礼妈望着天上的朵朵白云，眼里全是泪水。

继礼瞅着娘，不吭声了。

继礼妈：记着娘的话，在学习上给娘争口气，让娘也荣光荣光。

继　礼：娘，俺记着呢。

继礼妈：天不早了，你还没吃晌午饭呢。走吧，回去不要再顶撞你爹了，听话啊。

继　礼：嗯！俺记着呢！

秦宅，北屋

晚上，电灯发出黄乎乎的光，炕桌上摆了酒和菜，一家人默默地围桌而坐，没有一缕高兴劲儿。

奶　奶：守业啊，但有三分奈何都不该走这一条道。你们有儿有女，怎么说散就散呢？十几年的感情当菜吃了吗？跟娘说，是不是外面有人了？

秦守业：娘，我外头没人，儿子我有难处，没办法的事。娘，我和继礼妈商量好了，你就不要管了，我给她十万作为补偿。

爷　爷：补偿个屁！你的钱能补偿她的心还是能补偿她的情？能补偿她对这个家做的努力吗？对孩子的爱，对你爹娘的孝顺，这都能用你的钱补偿吗？你个没良心的东西。

继礼妈：爹，你老人家不要生气，这事俺也同意。事已至此，咱就别再提了，咱吃饭吧。爹，你喝酒不？从前俺没能好好陪你喝过酒呢，今天俺陪你喝！

说着继礼妈为爷爷斟满酒盅。

爷　爷：俺秦家上辈子作了孽，你非活活把俺气死不行！

守业嗫嚅道：爹，儿子也是有苦衷的。

爷　爷：你不用喊爹，你若和继礼娘离了婚，你就不是俺儿子！俺和你绝交，登报脱离父子关系。

秦守业悻悻地：爹！

爷　爷：别废话，能不能不离婚给句话！

继礼妈：爹，你消消气，咱吃完饭再说。爹，三年没有一起吃饭了，咱喝一盅，俺陪你喝！来！干一杯！

爷爷呷口酒：唉，媳妇啊！你就这么着就同意了？唉！好人啊！从今后爹就拿你当闺女待。这个忤逆不孝子从今天起不姓秦了，当了陈世美了。闺女！咱干一杯！

一直泪水不断的彩凤默默地把菜夹到妈妈碗里，奶奶在一边唉声叹气，继礼没了泪水，默默地注视着母亲，哪有心情吃饭啊！

屋　外

阴云密布，淅淅沥沥下起了小雨。

北　屋

饭后，继礼妈带彩凤到东屋去睡觉，秦守业要带继礼到西屋去。继礼甩开他的手：爷爷，俺和你们一屋睡！

秦守业讪讪地出去了。

爷爷、奶奶上炕了，继礼很快钻入被窝，奶奶摸摸继礼的头，长长叹口气：这叫甚事啊，挣点钱就不要结发妻子了，也不为孩子们考虑考虑，咱秦村犯了什么了，这三年已有好几对夫妇离婚了。

爷　爷：唉，生了这么个没良心的儿子，能有甚办法。

继礼在奶奶的爱抚下，很快进入梦乡。

村口的路上

清晨，阳光温暖明亮，山路上秦守业、于国红一前一后走着。

于国红：他爹，你胃不好，自己多保养，按时吃饭。这病啊，三分治疗七分养！

秦守业：晓得了。办完手续我就不返回来了，直接回公司去。你呢，还回来吗？

于国红：俺也不回了，怕惹他们伤心。

秦守业：我没有办法才走这一步，真的对不起你！

于国红：不说了！咱走快些吧。

俩人加快了脚步。身边大田里的庄稼沙沙地响着，绿色发出让人养心养目的光亮。

村口，山崖

一边的山崖上，继礼在崖畔上坐着，身边是彩凤。俩人目不转睛地盯着山路上的爹娘，继礼手中抓着一束青草，两手撕扯着，草叶纷纷落下，顺崖向下飘去……直到看不到爹娘的身影了，俩人才起身回家。

秦宅，北屋

继礼、彩凤刚刚进屋，奶奶就问：他们走了吧？

继　礼：嗯！

爷爷长叹口气，在窗台上磕磕烟袋锅，捣腾着腿下了炕。

爷　爷：俺去地里看看，顺便拾掇一下地头的草。

继　礼：俺也去！俺和爷爷一起去。

奶　奶：俺娃别去了，不是还上学吗？

继　礼：下午再去上学，爷爷一个人去地里俺不放心。

奶　奶：老头儿你听，俺继礼一夜之间就长大了。

爷爷苦笑笑：是啊，马上就成大小伙子了。

彩　凤：俺也去！奶奶，俺也去。

奶奶拉住她：让他们去吧，你和奶奶做饭，今天咱包饺子吃，好不好？

彩　凤：好！俺最爱吃奶奶包的饺子，俺去买韭菜、割肉。

奶奶笑眯眯道：俺凤也长大了，懂事了，去吧！

画外音

继　礼：那天爹娘走后没有返回村来，他俩离婚彻底打碎了俺心中全家欢聚的梦想。俺心里空落落的，像被抛弃了的孤儿一样。尽管爷爷奶奶笑脸相迎相送，但驱不去心中的那份孤单寂寞，感觉没了前途一样，心疼啊！

随着画外音，是继礼和爷爷荷锄走在田梗上，庄稼绿油油地铺满田野，不时一两株柳树矗立田间。

秦村十字街口

斗嘴闲聊的老头们。

老头甲：今年风调雨顺，庄稼长得不赖，是个丰收年。

老头乙：可不能说，万一秋收时来个十天半月连阴雨，还不白丰收？

甲：你个乌鸦嘴，没雨也让你说出雨来了。

丙：这话迷信，老思想该换换了。

戊：头顶三尺有神明，坏话不能说，坏事不要做。

甲：唉，你们说继礼妈多好的媳妇，人家不要就离了，现在的人管你有没有神明。

乙：可不是咋地，全村挑不出第二个来，苦了继礼妈一个女人家孤苦伶仃在外闯荡，也苦了两个孩子了。

丁：人啊，就那么一回事，怎么的也是一辈子。咱村离婚的有七八对了吧，搁从前，你离婚试试，不让人戳脊梁骨戳死呢！没法说。

甲：人心不古啊！

乙：出去的青壮年两口子不在一块耐不住寂寞，不就离了。

丙：老东西知道甚叫寂寞？

戊：无聊没干的，听说电脑那玩意很神奇，就是没见过。

丁：歌里唱到“外面的世界很精彩、很无奈”，愿不得村里人都往外跑呢，谁能受得了那个诱惑呢？听说秦守业暴发后找了一个年轻漂亮有文化的，换了俺也一样，享受生活呗。

乙笑着：老没死了呢！你也想换妻？愿不得你没钱，不能让你有，有了钱你还不知道变成甚样子呢！

大家都乐起来。

甲：这都是命，命里有时终须有，命里无时莫强求。

丙：还是社会好啊，让大家发家致富，谁不想奔好日子呢？唉，俺要年轻也出去闯闯，不信比不过秦守业。

丁：老得没门牙了，还想换老太呢！

老头们齐看看丙，笑着。

丙：不是这意思，俺是说没赶上好时候。

戊：看着孩子们长大一个走一个，过几年孩子们全走了，就剩咱们老头老太太，那时候俺死了也没有人知道啊，唉！

甲：没人知道更好，老屋当坟，又宽敞又自在，省得钻在棺材里，憋屈。

乙：想得开好！就得这样想，不然，没法活了。

丁：秦村秦村，秦姓大宗，还说是秦始皇的子孙呢，有甚用?

戊：别说了，说下去俺还怎么活。

乙：俺那里还有拴羊的绳子送你一根。

戊：你个老不死的，想让俺黄土埋脖子了走那条路，俺才不呢！俺还想等俺小子挣钱回来盖栋小二楼，美美地住几年呢！

大家都道：想得好哩！老东西，咱们都好好活着，住住你的新楼房。

戊：快！现在盖楼房几天就盖好了，到时候你们都来给俺暖暖房，俺摆他个几十桌酒，大家乐呵乐呵。

众老头：就是就是呢。

某老关：把你美的，看你老婆子喊你吃饭啦，快去吧！

街那边走来一位老太太，边走边喊：你个老不死的！不喊你就不知道回家吃饭！总要人叫才行！

老头们乐起来：看人家老婆子多好！就这样还想着换人哩。

戊：低声点，让老婆子听到，没俺好果子吃呢！

大家哄笑着。

甲：俺们也起身吃饭去，省得挨叨叨。

老人们动身回家。

村里街上

几个男孩子拦住继礼的去路。

刘　强：秦继礼，说说你爹娘为甚离婚。

继礼眼睛一瞪，二话没说扑上去就和刘强打在一起。继礼死抓住刘强厮打着，全然不理会别的孩子的捶打。刘强流了鼻血，孩子们一见都跑走了，继礼放开刘强搡他到一边，悻悻然走了。

刘强愣愣地望着他的背影。

校门外

继礼无聊地用脚蹭着地，他在等妹妹下学回家。这时校园里出来一帮学生，包括学生甲、学生乙。甲看到继礼，对旁边的同学耳语几句，接着这群学生把继礼围起来。

甲：你爹娘离了婚你还气粗！

继　礼：你爹娘才离了婚呢！

甲：哼！咱说说到底谁爹娘离婚呢。

继　礼：不许你说俺爹娘，再说俺揍你！

乙：婚都离了不让人说了？有能耐别离啊！

继礼气得脸红脖子粗：你敢再说一句！

乙：你爹娘离婚了就不要你了，俺们甚都知道！

继礼没等他说完就扑了上去，揪着乙死命打着。几个学生拉偏架，拉着继礼让乙打，继礼挣扎不开，被按倒在地，乙骑在他身上打着，还拿书包砸继礼的头。继礼口鼻流血，有人嚷嚷“流血了，流血了，别打了”，学生们都跑走了。继礼爬起来吐口嘴里的血，抹抹鼻血，狠狠地望着学生们跑的方向。

彩凤下课出来见哥哥灰头土脸，鼻子流血：哥！哥！谁打你？找他们家长去。

一边心疼地用纸给哥擦血。

继礼堵了鼻孔：没事！咱回家。

彩凤悄没声地跟在继礼身后回家。

秦宅，院里

黄昏时候，天色灰暗。

奶奶正给孙子洗头：看！这头上两个大包呢，这都快出血了，谁这么缺德下狠手把你打成这样子，奶奶去找他家长评理去。

继礼倔强地：没事。奶奶俺不疼！

奶奶气呼呼地：彩凤！你知道谁打的你哥？

彩　凤：俺出校门就俺哥一个人，没看到谁打他，问他他也不说。

奶　奶：俺到学校找他老师去！没王法了，俺问问老师，没人管这还了得。

爷爷一边抽着烟袋：算了，孩子们打架常有的事，别拱火了，一阵子没事又一块玩了，大人别掺和。

奶　奶：流这么多血，你不心疼？

爷　爷：心疼！男孩子们一个个都是愣头青，一会儿好了，一会儿吵了，再说流点鼻血很正常。

奶　奶：这是欺负俺没爹没娘的孩子呢！俺咽不下这口气！

爷　爷：少说点没用的，拉瓜扯蔓的，谁说孩子没爹娘呢？行了，给孩子们切西瓜吃吧，下下火。

奶奶说漏了嘴，也就不吭气了，给继礼擦擦手，把毛巾递给继礼，去厨房。彩凤把脏水倒到菜畦里。

爷　爷：继礼啊，你马上十岁了，该知道一些道理了，老人们常说吃亏是福，得饶人处且饶人。

继　礼：他们说俺爹娘离婚的事，俺不依，就和他们干起来了！

爷　爷：唉！你爹做的孽让你背着，苦了俺娃了。话说回来，这事明摆着大家都知道，你就由他们说去呗！你不当回事，他们也就觉得逗你没意思了，村里离婚的有几对，有你这么和人打架的吗？男子汉要有肚量，为这闲话打架不值，由他们说去，又少不了你一块肉。

继　礼：嗯！俺听爷爷的，由他们说去吧。

爷　爷：这就对了，小伙子做事别跟小孩子一样就是了。

奶奶端了西瓜来到桌前：来，吃西瓜，这瓜又沙又甜，你爷爷亲手挑的。你爷爷挑瓜一绝，从没买过一个生瓜。

彩凤吃着瓜：奶奶，为甚哩？

奶奶笑道：你爷爷是种过西瓜的！

彩　凤：爷爷，奶奶说你是种西瓜的，种西瓜好玩不好玩？

爷爷乐呵呵道：听你奶奶编故事呢！爷爷年轻时候给生产队种过西瓜，就因为西瓜才认识你奶奶，才娶了你奶奶这么贤慧的婆姨。

彩　凤：说给俺听听，爷爷，说给俺听！

爷爷笑道：行！爷爷就给你们讲个故事，你们听好了。那是俺二十几岁的时候，那年林县大旱，林县也就是你奶奶的老家。咱这山里还算风调雨顺，因此就有逃荒的来到咱村。

瓜田，瓜庵（回忆）

炎炎秋日，晒得大地蒸腾着热气，树上知了叫个不停。四处碧波荡漾，一大片瓜田，西瓜都披着一层霜，只有个别的油亮，年轻的爷爷在瓜庵里坐着摇扇子。

田间路上，一位年轻的姑娘扶着一老年妇女走来，她俩站到瓜田边望着田里的西瓜，显然饥渴难耐。

姑娘朝瓜庵嚷一嗓子：喂！庵里有人吗？

青年钻出瓜庵，看看来人没有吭声。

姑　娘：大哥，能给碗水喝吗？俺奶奶半天水米未进，渴坏了，求你给碗水喝好不好？

青年瞅着姑娘俊美的面孔：俺刚才把水喝完了，你们进庵里歇歇，凉快一下好吧？

姑娘扶奶奶钻进瓜庵，坐到稻草上，姑娘拿扇子给奶奶扇着。

青年望望无人的田野，进瓜地摘了颗光亮的瓜抱到庵里，从铺草下摸出水果刀，将瓜破瓣，拿一块递给奶奶：吃吧！西瓜解暑。

姑娘在一边感激地：谢谢大哥！谢谢！

青　年：不用，不用谢，你也吃啊，多吃两块，就当喝水吧。

奶奶吃了两块，不吃了：谢谢你啊，小伙子！俺碰上好人了，这一路上尽遇好心人。

青年见姑娘光照顾奶奶，自己却没有吃瓜，他拿块瓜递给姑娘。

青　年：妹子，你也吃。切开了就得吃完，浪费可不好。

姑娘羞怯地吃起来。

青　年：奶奶，你们这是去哪里啊？这大热的中午还赶路。

奶奶叹口气：唉！不瞒你说，俺这孙女十八岁了，她爹娘生前把她许给了这十里铺的李家。今年俺们那里干旱，寸草不生，没法子俺就领孙女来这里找李家，一来讨个生活，二来也给他们完了婚。没承想这李家大小子前一年得病死了，不讲道理的李家却把责任赖到俺孙女头上，说她妨死了他家儿子，把俺们赶了出来。俺们没了路费，只能走着回老家去。

青年愤愤不平：这不是迷信嘛！生老病死是自然现象，怎能赖别人？这李家人太不讲道理了，哪个李家告诉俺！

奶　奶：不提了不提了。

青　年：老家还有什么人吗？

奶　奶：没了，儿子、媳妇死了，房子卖了，只剩俺两张嘴，回去也没甚指望。俺这往回走还不知道走到甚时候呢，俺的命啊！

青年想了想，做手势把姑娘叫出瓜庵。

青年指着那边：你看到那个村子了吗？那个院子，门前有棵大白杨树的那个院子，你扶奶奶到那个院子里，那是俺家，只俺娘一个人在家。就说看瓜的秦怀义让你们来，俺娘就晓得了。你们先去那儿歇着。你们这样走也不是事，收了工俺回去再商量个切实可行的办法。

姑　娘：谢谢秦大哥！俺代表奶奶也谢谢你，你可是俺的救命恩人。

姑娘返身进瓜庵扶奶奶出来向那院子走去，秦怀义看着她俩入了院子才回瓜庵里。

秦　宅（回忆）

已是晚上，夜幕罩暗了大地。院里，北屋三间、西屋两间，几畦菜地。

北　屋（回忆）

屋里没有什么摆设，显得宽敞。秦怀义妈、奶奶、姑娘坐在唯一的八仙桌旁，秦怀义在一边站着。

奶　奶：大妹子，看你家都是积德行善的好心人，是个善人家。大妹子，家里还有甚人吗？

怀义妈：不瞒你说，孩子他爹早年病死了，就剩俺娘俩相依为命。俺把小子供到中学毕业，本能吃公家粮，他不去，硬陪着俺务了农。这不，高不成低不就，快三十了还没成家，愁死俺了。

奶奶看看怀义，又看看孙女：大妹子，俺说俺这孙女说给你家怀义成不成？咱也攀个亲家。

怀义妈乐了：那太好了！就怕委屈了姑娘。

奶　奶：这样好心的情义人哪里去找？俺做主了，也是这丫头的福气和缘分，就这么定了。明天摆桌酒，让他们成婚，你看成不？

怀义妈：成！成！明早俺就张罗这事，亲家！你也问问丫头愿意不愿意。

奶奶回头：秋花，中不？

秋花忸怩着，偷偷看看秦怀义，没有吭声，脸蛋通红。

奶奶笑道：亲家！按俺说的办吧，这年头也没有甚讲究，办了就是了，俺也放下一桩心事。

怀义妈：依你依你，俺秦家烧了高香啦。亲家！你们走这么远的路也累了，先歇着，歇西屋里吧，俺收拾好了。进西屋吧，看把丫头羞得。

秦宅现实

爷　爷：第二天俺就和你奶奶成了一家人。认识一天成了家，俺觉得认识好久了呢。再后来就有了你爹。你爹又生你俩，这叫好心得好报。

奶奶笑着：没羞！那时奶奶长得俊，水灵得像棵葱，你爷爷一眼就看上俺了，就存了坏心，把奶奶就这样蒙了过来。也怪奶奶，那时没经验、不懂事，而且也确实没有地方可去，不然怎么会嫁给一个穷老头子呢！

爷　爷：哪儿穷了？有房子有地，论成分至少也是中农呢。还识文断字，最起码跟了俺没遭过罪，对不对？

奶　奶：那倒是真话，你爷爷对俺是真好。不说了，天不早了，你们该回屋做功课了。

山角村中心学校三年级班

秦继礼正忙着抄同学的作业，秦继仁跑来：哥！哥！快！彩凤被六年级的打了。

继礼扔下笔，向外边跑边问：在哪儿呢？

继　仁：刚才在篮球场。

篮球场

彩凤坐着哭着，旁边一女同学正劝着什么。

继礼、继仁跑来。

继　礼：彩凤，谁打你了？告诉哥！

彩凤泪眼婆娑摇摇头：哥！没有！没人打俺。

继礼一把揪住继仁：谁？你说！

继　仁：他们一定回教室了，俺领你去找。

彩　凤：哥！别去！别去打架！

秦继礼和继仁早跑向六年级教室了。

六年级教室

秦继礼冲进教室，怒声喝道：谁打俺妹妹了，有胆量站出来。

继仁指着学生丙、学生丁：哥！俺看到是他俩。

丙满不在乎地：你妹嘴贱，竟敢骂俺。

丁有些慌乱：俺只骂了她几句，她就哭开了，俺又没打他。

继礼二话不说上去和丙打在一起，继仁也动手打起来，学生有拉偏架的，有趁火打劫的，有占便宜的。女生们尖叫着，有的跑去叫老师，六年级教室乱成一锅粥。

几名得到消息的老师跑来制止了这场打斗，马老师将继礼、继仁领走了。

董老师训斥他的学生：你们有本事欺负低年级的同学？越学越回来了，学了六年知识学到狗肚子里了。老师教你们的仁、义、礼学哪里了！这么多人打两个低年级同学，像话吗？

丙：是他们闯进教室打人的。

董老师：他们低年级学生敢闯进来一定有原因，你说说。

丙：在操场上俺不小心撞了继礼他妹妹。她妹妹不耐烦，俺说她几句，她就骂俺，俺后来把她骂哭了，俺就回教室了。她哥就寻来打架。

董老师：委屈你了还？你的嘴我不知道？是够臭的。而且从不让人。要不人妹妹能哭！你当时赔礼道歉不就没事了？你一个男子汉斤斤计较，你撞了人你不赔礼你还有理了？我就奇了怪了。一个小伙子心眼怎么针孔大小，你还算男人吗？还有你们呢！

其他学生：俺们拉架、劝架，没有参与打架。

董老师：说得轻松，拉着人胳膊让同学打，你们是好人啦！你们几个，尤其是丙、丁，每人写一份检查，一定要深刻认识到自己的错误，你们这叫聚众斗殴，触犯法律，明白吗？学校会看你们认错态度做相应的处理。不要在最关键时候给你们记一大过，这会影响你们一生的，明白吗？回座位写检查去！

五年级教室

马老师领着包了头的秦继礼进入教室，继仁低着头跟随其后。见此，学生们都乖乖地回到自己的座位上去。

马老师：秦继礼！你们闯进六年级教室打群架，说说为什么？

继　礼：是他们欺负俺妹妹，六年级欺负三年级的女生，俺这是打抱不平。

马老师：打架有理了是不？你不能报告老师，让老师批评教育他们吗？你知道打群架是犯法的，而且在教室里打架影响更加恶劣，这是育人的园圃，不能允许犯法，后果特别严重，你好好想想。这只是打破你的头，出了人命你就该进监狱了。

马老师转向继仁：秦继仁，你呢？

继仁嘟囔道：彩凤也是俺妹，所以俺不能让他们！俺就告诉俺哥一声。

马老师：同样是告诉，你告诉老师，不去打群架，你哥的头能破了吗？你这叫帮凶，是在犯法。

继　仁：俺眼里揉不得沙子，他们就该欺负俺妹？俺这是路见不平拔刀相助。

马老师：歪理！打架就没理。国家有法律，学校有校规，你家里有家规，你必须遵守规矩才对。遵纪守法做个好公民，争当好学生才是唯一的理念。你们俩写出深刻的检查交给我。尤其是你，秦继礼，作为中队长，带头去打架，这行为更为恶劣！检查必须深刻。这事学校会依你们认错程度给予处分，写检查去吧。同学们！我们来上课。

继仁、继礼怏怏地回自己座位上。

校门口

放学了，继仁、继礼相跟着出校门。彩凤追上来。

彩　凤：哥，你头破了，俺看要紧不要紧。

继礼一晃脑袋躲开她的手：没事！你和继仁先回。俺去办点事就回去。

继礼说着把头上纱布扯了下来，团了一团扔到一边。

彩　凤：头破了怕见风。你又干甚去？

继　礼：继仁，你把彩凤放俺们家门口，听到没有？

继　仁：嗯！

继礼独自向那边田间小路跑去。继仁和彩凤向村里走去。

山间小路

学生丙高兴地走着，岔口处闪出秦继礼来，兜头就是一棍子，丙急忙闪开，招架起来，和继礼打在一起，一同跌倒在小路上滚来滚去，最后俩人爬起来对峙着。

丙气喘吁吁：你还没完了？要不是老师不许打架，俺打得你满地找牙。

继　礼：来啊！俺不怕！刚才你们人多让你们占了便宜。现在咱俩决个胜负。俺告诉你，欺负俺，俺可以让着你，欺负俺妹妹，没完！

丙看看无人的山路，想了想：算了，俺饿了，不和你计较！

他想走。继礼拦着他：想走？没门！接着打，下午都别上学了。

丙见无法摆脱：你要怎样才罢手？

继　礼：俺要你向俺妹妹赔礼道歉！

丙无奈地：俺服了你了。死缠头！下午上学俺和你妹妹道歉。

继　礼：还有那个一起的！不然，俺就找你，咱看谁敌得过谁。

丙：好吧，俺去说他。告诉你，俺不是怕你，俺是向着理呢。

继　礼：不怕咱就打。

丙拍拍身上的土，无奈地摇摇头走了。

继礼冲他嚷：不赔礼道歉，俺还在路上截你！

秦宅，北屋

继礼进了北屋。

爷　爷：回来这么晚，快过来吃饭，俺们都吃完了。

奶奶笑盈盈地给他盛碗饭，他坐下吃起来。彩凤一直盯着他看，他不好意思扭转着脸吃饭。

上学路上

继礼、彩凤相跟着去上学。

彩　凤：哥，中午你干甚去了？是不是又去打架了，俺看你这儿有新伤。

继　礼：你别管！就你心细。

彩　凤：哥，那些学生没有打俺，只是骂俺来，俺生气就哭了。

继　礼：骂就是欺负人，谁欺负你俺一个都不会放过。

山角岙中心学校

六年级的丙、丁和几位同学站在那里。

继礼领着彩凤一进校门迎了过去，站到他们面前。

丙对彩凤：对不起，俺嘴贱，不该骂人。俺向你赔礼道歉。也代表丁向你赔礼，请原谅！

彩凤没见过这阵势，嘟哝道：俺也不对！是俺先骂人的！

丙：老师批评俺了，俺从今往后不骂人了。

继礼拉着彩凤走了。

丙悄悄对丁说：听说他们父母离异，跟爷爷奶奶过，怪可怜的，咱就算了吧，多一事不如少一事！

丁：你可怜他，他不可怜你。离异家庭多了，你能可怜过来吗？

丙：行了！咱上课去吧。咱真的做得不对！

马老师从他们身边经过，匆匆进入教师办公室。

办公室

马老师：孩子们打架的事他们自己解决了，我很欣慰。你们班的同学毕竟大一岁，懂理了。

董老师：是啊，孩子们一天天长大，有些事情他们能解决好的。对了，打架这事，咱就不用向学校反映了。我看这样就算了。不用给学生们增加心理负担。

马老师：我也是这个想法。但是不能告诉他们真相，对他们也是一个督导。

董老师点点头：我让我的学生写检查，他们的认识还很深刻。

马老师：一样，要说秦继礼兄妹挺值得同情。他爹妈离了婚后，他俩随爷爷奶奶生活，是单亲可又四不靠。继礼是我班里学习最好的一个，如今也落后了。父母离异给孩子造成的心理伤害很深、很大。他们的父母为了争取过上好生活，付出的代价太大了，而这种代价转嫁到幼小的孩子身上，让孩子来承担，可以说家庭崩离、骨肉分离。人生艰辛啊！

董老师：你也太感慨人生了吧。

马老师苦笑笑：这就是现实，咱校辍学的学生有许多都是这样子的呢。

董老师：是啊！苦了孩子们了，好不容易留守到爹妈有钱了，又成了单亲，陷入另一种痛苦之中。真为他们担心，如果我们引导不好，会毁掉这些孩子一生的，你说是不是？

马老师：是呢。上课去吧。你有课吗？

董老师：有！二班。

院　里

北屋亮着灯。继礼来到院里搬一凳子坐到葡萄树下，抬头观望那轮弯月。一会儿彩凤也过来坐到哥身旁。

彩　凤：哥，想甚呢？

继　礼：没想甚。

彩　凤：哥，从前多好啊，一家人在一起，说啊笑啊，多幸福开心啊！爷爷奶奶乐的，俺想起来心里都是热乎乎的。要是爹娘不离婚多好啊！

继　礼：打住！别提他俩，心烦！

彩凤怨艾地瞅瞅哥，低头思索起来。弦月像条船在天边游荡着。微风轻轻拂过，葡叶沙沙响着，多让人惬意的夜晚。

彩凤看见北屋熄灯了，抹去溢出的泪水：哥！爷爷他们睡了。你睡不睡？

继　礼：天不早了，该睡了。明天还得去上学呢。

彩凤走往北屋，继礼来到西屋，一会儿北屋、西屋的灯都灭了，只剩下如水的月光照得院里明晃晃的。

院景，山村，远山……一切都隐在月光中。

村边的山里

空气中散发着缕缕青草的芬芳。继礼和继仁拿着弹弓从这棵树下追到那棵树下，满头大汗却一无所获，一只鸟都没有进账。

继　仁：哥，咱打只鸡吃好不好？

继礼思忖一下：打谁家的鸡？

继　仁：打二婶家的。你爹离婚时，她说了好些不中听的话，俺都听不过去呢。

继　礼：好！就打她家的。走！去村西场上，那里鸡多。

俩人跑向场院。

场　院

无人的场院，有十多只鸡在一边觅食。

继　礼：你看好哪群鸡是二婶家的，看清楚啊。

继仁指着一只大红公鸡：打那只红公鸡。

继礼四顾无人，他装好弹弓隐藏架势走向鸡群，走在鸡群边不动了。警惕的鸡见来者无动静，又埋头专心啄食起来。继礼拽开了弹弓瞄准公鸡就是一弹，正打在公鸡头上。公鸡倒地挣扎几下不动了。别的鸡咯咯乱叫，拍着翅膀逃走了。继礼将鸡头夹在鸡翅下，提着就向山里跑去。继仁跟了过来。

继礼回头：你回家拿盒火柴来，顺便悄悄把彩凤喊来，到那边山洼里找俺。

继　仁：要不要调料？不搁调料好吃不？

继　礼：不要！你快去！

俩人分头而去。

山洼里

靠崖有一条潺潺流淌的小溪，流入深山里去。

继礼、继仁、彩凤围着一堆火坐着。胳膊粗的树棍燃得正旺，火堆中间一大团烧得漆黑的泥疙瘩。继仁贪馋地望着泥团吞咽唾沫。

继　仁：哥，这样烧的真的能好吃吗？不开膛不挖肚，连毛也不拔，能吃吗？

继　礼：放你的贼心吧，这才是真正的叫花鸡。以前俺和爷爷、俺爹这样吃过，准保你吃了还想吃。

继　仁：要真好吃，下次吃俺家的鸡。

继　礼：你家养了几只鸡？几只公几只母你知道吗？

继仁憨憨一笑：这真不知道，俺娘管着哩。

彩　凤：哥，你们这是偷鸡吃，看我不告诉爷爷！

继　礼：你敢告诉！你要对爷爷说一句，没你一口肉吃。你闻闻——闻到了吧，多香！

彩凤抽抽鼻子：没味！

继　仁：你使劲！真的香呢。

说着继仁用力抽抽鼻子。

彩凤又使劲闻了闻：没味！只是烟味。你们骗俺！

继礼笑道：你闻不到，真有香味，真的！哥甚时骗过你。

继　仁：这鸡管保香，是二婶家的大公鸡呢。

彩　凤：啊，二婶家的鸡你们也敢偷！她会闹得全村人都知道，让你们抬不起头来！

继礼庄重道：所以，千万不能漏出一个字。凤，你要敢漏一个字，今后有人欺负你哥再不会管，继仁也不许管。

彩凤不乐意了：哥，俺告诉爷爷说你欺负俺，让爷爷打你！

继礼用棍子翻动泥团，将明火盖在泥团上。大火熊熊燃烧着，最后只剩红彤彤的木炭燃着，泥团干燥漆黑。继礼把泥团拨到一边晾着，用溪水把火浇灭。

继仁急切地：哥，该吃了吧？

继　礼：晾晾，一会儿就吃。馋得你这样子，八辈子没吃过肉。

继　仁：可不是嘛，几个月没见肉腥味了。

继　礼：瞎掰。前些天二柱结婚你不也去参加了？

继仁不好意思地摸摸头：你甚也记得清楚。

彩　凤：哥，快吃吧，俺闻到香味了。

继　礼：对吧？告诉你香着呢，吃了更香。

说着，继礼用棍子敲开结实的黄泥团，鸡毛都被泥剥去，露出一团香喷喷、肥嫩嫩的鸡肉来，散发着香甜的味道，让人馋涎欲滴。

继仁伸手就抓，烫得缩回手，嘴里嚷着：好烫好烫！

继　礼：猴急猴急的样子，几十年没吃过肉的饿狼。

边说，他一手按住鸡，一手揪下一只热腾腾的鸡腿递给彩凤，把另一只鸡腿拽给继仁，自己拿了鸡脖子和鸡头吃起来。

彩凤直喊：香！真香！

继仁更是赞不绝口：真好吃。从没吃过这香的鸡！

三个人把一只鸡吃完了，然后把骨头、肉脏等扔到一边沟缝里，在溪水里洗洗手，心满意足地回村了。

秦宅，门口

围着一群村民。继仁娘气势汹汹地拽着继仁来找继礼家人。

继仁娘高声嚷着：有人养没人教的东西，俺养只鸡容易嘛？俺上有老下有小，全靠这些鸡来养活呢，竟来偷俺的鸡，也不看俺可怜。继礼，你给俺滚出来！你有脸偷三叔家的鸡，你就出来！

爷爷走出来，赔笑道：他婶子，有事进屋说好不好？真要是继礼偷鸡，俺不会放过他，一定赔给你。

继仁娘：那还有假！俺这个不知好歹的说给俺的，你问他。俗话说，兔子还不吃窝边草呢，偷到俺头上了。

爷　爷：说话不要这么难听，积些口德吧。继仁！你说怎么回事？

继仁胆怯地瞧瞧娘，对爷爷说：三爷爷！是继礼哥用弹弓打死的，后来就一起烧着吃了。

继仁娘：听听！听听！侄子偷婶子家的鸡，这叫侄子吗？三叔，这不是俺冤枉他吧。

爷爷赔笑道：他婶子，知道了，进屋说吧。

继仁娘态度也缓和下来：不用了，你看怎么办吧。俺这孤儿寡母的养只鸡，一年的油盐酱醋全靠它呢！

爷　爷：这么办吧，俺赔你五十元钱，你看中不中？

继仁娘：中！就当俺白辛苦一次。三叔，你得好好管教继礼，别让他把继仁带坏了。

爷爷边掏钱递过去，边回应：会的！俺回头好好教训教训他。

继仁娘接过钱，拽着继仁转身离去，嘴里呵斥着。围着的人都散去了，天色暗下来。

秦宅，北屋，晚上

爷爷坐在炕沿上，继礼、彩凤站在他面前，低着头不敢直视爷爷。

爷　爷：越大越懂事了，学会偷鸡吃了。你们想吃甚没买给你们？偷东西吃，你们怎么这么不争气啊！

继　礼：是继仁想吃鸡，俺就打了。他说那是二婶家的鸡。

爷　爷：二婶家的鸡就该偷来吃？这左邻右舍住着，又都是秦姓本家。平时二婶三婶叫着，抬头不见低头见，怎么就好意思偷他们的鸡呢？咱家也养着鸡，想吃让奶奶做了吃。为甚干这丢人败兴的事？继礼，你说你的仁义劲哪去了？

继　礼：爷爷，俺错了，下次一定不偷鸡了。

爷　爷：是啊，不偷鸡偷狗，对不对？

继礼急忙分辩：不是不是，俺不是那意思，甚都不偷。不当小偷，爷爷！相信俺，说不偷就不偷，真的！

爷　爷：认识到错了吗？

继　礼：俺错了，俺再也不敢了。

爷　爷：彩凤，那鸡肉好吃不？

彩　凤：好吃！真香！比买的烧鸡都好吃。

爷　爷：噢，那你下次再让你哥偷鸡去。

彩　凤：不了不了，爷爷！是俺哥让继仁哥喊俺去的，俺不知道偷鸡。知道了俺就不去了，爷爷！是俺哥叫的俺。

爷　爷：倒是会推责任。

彩　凤：你不信问俺哥。

继　礼：是俺叫的彩凤。

爷　爷：你俩都不对。继仁想吃鸡你就去偷，他想要星星月亮，你怎么办？不像当哥的样子。彩凤，你既然知道偷鸡吃不对，怎么不回来告诉爷爷？

彩　凤：俺再不去了，俺哥再叫也不去。

爷爷停了一会儿：这事就到这里，记住没有下一次，记住你们做的保证、说的话。尤其继礼，当哥哥的更要记住。男儿说话如笔写下，不得再犯。

继　礼：嗯！

爷　爷：去洗手，咱准备吃饭。老婆子！咱就炕上吃吧，这儿明亮。

奶奶笑着把饭菜从厨房端来，摆到炕桌上。一家人围桌坐了吃饭。

彩凤夹一口鸡蛋，嚼着：奶奶，今天这鸡蛋真香。

奶奶笑道：没有鸡肉香！

彩　凤：奶奶，爷爷都不让说了，你还说！

奶奶笑道：不说不说！俺娃真是饿了。今天吃饭晚，奶奶给你多夹一些。继礼你也吃啊。

爷爷笑道：不管俺了。

奶　奶：管！管！不管你哪能行，给你也夹一筷子。越老越小孩子气了。

大家都笑了。

教室办公室

三个孩子正向马老师告状。

学生A：马老师，俺们三个说作业，秦继礼过来就打俺们，好好的俺们也没惹他，你看这儿都青了。

马老师皱着眉头：有原因吗？

学生B：俺们说作业，他过来就打，还说俺们在说她爹娘离婚，俺们就没说别的事啊。

学生 C：马老师，你看他把俺这儿踢得起了皮，都快流血了。

马老师：老师知道了，老师会批评他。你们做得对，第一时间告诉老师，老师就会处理他。你回去告诉秦继礼让他来办公室，马上。

孩子们走了。

马老师对董老师说：听到了吧。秦继礼受他父母离婚的影响很深，变成这样子，三天两头打架，都成“打架大王”了，变得我都不敢认了。

董老师：我也这样感觉。虽然我带副科，但我也这样认为，他变化很大，你得好好教导教导，不然发展下去不得了，怕毁了他呢。

马老师：谁说不是呢！我得认真和他谈谈，给他敲敲警钟。

继　礼：报告！

马老师：进来！

秦继礼进来站到马老师面前。

马老师：秦继礼，你无缘无故打同学，为什么？能和我谈谈吗？

继　礼：他们说俺爹娘是离婚货，俺才动手打的。

马老师：你这样不对！说什么也不能动手打人。上次你打群架的事情还没了结呢，这又打人。你变成这样子，老师为你担心！

继　礼：他们再说俺爹娘，俺还打！让他们告状！

马老师：你什么态度！下午上学时把家长叫着一起来，听到没有？

继礼乜斜老师一眼，走了！

马老师：你说这孩子怎么这样子……犯了错还满不在乎！

董老师：你该和他家长好好谈谈了，这样发展下去可不行。

马老师：是啊！气死个人，一定得和他家长谈谈，不能让孩子毁了。

五年级教室

下午上课时候。

马老师：秦继礼，你站起来，不是让你家长来学校吗？

继礼不满地瞟老师一眼，没有吭气。

马老师：你现在去叫家长，家长不来你也不用来。

秦继礼悻悻地捡了书包，一摔门走了。

马老师气得脸变了色，好一会儿才说：大家上自习吧。

秦宅，傍晚

马老师经一同学指认进入院子，那同学怕被看到跑走了。

马老师看看整齐的院子，高声道：屋里有人吗？请问屋里有人吗？

爷爷奶奶迎出北屋。

爷　爷：有人，有人。您是哪位？

马老师：我姓马，是继礼班的班主任。

爷　爷：是马老师，快请进屋！

边说边打起帘子。马老师谦虚一下进屋。

北　屋

爷　爷：请坐请坐！老婆子倒水！

马老师坐在八仙桌旁。爷爷坐一边，奶奶给马老师沏了茶。

爷　爷：是不是继礼这孩子闯祸了？

马老师：没有，您别着急。继礼不在吗？

奶　奶：上学还没回来呢。

马老师：哦！坏了！我中午就让他请家长到校，让他离校了，不会出什么事吧？

马老师惴惴不安起来。

爷　爷：应该不会有事。他一向和俺孙女一起回来。俺孙女没有回来，他俩一定相跟着，不会有事。

马老师有些慌张：要不我发动学生找找他吧。

爷爷镇定地：不用找，他饿了就回来了。马老师！您说来家有甚需要俺们办的事情吧。

马老师：继礼爷爷，继礼这孩子我从一年级带到现在，一直表现良好，当了少年先锋队中队长、班长，学习也属一属二。可最近三年这孩子变了，变得我都不相信是他了，在学校连着打架斗殴，学习也直线下降。今天上午在校园里无端就打同学。我让他请家长到学校，可他离开学校就没回去。我很担心！所以来家看看。一来看看他回家了没，二来和你们说说，把他在学校的表现知会一声。商量商量怎么样扶他一把，让他走上正轨。

爷　爷：俺说今天到下学时间了没回来，原来这样。

马老师：我下午和他一同回来见您们就好了。

爷　爷：你不用担心。他一会儿就会回来。你真是一位尽心尽职的老师。是这样，一年前，继礼爹娘回来办了离婚手续，好端端的没有先兆。他们在外打工两三年，过年也不回来，只是给家里邮钱，或者打电话问个好。回来就为了离婚，这对于这个家是一个沉重的打击。当然对继礼和彩凤的打击更大，继礼心中有了这个坎，一时转不过弯来，所以才会这样。俺和他奶也发现他变了，不过在家里不明显。

马老师：一准是这样，究其打架原因，学生告诉我因为继礼嫌他们说爹娘离婚的事。爷爷，我们得下功夫解开他这个心结，对他解释，这是大人们的事情，不能连累孩子，不能让幼小的心灵为这事买单。

奶　奶：是哩！这些大人们不知怎么，过得好好的说离就离了。说实话俺这心里有时也在想不应该这样的。

马老师：这些孩子还小，不该早早就为父母的行为付出如此代价，与他们的心理年龄极不相符。爷爷，奶奶，孙子和你们生活，一定能听你们的话，好好和他说道说道，把孩子心结打开。纵容其发展下去，影响孩子的生活、学习，甚至会毁了孩子一生。孩子回来你们说他，学校我来教导他，咱们一起努力把他从这个阴影里拉回来，还他一个美好的人生。

爷　爷：让您费心了。孩子们淘气啊！

马老师：正常的，十个男孩九个淘。淘气不怕，怕走邪路。时间不早了，我就告辞了。他回来让他写份检查带到学校给我，我走了。

奶　奶：马老师，天都黑了，就在这儿凑合一口得了。

马老师：不能，家里还有两个孩子、一老人要吃喝呢。

爷爷奶奶送马老师到门口，马老师挥手走了。

秦宅，院里

奶　奶：老师当得不易啊！

爷　爷：是呢！继礼回来俺好好揍他一顿，看这几天发生的事不打他是不行了。棍棒之下出孝子。

奶　奶：行了，那么大的小子你打几下经得住了。再说孩子在家里够听话的了。俺来吧，你一声也别吭，省得把你气个好歹的。继礼这孩子顺毛驴，俺知道他的脾性。

爷　爷：唉！都是你儿子做的孽，让孙子承担。依你！俺不插嘴。

两人返回北屋去了。

秦村，黑夜

村里路灯亮起来，孤零零的，像个哨兵，路上不见人通过，显得空寂。远处田里庄稼黑油油的一片随风摇曳，发出沙沙的响声。

秦宅，黑夜

奶奶收拾好碗筷坐到炕边来。

奶　奶：继礼、彩凤，你们来和奶奶坐坐，奶奶有话对你们说。

继礼低着头站到奶奶身边。爷爷在炕里边窗台前抽烟，烟袋锅一明一暗闪烁着亮光。他望着院里发呆。

奶　奶：继礼，今天下午逃学了？俺娃越来越有出息，敢逃学了。

继礼低声道：奶奶，是俺老师让俺回来喊你们一起去学校。俺不敢对你们说，就没有去学校，不是逃学。

奶　奶：有理了是不是？

继　礼：没理，俺知道错了，才在崖头看着老师走了才回来。奶奶，那几个同学说俺爹娘是离婚货，俺气不过动了手。他们没吃亏，还到老师那儿告状。俺一下午在崖头上看书来。

奶　奶：你知道错在哪儿啦？

继　礼：不该动手打人。

奶　奶：还有呢？

继礼疑惑地望着奶奶。

奶　奶：继礼啊，俺娃一定得把这个道理吃透。俗话说，一是一，二是二；坷垃是坷垃粪是粪，一码归一码。谁的错谁受罚，谁也无法包庇代替。咱村里这些年有多少户人家离了婚，人们谁不说呢？可就你怕别人说道？你越怕说孩子们越要说。结果你自己气得要死，打架斗殴，败坏了你的德行，影响了你的学习、生活，爷爷奶奶也会跟着你受累操心。你想过没有？继礼，离婚是大人们感情的事，原因很多。过不下去就离了，这是正常的人情道理。爹娘离婚，爷爷、奶奶、你和彩凤谁都无法拦阻。虽然说离婚不是体面的事，但离婚是事实，摆在那儿就不要怕别人说，谁都没办法堵住别人的嘴，由他们说呗。人世上皇帝都有人说好说坏呢，离婚有什么说不得的？村里人爱说三道四，想听，听一听，不想听，不听。嘴长在身上就要说话呢。尤其你们同学，都是孩子，还不是由着性子瞎说几句罢了。你不能放心里去，不能和他们计较，和说闲话的人计较就是用大人们的错误惩罚自己。俗话说得好，话说三遍淡如水，说多了他们就不说了。

继　礼：俺一听他们说就心烦，觉得在骂俺，戳俺脊梁骨。

奶　奶：要不说一码归一码呢。俺娃就得有个大胸怀。他们想说甚说甚，蹭不破咱的皮，破不了咱的肉。你不要因为闲话而生气，爷爷奶奶也不用为你挂心，也是你尽的孝道。你大了，应该懂这个理，把心思都放到学习上。你学习好了，为爷爷奶奶争口气，奶奶爷爷一高兴，身体健康多活几年，都是你们孩子们的福气。

继礼长长地吁口气：奶奶，俺懂一些了，就是心里放不下这一块，不想让别人提咱家的事。

奶　奶：多想想前因后果，多看看眼前的事实。俺娃是通情达理的人，一定能想通。做人要有胸怀，小肚鸡肠寸步难行。

继　礼：奶奶，俺不应该和他们计较已成的事实。

奶　奶：这就对了。你写一份检查给老师，保证今后不打架、不逃学！

继　礼：嗯！俺听奶奶的。

奶　奶：多动动脑筋，往开了想、往远了想、往大了想，甚对甚错，甚该做甚不该做，想通就万事皆顺，写完给俺看看。

彩　凤：奶奶，俺看着哥哥写。

继　礼：哪里都显个你，凑甚热闹。

彩　凤：就要就要。

继　礼：你看俺就不写。

奶奶笑着拉着彩凤：哥哥会写，不用你监视，奶奶给你洗枣吃。

彩　凤：好的，奶奶！俺最喜欢吃枣，肉筋肉筋的。哥，不给你吃。

奶　奶：小霸王！走吧。

爷爷看着他们脸上有了笑容。

秦　宅

中午放学回家的继礼没有看到爷爷，跑厨房问奶奶。

继　礼：奶奶！爷爷哪去了？

奶奶边忙着洗菜边回答：正想说呢。你爷爷去地里锄草到现在都没有回来，你去地里看看。俺刚才心里慌了一阵，感觉要出甚事似的。彩凤呢？叫她过来帮奶奶做饭。

继礼唉了一声，转身跑出了院子。

田间小路

地里的庄稼长势喜人，秋老虎热得没有一缕风，庄稼叶子纹丝不动。

继礼飞跑着掠过田间。

继礼家田地

继礼跑来，田边水渠里水照常哗哗地流着，爷爷靠着柳树躺着，锄头在一边倒着。

继礼以为爷爷睡着了，悄悄走过去用柳枝捅捅爷爷，爷爷不动。他连忙扔掉树棍摸摸爷爷的头，推搡爷爷也不醒，他看看空无一人的四周，急忙蹲下双手探了爷爷的手，把爷爷背起来，向村里跑去。

田间小路

坑坑洼洼，崎岖不平的路上，继礼背着爷爷喘着粗气，深一脚浅一脚拼命跑着，不时擦擦流进眼睛里的汗水。

秦　村

到了村口，一村民上来帮继礼背了爷爷进村，找到一平车，拉了爷爷顺机耕道向邻村卫生院跑去。

乡卫生院

继礼一进院门就大喊：大夫大夫！快救救俺爷爷！救救俺爷爷！

闻声而来的医生、护士协助把爷爷接进急诊室，放到床上。

急诊室

大夫忙着听诊、看诊，问了问继礼情况，然后开了处方，很快护士就给爷爷挂了点滴。继礼在一边焦急地等待爷爷苏醒。

得到消息的奶奶和彩凤进入急诊室。

奶奶摸着爷爷的头：老头子，你快醒醒吧！快醒醒！你这是怎么了？明明俺就不让你去地里，你不听话偏去，整这一出怪吓人的。老头子，快醒醒！快醒醒！

彩凤在一边小声哭起来。继礼在地下转着。

过了一会儿，爷爷睁开了眼。

爷爷有气无力地：俺这是在甚地方呢？

奶　奶：可算醒了。老头子你吓死个人呢，你在乡卫生院。

爷　爷：噢！老婆子不要急。俺不过睡了一觉，没事的。俺在地里下锄不久，头有些晕，到柳树下歇歇，就睡着了。你还把俺弄医院来了。

奶　奶：不让人省心的老东西，倔得像头驴，非不听话。不是年龄了，多亏继礼下学回来找爷爷，要不你就在地里昏睡着吧。

爷爷笑笑：俺有点饿了，吃甚饭？

奶　奶：一听村里人告诉俺就赶来了。哪有饭？俺回去做吧。

继　礼：奶奶，咱去饭店吃吧！爷爷，你想吃甚，俺去买。

奶　奶：也好！爷爷爱吃打卤面，你和彩凤先去隔壁饭店吃完给爷爷端一碗回来吃，这液得输一阵子呢。

继　礼：奶奶你吃甚？

奶　奶：也来碗面吧。这老东西害得俺娃吃不了安生饭。

爷　爷：病了给你骂，身体好时为甚不骂？

奶　奶：身体好时不敢骂，趁现在骂着解气。

爷爷、奶奶笑起来，彩凤也破涕为笑，和哥哥出了诊室。

乡卫生院，医生办公室

乡卫生院不大的院子，一排平房，诊室也兼医生办公室。

大夫对奶奶说：老人家，大爷这个病挺严重。你看看这个片子。肺部肿瘤这么大，而且有小瘤子产生，情况不容乐观，是不是癌，只有做活体取样才能判定。保守治疗就回去吃药。手术危险很大，大爷七十八岁，再说咱这里不具备手术条件，得转到县医院才行。您看怎么办？转院我就开转院证明，打电话联系县医院。

奶　奶：手术能治好他的病吗？

大　夫：这个不好说，得看化验的结果。如果是良性的，就有希望治好。

奶　奶：俺知道了。俺和他儿子商量一下告诉你准话。

大　夫：好的。先输液观察观察。

急诊室

奶奶进来。

继礼急着问：奶奶，大夫说甚病？要紧不要紧？

奶　奶：肺炎，得住院治疗。

爷　爷：俺就说嘛，地里睡一觉能有甚大病，俺可不住院，跟住牢房似的。咱把药带着回家，让村里大夫输，这里吃不好睡不好反而加重病情呢，贵贱不住院。老婆子听俺的没错。

奶　奶：听你听了一辈子，甚时不依你了。惯得你不听俺的呢。

爷爷奶奶对视而笑，继礼放下心来，瞅瞅彩凤。彩凤也笑逐颜开。

爷　爷：这闲得难受，来一袋小兰花抽抽多美！

奶　奶：美到医院来了还想抽烟，没记性。

爷爷无奈地冲俩孙子笑笑：不抽不抽！受管制呢！

秦宅，北屋，晚上

爷爷躺在炕上看电视。

奶　奶：继礼，去给你爹打电话，就说爷爷病了，让他回家来。

爷　爷：这点小病不用麻烦他回来。再说，俺不想见到他。

奶　奶：瞎话！都晕倒在地头了还不让他回来看你？你的气还没生完啊！你快省省心吧。快八十的人了，还是想不开、放不下。

爷　爷：唉！俺这病硬是他气的。俺怕见到他更生气，眼不见心不烦。

奶奶微笑着：倔把头，没个改，再气也是你儿子。继礼听奶奶的，去打电话。

彩　凤：奶奶，俺也去。

说着她刺溜一声下了炕。

继　礼：跟屁虫！拿了手电筒。

兄妹二人出了门。

爷　爷：这兄妹处得真好，可就是硬生生把他们分开一家一个。唉！

奶　奶：就是分到天边他们也是一家人，亲在骨子里呢。老头子喝水不？

爷　爷：不想喝水。吃一勺子橘子罐头吧。

奶奶将罐头倒碗里端给他，爷爷坐起来边吃边看电视。

秦　村

各家灯火明亮，路灯独立的街上空无人迹，远处大山重重黢黑一片。

秦家，正屋

继礼脸色阴沉没有说话，彩凤对爷爷奶奶诉说打电话的事。

彩　凤：俺哥给俺爹打电话，俺爹说正忙着谈一笔大买卖，一时脱不开身，还说他一有时间就赶回来。还说让奶奶给爷爷买好吃的，别舍不得花钱，明天就让秘书寄钱回来。

爷　爷：俺就说不用你惊动他吗，指望甚呢。养儿为了防老，老了反倒麻烦。

彩　凤：俺哥后来给俺娘也打电话了。俺娘说，她明天就请假赶回来，她连夜去买车票。

爷　爷：看看！还是闺女好吧，养儿靠不上。由他去吧！继礼，上炕来给爷爷拽拽腿，这一躺到炕上就动不了了。老喽！

奶　奶：马上八十了，还当你年轻呢，这下知道了吧。逞能不了？

爷　爷：知足者常乐，这俺懂。俺只是寻思守业这是怎么了，有了点钱就变成另外一个人。他从前多仁义啊！

奶　奶：你好好睡觉，想那么多干嘛？儿孙自有儿孙福，由他去吧。

继　礼：奶奶，今晚俺也在这屋睡觉，有甚事好叫俺。

奶奶笑着：继礼是大了，想得也多了。不用，有俺和彩凤在，你回屋睡去吧，明天早起去叫李大夫过来给爷爷输液。奶奶回村时跟他说好了。

继　礼：嗯！那俺去睡了。

说着，继礼出去了。

这里，奶奶上炕躺到老伴身边，彩凤躺在奶奶一边。

秦　村

下弦月亮挂天边，疏星闪闪，不时一朵流云飘过。

村子沉浸在月光之中，不时传来狗吠声、鸡鸣声，秦宅的灯一直亮到天明。

秦宅北屋

爷爷在炕上躺着输液，继礼妈在地下给爷爷洗衣服，奶奶在八仙桌边看俩孙子写作业。

爷　爷：继礼，彩凤，你们明天就上学去吧。爷爷有你娘、奶奶照顾就好了，你们别耽误了学习。

继礼妈：听爷爷的，你们该上学上学，娘回来爷爷的事儿你俩就不用搭手了，娘给办妥。

继　礼：嗯！俺明天一早就去上学。

奶　奶：老头子，你要做甚？

爷　爷：给俺倒口水喝，这嘴里总是干的，还发苦。

继礼妈：俺来！

双手在围裙上一擦，倒了水，然后到炕边扶起爷爷，拿勺子喂他喝完水，用毛巾给他擦擦嘴。

继礼妈：爹，你感觉好些了吗？俺看你今天的精神比昨天强些。

爷　爷：嗯！身上好多了，看到你回来心里高兴。你回来也三四天了，对工作有影响没？

继礼妈：没事！俺请假说老人病了。俺老板通情达理，请给俺一个月假呢。

爷　爷：这世上还是好人多啊！

继礼妈：可不是吗。

说着又去洗衣服。

秦宅北屋

继礼妈给爷爷喂饭吃，奶奶在一边坐着没有说话，眼睛里满是赞赏。

秦宅北屋晚上

爷爷输完液体睡着了。奶奶拉拉继礼妈，来到屋外。

院　里

葡萄架下吊着一盏灯，灯光下蛾子、虫子、蚊子飞舞碰撞，灯下继礼、彩凤在桌上写作业。

奶奶和继礼妈来到院门口。

奶奶低语道：孩子娘，他爷不是好病，本想叫守业回来商量一下，他忙得没回来，只好依靠你了。他爷的装裹俺早准备好了，在东屋放着，到时就能用。

继礼妈：俺看着也不大好。娘，该把事情对守业说，他能回来的。

奶　奶：那天俺背着孩子也打了电话，全对他说了，他说正忙着，一得空就回来。唉！养儿活女，指望谁呢。

继礼妈潸然泪下。

奶奶忍着泪，拍拍她：俺娃不要这样，别让孩子们看见，他们不懂，也没有经见过。闺女啊！人老了都这样缠人，都会走这一条道。你爹七十八了，比俺大十岁，一晃和他过了五十年，真快啊！

继礼妈哽声道：想想俺和继礼他爹结婚也十多年了。

奶　奶：苦了闺女你了！俺那个不孝子对不起你啊。

继礼妈：娘，咱不提这些事，不提了。

奶　奶：不提不提。俺给守业打电话也有七八天了，他还不回来看看他爹的死活，不孝的儿子。

继礼妈：也许真忙呢。娘，你不知道，工作如战场，忙起来黑天白日地赶工呢。

奶　奶：唉！有比父亲生命更大的事儿吗？说实话，父母不在他心里，不就是这回事儿吗？没良心的不孝子！闺女啊，俺谢谢你，你离婚了还来照顾俺们，你真比亲闺女都亲！这个家全靠你撑着，俺也不好意思呢。

继礼妈：娘，你是俺亲娘呢！

奶奶叹口气：回屋吧，这夜里还是冷飕飕的，让人打寒噤。继礼妈抹去眼泪，扶了奶奶回北屋。

院里只剩下俩兄妹在灯下写作业，还有伴着灯光的飞虫。

秦宅，北屋，望日

奶奶坐在炕上盯着老伴发呆。继礼妈和李大夫忙着配药剂，准备输液。

昏睡的爷爷睁开眼：守业呢？守业！甚时候了还不回来。

说完抬起手来像抓甚似的，接着喉咙里一阵响就过去了。

奶　奶：闺女，快去东屋拿衣服！李大夫帮忙穿戴吧。

继礼妈急忙跑过去。

奶奶摸着老伴的手，泪水涟涟。

秦宅门口

张贴讣告，白纸遮了红对联，村里人进进出出为秦怀义办丧事。

屋里传出继礼妈、继礼、彩凤的嚎啕大哭声。

秦宅，北屋，前晌

八仙桌上的灵位前，摆着供品，蜡烛冉冉，香烟袅袅，秦守业跪在地上哭着。

奶奶坐在炕上，继礼妈在一边凳子上抽泣着，彩凤在娘身边流着泪。继礼坐在门口，仇恨地盯着父亲，也是泪水横流。

秦守业：爹呀！儿子来晚了，没见您最后一面，儿子不孝！儿子不孝啊！

秦宅门口

哭声引来了村民的围观，老的少的，围满了门口，杂七杂八说什么话的都有。

“入了祖坟了，哭甚哩！”“活着不孝，死了直叫。”“挣钱再多也买不回老秦头的命啊。”

秦宅北屋

秦守业祭奠完，坐到炕边。

奶　奶：给你打电话说你爹病重，你也不回来。倒是继礼妈赶了回来，给你爹端屎倒尿、喂水喂饭，一个离了婚的媳妇尽到了对你爹的孝道。换了别人行吗？亲儿子都不回来给老子送终。离了婚的人，皮亲呢肉亲呢？你这个不孝子啊！

秦守业：娘！爹身体一向结实，所以我以为爹能挺过来。正好公司和一大公司签约，所以想签了约回来。没想到爹走得这么快。娘啊！儿错了。

奶奶长吁口气：不孝儿子！你说世上什么是天大的事呢，你不知道？你说你挣的钱堆满屋能买回你爹的命吗？能买回继礼妈的情吗？你一个人好好想想去吧！儿啊，瓦檐的水跌到疼，你不孝爹娘，儿不孝你！

秦守业：娘，儿子不孝！我想去爹坟上去。

奶　奶：去吧，到你爹跟前好好想想去。

秦守业：娘，继礼不领我去，你说给他。

奶　奶：继礼，听奶奶的，领你爹去坟上，让你爷爷教训他。

继　礼：俺爷病了叫你，你不回来。临死时多想见你一面啊，伸着手念叨你的名字。现在回来假惺惺地嚎甚了！俺爷说了，他没你这样的儿子，你也不用去坟上看他。

秦守业自知理亏，没有吱声。

奶　奶：继礼，你不管心里有多委屈也得听奶奶这一次，把你爹领到坟上去，听奶奶的话啊。

彩凤过去拽着哥哥，泪水唰唰地流着。

继礼妈：儿啊，听奶奶的话，去吧！是奶奶让你去的，你爷爷不会怪罪你的。

继礼狠狠地瞥父亲一眼，转身而去，眼里的流水滴在地上。

秦守业紧赶着他身后出了门。

山坡坟地

新坟上哭丧棒杵着，坟上摆着几个花圈。秦守业去供桌上摆了供品，跪着点着香火、纸钱，然后跪拜四下。

继礼也在一边拜着。

秦守业嚎啕大哭起来：爹啊！儿子对不住您，原谅不孝的儿子吧！儿子回来晚了，儿子错了，没能见上您最后一面。儿子肠子都悔青了！爹啊！……

秦守业哭着。继礼一边流着泪，眼里是愤恨的目光。

秦　村

山村的晚上和以往一样，依然宁静。

秦宅北屋

吃过饭，彩凤倚着奶奶坐在炕里，继礼坐在炕沿，秦守业坐在八仙桌旁。

奶　奶：儿啊！死了死了，死了就了了。你一定好好谢谢继礼妈，没有她的尽孝你就被族人赶出去了。尽管你万般对不起人家，人还是合合适适把你爹的事儿办了。

儿啊，你太不应该了！哪怕接到电话回来看你爹一眼就走，能有你父子没见面的遗憾吗？想想你爹他能瞑目吗？确实不该啊！俺就不信你连回来看一眼的工夫都没有！

秦守业低着头，叹口气：娘！我不对！我错了！我不孝啊！

奶　奶：彩凤，你娘呢？

彩　凤：奶奶，俺娘不舒服，回屋歇着了。

奶　奶：你听到了吧，都是累的。过去谢谢继礼妈去，娘也累了，要睡了。彩凤，给奶奶铺盖。

彩凤应着给奶奶铺被褥。

秦守业讪讪地：娘，我去看看她。

说完走了。

继　礼：奶奶，俺不想和俺爹睡一个屋。

奶　奶：继礼啊，你爹不孝，你不学他就是了，去吧。晚上听听你爹对你说甚。你也是大人了，一定要懂道理啊！

继　礼：俺听奶奶的。

东　屋

继礼妈躺在炕上，思索着什么，泪水顺脸颊流到枕头上。

继礼爹敲敲门，推门进来。

继礼妈迅速拽起枕巾擦去泪水，坐了起来。

两人对视一会儿，继礼爹收回目光坐到炕沿上。

继礼爹：你瘦了不少。唉！感谢的话我就不说了。回头我给你打过去二十万元。

继礼妈：俺不是为了钱伺候老人的，俺是为了老人待俺如闺女的情意，更是为了这双儿女。

继礼爹：知道！但这钱你一定得收下。一、咱离婚时只给你十万，根本不够女儿的抚养费；二呢，只想补偿一点对你的伤害，也算我良心发现吧。再呢，我希望你看在夫妻一场的分上原谅我。都是我不对！

继礼妈望着这张熟悉而陌生的脸，又听到这番心里话，以往的委屈、伤心、无奈、爱恨情仇涌上心头，心如刀绞，扑到枕头上嚎啕大哭起来。痛彻心扉的哭声传出很远很远……

继礼爹：你不要这样，你休息吧。

西　屋

继礼爹进屋来时，继礼已呼呼睡熟了。

他瞅瞅儿子，为他盖住臂膀，躺到儿子一边，一会看看儿子，一会看看那窗外的秋月，心绪万千，辗转难眠。

秦宅，中午

继礼和彩凤下学回到院里，见奶奶已把饭桌摆到葡萄架下。葡萄架上的龙眼有的已经见红了。

奶　奶：把书包放了，过来吃饭。

彩　凤：俺娘呢，爹呢？

奶　奶：走了。你爹说把你娘送到打工的地方，所以一起走了。

继礼没有说话，坐到桌旁，奶奶给俩孙子盛好饭，递给他俩。

奶　奶：继礼，你爹说过些天接你到城里去上学。他说城里学校教学质量高，在那里上学有前途。你爹还说，他在城里买了大房子。到那时候就装潢好了，让奶奶也一起去哩。奶奶没有答应，奶奶六十多上七十的人了，村里住惯了，不想出去了。

继　礼：奶奶，你不去，俺也不去！俺在村里也一样有出息，村里秋生爹是种植大户，也是村里有钱人呢。还有刘家养猪一样挣钱。俺就上镇中，天天能见奶奶的面，俺宽心。

奶奶笑道：好孙子！奶奶没白疼你。不过你爹说得也有道理，大城市的学校就比咱县中心的教育强，你二叔家的儿子在城里上学考上北京甚大学？最有名的那个大学。

继　礼：清华大学。

奶　奶：你不想考个清华大学？

继　礼：奶奶，那是全国一流大学。俺的水平能考上大学就烧高香了。

奶　奶：就那点出息，没志向！彩凤呢，考甚大学？

彩　凤：俺考演电影的大学，将来在电视里演给奶奶看。

奶　奶：牛！还是俺彩凤心气高。快吃饭，要凉了。

校　园

继礼独自望着一蓬青草发呆，身边的学生跑来跑去嬉闹着。

继仁跑过来。

继　仁：哥，你想甚呢？

继　礼：没想甚，清静一会儿。

继　仁：听说你爹要接你去城里上学，是真的吗？

继礼点点头：俺不想去。只想陪着奶奶、彩凤在村里生活多好。

继　仁：那就不去。咱哥俩一块上学，一块儿下学，多开心！再说，听人们说，你后妈年轻漂亮不好处。

继　礼：胡说！俺没有后妈。俺爹也从没对我说有甚后妈。对奶奶也没有说。

继　仁：村里人说的。他们去你爹公司打工，每天和你爹在一起，不能有假！

继礼阴沉着脸盯着继仁。继仁吓得后退了一步，然后转身就跑，边跑边说：俺说的都是真的，不信问你爹去。

继礼走近几步停住脚：你再胡说，小心俺的拳头！

继仁跑没影儿了。

音乐起

随着音乐，秋景、冬景、春景转换。

秦宅北屋

晚上，奶奶和孙儿在炕桌上吃饭。

继　礼：奶奶，俺爹过年又不回来？你该好好骂他一顿。

奶　奶：俺给他打电话。他说忙，回不来，还说你的学校已经联系好了，过些天接你去上学。

继　礼：奶奶，说好咱一起去城里，不许变卦。

奶　奶：奶奶甚时候答应你的？故土难离，人老了就没有想法了，盼俺孙子到城里长出息，考上大学，为奶奶争口气就知足了。

继　礼：奶奶，俺一定不让你失望，这你放心。可你要不去，俺就死也不离开老家。

彩　凤：奶奶，俺也不让你失望，一定考上电影学院。

奶　奶：继礼啊，俺老了，在村里安逸惯了，不喜欢城里的喧闹。俺娃和妹妹去就好了。

继　礼：奶奶，俺接俺爹的电话，俺爹一再叮咛，一定拉了奶奶一起上城里享福去。奶奶必须去呢。

奶奶叹口气：心是好心，但奶奶真不能去。你爹年轻，保不准再续个弦、找个伴，奶奶去了不合适。

彩　凤：奶奶，俺爹给俺娶后妈了？俺不要。

奶　奶：奶奶是这样想的，你爹没有说过。再说，你爷爷新坟，奶奶在这儿守着他不孤单。

继　礼：这你放心，忌日咱回来给爷爷上坟。爷爷看奶奶去城里享福一定会为你高兴的。奶奶，求求你，咱一起上城里好不好？到了城里俺也有了主心骨。

奶　奶：小嘴挺会说。咱不说了，快吃饭。

彩　凤：奶奶，俺吃好了，你快吃吧。

奶奶拍拍彩凤的头：彩凤乖！奶奶也吃好了，彩凤帮奶奶洗碗，奶奶躺着去。老了，动起来浑身骨头响。

彩　凤：奶奶，俺扶你回去，以后洗碗俺承包了。

回村小路

下学后，继礼、继仁、彩凤前后向村里走。路边的野草长了两寸多长，地里的麦子也长到半尺高了。养眼的绿色是农村春天的主题。

继　礼：继仁，说不准哪天俺爹就接俺们上城里了，先给你个话。到了城里俺给你打电话，放了假你也可以到城里看俺。

继仁凄然，低声道：哥，不走行吗？咱哥们在一起多好，一起上学，一起玩耍，一起淘气！哥，别走了。

继　礼：城里条件好，所以大家都往城里挤，你看咱村有几个青壮年在村里呢？等你长大了，秦村也留不住你，你也一定会去城里闯自己的路的，哥先去城里等你。

继　仁：哥，你不会忘了俺吧！

继　礼：哪能忘了你呢，咱们是嫡亲兄弟，甚也隔不断兄弟亲情，有时间俺会回来看你。当然更忘不了连自家养的鸡都不认识的兄弟，这能忘了吗？

三个人笑起来，彩凤蹦跳着跑着，小姑娘现在话少多了。

秦宅门口

停了一辆商务车，车旁围了一群看稀罕的。是秦守业回来接继礼上城里的车。

秦宅北屋

秦守业：娘，俺把继礼和彩凤的学校都找好了，都交了赞助费，不然，学校不收。

奶　奶：和继礼妈商量了没有？这可是两桩事。

秦守业：商量好了俺才回来接你们，一趟都齐了。

奶　奶：接到电话，孩子们的行装都收拾好了，孩子们都和老师打了招呼，学校还开了证明，吃了中饭你们就能上路了。

秦守业：娘，听我的，一起走吧。你辛苦了一辈子，也该去城里住住儿子的大房子，跟儿子好好享享福了。娘，我一切都给你准备好了，还请了保姆。

奶　奶：儿的好心娘心领了。但娘是受苦的命，不想离开这个穷家寒舍。你只要把俺孙儿教出息喽，俺就满足了。

继礼在一旁道：奶奶，你若不去，俺也不去。

彩　凤：奶奶，一起去吧！俺哥说真的呢。

秦守业：娘，你不看儿子的面也要看孙子的面，为了你孙子孙女的前途，你就依儿子吧。

奶奶心眼有些活动：俺这一走，这老屋，还有地里的庄稼都毁了。

秦守业：托给二叔、三叔照看不就妥了。庄稼收了，过个把月去老屋子看看，这事不就解决了。

奶　奶：故土难离啊。

继　礼：奶奶，俺求你了，为了孙子，答应了吧。要不俺给你跪下。

奶　奶：不用！男儿膝下有黄金，不要随便跪，奶奶看俺孙子的面和你们走，咱先弄饭吃。

奶奶和彩凤到厨房收拾饭菜。

秦　宅

中午饭后，奶奶、继礼、彩凤、秦守业提了行李包出了院子，把东西放到车上。奶奶返身锁了院门。

奶　奶：守业，你把钥匙送给你二叔去，俺们到十字街口走一趟，一会儿你开车过来接俺就好了。

秦守业答应着，娘仨走向十字街口。

秦村十字街口

老头子们晒太阳、聊天，自得其乐。

继礼、奶奶、彩凤走过来。

老头甲：嫂子，你这是干甚去呀穿得这么齐整？

奶奶笑道：老哥、老弟们！俺去守业那儿享福去，过来和你们道个别。

老头乙：那敢情好，跟儿子享福。俺这辈子早想呢，没那个命。

奶　奶：年轻人都出去打拼了，很快就请你们享福去哩。你们擎好吧。

老头丙：嫂子，你们甚时候回来？

奶　奶：说不好！这一走不知甚时回来呢，有时间俺回来看你们。

老头甲：嫂子，尽早回来看俺，怕见不上面呢。

奶　奶：瞎说！不吉利。等俺安顿好了就回来看你们，你们有时间上城里来看看俺也好啊。

老头乙：会的，一定会去的，去了不要嫌俺麻烦就行。

奶奶笑道：看你们说的，没有那事。

这时，秦守业的车开过来，人们一边簇拥着奶奶、继礼、彩凤上车，一边和秦守业寒暄着、嬉笑着、打趣着。

车门一关，汽车绝尘而去。

人们神情沉重地望着，望着……

蓝天、白云、田野葱茏，阡陌四通八达，一条山路通向远方。

剧　终

2015.4 终稿

5 懵懂的传奇

大城市鸟瞰

镜头推近。环型立交桥车水马龙的大街，红绿灯，拥挤的街口，比比皆是的商店，匆匆而行的路人。

校牌，第二十八中学校

学校门口是一条东西向的大街，双向四车道，人行道边绿树成荫，茂密的灌木绿化带，很远看去才是商业街。

片　　名：懵懂的传奇
字　　幕：
演职员表：

郊　外

广袤的田野，绿油油的庄稼透着丰收的迹象。夏末秋初的路边，树上知了在唱着烦人的歌，路边有一路标，指示着拐弯处是军训场。

军训场

一边是军训设施，一边是操演场，四周是笔直而生的垂杨。接近中午的太阳是那么毒，地上热气蒸腾，场上走着队列的高中生们，一个个方队队列，一二三四的口令声、呼喊声，彰显出训练场特有的生气勃勃。学生们身着迷彩服，头上汗水淋淋，有的已将衣服湿透。

高一班方队中一女生突然晕倒在地。队伍停了下来，老师、教官、学生们都围了过来，急切地看着。

这时，男生队伍中戴眼镜的古国庆推开学生们，挤到女生面前，他蹲下熟练地把女生的头架在自己的臂弯中，接着将她的军帽摘掉，又打开了她的风衣扣，一手大拇指掐住她的人中，一手掐住她的左手虎口：大家让开，给透出一些空气。搭手把她移到树荫下。

大家忙起来，把女生抬到树荫下。

教官对一男生：你跑步到医务室把卫生员喊来！快！

男生飞奔而去。

树荫下

几个女生喊着昏厥过去女生的名字：柳艳艳！柳艳艳！

古国庆接过一学生递过来的矿泉水，给柳艳艳灌了几口，柳艳艳醒了，她茫然地望望围着她的同学们。

柳艳艳少气无力地：我这是怎么啦?

古国庆笑道：你中暑晕倒了，大家把你抬到这儿歇歇。来，把这绿豆汤喝掉。

柳艳艳摇摇头：我从不喝绿豆汤，只喝可乐。

古国庆：那玩意不解渴不解暑。那你喝矿泉水吧。

这时，卫生员和男生跑了过来。

古国庆对卫生员说：大夫姐姐，她这是中暑了，给她喝十滴水或者仁丹即可。

卫生员拿出听诊器，给柳艳艳听诊。

古国庆对同学们：她没事了，咱们训练去吧。

教官这时也走到了训练场中间，学生们急忙站到他面前组成方队，学生们又开始训练了。

树荫下

王老师拉着柳艳艳的手问她：你现在感觉怎么样？

柳艳艳点点头：好多了！就是头有些晕晕的，浑身没力气。

卫生员听诊完，拿出一包仁丹递给王老师：那位男同学说得没错，她这是中暑，你把这仁丹给她喝十粒，然后让她回宿舍休息吧。

王老师点点头，眼睛扫向场中训练的学生们，那里还是生机勃勃，王老师扶柳艳艳回宿舍了。

操演场

男生队伍里，古国庆身边的男生对古国庆说：四眼！四眼！

古国庆：叫谁四眼呢，这么多戴眼镜的都叫四眼，叫得过来吗？

男　生：古四眼，这下清楚了吧！我说你怎么知道她是中暑晕倒的呢？是因为天热吗？

古国庆：我抓住她胳膊时发现胳膊是热的，再摸她的额头，额头知道吗？

男　生：知道！就这儿嘛。

男生用手摸着自己额头。

古国庆狡黠地笑了。

男　生：你耍我。

古国庆：没有，我摸她额头时冰凉，而且一头冷汗，就确定她是中暑了。

男　生：你掐人的鼻子干嘛？

古国庆：鼻子下面那穴位叫人中，是救治昏厥患者的最佳穴位。好了快走吧，脚步错了。

男生倒脚，边说：你是大夫还来上高中？

古国庆：不是大夫！准备当医生！快走！

男生宿舍，午休

八人一间的宿舍，上下铺，单号下，双号上，大家都在床上躺着。

3 号铺的李剑对上铺的古国庆：我说小古啊，你怎么知道柳艳艳中了暑？急救的动作也那么娴熟。

古国庆：不瞒大家说，我在乡下是医生呢。不过没有行医执照，更大的病都诊疗过呢！

李　剑：那你不去上专科学校，来这儿上什么高中啊？

古国庆：我初二时才到市里来上学，到高中就是为了把基础学扎实。我的目标是省医科大。

1 号铺马飞跃：愿不得出手麻利，原来是有医学基础啊。

2 号铺罗思亮：看来咱们班人才济济，高手云集啊！网游高手、学习高手，今天又出现医疗高手。好！

7 号铺张庆：那女生叫柳艳艳？长得真漂亮，是我喜欢的类型。

8 号铺刘丰凯：你什么人啊！别人病了你不关心，说什么屁话呢。切！

张　庆：爱美之心人皆有之。我看上她了，你管得着吗？

罗思亮：这还有恋爱高手呢。

刘丰凯：什么恋爱高手，屁！

张　庆：你别骂人！骂人我可是高手。

古国庆：好了好了，都别说废话了，睡午觉。不睡午觉，你们都想晕倒啊！

张庆不屑地摇摇手：切！装逼！你们全都装逼！

李　剑：装什么装，都闭嘴！睡午觉才是硬道理！快睡！

大家都不说话，睡午觉了。

军训场，黄昏

操演场没人操练了，所有人都在宿舍区活动。

宿舍区

学生们在宿舍外洗涮、说笑、打闹。

教官走来吹哨集合。

教　官：高一班的同学来这里集合，准备去食堂吃饭。

学生们蜂拥而出，在教官面前排成队，男生在前，女生在后。

教　官：立正！稍息！立正！向右看齐！向前看！报数！

1、2、3、4、5、6、7、8、9……

教　官：女生缺一名。

女生苑美婷：报告！李苹还在梳妆打扮，要迷倒一片。

大家哈哈笑起来。教官没笑，盯着宿舍门口。

李苹从二楼宿舍跑出来，边下楼边喊：等等我！等等我！

李苹跑出楼门，跑向队伍，脚下不知怎么一拌，摔了个狗吃屎，她想爬起来，手一支地时，疼得她又倒下。接着左手抱着右胳膊哭叫起来：我胳膊！我胳膊断了，我胳膊断了，啊……

女生们都跑过去，男生队伍没乱，看着议论纷纷。

“什么嘛，装逼！这么一下胳膊就断了？”

“不可能吧，我们摔多少次都没事。”

“该！让你梳妆打扮！装象啊，猪鼻子插葱。”

古国庆过去拨开同学，进入人群中。

教官正对李苹说：你别动，就这么躺着。哪位同学叫卫生员来？

古国庆：我看看怎么回事。

他蹲下来，轻轻把她的袖子捋上一些，见胳膊肘部有擦伤。

古国庆：你动动手指头。

李苹喊：动不了，疼！哎哟！胳膊断了，不能动啊！

古国庆右手攥住李苹右手掌，左手衬到她肘部，轻轻摸了摸。

李　苹：别动别动！疼！

古国庆：你叫喊什么？突然一叫吓死人了！

李　苹：你来试试！

李国庆：试试就试试！

就见他一边说着话，一边右手一拽一抖，左手在肘弯处一用力，就听“嘎嘣”一声，把李苹的喊声掩了下去，她不哭了。

古国庆松开手：你再动动手指。

李苹动动手指，抓成拳头，又蜷回胳膊。

李苹笑道：不疼了，我胳膊能动了！

古国庆：这是脱臼了。嚷嚷那么凶，我以为摔裂骨头了呢！这一段时间右臂不要大动，否则会造成习惯性脱臼。

古国庆拍拍手拉李苹站起来。

李　苹：谢谢你！谢谢你！

教官也笑了：排队排队！大家排队集合！

大家排好队向食堂走去，吃过饭的学生已经陆续走出食堂。

二班女生队伍里的画外音

“臭美不臭美了？”“你怎么能自己摔倒自己呢，那里路平坦得像玻璃，连一粒沙子也没有，我就纳了闷了。”“什么叫奇迹，自己把自己在平地上摔倒才叫奇迹呢！”“哭的声音那叫个大，好可怜呢！”“你们都不是好人，人摔那么疼还说风凉话，你们试试。”“我们不创造奇迹。”“去你的！”

男生宿舍，夜

洗漱完毕，大家在做睡觉的准备工作。

罗思亮：古国庆，行啊你，一天露两脸，一次救命，一次扶伤。你专攻哪个科啊，内科、骨科、中医科？别的科会看不？比如妇科？

古国庆：会啊，其实我主攻中医，开方、抓药、针灸，都是治病救人的。

马飞跃：你也太杂了吧。

古国庆：中医就是这样综合的医道，西医才是分科治病呢！

马飞跃钻入被窝：古四眼，你是怎么学医的，为什么学医？说！

古国庆：我爷爷是乡里出名的大夫。而我爹妈在我三岁时就把我放到爷爷奶奶身边了。爷爷说我三岁时他教我认字，是一本《黄帝内经》，还是繁体字呢。四岁时我就能把黄帝内经背出来，只是不懂什么意思。再后来爷爷就教我把脉，每有病人来诊疗或者请爷爷去看病，我都跟着。耳濡目染我就喜欢上中医了。长大后懂了一些医道，跟爷爷学了好多临床知识。我崇拜中医的博大精深，老祖先传下来的中医学，即使是最新科技也无法替代，所以我就专攻中医了。

张庆不屑地哼了一声：少唱高调，我在这儿郑重宣布，你们都听好了，我看上柳艳艳了，所以你们谁都不许打她的主意。

古国庆：不是吧，才上高中就开始谈恋爱，太急进了吧！

李剑冷冷道：太轻浮！还没在一个教室上过课就看上了，真是色友！

张　庆：懂什么？这叫一见钟情。

马飞跃：少来！柳艳艳我早看上了，初中时我们同桌两年呢。不瞒你们，我早在那时起就暗恋她了。

张庆从床上翻下来，冲到马飞跃床前，抓住他脖领子，不客气地：小子！别来这一套，我看上了就是我的，况且是我先说出来的！你往后少打她主意。不然，我和你没完！听到没？

李剑看不惯了：干嘛呢？欺负人！

张庆甩开了马飞跃：我警告他一声。你们也一样，不许和我抢！

李　剑：你霸道另找地儿去！别在这儿要横，我看不惯！

张庆跃跃欲试地扑往李剑的床，古国庆拦住他。

古国庆：你们这是干嘛呢？这儿是军训场，想现在就背一个处分吗？都是同学，回你床上睡觉去，说话归说话，说了就化了。不累啊？听！熄灯号响了，大家睡觉，都睡觉！闲话少说，我熄灯。

大家都躺下睡觉，月光从窗户透进屋里，显得那么清莹洁净。

二十八中校门口

横幅标语上写“欢迎新同学”。

着整洁校服的学生们三五成群地进入校门。

二楼老师办公室

每一张办公桌前都有一位老师在整理桌上、抽屉里的教学用具，面前都有一台电脑闪着亮光。

王老师对邻桌的刘老师：这次军训中我看好一男生是当班长的料。他热心助人，懂医术，而且有领导能力。

刘老师：知道了！电话里说个没完，这一见面又说——淡如水了。

王老师：我得好好培养他。

刘老师：偏心可不是教师的美德。照你所说，我也觉得行，值得培养，如果你说的话属实。

王老师笑了：你说话这么费劲，总是这份腔调，不能周周正正说话吗？

刘老师笑道：秉性难移，看你送走一个班又接一个班，羡慕嫉妒恨呢，就感觉你确实成长了许多。三年前进校就接一个班，那时小姑娘一个呢！

王老师：混充大姐大！说的话一点不中听，一会儿一个变，弄不清你哪句是正形。

刘老师：话到嘴边留三分，未可全抛一片心。这叫积口德。

王老师：这叫虚伪！我去上课，你在这儿留三分吧。

刘老师：我也有课，你以为就你有？一块走！

俩人拿起讲义走出办公室，向各自班级走去，上课铃响起来，楼道内的学生纷纷跑进教室。

一楼高一一班教室

王老师走上讲台：同学们好！大家通过军训都知道我姓王，名美娟，是你们的班主任。接下来的三年我们就将在一起学习了，我希望咱们团结一致，共同把功课学好，学扎实。大家都争取考上一流大学。我宣布一下，班长由古国庆担任，副班长由李苹担任。各科课代表过几天宣布。今天我给你们上第一节语文课，大家打开书的第一页。

张庆举起手来。

王老师点点头：你说！

张　庆：老师，我想当数学课代表。

王老师：理由？

张　庆：我喜欢数学，而且数学学得好。

王老师：毛遂自荐，好！不过老师刚才已经说过，几天后再决定各科课代表，你的自荐我会考虑的，各位同学如果还有自荐的，下课后找古国庆登记。我会综合考虑，你坐下吧。大家看书，今天我们讲第一课……

坐在第三排的刘丰凯盯着王老师没有听到老师讲话。刘丰凯自思：王老师真漂亮！军训时我怎么没有看出来呢？

王老师发现了他在走神：刘丰凯，打开书没有？

刘丰凯：噢！哦！……

他脸红脖子粗，慌里慌张地打开书，同学们的目光都落在他身上。

王老师：上课要集中注意力，不要走神，否则会落下所学的知识。好了，大家听我读一遍课文……

大街上

车流滚滚，行人匆匆，正是交通高峰期。

下午放学后，古国庆骑车行进着，忽然肩头被拍了一巴掌，回头见是李苹。

古国庆：是你？怪吓人的，我差点就摔了。

李苹笑着：看把你胆小的，给我接胳膊时的胆子哪去了？

古国庆：那是义不容辞的救死扶伤。你这是要去哪儿？你家不是不在这个方向吗？

李　苹：这又不是你家的路，管那么宽干嘛！

古国庆讪讪地笑了笑：我就随便这么一问，别多心。

李苹咯咯地笑着：我到阳光小区看我二姨去。我二姨好长时间没到我家了，我妈让我过去看看。

古国庆：这么巧？我家就在阳光小区呢！我家住八号楼。

李　苹：我二姨住五号楼。

古国庆：那就和美女同行了，今天回头率一准高。

李　苹：真会说话！给人看病尽说好话练出高水平了。

古国庆：咱知识青年说话当然动听了。

李　苹：美得你！你家住几层？

古国庆：四层，是不是低了？

李　苹：不低！我二姨住二十五层，我一上了楼就想千万别这时候发生地震，一晃悠就完了。

古国庆：尽瞎想！咱这城市离地震带远着呢，千年都不会遇上一次大些的地震。再说现在楼房都有抗震设计，你别瞎操心。

李苹笑道：这你也懂？你懂得也太多了吧。

李苹眼里全是敬佩。

古国庆：略懂皮毛而已，是否太杂了，像盘大杂烩？

李　苹：哪里啊！我觉得都懂一些好，遇上问题起码知其然，心里也不慌。对不？

古国庆：这样想就对了，说着就到了，慢点拐弯。

阳光小区

俩人拐进这个绿化很好的小区，路边一边一排柳树，树下是灌木，不时有一小花圃，栽种着月季、菊花、串串红，那边有两个小亭子，还有一片杨树林。

古国庆在岔路口叉住车，李苹也停了下来。

古国庆：那边是五号楼，我往这边拐。

李苹审视他一阵，看得自己也不好意思了才说：都到你家门口了，也不请人上你家坐坐，抠门！这也能当个好大夫？

古国庆不好意思地：哪跟哪儿啊！我改天一定邀请你到我家里玩。

李　苹：虚伪，不稀罕！当我想去你家啊，只是路遇。我二姨住这里。行了，擦擦你的汗回家吧，看把你吓得。

古国庆如释重负：那就再见，学校见！

李苹瞟他一眼，转身走了。古国庆擦一擦额头也走了。

古国庆家

一家三口围着桌子吃饭，古父和古国庆干了一盅酒，父子俩相视而笑。

古　妈：你们父子俩好！不要妈了！

古国庆：瞧你说的，没有妈的家庭能这么幸福嘛！

古国庆把碗中饭拨拉到嘴里，然后收拾碗筷。

古　妈：别动别动！学你的习去，要不先去看看电视消消食。

古国庆：妈，把我惯得都不想干活了，将来四体不勤、五谷不分。

古　父：是啊！娇子如杀子，你就让他洗洗碗能累着？

古　妈：你只要学习好就行。妈知道，学习也很累，妈干这点活不算啥，去！去！去！

古国庆对爸爸做了个鬼脸回卧室了。

古父笑着对老婆说：你啊，迟早把儿子惯坏！

古　妈：才不会呢！谁养儿子谁知道，我儿子是出类拔萃的男子汉，惯不坏的。

古　父：你儿子好！你儿子第一！行了吧？我帮你洗碗。

古　妈：假惺惺的！不用儿子用你，你不把我吃了？算了吧，咱受苦人，忙完工作忙家务，咱的命啊！

古父笑着：我说你到公司来帮我，你不去，却去餐厅给人洗碗。你就歇着我也能养你几辈子。

古　妈：才不去你公司呢！知道的我是在工作，不知道的还说我是警察呢！我才不稀罕呢！

古　父：开明！我上网玩去了。

古　妈：去吧！老网虫！

俩人对视而笑。

古国庆卧室

桌上摆着一台电脑，一边是书，最上边是一本《黄帝内经》，书皮都磨去一半了，墙上是经络分布图、骨骼构造图、人体穴位图，那边是床和主体书柜，书柜也摆满了书。

古国庆在桌前坐着写作业。

客　厅

电视闪烁，古妈正在看电视，墙上的电子钟指向11：30。

古国庆从卧室出来，他一边伸伸懒腰，一边对古妈说：妈，告诉你不用每天陪我这么晚，你早点睡觉好不好？早睡早起身体好。

古　妈：我看你吃了宵夜就睡，不误事。

古国庆：妈，网上说吃宵夜对身体不好。

古　妈：你们年轻人正长身体，又费心血，不吃东西能受得了？妈煲了银耳汤拿给你。

古国庆进了卫生间。

古国庆卧室

古国庆返回来时，桌上已放着一大碗银耳汤。他把汤喝完，然后拿出一个银针布包，取出银针在人体模特身上比画起来。

阳光小区，夜景

夜深人静时，还可看到古国庆屋里的灯光。

幸福小区，张庆家

张庆推门进屋，把拖鞋一换，就躺到客厅的沙发上去。

灯光下屋里的陈设显得那么豪华、奢侈。

听到声音的张庆妈端杯水过来：庆啊，喝杯水驱驱风！

张庆不耐烦地：不喝！不要烦我。

张庆妈：又碰到什么烦心事了，给妈说说！

张　庆：说了你也不懂。

张庆爸从卧室而来：你什么态度！你妈给你端水你不耐烦什么？几点了你才回来，你看看表！想想你在学校干的好事，回来还不收敛点！

张庆一见父亲，噌地就从沙发上站起来：我又怎么了？学校有什么事？

张庆爸扬手就是一耳光：你自己做的事不知道？

张庆捂着脸，狠狠道：你打我！

张庆爸向头上又是几下：打的就是你，不打好人！

张庆妈拉住张庆爸，把他拖到一边沙发上，按他坐下。

张庆妈：有话好好说，动手就打，张口就骂，给他讲道理嘛。

张庆爸气呼呼地：讲道理他听啊！在校园里有位同学不小心碰了他一下，他就把人打得口鼻流血，老师打电话让我好好管管他。你说不该打他吗？

张　庆：不是他说的那样，他看我好欺负故意撞我找碴的。

张庆爸：你打人有理了！下学不回家写作业，到哪鬼混去了？你说！我怎么养了你这么一个不省心的儿子！你还惯他！将来他还敢杀父杀母呢！

张庆妈：有其父必有其子！你这样做样子他能有个好？根子

在你这儿。

张庆爸站起来：像我就好了，这家产、我的公司不是我打拼出来的？你还替他说话，这个逆子！

张庆妈：都是我惯的，我惯的，行了吧！你去床上挺你的尸去吧，出来干嘛？快去快去吧，我的老祖宗。

张庆爸在妻子的推搡下走向卧室，回头对张庆：我祖上缺德，生了你这么个逆子！

张庆妈把张庆爸推进卧室，掩了门，转身回到客厅。

客　厅

张庆妈看看不驯服的儿子，叹口气：庆啊，你也不要不服，你打人是不对。

张　庆：是他们找碴我才动手的，他仗着高年级，欺负低年级。我爸不讲道理，不问青红皂白就打我。我这么大的人了还是出手就打，是不是我亲生父亲呢？哪天我火了非好好收拾收拾他。

张庆妈急得直摆手：我的小祖宗，别瞎说八道！去卧室躺躺，妈给你端梨汤下下火。

张庆一屁股坐在沙发上：我看他能把我怎么样，我就这样一块料！

张庆妈：低点声！你爸听到又生气了！

张　庆：我不怕！我吃得住几下打，你也不用管我！

张庆妈：好好好！我不管，老的管不得，小的不服管，老的不像老的，小的不像小的，我上辈子作了什么孽，到你们张家受这份罪，这日子过成这样，我欠你们张家的。唉！气死个人！

张庆妈说着到厨房去了。

张庆伸手按开了电视机，正播文艺节目。

二十八中学校，高一教室

王老师：同学们，今天我重申一下学生守则和校规，因为我们同学中有违反校规的行为。我听到一些风言风语，所以重申一下，巩固同学们的记忆，提醒同学们不要走歪路。马飞跃，你说！

马飞跃站起来：王老师，那都是小学生、中学生未成年的守则，我们这么大的人了，都能严于律己，你不强调我们也做得很好。

王老师：是吗？你的意思我多余喽！

马飞跃：不是你多余，是你的强调多余，我们都耳熟能详了！

王老师：我明白你的意思，那你现在把学生守则默写出来，让大家看看真假，坐下写吧。我告诉你，我是重申，不是强调概念，要搞清楚。

马飞跃脸红脖子粗地坐下来，学生们低声议论着，同桌还打趣他做鬼脸。

王老师：好了，大家把注意力集中到这里来。李苹把守则念一遍，大家认真听，有问题要你们回答。

李苹站起来大声念学生守则，王老师在走道内踱来踱去。

王老师发现刘丰凯走神了，她走到刘丰凯桌前敲敲桌子。刘丰凯回过神来，马上起立：老师，我没有睡觉，真的没有。

学生们都大笑起来。

王老师：我知道你没睡觉，说说你电游打到第几关，碰到什么难题了。

刘丰凯：我没有想电游。我……我……

王老师：不好说？那就不用说了，坐下好好听，注意力要集中。

高一班教室

齐老师的地理课，黑板上写着“长江三角洲资源”。

齐老师：长江三角洲水资源相对丰富，因此我国现在进行的南水北调工程就是看中了水资源的丰富。南水北调工程分东西中三条线路，东线利用大运河等古河道，是最经济的一条调水线路，业已动工，很快受惠的是华北平原的河北、津、京以及沿线地区，资源的合理利用是我们未来工作的重点。发展的同时，必须注意到环境的保护工作，因为我们有前车之鉴。前些年有的地区只顾发展，不顾环境，以致环境污染严重，等大家认识到不能拿污染环境作为发展的代价时，大片的地理环境、生活环境惨遭污染，人们开始治理污染，但收效甚微。有的排污一天，几十年都治理不了，尤其对于雾霾的治理。唉，让人心痛啊！我跑题了，讲资源讲到环境污染了，其实环境也是资源呢。

齐老师看看表：时间也差不多了，大家有什么问题可以提出来，咱们共同探讨。

马飞跃：老师，私人问题也可以吗？

齐老师：最好是学习上的问题，隐私的问题不易在大庭广众之下讨论。

马飞跃：老师你是怕问题精灵古怪没法回答吧。

齐老师：是啊，老师不想敷衍大家的提问，又不甘心不懂，只好说谎掩饰自己的知识贫乏了。

学生们轻松地笑起来。

古国庆举手。

齐老师：古国庆，你说！

古国庆举起一块淡黄色但又有些透明的石头：老师！请你看看这是块什么石头，这是我在我们老家山脚下的河滩里捡到的，奇怪的是石头中一只大蚂蚁叼着一只小一些的蚂蚁，您看是宝石不是。

齐老师接过石头，扶正眼镜看了看，转身回到讲台上，从自己包里摸出高倍放大镜，对着石头照看起来，思索一会，把石头还给古国庆。

齐老师：这是一块琥珀，是一块品相不错的琥珀，你可以让大家传着看看，我现在给大家讲讲琥珀的生成。

古国庆把石头递给同桌，同桌又传开去。

齐老师：琥珀是一种珍贵的化石。尤其石中有小虫、小植物、小动物者，更是弥足珍贵。最初这就是松树枝身流出的汁液，大家知道松汁比较黏稠。远古时候，崖上的松树向下流着汁液，这松汁就聚成一滩，恰巧一只蚂蚁衔着受伤的同伴经过这里，嗅到了松香，它就来到这里。正巧一大滴黏稠的松汁落到了它身上，来不及挣扎就被黏到松汁中，一下就窒息了。松树不知道这些，还是照常分泌汁液。经过若干年，风化、地壳变化，这一滩树汁被掩埋起来。后来发生了地震，被埋得更深，又经过若干年松树汁经过温度、压力、时间的作用发生石化，变成石头。就是这块我们称之为“琥珀”的石头。

齐老师讲故事时，学生们传着看石头，传到张庆时，张庆仔细看着，石头有十公分见方，晶莹剔透，泛着淡淡的黄色，石中一只活灵活现的蚂蚁，叼着一只小蚂蚁，这些蚂蚁个头大，喙夹很长，他越看越喜欢，蚂蚁好像正在动弹呢！

张　庆：这蚂蚁是不是有人放进去的呢？

马飞跃：瞎说！你给放一只蚂蚁试试，放进去的东西都有放的痕迹，你看有痕迹吗？

齐老师：有这样的事情，现在有人作假，使用化学原料做类似的石头，无一成功。原因是：一、原料、材质不同，比重不同，手中一掂量就知真假；二、化工原料都有腐蚀作用，各种小生物会被腐蚀殆尽；三、一般液状原料加工成固体时都得高温，或者自身反应时会瞬间高温，任何生物体都承受不了这个高温，会被毁坏，所以作假很难成功。

张　庆：那这块石头一定很值钱了？

齐老师：是的，其中那两只蚂蚁，一看就是史前生物，现在科学家都希望能从这些生物化石中提取出史前基因细胞，再造这些生物呢。物以稀为贵，所以值钱。

古国庆欣欣然：就凭这两只蚂蚁，我拿它当传家宝，将来传给我儿子！

马飞跃：你生了女儿就不传了？

古国庆哑然地笑笑。

马飞跃：重男轻女，你脑筋太老土了！等世界末日一到，你也会变成一化石 ，哪还顾及石头。

李　苹：什么世界末日，都是瞎说。

马飞跃：才不是呢！那是古玛亚人的预言，不是杜撰。不信去网上查去，猜想多了去了，说冰冻、地震、爆炸一长串猜测呢！

李　苹：谁信呢！

马飞跃：大有人信呢，因为古玛亚人的好多预言都应验了呢！

李　苹：你说话像一老学究，老气横秋的。

张庆抢过同学传给古国庆的石头，又贪婪地看着，嘴角泛出一丝微笑。

齐老师：设想一下，如果你们长大成了科学家，蚂蚁化石还有活着的DNA，经你们的手提取出来，那是多么伟大的事业啊！

马飞跃：就是，只有想不到的事，没有做不成的事。这世界什么事情都有可能发生，我发誓当生物科学家！

大家一阵嘘声，表示不相信。

齐老师：这块琥珀如果找人雕刻造型，成为工艺品就更值钱了。

这时下课铃声响起来。齐老师宣布下课。

古国庆到张庆面前一把夺过石头：看起来没完了，小心看到眼里拔不出来。

张庆恋恋不舍地把目光收回来：不就一石头嘛，神气什么！

说着他和同学们都走出教室。

古国庆把石头放到桌屉最里边，这才走出教室。

空无一人的教室，只剩桌椅、教具。

楼道内

张庆讪笑着拦住古国庆：瞎！头儿！把那块石头卖我好不好？我挺喜欢的，我给你两千块钱。

古国庆：我不卖！从我辈起，它将成为我古家的传家至宝。

张　庆：就一破石头传家宝？什么嘛！我出五千，五千怎么样？

古国庆：你没听老师讲，我那石头堪比玛瑙、宝石、钻石呢。

张　庆：都是一堆破石头而已。

古国庆：破石头你还死乞白赖买？多少钱也不卖，我要上厕所！

古国庆绕过张庆跑向厕所。

张庆悻悻地道：不就一块破石头嘛，有什么了不起！五千还不卖，哼！我还不买了呢！

校园里

李苹找到古国庆：班头儿！我拿到两张美国大片的赠票，想邀请你一起去看。

古国庆为难地：这两天我得帮我妈收拾屋子，你叫别人去吧。

李　苹：我只想让你去，不想叫别人。

古国庆：实在不好意思！家里真有事，对不起啊！

李苹被婉拒，心里不高兴，想了想道：那把你的 QQ 号给我。

古国庆：行！3578963，不过我一般都不上网，偶尔查查资料什么的。

李　苹：知道你忙着给美女同学看病治疗呢，到我这儿就没时间了。

古国庆：哪有！一位伟人说："无聊的人、无钱的人才在网上聊天呢。"这可是真理。伟人还说："我只不过把别人喝酒、聊天的时间用到学习上而已。"

李苹讥讽道：敢情你学习好就是因为不上网？好多文盲不上网也没见学习好呢，你糊弄我。

古国庆：哪敢！没有的事，上课铃响了，上课去，走！

李苹翻他一眼，默默地跟在他身后走进教室。

二十八中校门口

下了学的学生们蜂拥而出，古国庆也推了车出校门，他骑车右拐，张庆和别班俩学生拦住他。

张庆笑道：古国庆，把石头借我玩两天，就两天。正好也拿回去让我妈见识见识。

古国庆笑着回答：你不早说，借李剑了，他说他爸有个朋友懂石头，就让他拿回去让他爸见识见识了。

张庆狐疑地看看他，对另外的同学使个眼色。两学生动手架住了古国庆，张庆在古国庆身上搜了一遍，又把书包翻遍了才罢手，悻悻地把书包挂到车上，挥挥手，两学生放开古国庆。

张　庆：李剑还你了一定借我，说定了！听到了吗？

古国庆：什么人哪？知道你有这一手，说什么也不借你，这都犯抢了。

张庆冷笑一声，拍拍古国庆的肩，对两学生道：走，我请你们蹦迪去，班头不会跟我们这些人去的。

古国庆：少来！请也不去。

张庆领着两同学扬长而去。

古国庆自语道：哼！看你的眼神就知道你会来这一手，哼！

古国庆将车推到前面校园拐角处支起来，自己走到围栏下的草坪里，寻找一下，在草坪下拿起用布包着的石头，笑了一下，上车走人。

校园里，翌日

在校园里行走的古国庆被张庆怒冲冲地拦住。

张庆气呼呼道：你吃了熊心豹子胆了，敢骗我！李剑就没借你石头。

古国庆理直气壮：你居心不良！幸亏我防了一招，不然，石头都被你抢走了。告诉你，如果昨天石头被你抢走，你就犯了抢劫罪，知道不？我是怕你犯罪。

张　庆：你他妈的犯浑！

他伸手揪住古国庆的脖领子，看看古国庆不服的眼睛，又款款地松开，拍拍他的领子，换了副脸色说：我真心喜欢那块石头。这样好不好，一万块！怎么样？成交！

古国庆：君子不夺人所爱。张庆，吓唬我没用，告诉你多少钱我也不卖！

张庆咬咬牙：两万！两万块钱，行不行？

古国庆：这不是钱不钱的问题，你喜欢就必须卖给你？你太霸道，我看不惯。我最后说一次，如果卖我也决不会卖给你。

张庆火冒三丈，指着古国庆鼻子：你他妈敬酒不吃吃罚酒，不给我面子，有你好果子吃。

两人剑拔弩张，李剑和几个同学见状跑了过来。

张庆见来了人，悻悻道：你小子别得意，我一定把石头弄到手，不信走着瞧。

古国庆：没门儿！你做梦吧！

张庆转身指着跑来的李剑他们几个，异常羞恼地：你们几个也等着，一个一个收拾你们！

说完悻悻地走了。

李　剑：班长没事吧？

古国庆：没事！他昨天见了我那块石头就像苍蝇见了血一样，离不开了。我知道他的为人，所以有了准备，说让你借走了。不然，昨天下学就让他得手了。

李　剑：这种霸道之人，少理他。有入眼的东西就想归己所有，而且不讲道理。你别当回事，有事我帮你。

李剑一拉古国庆的胳膊，和同学一起去上课。

教学楼，洗手间

正是十点多课休时间。古国庆一走入男厕就被张庆拖到最里边，和他经常在一起的两学生把古国庆围在墙角。

张　庆：就要你一句话，卖不卖我？说！

古国庆不惧地哼一声，摇摇头。

张庆伸手一拳击在古国庆脸上，两学生也一齐出手围殴。古国庆奋力反抗，四人打成一团。

后续如厕的学生嚷道：打架了，打架了！

张庆和两学生使眼色一齐退出打斗，跑走了。

古国庆抹把鼻血，在水管上洗去血迹，然后若无其事地看看别的同学，默默而去。

高一班教室

古国庆径直来到张庆面前，冷冷道：霸道！告诉你，作为班长我忍受你到极限了。就此打住，从此井水不犯河水，老死不相往来，希望你好自为之。你记住，兔子急了还咬人呢！

说完，他转身回到自己的座位上。张庆眼珠转转，没有吭声。

高一班教室

王老师正在上语文课，刘丰凯贪婪地望着美女老师，当然，其他人没有注意到。

王老师见苑美婷趴在桌子上，她踱到桌旁，伸手摸摸她的额头，关切地问：你怎么了？

苑美婷神情痛苦地低声道：老师，我肚子疼得厉害。

王老师思忖了一下，来到古国庆桌边，悄声道：古国庆，你给苑美婷看看怎么回事，严重的话就让她回家。

古国庆来到苑美婷桌对面，孙晓琪给他让出了座位。

古国庆：苑美婷，伸出手来，我给你把把脉。

苑美婷头也未抬将手伸到桌上。古国庆给她把脉，屏息静思的样子像一个乡村老学究。过了一会儿，古国庆对王老师耳语几句。王老师点点头，回说几句。古国庆在自己本子上撕下一条，唰唰几笔写了假条，王老师签了字，古国庆拿条走出教室。

王老师返回讲台：大家继续上课。

镜头推远，呈现各班学生上课学习的画面。

高一班教室

时间过了二十分钟，古国庆敲门进了教室，将一盒中药丸子递给王老师，然后回到自己座位上，头上汗津津的，显然是一路疾奔买来的。

王老师从盒中剥出一粒药丸，拿出自己的水杯涮了两次，从饮水机上接了杯水，和丸药一并拿给苑美婷。

王老师：苑美婷，来，把药吃了。

苑美婷看看药丸：老师，我不吃中药，难吃！

王老师：掰成几块就好下咽了，快，喝了就不肚疼了。

王老师把水递给苑美婷，亲手把药掰成小丸药，喂到苑美婷嘴里。苑婷就了几口水，把药喝完，眼里沁出感动的泪花。

王老师：你再趴一会儿，马上就会好转。

苑美婷皱着眉头：这药的味真难接受，想吐！

王老师：再喝水压压，良药苦口利于病。趴着吧！好了，大家把目光和心思都放在课文里来。

张庆不以为然地瞥古国庆一眼，不服气地哼哼鼻子。

下课后，王老师离开教室。

教师办公室

王老师对刘老师说：我们班长古国庆，肚里就是有真材实学呢，我可真是看对了人。

刘老师：又发生什么事了？该不会又给人看病了吧？

王老师：就是呢，苑美婷肚子痛，我让古国庆看看。他立刻出方子买了药，要是在以前的班，苑美婷不知要痛到什么时候呢！班里有这么个神手，省了多少心。而且，古国庆和班里同学相处很好，大有当领导的作派。

刘老师：哼！你也真胆大，让一毛头小子给看病，你不怕医坏人？这责任重大啊！

王老师细想想：也是这么个理，我其实早就信服他的医术了！听他说他在他爷爷的指导下看过好多病呢。临床经验比医大刚上学的学生还多得多呢！

刘老师：你收收吧。奉劝你一句，万一出事，可就来不及挽回了。

王老师：尽扫人的兴，不和你说了，上课去。

刘老师看王老师走出办公室，自语：真胆大！一个愣头青遇上一个少不更事者，遇好了。唉！

高一班教室，课休

几位女同学围到苑美婷身边。

柳艳艳：怎么样，好些了吗？

苑美婷：好像好一些，最起码我能忍住了，刚才痛得我要死的心都有了。

李苹拿起药盒：定坤丹？专治……你痛经啊！

柳艳艳扯她一下：悄悄看看就行了，嚷嚷什么，这么多男生。

李苹吐吐舌头，做个对不起状，表达歉意。

古国庆蛰了过来：这是中华瑰宝药典，专治妇科的神药，痛经、月经不调，吃这药特有效。苑美婷，这药一天一丸，把这药丸全吃了，记住这几天忌食油腻、荤腥、生冷，听到了吗？

苑美婷不知是羞怯还是疼痛，一直不敢抬头。

柳艳艳推推她：大夫的医嘱怎么不回答。

苑美婷甩她一下表示自己的心意。

李苹由衷道：神医啊！内科、骨科、妇科都会看，全能神医！

古国庆：略微懂点，略微懂点皮毛而已。

孙晓琪：不用谦虚，事实说话。再说，班里有一神医，起码方便，不用起早去医院挂号排队。不出教室就医治好了。

李　苹：说得对！我代表苑妮子谢谢神医！我自己也谢谢你！上次给我医好胳膊，没有好好谢谢你，现在一并补上。

古国庆：不用不用！老夫惭愧！说实话我还没有处方权，是不能治病的。

孙晓琪：好不好，看效果，病都看好了谦虚什么。你们知道吗？好多私人诊所的坐堂大夫都没有行医权，还不是骗人一拨又一拨的。起码你不骗人，对不？

李　苹：你怕夸奖？怎么脸红得像苹果，羞得？

古国庆见自己成了大家谈论的对象，又惹不起这群伶牙俐齿的女生，说：你们聊，我去换口空气。

几个女生笑起来，叽叽咯咯的笑声充满教室。

苑美婷笑着抬起头来：你们也是，人家给我看看病，打趣人家干嘛？以后给不给你们看病了，嘴贱！

李苹笑着：你趴着吧，刚好些又管不住嘴了？这才叫贱。说说干嘛护着他，而且“人家”叫得那么亲切！

柳艳艳：就是！干嘛护着他，老实坦白！一定有什么原因吧。

苑美婷羞怯地指点她们：你们没一个好人，趁人家病欺负人家。

李　苹：羡慕嫉妒恨啊！

孙晓琪：别！你再自己摔一跤试试！

李　苹：打趣我！看我撕烂你的嘴！

她追着孙晓琪一同跑出教室。

柳艳艳：我们也走吧，一会古国庆回来，没有什么也有什么了。

几个女生推搡着、嬉笑着走出了教室，苑美婷又趴在桌上休息起来。

校门口

中午放学，学生们匆匆出校门，散向四面八方。

苑美婷、柳艳艳、李苹、孙晓琪相跟而来。

范美婷：我没精神，就不回家了，我请你们几个喝粥去好不好？

李　苹：当然好了！有人请客，吃什么都萌萌哒！

柳艳艳：你可真听伪大夫的话，马上就不沾荤腥了。

苑美婷：听人劝，吃饱饭。我可不想再难受了，要不你来试试！

李　苹：那能代替吗？我说，你是不是爱上伪大夫了？

苑美婷：瞎说八道！才没有呢。人家医术那么高明，学习也是班里前几名，又在努力考医科大，哪里就是伪大夫了，应该是著名的中医大夫才对，你们忘恩负义。柳艳艳，你不是也让人治疗过嘛，是不是心里有意向啊，你忘了吗？人还给你解衣扣呢。

柳艳艳急得辩解，那是风衣扣，你别转移话题，倒咬人一口！

李苹装模作样地：我看你们都有意向。要说古国庆，要个头有个头，要盘有盘，眉清目秀，学习好，又会治病，是前途不可限量的潜力股。班里哪个女生不暗恋他呢！

苑美婷：哈哈！此地无银三百两，原来你在暗恋他。说！这是什么时候的事。

李苹被人猜中了心思，赶忙捶打苑美婷做掩饰：你们才是呢！一个装病，一个装晕倒，就是为了吸引人家的眼球！

触发众怒，柳艳艳不依上手撕掳李苹，苑美婷反手帮忙，几个女生嘻嘻哈哈，闹得不可开交。

孙晓琪笑道：你们吃不吃饭了？粥棚到啦！

四位美女进入粥棚。

马路上

古国庆骑车回家，身边是川流不息的人与车。他忽然瞥见鬼鬼祟祟的张庆，淡淡一笑，叉住车子买了一支雪糕正吃着，边吃边行。

阳光十区门口

古国庆疾驰拐弯，隐身楼群中，张庆追上来时不见古国庆的影子了，他冷冷一笑，转身离去。

阳光小区，八号楼楼梯道

古国庆一步两阶跑着上楼，来到四层，转过拐弯，敲响家门。古妈给他打开门，让他进屋。

古　妈：有钥匙自己不会开门啊，多亏我今天早到家，不然你敲破门也没有人给你开门。

古国庆笑着：我猜你今天一定回来早，明天星期六呢！

古　妈：鬼灵精！洗手准备吃饭。

古国庆：这么早？我爸呢？又有应酬？

古　妈：是啊！不管他，妈给你买了烧鸡，咱娘俩吃。

古国庆答应着去洗手。

二十八中校园

课休时分，学生们三五成群地跑着、跳着、嚷着、闹着，那边还有打篮球的、踢足球的……热闹的校园。

古国庆找到站在灌木丛前的夏如冰，瞅瞅四周无人注意，迅速将一纸条塞给她，然后慌慌张张地跑了。夏如冰先是一惊，接到纸条，恢复泰然，打开纸条看看，又环顾四周，微微一笑，把纸条撕碎扔到不远处的垃圾箱里，傲气地走了。

古国庆跑到李剑和罗思亮面前，对李剑说：我终于把纸条塞给夏如冰了，鼓了半天勇气才做成的。

李　剑：她什么反应？

古国庆：我塞到她手里就跑了，没看到。

罗思亮：现在什么年月了塞纸条，老土啊！应该说："美眉，把你的 QQ 号给我好吗？我有问题请教你。"

李　剑：你怎么不早告诉班头？

罗思亮：要不一个电话打过去，约她到一个地方，不见不散，不就成了吗。省得你脸红脖子粗。敢不敢的！

古国庆：白纸黑字说得清楚，不用藏着掖着，简单明了。

罗思亮：是啊！她把纸条拿给老师你还怎么辩驳？那才叫风生水起呢，对不？脑子进水了吧。

古国庆：她沉默寡言，稳重文雅，不会那样吧。

李　剑：现在的女孩难说，我初中就吃了一次巨亏，也是把纸条传给我喜欢的女孩。没想到那女孩像受到了侮辱，告了老师不说，还告诉她家长，于是我的家长也被叫到了学校，陪我挨了顿训。到现在我都恨死她了，让我丢尽了脸，一直没走出这个阴影。

罗思亮：听听！听听！如今女孩子都喜欢个浪漫、新奇，网上的传闻多了去了，你可以上网看看，不要钻在古老的医书里，把人都钻傻了。

古国庆：学校不是不让搞对象吗？明着来会挨批的。

罗思亮：这么大人了，动点脑筋行不？你看那一对对的学生都是在研究功课？你老土了！

古国庆点点头：这我有听说，那是极个别的。

李剑不屑地摇摇头：也许吧。

罗思亮：你别土了，教教你吧。你组织一个通讯录，全班同学的联系方式不就有了？电话里说话，QQ 上说话，谁能猜个透呢？通讯录只是正当借口，你是班头，可以组织啊！然后你就可以堂而皇之地联系美妞了。我是没这个权利。

古国庆：这么复杂？

罗思亮：女孩子们更复杂呢，你又不是外星人。

古国庆：我这是第一次追女孩子，确实不知道。

罗思亮：好好学吧，追女孩子我可以教教你，不过你得交学费。

古国庆：没问题！我请你吃大餐。

罗思亮：儒子可教也。就这么定了，有问题随时打电话。

李　剑：少牛啊！要是古国庆追不上夏如冰，我就找你讨说法。

罗思亮：等着吧。有我的指导，一定双宿双飞。

高一教室

下午放学后，古国庆、李苹、马飞跃等几位同学值日打扫卫生。杂乱无章的教室在大家的辛勤劳动下，变得整齐洁净。

马飞跃：咱组的值日又快又好。谁说我们不爱劳动呢？摆在这儿的成绩击溃了他们的信口雌黄。

孙晓琪：你擦擦黑板还崴了脚，还有脸说呢。

马飞跃：我那是全神贯注，一脚踩空而已。总比某些人平地摔跤好吧。

孙晓琪：五十步笑百步，一丘之貉。

李苹倒了盆里的脏水回来，听到说自己，她虎视眈眈地盯着马飞跃。马飞跃顾自说着：我就纳闷了，怎么能自己摔倒呢？我试了好几次都没有摔倒，那得下多大的决心啊！

李苹悄悄来到他身后，一把拧住他的耳朵说：我教教你。

马飞跃叫喊挣扎着，同学们嬉笑着。

古国庆上前拉开李苹：饶了他吧，怪可怜的，算他嘴贱！

李　苹：看班头的面子饶了你，若再提这把不开的壶，你就等死吧。

马飞跃：下手这么狠，人美心毒一点不假。拧得人耳朵疼，我拧你试试！

李苹剑眉一竖，向前一步，马飞跃急退几步。

马飞跃：算了！好男不跟女斗，让你一回。

古国庆：大家回家吧，我锁门。

他检查完各扇窗户，最后一个出教室锁了门，然后离开了。

校门口

稀稀拉拉几位学生离校，古国庆骑了车前行不远右拐。李苹在路边等着他呢，见他过来，紧蹬几下追到他右边。

古国庆：今天又去你二姨家？

李苹沉默一下：只给二姨送件东西，主要是约你看电影。上次给你票你不去，这次去不去？

古国庆：这个……实在对不起，我真有事情要办。

李　苹：哼！又是推托之词，能不能换个借口？不用找理由，我只问你去不去！

古国庆为难地：实在对不起！

李　苹：就是拒绝呗！扭扭捏捏的，没有对不起，再见！

李苹生气地快速骑车前行。

古国庆怏怏地缓缓而行。

阳光小区

古国庆推着自行车到门口时，李苹已从小区出来，恼悻悻的脸庞像遮盖了一层乌云。

古国庆挥手打招呼，李苹不予理睬，顾自骑车走了。古国庆尴尬地放下手，推车进入小区。

幸福十区

这是一高档小区，设施一流，一喷泉池里雕着群鱼跃龙门，那边是一座不大的假山，山上绿柳萌萌，几个小亭散立在山上。那边是健身场所，有好多健身器材，高层之间楼距很宽，比建筑设计要求的还宽。

张庆家，餐厅

张庆顾自将一盘鸡翅吃完，然后用餐巾纸抹抹嘴，心满意足地回卧室了，没有对正吃饭的父母说话。

张庆爸：看见了吧，这就是你儿子，一点人情世故不懂，将来怎么办？

张庆妈：孩子喜欢吃就让他吃，难得他喜欢吃。再说读书很辛苦，应该多增加营养。

张庆爸：我不是嫌他吃，只说他应该懂一点家教，谁家孩子这样吃饭？这样自私，不懂礼数，到社会上会吃大亏的。

张庆妈：你少说两句吧，我儿子我知道。他在家里这样，到了外边会讲理。那次你们公司酒会，孩子不挺给你长脸嘛，你们公司的人都夸他呢。

张庆爸：唉！好好一个儿子让你惯成小霸王了，一个霸道，一个不讲原则地溺爱，他可要好了呢！将来总有你后悔的一天。

张庆妈：都是你，张嘴就骂，伸手就打。把孩子吓得胆小成那样，我再不惯着点，孩子能活吗？

张庆爸：遇上你这个不省事的妈，我可是真遇好了，一对冤家！张庆爸气哼哼地回卧室去了。

张庆从卧室偷窥到爸爸回卧室，他蹑手蹑脚来到餐厅，把妈妈悄悄拉到客厅。

客　厅

张庆低声道：妈，给我一万块钱。

张庆妈：你要这么多钱干嘛用？出了什么事情了？

张　庆：没有。我同学有一石头，特好，石头中间还有两只蚂蚁呢，我特喜欢，想和他买。妈，真的是我一眼看上的。给我一万。

张庆妈：一万块买一块石头，太贵了吧？

张　庆：不贵，那石头是块琥珀，我估计经过加工能卖十万呢。我这是和人商量成一万，还不知人家卖我不呢。妈！

张庆妈看看儿子祈求的目光：明天妈到银行取给你。不要让你爸知道啊，你爸知道你不好好学习买石头，一准会打你。

张　庆：知道！我不让爸爸知道，还是我妈对我好！

张庆妈：少说甜言蜜语。告诉你，这几天放学早些回家，你爸生意出了点意外，正烦着呢，你别撞枪口上。

张　庆：好咧！知道了妈！

校园里

李苹和柳艳艳正散步，李苹发现了情况，一指灌木后的柳树下，柳艳艳寻指望去，原来是男女同学在亲吻。

柳艳艳：现在的学生够开放。大庭广众之下，不懂避讳着点，当校园是无人区啊。

李　苹：可不是嘛！学校明文规定学生不许谈恋爱。唉！这种风气能把学习搞好？

柳艳艳：真不雅观！不合国情！更不合校规！

李苹直视柳艳艳：说得好！不过话说回来，学生也需要爱情，你说对不？

柳艳艳：小屁孩懂什么爱情。

李　苹：我们都多大的姑娘了，还小屁孩？都是风华正茂的青年了，正是所谓的青春懵懂期呢。

柳艳艳：看来你是春心萌动啊！

李　苹：你瞎说！

柳艳艳：那为什么我走到这里都没发现，而你老远就看到了？还不是注意力不一样嘛！

李　苹：你真是抬杠铺生的。

柳艳艳：你才是，你爸爸是杠铺老板。

李　苹：你胡说八道，走啦！

李苹说着跑走了，柳艳艳看看继续亲吻的学生，她若有所思地迈动脚步：你等等我！

阳光小区，古国庆家，中午

古国庆妈正在厨房忙碌地做菜，听到房门铃声，她关了火来到门口，从猫眼向外看。

古　妈：你是哪位？你找谁？

张庆在门外：我是张庆！古国庆同班同学。

古妈打开门：你是张庆？听国庆说过你，请坐！

张庆进屋。

古　妈：你随便坐。

张　庆：不坐了，阿姨！你忙你的，古国庆今天中午不回家吃饭，让我顺路拿一本下午要用的书。

古　妈：噢，他不回来啦？这孩子也不打个电话告诉一声。你到他卧室找吧，就那屋子，我得把那个菜做好。

古国庆卧室

张庆进屋立刻在书柜、床头柜翻找起来，他在找那块琥珀，能翻的地方他都翻遍了，没有找到，他思谋着。这时，听到了古妈的脚步声，他连忙从书柜里随意抽出一本书，转身出卧室。

古妈走到卧室门口：找到了吗孩子？

张庆晃晃手中的书：找到了！在书柜旮旯里放着呢。古国庆卧室挺简朴的。

古　妈：是啊！一个孩子家家的能有学习的地方就很好了，不能有摆设，东西多了会玩物丧志。孩子，你在这吃午饭吧，阿姨做了几个菜呢，国庆又不回来。

张庆佯笑着：不了，阿姨！我回家吃。

古妈送张庆到门口，张庆告别后，古妈疑惑地微微摇摇头，关上了门。

校　园

下午上学时，古国庆在存车处的路上拦住张庆。

古国庆愤愤地：你脸皮真厚！竟敢行骗！

张庆分开他的手：这都是你逼的！一块破石头谁让你不卖我。我就看上那块石头，实话告诉你，我得千方百计弄到手，不然我不罢休！

古国庆：强盗逻辑。知道你不择手段的后果吗？我可以起诉你行骗，让警察来逮你。

张庆满不在乎：少来！我懂！拿来证据！我又不二。

古国庆：你这样霸道地一意孤行，将来会毁了你！

张　庆：我不想那些没用的，只喜欢那块石头。你卖给我不就得了？我们是同学，又是朋友。

古国庆：我没有你这样的朋友！你以后不要和我说话、共事，你打人、行骗、耍阴谋，你是天下第一无耻之徒。

张　庆：我原本想如果找到那石头就把带着的一万元钱给阿姨，算我买的。我压根不想骗人，真心实意想要那块石头，不信你看，钱我还装着呢。

张庆露出一沓百元大钞。

古国庆上下扫视他一番，又看看身边匆匆而过的同学。

古国庆：实话说，这石头我可有可无，但我得治治你的霸道行径。这样撂个话，如果你能改掉霸道的毛病。也许我可以考虑把石头卖给你！

张庆喜出望外：真的？太好了，要我怎么改？多长时间？

古国庆：你如果改正，我会看到，我心里有数，你不用想虚伪地伪装几天好人就得到。奉劝你一句，不要再做傻事玩过火了。

说完，古国庆转身而去。张庆望着他的背影，也迈开脚步。

校　园

树叶在秋风中纷纷落地，红色、黄色，五彩缤纷的落叶，好一派深秋迷人的景色！古国庆独自在避雨亭中闲望，夏如冰进入亭子。

古国庆：稀罕！你也有闲情逸致？不学习了？

夏如冰：这里不是你家，管得着吗？

古国庆：你是我同学，我能不管吗？

夏如冰：收起你的虚情假意吧，别扯那些没用的。

古国庆：噢！那你是来给我准信的？

夏如冰：什么准信？

古国庆：我给你纸条，你总得给我个回音吧，这都隔了几个月了。

夏如冰“哦”了一声：没有消息就是回音，最好的回音，谁也不会为此而不好意思，对吧！

古国庆：明白你的好心好意啦！

夏如冰：我是有一件事情想请你帮我个忙，不知你愿意不愿意帮。

古国庆：帮！在下义不容辞，好歹是同窗同学呢！

夏如冰：我有一个条件。

古国庆：帮你忙你还有条件？怪，是怪！

夏如冰：这条件你答不答应？

古国庆：你说说看。

夏如冰：帮我忙后，不得要求回报什么。

古国庆：去除私心杂念呗！答应。

夏如冰看看他，思忖一下，转身欲走。

古国庆拦住她：说，什么事？别扭扭捏捏的。

夏如冰：你是个爽快、干练的好心人，从你奋不顾身给同学们救治就看出来了。

古国庆：什么事？说！

夏如冰低下头，伸手指着脖子说：你看我这里起了个疙瘩，开始很小，现在这么大了。可恨的是越大越痒痒，我又不敢使劲抓挠，弄得我夜不能寐。也不想说给我妈，怕她担心，想请你给看看怎么回事，然后再对我妈说。

古国庆听说是病，来了精神。

古国庆：你别动，我看看。

他仔细盯着夏如冰脖子上的红疙瘩，食指轻轻触碰，轻轻按按疙瘩四周。

古国庆：我按这里疼不，什么感觉？

夏如冰：不疼，痒痒，按时痒痒得更厉害一些。

古国庆：哦！你坐这儿，我给你号脉看看。

两人坐到亭中石凳上。古国庆给夏如冰把脉，他眯缝着眼睛，寻思着，还真像一名中医大夫。

古国庆：好了！你脉象正、强，浑身经络畅顺。所以只是这个疙瘩得做个小手术。

夏如冰：手术？

古国庆：就像长了粉刺挑破放脓一样，别害怕！一点儿不会疼。问你一下，你放暑假时到过农村吗？

夏如冰：暑假时回过我姥姥家住了一个多月。湖南乡下，那里正是热的时候，蚊虫特多，可风景真美，青山绿水，岚气蒸腾，水乡风光，尤如仙境一般。

古国庆点点头：明天早自习时我给你治，不耽误你的学习。手术用具我会带来，你不怕别的同学看就行。

夏如冰：有什么可怕的，我只当秀一场。只是我怕疼，你是要刺穿、去腐、动刀、敷药吗？

古国庆：听你说你也懂不少医学知识呢！现在的人只知道吃药、打针、化验、打吊瓶。

夏如冰：久病成良医。我妈身体不好，长年吃药，我陪着妈妈看病，所以也就知道一些皮毛。

古国庆：你爸呢？

夏如冰：上班挣钱养活我们呗！

古国庆：哦，不会太疼，只是出一点点血，时间也不会长。明天早点到校。

夏如冰：拜托啦！小女子把性命交给你了。

古国庆：言重了，言重了。

夏如冰微笑着走了，古国庆自思起来。

高一教室

晨阳刚刚升起一竿，和煦的阳光透过窗玻璃，把教室照得十分明亮。已经有一半学生在上早自习了，古国庆才进了教室，他冲早已等候多时的夏如冰点点头，径直来到她面前，把前排的椅子拖到一边，然后将带着的一个手术包放到一边课桌上。

夏如冰的两个闺密围了过来，一左一右坐到夏如冰身旁。

古国庆：你趴在桌上伸长脖子就好，不能乱动。

夏如冰如言，趴在桌上，伸着脖子，如待宰的羔羊。

古国庆打开手术包，用镊子镊了酒精棉给患处消毒，换棉球再消一次毒，然后从一铁盒中取出一个如戒指大小的银环，他用银环罩住红疙瘩，两指轻轻压住银环，慢慢转动。

旁边站满了围观者，大家眼睛都一眨不眨地盯着他的举动，大气不敢出，有的同学用手机摄像，有的照相。

古国庆将银环压进肉里一些，就见红疙瘩在环中凸出来一些。他取一银针，那针头却是像扁平的刀子一样（俗称“小针刀”），消毒后，用刀刃轻轻挑起皮肤，另一只手拿起镊子，伸进刀口处探了一下，又往里伸着夹着一虫子样的东西退了出来，举到眼前看，松开针刀的手拿出一玻璃培养皿，把那东西放进去盖好，才长吁口气。接着擦血迹，消毒，取下银环，又将带着的黑乎乎的药膏涂抹到伤口上，剪一小角医用纱布盖住，用胶布粘好。

古国庆：好了！你可以抬头了，有什么感觉告诉我。

他一边说着，一边收拾自己的手术包，拉回椅子。

夏如冰晃晃头：好了！爽快了，一点不痒痒了，正如你说的，就一开始你按着时有一点点疼。

马飞跃拿起培养皿看着，惊讶地喊：嘿！是条虫子，活生生的虫子啊，你们看啊！

大家都惊奇地传着看起来。

马飞跃：我真纳闷了，人脖子上怎么会长虫子呢？

罗思亮看过虫子：神了神了！古四眼，你怎么知道她疙瘩里长的是虫子呢？

马飞跃：这手术要搁医院里，化验、照相、手术，一定得花几千块钱呢！就这一个手术包，打开一个包五百块。

李　剑：你这小子就知道钱！古国庆说说，怎么回事？

古国庆：这个疙瘩红红的，又没有化脓迹象，而且痒痒难耐，经过我按诊也不疼，我判断它一定产生在皮层间。给她号脉，脉象平稳正常，询问她又说在农村住过一个多月，更增加我对异物入驻的判断，所以大胆地做这一手术。至于是什么虫子，我不知道。自然界里寄生的虫子多了去了，这得请教生物学家，他们能对虫子做出判断。

男生甲：太奇怪了，活虫子长在脖子上，真不可思议！

男生乙：我可从来没见过这种长虫子的病。

男生甲：不用说在座的各位，你们的父母也不一定见过。

古国庆收拾好自己的手术包，对夏如冰说：这些天你忌食辛辣。这药膏拿着，接着抹，这个是我爷爷配置的，宫庭秘方，伤好后不留疤痕。

上课铃响了，王老师来上课，发现学生异常激动的气氛，她向一排学生打听，学生告诉了她。

王老师：什么样的虫子？我看看。

古国庆把培养皿交给老师。

王老师看看惊奇地：这虫子就长在脖子上？还活着呢。你们看啊！

古国庆：老师，人体长虫子很正常，比如蛔虫、绦虫都在各个器官里，长在皮层间的少。《三国演义》中华佗篇里说过，华佗在田间遇一农夫额头有疱，就给他诊治，出一飞鸟，晾一会儿飞走了，那时离现在几千年了呢，当时的人们相信，现在的人们谁会相信这儿长一鸟？

马飞跃：看眼前的奇迹，我想那也是真的。

王老师：网上说这里那里长虫子我信，眼前这虫子也信，但飞鸟长在额头无法相信。你们想啊，鸟蛋怎么进额头呢？不进额头有鸟吗？打住！这事以后再说，咱们上课。

李　苹：起立！老师好！

王老师：同学们好！请坐下！打开课本……

教室办公室

王老师举着培养皿：各位！请你们看个稀罕物件。

两名老师看看不以为然地：这有什么稀罕，不就是要死的一条虫子吗？

王老师：草地里的虫子不稀罕，长在脖子上的虫子稀罕不？

老师甲：什么？脖子上的虫子？快给我看看，看看。

他拿起培养皿仔细观察一阵：这是一条普通的虫子啊。

王老师：这虫子就长在我班女生脖子上呢！

老师甲：你胡说吧，绝对不可能！

王老师：不可能成为事实的事多了去了，这个世界上只有想不到，没有发生不了的事。这条虫子是我班古国庆在夏如冰脖子上取出来的，我班好多同学亲眼目睹，有的学生还摄了录影，有的照了相，绝对真事！

老师们听如此说，都好奇地看看虫子，有的狐疑地瞅着王老师，眼睛在询问真相。

王老师：千真万确！开始我也不相信，可看了学生们的录影，我也没话说了。我心情很激动，真的很激动！不可思议的奇迹。

刘老师：古国庆做的手术？他怎么知道脖子上长的是条虫子呢？

老师乙：这要在别处听到，我一准不会信，可王老师一说，我信了！而且有学生的录影作证。

王老师：学生说回去他就把录影、照片放到网上去。你们可以去看看。

老师甲：前些天，网上流传人脑长了虫子，有的肺部长了虫子，我将信将疑。刚才这事发生在我的身边，不得不信啊！如今还真是产生奇迹的年代！

王老师比画着：夏如冰这里长了疙瘩，就让古国庆诊视一下。古国庆艺高人胆大，刚才做了个小手术，取出的虫子活得好好的。也是初生牛犊不怕虎，动刀流血的手术说做就做了，古国庆这小子确实是个人才、怪才、医才！

刘老师：还有，奇事、奇人、奇运是吧！一听就知道你喜欢这个学生。

王老师：这样的奇才哪个老师能不喜欢？学习好、会医术、长得帅，你问问哪个老师不喜欢？你不也喜欢嘛！

刘老师：我喜欢也不是我麾下的兵，白喜欢！

王老师：要不把他转到你们班好了。

刘老师：那敢情好，怕你不舍得。

王老师：做梦吧，才不给你呢！

老师们都笑起来。

老师甲：还是说的孩子话、孩子气，为人师表四年了还是长不大。

老师们笑着，随着上课铃声各赴各班上课去了。

王老师拿着培养皿看着，脸上泛着开心的笑意。

校门外马路上

中午放学时，古国庆和李剑同行。李苹骑车追上他俩。

李　苹：班头，站一下，我有话说。

他们都站在路边。

李　苹：班头，出了这么大的名，该当请客。

古国庆：请客？出什么名？

李　苹：神医的名啊！你想想，班里的同学知道吧，王老师拿走虫子去办公室一说，老师知道吧，接着有人汇报校长知道吧，晚上咱班同学把录影发到网上，全国人民都知道了吧！轰动一时，名扬四海的神医诞生了！所以你该请客对不对？

李剑笑道：应该请客，我也这样认为。

古国庆笑笑：那就请客。走，吃什么？说！

李苹笑道：要的就是这句话，不许反悔！

古国庆：男子汉说话算话，不反悔！

李苹诡异地笑着向四方招招手，就见柳艳艳、孙晓琪、苑美婷、马飞跃、甲、乙都现身围过来。

古国庆：你们这是要吃大户哇！我一个月生活费够不够？

李　苹：你可是答应的，要不让他们回家？

古国庆看着围来的同学：服了你们了，先试探小股，后聚吃大户，咱们吃什么，说。

李苹想了想说：本姑娘爱喝粥，吃馅饼，行不？也给你省着点。

古国庆对李剑：你也一起去喝粥？

李　剑：我不爱喝粥，既然吃一回请，喝粥可不划算。

古国庆：好啊，我当你是好人呢，原来你和他们是一伙的，怪不得今天和我走一路呢。

大家笑起来。

马飞跃：咱们到渔村吃鱼吧，好久没吃过鱼了。姑奶奶们，我的提议怎么样？

李　苹：不怎么样，我不喜欢。

柳艳艳：吃鱼好、鱼肉不长胖，我们举双手赞成。

古国庆：那就渔村，走！

大家伙都骑了车，浩浩荡荡地向渔村进发！

高一教室

下午一节课后的课休，还有同学正写作业。这时，孙晓琪、苑美婷在柳艳艳的授意下围住李苹。李苹写完最后一个字，抬头看到姐妹。

李苹诧异地：你们围到我这干嘛？

柳艳艳诡笑着：该坦白了吧，等你好久了，别装傻。

李苹茫然地：你说什么？我不懂！

柳艳艳：中午为什么提议去粥棚？隐含了什么深意？说好好讹他一顿，为什么变卦？

李苹脸有些发烧：人去粥棚请客就不错了，一个学生你还想吃月亮星星？

柳艳艳：这不是真的想法。

孙晓琪：招了吧。不招没有好果子吃。

李　苹：就知道你们没安好心。拿我当枪使，讹人你们怎么不出面，挖坑陷害我！

刘艳艳笑道：知道就好。说说，识时务者为俊杰，姐妹们准备好了没有？

苑美婷：早准备好了。

几个好姐妹做抓挠状。

李苹怕了：我说，我只是对他略有好感，仅此而已。

孙晓琪：仅此而已？

李苹无辜地：真的，我觉得他长得帅，学习也好，还会治病。他对所有同学都好，还给你们治过病，你们不能忘恩负义！而且，他作为班长不是说过，上学时期不搞对象，耽误学习呢！

柳艳艳：什么都好不就是爱上人家了嘛，姐妹们！你们谁听古国庆说过不搞对象呢？

“没有！我没有听过说。”

“我也没听说。没有！”

李苹急赤白脸地：那天古国庆课堂说的，你们都在。就那天，老师让我读学生守则那天。你们耳朵卖了菜了！

苑美婷：我们没留意，没听到，就你听到了！而且记忆犹新。这种留意是什么意思？你们说！

大家笑起来。

柳艳艳：爱的意思呗，爱的留意！

李　苹：胡说八道！不理你们了，一群坏人。

苑美婷：那你脸红什么？心慌什么？

李　苹：哪有！瞎说！

柳艳艳使了个眼色：明白了吧，目的达到，撤！

李　苹：原来你是幕后指使。看我怎么收拾你！

李苹扑向柳艳艳，柳艳艳一把将孙晓琪拉作挡箭牌，自己一下溜跑到一边跑出教室，李苹追去。姐妹们说笑着走出教室。

李苹家

晚上，李苹在自己屋里学习。桌上的电脑挂着 QQ，她听到 QQ 里寻自己的滴滴声，接过呼叫，群里有同学发的留言，她打开来是早上那时的录影。

李苹大叫：爸！妈！你们来看！快来！爸！妈！

李苹妈：什么事啊？叫喊这么急，失了火似的。

李苹打开留言：爸妈，你们看，这是发生在我们班的奇事，你们看。

录影重放早上古国庆做手术的影像。

李　苹：爸，妈，你们看，脖子这个疙瘩里是条虫子，真的虫子。

李苹爸妈不相信的样子：别说话，看完再说。

录影完了。

李苹爸：不过是哪个孩子玩的魔术！谁做的节目？也就是那么一回事。

李　苹：知道你们不相信才让你们看现场。现实都摆在你们面前了，还是不相信。这是真实的，现场录影。就早自习的时候，班长古国庆给夏如冰做一小手术，全程录影。刚从疙瘩里拿出来的时候，这虫子还动呢。

李苹妈见姑娘着急的样子：信！爸妈都信！敢情你吃饭没好好吃就为了看这条录影？妈早看出你吃饭没在心上。

李苹爸：你说真的，就是真的，爸也信。你学习吧，爸去看电视去！

李苹爸妈出去了，李苹独自坐着：什么事情啊，摆在面前了也不相信，真是的！现在的大人怎么这样啊！

公园门口

天阴沉沉的，马上就要下雨的样子。晨练的人们三一群五一伙地退出公园向四方散去。

古国庆在进口处转啊转的，急得像热锅上的蚂蚁。一会看天，一会看向大街。一看就知道他在等人！

大街上的人流、车流匆匆来匆匆去，更增加了古国庆的焦躁不安。

公园对面的冷饮店

李苹、苑美婷、孙晓琪紧靠窗户坐着，一人一杯冒着热气的奶茶。她们的眼睛都盯着街对面公园门口的古国庆。

李苹幸灾乐祸地告诉她们：昨晚下学时我把一张纸条放到古国庆书里，假借夏如冰的口吻约他在这里见面，还约了个早八点。那小子还真就按时到达。看见了吧，站了一个多小时了。

苑美婷：我醉了，真醉了！你干嘛这样恶作剧啊，你是不是真看上古四眼了？

李　苹：本姑娘哪能看上他，只是想看看他发糗的样子，没看过他这样子呢。总是傲气凌人的样子。

孙晓琪：人才没有你的傲气呢。不过话说回来，人不可貌相，知人知面不知心啊。李苹这样的美女有这样龌龊的心态，谁能想到？

李　苹：怎么说话呢？尽惹老娘生气。

苑美婷：爱有多深，恨就有多深！那天你死活不承认爱上人家，今天怎么能这样？此地无银三百两。

李苹眼睛一瞪：你们是不是我的好姐妹？尽帮他说话！

孙晓琪：没良心的！我们是关心你、在意你。你早说了你的心意，我们帮你搞定，也不用这样麻烦。再说古四眼对你不错，军训时的救治就是一大功劳，要不你不知在医院被大夫怎么整治呢。古四眼有你这样的同学倒血霉了。

李　苹：你是不是也爱上他了？是就明说，让给你。

孙晓琪：本姑娘没这心思，因为没那长相，哪敢痴心妄想！只是替你心疼他一下，你看这一会儿晴一会儿阴的，你不心疼？有你这样损友一边策划一边看热闹，好无奈呢。

李苹眼睛一瞪：你！

苑美婷：你们看他在打电话。

仨女生的目光又聚到古国庆身上，忘了争吵。

公园门口

古国庆拨打电话后，目光一直看向东大街上，不一会儿夏如冰从东街匆匆跑了过来，古国庆迎上去。

古国庆：总算来了，小姐，看看几点了。

夏如冰：我不是小姐，电话里不是告诉你我没写什么条子吗！

古国庆掏出条子：你看看，你的签名，害得我八点差十分就来等你了。

夏如冰仔细看过纸条，冷冷道：你仔细看看，这是我的笔迹吗？

古国庆认真看着：是有些不像你的签字。

夏如冰斜视他一眼：算了！念你空等两个小时怪辛苦的，不怪你了。你有什么话说？

古国庆尴尬地笑笑：我请你逛公园吧，也不枉我等一上午。

夏如冰：谁要你等了，不稀罕！好不容易有一个休息天，让你搅了。我还和我妈说了谎，看你待我不薄的分上，就委屈和你走走吧。下不为例，听清楚。

古国庆欢欣地：下不为例，下不为例。请！

俩人步入公园。

冷饮店

李苹气得一屁股坐到沙发上，噘起了嘴，脸色变得铁青。

苑美婷：搬起石头砸自己的脚，帮人家一个忙啊！

李苹气呼呼地盯着她：说什么呢你？

孙晓琪赶紧打岔：谁要牛奶，我请。

李苹气呼呼地：不要，气都气饱了。就知道吃！回家！

李苹气狠狠地离开冷饮店。

苑美婷：命里有时终须有，命里无时莫强求………

孙晓琪拉她一把，使个眼色，苑美婷把话咽下去了。

孙晓琪：走吧！别让她走丢了。

俩人急匆匆地跑了出去。

公园小径

小径弯弯曲曲，两边树木林立，树下绿草茵茵，这时下起了小雨，人们都往避雨亭中跑。

走在小径上的夏如冰撑开了雨伞，古国庆走到伞下，接过雨伞。

古国庆：还是你有心，带伞过来。

夏如冰：我出门时看天色不好，就把伞装包里了。这是我多年来上学的习惯，天气不好就带雨具。

古国庆：向你学习好习惯。

夏如冰：你喜欢淋着小雨的感觉吗?

古国庆：喜欢！打小就喜欢！你听着雨滴在树叶上的响声，滴滴答答多好听！我在农村住着时，下雨天也会到林中泥泞的山路上走走，四周都是泛熟的庄稼，空气清新，雨珠滴答答。那环境，那声响，真是妙不可言，让人陶醉。

夏如冰：我喜欢雨中散步，尤其公园林间小路，这份感觉真好!

古国庆：咱俩志趣相同啊!

夏如冰：这算什么志趣啊。我有个问题问你，你医术是怎么学的，和谁学的?

古国庆：这个啊！打小跟爷爷学的。我爷爷是我们老家著名的大夫。我爸妈去城市打工，就把我搁乡下了，那时我才三岁。我爷爷说我小时候特别聪明，三岁时爷爷就教我认字了。第一本启蒙书就是《黄帝内经》，半年我就把它背会了。爷爷看我是块材料，就上心地教我，讲经络、骨骼、穴位、药草、药理、把脉，跟着我爷爷到处跑，哪里有病人，就会去哪里。各式各样的病都经见过。五岁开始学把脉，遇到不急的病人，爷爷先让我把脉说给他，他再一点点分析，教导我。再大时，我先把脉开方，爷爷再分析、斟酌，我也就成了一名小有名气的乡村医生。那时候，养成了看书的习惯，不夸张地说，我把村里所有的书都看了一遍。天文地理、历史、小说、散文、诗歌、古籍，都有涉猎。上学后，所有能借到的书都阅读过，所以知识很杂，但是万理不离其宗，都围绕着人的生存写的，都和治疗病痛有关联。你喜欢看书吗？

夏如冰：喜欢！可我妈不让看闲书，怕耽误学习，一味地只是教科、教辅，所以知识面比较窄。

古国庆：唉！咱们这一代人深受知识面窄的害啊！遇到问题不懂、不知、不理解，无法正确对待。都是家长好心控制造成的。学科外的问题一问三不知，还总自以为是呢。其实，广泛地涉猎对学习有好处，各学科的道理是相辅相成的，你看班里读书多的语文就学得好，作文棒，而且历史、地理、化学、物理也差不到哪里去。因为他通过语言理解了问题所在，不像有的同学看了十几遍题也不知道说的是什么，这能学习好吗？

夏如冰：嗯！你说得在理。可家长们不知道啊，你该著书立说，教育教育只认死理的家长们。

俩人对视而笑。

夏如冰争过雨伞跑到一棵不大的树下，她指着树根招呼古国庆过去。古国庆一头雾水，以为发现了什么东西，急忙跑过去看树根。夏如冰用力踹了一脚树干，跑走了。古国庆被树上的落水浇了个透湿。

古国庆抖着头上的水：你这么坏？还有这样的坏心眼，看我的！

古国庆追逐夏如冰要抢伞，两人在雨地里嬉闹着。

雨继续下着，公园里几乎不见游客，显得空旷，古国庆和夏如冰来到游廊中。

游　廊

俩人坐到廊凳上。

古国庆：平时看你文静似淑女，才发现你也好闹。

夏如冰笑道：这叫童心焕发。

古国庆：你笑起来很无邪、很天真！笑声像银铃一样，好听！

夏如冰：哄女孩子的甜言蜜语你少来，本美女不吃这一套，说好了，这次给你面子，下次绝不许拉我当垫背，听到没？

古国庆：听到了，这叫牛逼。

夏如冰微微一笑，扭脸看雨中风景。

古国庆：我给你讲个故事听吧，好不好？

夏如冰：讲来听听。

古国庆：那是我六岁时，发生在春天里的事情，村里人春种完后一段时间，都会修缮一下住房啊、厦啊什么的。

夏如冰：厦？什么是厦？

古国庆：厦，简单说就是没有门窗的棚子，三壁一顶谓之厦。高楼大厦知道吧，古代建房院时，总要有一厦，放置农具、车等，也可做人避雨雪、吃饭的休息地，就是可容纳很多人的棚子。

夏如冰：明白了，这些老知识你也懂，你像个老爷爷似的。

古国庆：不贴切，不如叫大叔顺口好听。

夏如冰：美得你！往下说。

山村回忆

大地披上了绿装，地里是春忙的农人。村子在一沟内由二三十栋房子组成。而贴着崖畔、隔三差五在凿着窑洞，每个窑洞院由三孔窑带一土坪构成。

老宅回忆

一坪小院，北窑三孔，东房两间，西方三间，几畦已种上菜的地上铺着塑料薄膜。

北窑洞

六岁的古国庆和精神矍铄的爷爷正各自看医术。爷爷在炕桌旁坐着。古国庆躺在炕上，地下放着两个躺柜，弧形顶的墙上挂着一幅幅《妙手回春》《治病救命》的锦旗。

古国庆：爷爷，脉实中有浮怎么说？

爷爷看着孙子：偶尔浮，还是连贯浮？

古国庆：偶尔浮一下。

爷爷思忖一下：偶尔浮，不规律，主心病，也就是人们所说的心脏病前期。吃几剂参汤，然后服柏子养心丹即可。心是人之根本，所以要随时观察，填补药剂，不得有一丝一毫差池。

古国庆：晓得了，爷爷！

他又认真看起书来。

爷爷笑眯眯地望着孙子：俺孙子一准能接好俺的班，将来当个好中医。不像你爹不着调，死活不学医，他也不是那块材料。

古国庆：爷爷，不准说爹！俺爹生意做得挺好。

爷爷笑道：好！你爹好！你们亲父子嘛。

古国庆扔下书扑到爷爷背上，右手作势要揪爷爷的胡子，爷爷笑着躲着。

奶奶进来：你爷俩闹得，你们都是一家人。

爷　爷：你能听见？耳朵真灵。

奶　奶：当我七老八十听不到你欺负俺孙子？国庆，奶奶在炉子里给你烤了红薯，想吃不？

古国庆：想吃得很呢，奶奶你不去打麻将了吗？

奶　奶：奶奶收拾一下东屋，现在就去，记得拿红薯，别烤焦了。

奶奶说着走了。

古国庆给爷爷按摩肩头。

古国庆：爷爷，我去城里念书你会想我吗？

爷　爷：会想，爷爷想孙子是常事。孙子可就不会想爷爷了。

古国庆：我也会想爷爷，真的，我是你亲孙子呀。

爷　爷：小嘴可真会哄爷爷开心呢。

古国庆：爷爷，俺到城里上学是不是还早呢？爹过年回来说九月份带俺走。

爷　爷：改了。后来俺和你爹商量，你就在镇里上学。一来镇里学校和城里学校差不多。二来，你可以照顾爷爷奶奶。三来么，你可以学习临床经验，俺们计划你小学毕业后再说。

古国庆：那你不早告诉俺，害得俺害怕离开哭了两次。

爷爷一把揽过孙子来：俺看看哪只眼睛哭了，俺看看。

古国庆咯咯地笑着钻到爷爷怀抱：坏爷爷，爷爷坏。

爷爷笑着：哈哈哈，俺孙子有良心，还怕离开爷爷，亲的！

这时，院里传来一阵慌乱的脚步声，还有呼呼的喘气声，打断了爷孙俩的温馨。爷孙俩隔窗户玻璃看去。

院里，回忆

四位汉子抬一门板，门板上躺着一位昏厥的中年汉子。前面一汉子已到窑前敲门了，汉子叫柱子，是村里的农户。

北窑洞，回忆

柱子闯了进来：古大夫！古大夫！快救救愣四，快救救他。

爷爷急忙下炕：怎么了，你说清楚。

古国庆早已机灵地穿了鞋，站在爷爷身边。

柱　子：俺邀请几个人收拾俺家的棚厦。谁知一檩子从顶上掉下来，一头正好砸在愣四大腿上。他一下就晕过去了。求你快救救他！快救救他吧！

院里，回忆

爷爷给伤者把脉：有没有出血？

柱　子：俺们卸了块门板就把他抬来了，没有看到有血流出来。

爷爷翻看了伤者的眼睛，又掰开嘴看看舌头，然后对柱子说：把他放到西屋炕上，轻轻用门板托着，千万不能再有磕碰，万一出血人就危险了。

西屋，回忆

地上一张八仙桌，两条长凳，伤者被安顿到炕上。

爷爷进来时，拿着一把大剪刀，他跳上炕，三下五除二将伤者裤子剪去，审视了一番，轻轻摸着淤青的地方，思考了一下，跳下地，从八仙桌上取了针包，拿了银针给伤者扎到虎口、人中、太阳穴、额头处，病人呼吸平稳一些了。

爷爷对柱子：他大腿骨碎了，好在碎骨没有刺穿血管，没有大出血，还能救。这里只能包扎一下，你送县医院吧。

柱　子：古大夫，求求你救救他吧！县医院离咱这一百多里的山路，路上就颠散他了。

同来的汉子们也都求爷爷。

爷　爷：我知道他受不得这路。

柱　子：古大夫，您放心大胆给治，一切后果我担着，绝不为难您，求您了！

爷　爷：丑话说在头里，要治好了，伤者也许会瘸。

柱　子：不怕，命要紧，古大夫求您了。

爷爷点点头：柱子，你到院里抱些柴火，把炕火烧烧，逼逼寒气。国庆，去东屋取这么长的竹板来，顺手拿绷带、胶布。你们几个小伙子听俺指挥，一同给他治伤。

古国庆冲出西屋，一下子就又回来了，手中拿着需要的物件。柱子已点着了炕火。

爷爷拿细小的舌板将伤者的牙撬开，垫上毛巾，又分配着人头：你按着他的头，别让他乱动，你按右手，你把住腿。柱子，你也来，烧烧就可以了。柱子把住伤腿，你把住左手。你们一定听我的话，我让怎么动就怎么动，咱现在开始，趁他伤处还麻木着少些疼痛，听我的啊！

爷爷的手在伤者隆起的大腿上，拿、捏、卡、拍、揉、轻缓重力，伤者呼喊着、哼着、呻吟着、挣扎着，爷爷一边还对柱子下着拽、扭、转、推的指令。伤者头上汗水淋漓，几位帮忙者也汗水淋淋。

古国庆一直拿着竹板等用具站在一边，认真、仔细地盯着爷爷的手。

爷爷脸通红，挥把汗水，指挥说：轻轻拽！慢点！好！慢慢转转脚！朝你右手方向！转！转！转！别动！好！放正！好！轻轻向上推一点儿，推！推！好！别动了！竹板！

古国庆递上竹板，爷爷接过来衬到伤者腿下，又要一片，又要一片，用竹板把伤者大腿围起来，轻轻用绷带分四段绑好，固定好，然后跳下炕来，擦擦头上的汗，用毛巾给伤者擦汗。伤者一动不动，早疼昏死过去了。

爷爷把银针拔了下来，用长针换穴位扎了进去。爷爷对古国庆道：刚才是镇痛止疼，现在是安神催眠，你记住啊。

古国庆点点头，盯着爷爷捻针的速度、深浅。

爷　爷：好了！大家撒手吧，剩下的就看他的造化了。

几个人松口气，都擦拭着自己的汗，跳下炕来。

爷爷对柱子：今天得三个人看着他，千万别让他动这条腿，一动就前功尽弃。你们一个烧炕，一个跟我拿方抓药。其他人看着他，千万不能离人，大家辛苦今晚、明天、后天三天，这要命的三天一过就好说了。

汉子们答应着：好的，我们照看他。您也该歇歇了，剩下的我们来。

爷爷、柱子、古国庆回到北窑。

北窑回忆

爷爷写了方子递给柱子：先抓五副，水煎服，这是活血化瘀、败火清心的药，对了，你先买尿不湿给他垫着。今天你们的晚饭就在这儿吃了，明天再说。国庆，去麻将馆喊奶奶回来做饭。

柱子激动地：古大夫，谢谢你的救命之恩，谢谢你！

爷　爷：先顾伤者要紧，去吧！感谢的话以后再说。国庆快去！

国庆和柱子同出北窑。

山村，回忆，傍晚

杨柳青青，满目苍翠，鸡鸣狗吠声相闻。

夜幕降临，北窑里灯火通明，西屋也是一样。

北窑，回忆

爷孙俩正对坐在炕桌吃饭，爷爷抿一口酒。

古国庆：爷爷，真神！没想到爷爷会接骨。

爷　爷：什么神不神的，现在说成功早了点，等伤者下地行走后才能这样说，才能算成功。

奶　奶：你可不许夸你爷爷！夸不得，一夸爷爷会翘尾巴的。

古国庆：才不会呢，爷爷你说是吧！

爷爷笑道：知俺者俺孙子也。

奶　奶：好啊！你就亲你爷爷，不亲奶奶！

古国庆：奶奶，俺也亲你，还亲爹和娘！

奶奶笑道：小嘴巧得，哄奶奶高兴呗！

爷　爷：我孙子长大一定有出息，你看着吧！三岁看大，七岁至老。

古国庆：爷爷，接骨和把脉是两码事，你怎么学会的？

爷　爷：万物皆通一理，只是形象、形式有所不同，要灵活运用，不钻牛角。说这些你也不懂，长大就懂了。爷爷小时候给生产队放羊，有时羊会摔到山沟、悬崖，摔成骨折，看着羊很痛苦，背回村就杀的吃了，好可怜！爷爷想，能不能救羊一命，于是寻一布条、一树枝给羊接骨，效果居然很好，得到队里的赞赏。爷爷又喜欢医生这个职业，于是爷爷就开始看医书，了解骨骼，从羊到人，爷爷学会了接骨，慢慢名声传开了，爷爷索性就钻研中医，成了一名土医生。由于肯学、肯下功夫，爷爷很快就成了名医，再后来就成专职医生了。

古国庆聚精会神地听爷爷讲往事，都忘了动筷子吃饭了。

爷爷喝口酒：爷爷老了，希望寄托在你身上呢！

古国庆：爷爷，我一定当一名好多人羡慕的医生，患者们送的礼品你和奶奶每天都吃不完。

爷爷笑着：看你那点出息，就为了礼品啊！

古国庆羞涩地低下头嘟哝：人家还不是为了爷爷奶奶吃好。

爷爷、奶奶对视着笑起来。奶奶：好孩子，孝顺爷爷奶奶当然是好事！快吃饭，菜要凉了！

公园，走廊，现实

小雨淅淅沥沥下个不停，夏如冰伸手接雨水玩。

古国庆：我爷爷硬是用双手给愣四捏好了大腿骨，前后捏了三次，每次愣四都疼死过去，最后没有落下一点残疾，乡亲们都夸赞爷爷是救苦救难的活菩萨、神医，在我家院门口挂了匾，披红挂花地庆祝了一天呢。

夏如冰接口说：你也神啊！给李苹治胳膊，柳艳艳治中暑，苑美婷治妇科，给我治疙瘩最神。班里那么多同学亲眼见证了你的“医疗奇迹”，可是……

古国庆：可是什么？说！

夏如冰：可是为什么你都是给我们姑娘们看病，没听说有男病人呢？

古国庆：嗐，谁病了我都会伸手救助，可巧遇上的都是女孩子。罢了，你吃哪门子醋？

夏如冰：我才不是吃醋呢，班里那么多美眉暗恋你，我是怕你呢！

古国庆：怕我干嘛？我又不吃人。

夏如冰翻翻眼睛瞅瞅他：哼！越说越来气，不和你说了！你在这儿淋雨观风景吧，我走了。

夏如冰说着抽了雨伞，冲入雨中，小径上顿时多了一朵伞花。

古国庆可怜巴巴地：嗐，我怎么回去？我没带雨伞。

夏如冰在小路上跑着：关我什么事，想想就生气，我生气了，你就淋着雨回吧。

夏如冰隐入树林中，古国庆怏怏地迈动脚步，自语道：好好的就跑没影儿了，我怎么得罪你了？

学校，教师办公室

王老师和张庆在低语。

王老师：虽然你们是高中生，但对于恋爱来说还是早了一些，老师希望你以身作则，把所有的心思放到学习上来。高中是你们迈向大学的冲刺阶段，是关键性的阶段。既有新的知识要学，还得把学到手的知识运用到现实中来。而运用好知识就是我们学习的根本，当然，也是考大学的基础。

张　庆：老师，我知道这个道理，我会努力的。

王老师：那就好！预防针是要常打的。你是班里的数学尖子，又是课代表，老师看重你。但是，数学老师说，你最近的学习有些退步，一准有什么事情让你分心了。你可以告诉老师，老师帮你解决。没有？那你好好想想为什么学习退步，你可不能让老师失望啊。

张　庆：嗯！我一定不会让您失望。我一定努力！

王老师：我看你的行动！你把作业本拿回去给同学们发下去。

张　庆：好咧！

张庆搬起桌上的作业本出了办公室，王老师凝神地望着他走出去。

教　室

王老师拿一叠空白试卷放到前排学生桌上，并示意传下去。然后她走到讲台上。

王老师：今天测试，主要想了解一下同学们这段时间的学习情况。从今往后，各科的测试会更多、更频繁，形成一个常态。这是应试教育的一种手段，为考大学做的准备工作之一。不得交头接耳，不得东张西望，不要奢望作弊，老师盯着呢。一切从严！总之养成良好的应试心态，有疑问举手提问，不得大声喧哗。现在开始，四十分钟后撤卷。

一阵纸张摩擦、笔帽落桌的声音后，学生纷纷埋头做题。

大街，公交车站

中午放学的学生、放工的工人们都聚到车站来，车站顿时热闹起来。古国庆来到车站时，见夏如冰也在等车，凑了过去。

古国庆：你也在等车回家?

夏如冰冷冷地点点头。

古国庆：早晨我去小区车棚取车，车胎没气了，就坐车了。你也一样?

夏如冰点点头。

古国庆：真是巧了，车胎同一天没气了。

他站在夏如冰身后等车。105 路车到站停车。人们排队而上，从远处跑来几个年轻人，一拥而上将队伍挤乱。古国庆发现一小偷的手伸入一妇女挎包里，他伸手推开小偷的手。小偷怒视他一眼，接着拽住古国庆不让他上车，夏如冰见状也没有上车。汽车开走了。

小　偷：你他妈的活得不耐烦了？找死啊！坏老子好事。

古国庆：偷人东西你还有理了!

这时，小偷的同伙围上了古国庆，小偷三人动手打古国庆，一拳就把眼镜打飞了，古国庆奋力反抗、对打。好汉不敌手众，很快处于劣势。夏如冰一边大喊抓小偷，一边帮忙拉扯小偷。也加入混战中。

正巧，张庆和同学骑车路过看到这情况，齐把车子扔下，扑过来支援古国庆。

小偷一见来了帮手，说声：撤!

都一溜烟跑走了。

古国庆整理整理衣服，夏如冰捡回来他的眼镜。

古国庆对张庆：谢谢你们出手相救。

夏如冰：他们偷东西古国庆拦住了，他们就打我们。

张　庆：正好路过看到了。决不能让同学吃亏！怎么样，你没伤着吧？

古国庆：没事。

张　庆：那我们走了，再见！

张庆他们骑车走了。

夏如冰：看不出你还是见义勇为的青年呢。

古国庆：你才发现啊！你看我这里没什么吧？热辣辣地疼。

古国庆指着腮帮子。

夏如冰仔细看看：只是发红，没有破损。车来了，上不上？

古国庆：上！

两人上车，车开走了。空无一人的公交车站，旁边杨树上的树叶落下来，飘呀飘呀飘得老远。

幸福小区，深夜

夜幕将小区罩得漆黑，只有路灯像哨兵一样站着，照得一片光明。

张庆家

张庆蹑手蹑脚地进了屋，转身关好门，小心翼翼地走向自己卧室。

张庆爸：站住！开灯！

张庆回手打开了顶灯。张庆爸在沙发上坐着，茶几上摆着酒瓶、酒杯和两样下酒小菜，一看就知道他喝了不少酒。

张庆默默来到爸爸跟前，嗫嚅道：我上晚自习了。

张庆爸：骗鬼去吧，晚自习？你什么时候上过晚自习，一下学你就不知道到哪里鬼混去了。老实给我坦白！

张庆没有吭声，张庆爸倏地站起来，抬手巴掌就打到张庆脸上。

张庆爸：撒谎不找个地方，跟我撒谎！惯你吃惯你喝不惯你撒谎，不省心的东西！

张庆捂着脸，狠狠地望着爸爸不吭声。

张庆爸：你撒谎打你几次了，没个记性？

这时，张庆妈从卧室出来说：你们这是怎么了，你说你等儿子就这样等？有什么话不能好好说！灌那么多马尿能说出好话来？

张庆妈把张庆拉往他卧室去。

张庆爸悻悻地摇摇头：你呀，我看你以后怎么办！

张庆踉踉跄跄回到自己卧室睡觉去，墙上的钟表指向1点整。

二十八中校园，课休

夏如冰站在篮球场旁正看几位男同学打篮球。李苹走了过去，站在夏如冰旁边。

夏如冰：你找我有事？

李　苹：没事。只想问你一句话，你和古国庆什么关系？

夏如冰：要好的同学关系。

李　苹：我听说你俩在谈恋爱。

夏如冰：听人们瞎说，我和他就是关系比较好的同学。再说，我妈不让我上学期间搞对象。

李苹盯着夏如冰：真的假的，如果发展成男女朋友呢？

夏如冰：不可能。你就关心这事情？退一万步说，这是我个人的事，与你何干？

李　苹：我担心爱上他的人走歧路，所以问问。有人说，你和他那天逛公园了，还挺亲密。

夏如冰：谁说的？咸吃萝卜淡操心，情痴啊！

李　苹：是不是吧，你回答！

夏如冰冷冷地斜着李苹：我只告诉你，那只是陷阱。

李苹长吁口气：那咱们还是好姐妹，有事需要帮忙打我电话。

夏如冰不再理睬，李苹讪讪地走了。

酒店，包间

包间里的餐桌上摆满了菜肴、啤酒、饮料，张庆在一边沙发坐着，同学带礼物进来。

学生甲送一红包给他：你过生日，不会买东西，送你一红包。

张庆笑道：见外了不是！我告诉你时怎么说的，不收礼物！装回去，我只想大家聚一聚、乐一乐，坚决不收礼！

学生甲：那就不好意思白吃一顿大餐了，生日快乐！

张　庆：先喝茶润润嗓子。服务员，上茶！

学生们陆续到达，都被邀到餐桌就座，女同学有李苹、柳艳艳、孙晓琪；男同学有马飞跃、罗思亮、刘丰凯等。

上热菜时，古国庆进来了。

张庆很惊奇，急忙笑脸相迎。

张　庆：真是大驾光临，有失远迎啊！没想到你会来，你坐我这儿。服务员，加把椅子。

古国庆笑着：生日聚会为什么不告诉我？这是我的礼物。

张　庆：不讲生日不生日的，只是聚聚，不收任何礼物。

古国庆：我这也不算礼物，是你朝思暮想的石头。

张　庆：真的？你送我了！

古国庆点点头。

张庆打开礼品包，就是那块琥珀，激动地：这个不是礼物，我收我收，这东西太贵重了，谢谢啊！各位同学，我收的不是礼物，是一石头，请大家见谅，这对我太重要了，我收了！来，大家举杯为我们的同窗情意干一杯！

古国庆：不就一块石头，至于喜欢成那样？

马飞跃：我们的礼物不重要？

张　庆：不是那意思，我不想大家花钱。都是学生，随什么份子，这可是我一片好心哪，大家要理解。来！大家再满上，都喝酒，女同学也喝。

马飞跃：哎！寿星佬先切蛋糕呗！

张　庆：咱不兴那一套西方作派，咱吃长寿面，这是我妈的意思。举杯！干了杯中酒，祝大家学业有成，都考上大学。

一时杯盏交错，灯红酒绿。

KTV 大包间

他们已经转移至此娱乐来了，有的喝啤酒，有的喝饮料，有的嗑瓜子、吃果盘，有两个抢话筒唱歌。

张庆喝得有点高，拉着古国庆说着话。

马飞跃抢来话筒：下面我把一首《套马杆》送给张庆，祝他生日快乐，长命百岁。

马飞跃随音乐唱起来……

张庆对古国庆说：其实挺佩服你、崇拜你，你学习一流、看病一流，当班长心胸也宽广，就是你不给我石头气得我咬牙切齿。我费了那么多心思也没弄到手，今天你送给我，你是我的好哥们！铁哥们！

古国庆：你的霸道让人烦，你想要就得给你？你在家里，家人让着你；在学校，同学可以让你；到了社会上呢，谁还会让你？而且，打骂、威胁、恐吓、诈骗，什么下三烂的手段都用上了，太下作！不过这一段时间好像好了一点。

张　庆：为那块头我改了好多呢！我知道你一定会看到，你不是说考验我吗？嘿嘿！怎么样？我其实是言而有信的人。

古国庆：你不用往自己脸上贴金，我心里清楚。你是不是醉了，你躺一会儿吧！

张　庆：我才不醉呢，真的不醉！我高兴，不信咱来瓶啤酒。

古国庆：我晕了，真不能再喝了。

张　庆：你才喝这么一小杯怎么能醉呢？告诉你个秘密，那天我和朋友到迪厅蹦迪，回家晚了，让我爸打了我一顿。当时我真想揍我爸一顿，他那么瘦小，差我一大节，我打他还不是手到擒来，但我没动手，我知道儿子不能打老子，这个道理我懂，真的我懂。

古国庆：这就对了，还懂点孝道。我得回家了，你们玩，我先撤了。

张　庆：不行！不能走，陪我喝啤酒！不醉不归！喝！

古国庆将张庆扶到沙发上，他躺下就呼呼地睡着了。

古国庆和其他的同学打招呼走了。

二十八中校园

枯树、黄草，一派隆冬景色，只有侧柏、马尾松在散放着绿色养人眼目，亭子地基的藤蔓类植物更是萎缩成几缕枯枝，西北风飕飕地刮过，一个冰冷的冬日的校园基本无人活动，只有操场上的篮球框、足球框，还有那边的单双杠在冷风中挺立如初。

楼道里

楼道内学生拥挤，追逐打闹、喝水消闲、站着沉思的、谈话说笑的，学生们都怕寒风，所以躲在楼道里取暖。

高一班教室

柳艳艳神情悒悒地坐着，李苹、孙晓琪正在逗她开心。

李　苹：孙晓琪说个笑话听听，我们也乐一乐。

孙晓琪刚要开口，苑美婷跑了过来。

苑美婷神秘兮兮地：你们听说了吗？特大新闻。

李　苹：什么新闻，你快道来！

苑美婷神神秘秘地道：听说二班的王丽丽让学校开除了。

李　苹：什么什么？就那个男同学一见就走不动的号称“帅哥杀手女神”的王丽丽？

苑美婷：就是她！

孙晓琪：你快说为什么？别卖关子。

苑美婷：那么漂亮、傲气的女神，据说和高三班的男生好上了，偷吃了禁果，怀了孩子。他俩到一诊所做流产，结果大出血差点玩完，转到大医院才抢救过来。这不学校把她开除了，那小子也一起被开除了。

李　苹：可怜的女神，这一辈子毁在爱情手里，完了。

孙晓琪：可不咋地！换了我就把那小子杀了，索性阉了他，索性就索性了。

柳艳艳：怨不得没人敢追求你，原来你这么狠！

李苹也说：有你什么事，瞎掺和什么！

苑美婷：愿不得学校不让早恋呢！这就是早恋的代价——身败名裂。这么漂亮一鲜花枯萎了，唉！

孙晓琪斜眼看见古国庆在整理他的书屉，她灵机一动：古四眼、古神医，过来一下，有事求你。

柳艳艳神色黯淡，无关地望着她们。

古国庆：什么事？你说。

孙晓琪：你过来，我们不会吃了你，怕什么？

古国庆过来，李苹为他让一座位，古国庆坐下：孙小姐有何指教！

孙晓琪：谁是小姐，我们可当不起。

古国庆笑道：对对对！美眉有何见教！

孙晓琪撸撸袖子：给我们几个号脉，试试你水平如何？

李　苹：你疯了！好好的号什么脉，人家的水平有目共睹。

孙晓琪：号脉怎么了，又不是割你的手。先给苑美眉号脉也行，我胳膊在这冻僵了。别拿神医的架子好不好，就我们四个，如果有一个脉象不准，你就请我们吃千元大餐，听清楚没有。

古国庆：你们设套太明显了，肯定没一个准的，套我是吧！

李　苹：别这样看我，我和她不一样，我是有良心的美女。你说准了，我们给你扬美名，我们请你吃大餐——豆粥一碗、馅饼一个、小菜一碟。你快点行不行，孙妹子胳膊都起鸡皮疙瘩了。

古国庆无奈地一个一个给他们把完脉。

古国庆：我现在说吗？

孙晓琪：当然要说，说清楚，不得隐瞒。

古国庆：你们不怕我就说。苑美婷月经不调，还有痛经现象，定坤丹要吃着。孙晓琪食重上火，晚上要少吃饭，三黄片服三天。李苹气血不足，服阿胶养荣丸一盒。

孙晓琪：柳艳艳呢？

古国庆：你急什么，又不急着投生。苑美婷注意一下，非常时期不得动用冰凉东西，尤其冰水。

苑美婷：什么非常时期？

李苹捶她一下：笨蛋！还是女人呢。

苑美婷伸伸舌头做个鬼脸：突然扯到我身上，没听明白。你怎么总是帮他说话？

孙晓琪：都够受的，让我纳闷了！

李苹急忙：柳艳艳呢？她的心情最近很不好，怎么个问题？

古国庆：柳艳艳这些天身上无力，多乏觉，每天早些休息，多和姐妹们混着开心一些。抑郁伤肝，多吃豆制品，补充蛋白质，不用吃药。

柳艳艳收回期盼的目光，又转回忧郁的神态。

古国庆：没事了吧，多会请我吃粥棚？

孙晓琪笑道：没一个脉象正确，还想吃饭？

古国庆边起身边说：就知道你们是一群没良心的赖皮。

几位美女大笑起来，柳艳艳只微微一笑。

李　苹：我的脉象准确，我请你吃饭。

苑美婷：好！有担当！把我们也算上，缺一个不行，不然小心你狗头。

李　苹：都是你！坏丫头一个，看我怎么收拾你。

孙晓琪：我来帮你收拾她。

三人绕桌子跑起来。

这时，学生们纷纷进入教室，要上课了。

学校门口大街上

学生们出校门就在冷风中匆匆而去，柳艳艳告别同伴独自骑车回家，虽然有口罩遮着，但从眼睛里看出她忧郁如初。

古国庆骑车追上了她，一同走着。过了一会儿，身边没有同学了，古国庆才搭讪道：柳艳艳，站一下。

柳艳艳停下来，抬头望着他。他和她耳语几句。

柳艳艳：你胡说！没有的事。

古国庆：我可是只对你一个人说的，是对你负责，爱信不信，你看着办。

古国庆转身骑车走了。

柳艳艳原地站了一会儿，拿出电话拨号打电话，冷风飕飕的街，行人稀少。

阳光小区，晚上

小区各楼层，灯火通明。

古国庆家

刚吃过饭，古妈收拾桌上碗筷，父子俩在客厅看电视。

古国庆电话响起来：是你？好！我马上下来。

古国庆对古爸：爸，同学找我，就在楼下。

古爸点点头：多穿点衣服，刚吃过饭，小心感冒。

古国庆走了，古爸继续看电视。

阳光小区，小树林

张庆领俩同学就站在小树林边上。古国庆走过去还没有开口说话，张庆的拳头就砸在他身上，古国庆奋力反击和张庆打起来，俩学生帮张庆打古国庆。古国庆绕着光杆树跑了两圈，瞅空子扭住张庆胳膊，大喝住手。

古国庆：住手！你们再动一下，我就扭断他胳膊。

张庆疼得直咧咧：不要动手，停止！

古国庆：不可理喻，你发什么疯呀！一次次忍让你当怕你！

张　庆：你要胡说——

古国庆一手扭着他，一手擂他一拳：我胡说什么了？好多天我都没和你说过话，你这才是胡说八道呢。

又是一拳。

张　庆：咱到一边说话。

古国庆拉他走入光杆树林中，冷风呼呼地响着。

古国庆：让你是为了班里的和谐，你三番五次找事，我不再忍了。

张　庆：哼！说得好听，冠冕堂皇。

古国庆：你说我胡说你什么了？

张　庆：告诉你，柳艳艳是我心中的女神，我那么爱她，你却胡说！现在她不要我了，要和我分手。

古国庆：啊？原来是你做的坏事，更该打你，这是为柳艳艳打的。

挥拳又是几拳。

张庆气狠狠地：你放开我，我跟你没完！

古国庆：你不寻思你自己的错，却来打我？

张　庆：我有什么错，是你胡说！

古国庆扇他一巴掌：装！让你装！

接着一把推开他，又踹了一脚：你不问问你自己干的好事，还好意思打我，狗咬吕洞宾。

张庆倒在地上，思索一会儿仰起头问：你说的是不是真的？

古国庆蹲下：你赶早买个早早孕一查不就知道了？你还恬不知耻领人来闹！怕人不知道，宣扬宣扬？

张庆低声道：我们就一次，真的就一次，就那次庆生。

古国庆：一次还少吗？警告你！如果你是负责任的人，那么赶快想办法把事情办妥！别弄得风声四起，无法挽回，毁了柳艳艳，害了你自己。学校有前车之鉴，你知道的，我这是为你好。

说完，古国庆拍拍手，独自离开。张庆坐着想了想，站起来。

高一班教室

柳艳艳趁教室没人，拿两大板巧克力给古国庆。古国庆死活不要，柳艳艳硬塞给他。

柳艳艳：你收下吧，这是我的一点心意，我妈给我买了提精神的。我真心谢谢你，开始我有些恼你、恨你，现在我知道冤枉你了，我向你赔罪。昨天我才知道他还打了你，也替他赔个不是，请你原谅我们，对不起！

古国庆不推辞了，收下了巧克力。

古国庆：那你们怎么办？结婚是不可能的。

柳艳艳羞涩地：他说请你给开副中药打掉算了。

古国庆：不妥不妥！中药打胎对人体影响大，有可能造成大出血啊什么的危及到生命，那可就回天无力了。我看你们找一家大医院做无痛人流，还不用耽误学习，人不知鬼不觉的。一定要到大医院，保险安全，也不会太遭害身体。张庆就这么个说话？

柳艳艳：他给我说对不起你，太鲁莽，实在不好意思，让我代他赔情道歉，合适的机会他会亲自道歉赔礼。

古国庆：我一直让着他，没想到他就没改，让人寒心。

柳艳艳：他就是那样的人，你别和他计较。他爱激动上火，一激动就想动手，但过去了也就没事了，爱钻牛角。

古国庆：是啊，不达目的不罢休，属于死不悔改的一派。

柳艳艳：我多亏有你做同学，不然，和二班王丽丽的下场一样。你是个大善人、神医，不然，那个下场想着都怕。

古国庆：这事要机密，要赶快，时间不等人。

柳艳艳：嗯！听你的！

柳艳艳回到自己座位上，沉思起来。古国庆也坐下来，学生们涌进教室。

校园里

夏如冰独自欣赏冬景，古国庆跑过来，将一块巧克力塞给他，然后倒退着跑。

古国庆：这冷的天有什么好看的？

夏如冰：看那光杆树枝，有另一番情趣呢！你看一个小骨节春天就会发芽，然后长成绿叶。

古国庆：给你块巧克力补充热量。

夏如冰：今天又不是情人节。

古国庆：今天是今天的，情人节再送你。

夏如冰：谁要你送了？

古国庆笑着转身跑向教学楼。

这一切被李苹尽收眼底，她气呼呼地转身回教室去。

楼道里

苑美婷拦住李苹：怎么啦，气呼呼的？

李苹甩她一下，还走。

苑美婷：下了学去不去逛小吃街？孙晓琪请咱俩去。

李苹头也不回进了教室。

苑美婷：又搭错哪根筋了，一会儿晴一会儿阴的，我又没惹你。

高一教室，翌日

王老师扫视一下，问：李苹，柳艳艳、张庆没来上课请假了吗？

李苹起立：柳艳艳病了。张庆是他妈病了，张庆陪他妈上医院，昨晚上打电话请的假。

王老师：哦！同学们要注意天气变化，保护身体，入冬以来一直没有下雪，天干物燥。大家适时加减衣服，多到户外锻炼，预防感冒。我们上课，把书翻到最后一单元练习页。

下学路上

古国庆追上李苹。

古国庆：李苹！

李　苹：别理我！烦着呢。

古国庆：问你一句话。

李苹看看他没吱声，古国庆没说话。

李　苹：你想问什么，哑巴了？

古国庆笑笑：马上放寒假了，咱组织一个晚会好不好？

李　苹：不好！没心思搞那个，学习还学不过来呢！

古国庆：吃枪药了，那就当我什么都没说。

古国庆骑车走了，李苹狠狠地瞟他一眼，眼里泪光闪烁。

高一教室

柳艳艳来上学，一扫脸上忧郁，又是阳光灿烂的笑容，更显得青春美丽。

李苹诧异地：你休了两天又活泛了，看你的精神真好。

柳艳艳：托你吉言，我现在心里快乐着呢。你的面色有些灰暗，怎么搞的？

李　苹：晚上睡不好，失眠。

苑美婷走过来：说什么呢，姐妹们！马上要放假了，过年有什么打算？

柳艳艳：没有打算，只有梦幻。父母把我假期剥夺了，年三十到初二休息，初三就到辅导老师那里上课了，烦死我了。

李　苹：我也是。孙晓琪也是。我们这么命苦，放了寒假都不能松松快快玩几天，天天学啊学啊，到哪算一站啊。

苑美婷：我没有压力山大，我爸妈说了，高中毕业找个好老公嫁了就得了。学得好不如嫁得好。可我不甘心，自己私下里用功学习，凭命吧，考上大学就上，考不上就嫁人。

李　苹：我命也不好，觉得空落落的。

苑美婷：是啊，空虚着呢。

柳艳艳：我和张庆说好了，让他今天请咱们吃饭，他欠咱们的。

苑美婷云里雾里地：他欠咱们的？

柳艳艳：是啊，他庆生时古国庆送他琥珀他收下了，咱们的礼物他没收，这不公平，这叫小看人。所以借口讹他一顿，他答应了，今晚下了学请客，反正他家有的是钱。

李　苹：太好了！就得这样，不然，抓不住他们的软肋。苑妹子不是好几次都让古国庆滑脱了？

苑美婷：还说呢，不是你拿情买敌，能放过他？说说你心里是怎么想的吧。

柳艳艳：打住，李苹因为这睡不着呢，你偏说！是吧，苹妹子。

李　苹：是你个头，你别扫兴！回头张庆收拾你时，别找我们诉苦。

柳艳艳：我拧烂你的小嘴，为你说话你不领情，一味地胡说八道。

三人打闹着。

学校门口，大街

下午一放学，古国庆就骑车和李剑做伴回家。

骑行没几步，一辆出租车停在他俩身边，后车门开处，学生甲开门下来。

学生甲：古国庆，车里有人找你。

古国庆停下车来，向车里看看，学生乙在后座坐着招手呢。古国庆下车走到后门向里面探头，学生乙伸手拉他，身后的学生甲用力一推，他就上了出租车。学生甲也挤入后座。

副驾驶的张庆说：师傅，咱到天龙大酒店，开车。

古国庆：你们要干什么？你们这是绑架。

学生甲笑道：张庆请你吃饭，怕你不去，所以这样请你。

张庆回过头来道：古国庆，是哥们请你，又怕你不答应，所以使这个小计策。

古国庆慢慢道：这也算请，纯粹是绑架！我的车子呢？

张　庆：小问题，他们一会儿就骑到饭店了，这你放心！

古国庆：请了也白请，不领你的情。

张　庆：就是，反正你到酒店就不算我白费心思，悄悄坐着别动，乖乖到酒店为止。

仨同学包着，古国庆毫无办法，只能坐着了。

天龙大酒店，包间

桌上美酒佳肴，桌旁同窗入座。张庆将古国庆拉到自己身边，刘丰凯、马飞跃、学生甲、学生乙、柳艳艳、苑美婷、孙晓琪、李苹、李剑也在座，张庆坐古国庆右边。

古国庆：李剑，你也是他们一伙的？你早就知道这一切？

李　剑：别怪我，张庆对我好话说了一大箩筐，我才答应的。再说这也是好事，又不是邀请你杀人放火去犯罪。

古国庆：有你这样的损友，我更服了金钱的魅力了。

李　剑：与钱无关，这是同窗情意，你应该理解。

服务员对张庆：您点的菜齐了，请慢用。

张庆挥挥手，一副老板作派，服务员走了。

张　庆：来！各位同学斟满酒，咱走一个。

同学们相互斟酒。

张庆举杯：大家听我说几句。今天请大家没有别的意思，是向大家赔个礼，谢谢大家对我的容忍和帮助。特别感谢古四眼古国庆对我的帮助和教育。说实话，大家都是我生命中不可缺少的朋友、同学、同窗，这是我们的缘分，大家干了这一杯！

众同学：干！

同学们齐干而净。

张庆倒了第二杯酒举了起来：这一杯呢，是我向古国庆古神医的赔情酒。前些天，我一冲动去打了古四眼，这很不对，不该打人，我在这里认罪赔礼，自罚三杯。

张庆自饮三杯。

然后，张庆又邀同学们同饮两杯。

张　庆：三杯过后，咱们自便。谁能喝多少喝多少，不强求，不劝酒，大家吃菜，喜欢哪个再点，不用给我省。

马飞跃：咱们吃！吃个底朝天才算。

孙晓琪：看你那点儿出息，就知道吃！

张庆对古国庆：古四眼，我今天不玩计谋你就不来是不是？我连请你的面子也没有，你也太不够意思了吧！你大度一点放过小弟好不好？

古国庆：听你的话，就是行走江湖多年的老油条，可你做事却不老到，我这儿还疼着呢。

张　庆：今天我在这里再次道歉，对不起！都是我的错，我鲁莽，我对天发誓，今后再也不会这样了。

古国庆：你的誓言不灵了。我呢，只知道我做了一件好事，一件积德的好事。当然作为一名未来的医生来说，是应该的，就是所谓的良心事。

张　庆：是是是！你说得很对，要不我给你鞠一躬吧。

马飞跃：看你把张庆逼得可怜的，你就放他一马吧。

张　庆：就是啊，那天我只是打你这里一拳，可你擂的我背上全是青，现在还疼呢。

柳艳艳：古班头，当班长可不能鼠肚鸡肠啊！

李　苹：人是领导，就得有个性。

李苹语气中酸气逼人。

李　剑：你这都说的是些什么，让人听不明白。

古国庆站起来举杯：听不明白咱不说了，过去的事就过去了，不再提了。今天借花献佛，咱们大家干一杯，这叫“忘却酒”，干！

张 庆：一个人做一件好事并不难，难的是做一辈子好事。我绝不否认，古四眼是个好人、大好人，希望你能做一辈子好人，做一辈子好事。

马飞跃举起酒杯：我建议为咱们同窗友谊干杯！

大家干杯！

过了一会儿，张庆拿出一个手绢包着的四方盒子。

张 庆：班头，这是我特意为你准备的礼物，必须收下。

古国庆：我收你的礼物没有理由啊！

张 庆：有，为了你的大度、宽容和无私的帮助，还有同窗情意，你都该收下。

马飞跃：收下吧，看张庆可怜巴巴的样子好像他不是送礼的，是乞求的。收下吧！

张 庆：这也算我的赔罪！

李苹接过来：我代他收下。咱看看什么礼物这么神秘。

李苹打开礼盒，原来是一昂着头的鳌，背上刻着“独占鳌头”四个字。

李苹惊喜地：好兆头，寓意深刻，吉祥如意！这就是那块琥珀啊，这样看那两只蚂蚁更是活灵活现，栩栩如生。

张 庆：是的，我找我爸的朋友加工琢磨，正好石头这块凸一些就做了头。加工费人不要，花了一千请人喝茶。今天送给你，表示我的诚意和虔诚的心，也算是完璧归赵吧。

大家都拍起手来，为了张庆的心意。

古国庆笑着接过李苹递过来的盒子：你能有今天的表现，你进步了，确实进步了，我打心里为你高兴！大家举杯为我们的未来，为张庆的进步，为我们都能考上大学，干杯！

同学们举杯畅饮，灯红酒绿，杯盏交错，渐隐。

高一教室

黑板上写着“寒假快乐”，排列整齐的桌凳。

二十八中校门口

校牌醒目，冬阳高照。

剧　终

2015 年 3 月

片　　名：黑小子刘劲3

字　　幕：

演职员表：

衬景、大树、丛林、高速立交、城市、街道。

龙城中学，高三教室

张老师正在上课，他举起手中的考试汇总表挥了挥，望望台下那一张张紧张的面孔，笑笑。

张老师：这次模拟考试，我班总体成绩有了很大提高，这说明学习氛围空前高涨。同时也说明，经过努力我们班的学生还是有很大潜力的，我很高兴！你们没有辜负我苦口婆心的付出。另外，也证明学习小组的成立对学习成绩的提高有很大的帮助，大家在一起有不懂的、不会的互相问一问、答一答，一起提高。此前班里各学各的，各干各的，互相拆台，甚至仇视，这很不好。我觉得学习小组增进了友谊，增进了感情，主要是促进了学习，应当在学校发扬光大。这也印证了那句老话：近朱者赤啊。

赵婷举手得到允许后起立：张老师，近猪者吃？这话怎么讲？都是学生，谁是猪，谁则吃啊？

同学们哄堂大笑。

张老师愕然地推了推眼镜：你能有这个新奇的想法绝了。真令我纳闷，语文怎么学的？古语说“近朱者赤，近墨者黑”，没学过也该听过吧？通俗地讲，就是环境对人的影响很大，跟爱学习的人在一起，你的学习热情就会高涨，也就爱学习了；跟捣蛋鬼在一起，你就会跟着捣蛋，也就是跟着啥人学啥人，跟着巫婆会跳神。高三了不知道这句名言，我就奇了怪了。

赵　婷：你说近猪则吃，还不是在说离猪远了吃不着吗？

同学又哄堂大笑起来。

张老师摇摇头：这么聪慧的女孩子脑袋里装的什么呢。你坐下好好复习吧，等有时间了，老师好好给你讲讲。好了，大家复习吧。有不懂的举手提问，互相商量也行，但声音要低，听到了吧！

学生们都开始复习了，叽叽喳喳，交头接耳，嘈杂之声充满高三教室。

学生食堂，中午

高恒乐、张媚、赵婷端了饭凑到一张桌上开吃。

张　媚：说我就知道吃，这下露馅了吧！原来小脑袋里全是吃！靠近猪就想啃一口，脑子是不是进水短路了。

赵　婷：人家不是听差了嘛，干嘛捏着不放！

张　媚：我怎么没听差？原本脑子里就只剩吃的信号，一听这话就接线了呗！对不对？

赵婷不满地看她一眼，端着饭到李小叶和另俩女生这一桌。

李小叶：怎么不在那里吃饭？桌子不一样？

赵　婷：她们拿我开玩笑。

李小叶：又不是没开过玩笑，你不能反唇相讥？就知道躲，怎么不见你咬张媚一口呢。

赵婷咯咯笑起来：就是就是，我怎么就没有想到这一层呢。

张媚把饭端过来：我又不是猪，干嘛咬我！我还就不信你能躲过我。

高恒乐高声道：好啦，你们都可以的。快吃饭吧，热饭堵不住冷屁股！

大家一听，都放下饭扑向她。她投降也不行，嘻嘻哈哈乱成一锅粥。

下学路上

刘劲、李小叶、王飞云、张媚四人骑车而行。马跃追了上来。

马　跃：刘劲，我也参加你们小组，可以吗？

刘　劲：可以！欢迎！

张　媚：不可以，我们几个已经够吵了，不能加人了。

马　跃：你是谁啊？又不是你家。

张　媚：人刘妈妈够累了，又加你不更累？

马　跃：我偏要去！

刘　劲：去吧，共同学习，共同进步，张老师也赞成。再说，离考试时间也不多了，咱们共度困难时间吧！我妈妈也不在意多加一个人。

马　跃：听到了嘛，这叫男子汉，不是鼠肚鸡肠的女人。

张媚伸手打马跃：你说谁鼠肚鸡肠呢，坏蛋！

马跃猛蹬一脚，飞快躲开，张媚追去，几个人笑着跟着。

王飞云：小心汽车！注意安全！

老师办公室

小李老师对张老师说：张老师，听说前一段时间你去旅游了？

张老师急忙压制她：小声点！小声点！你怕大家不知道吗？

小李老师：干嘛不邀请我偷偷就去了？

张老师：下次，下次第一个就邀请你去！食宿全包！

小李老师：哼！这种违反校规的活动，你保密工作就做得那么好？你当你是间谍啊，大家是心照不宣！你就省省吧！

张老师不尴不尬地看看其他老师，老师们笑着点点头。

张老师：谢谢诸位对我的维护！千万别让校长知道，要不我就完了。

小李老师：掩耳盗铃！我猜校长早就知道了，只是睁一只眼闭一眼，这样他也好做其他人的工作。

张老师想想：完了完了，我这个月奖金泡汤了，全指望它来填账呢！

小李老师：别哭穷！当我不知道，旅游车你学生借的，汽油钱另一学生捐的，你就组织一下学生而已。我是佩服你敢顶风作浪，学校的规定完全当耳旁风，你不担心占用学习时间落下学习进度？

张老师：谁说不担心呢？但我能体会学生们的心境，学习学习再学习，没有一点休闲空间。休息一天，家长还给报班补习，美好的青少年生活活生生地让学习耗去，他们有没有青少年应有的快乐谁也不过问，我心疼他们啊。

小李老师：谁说不是！但环境就这样残酷，竞争激烈，不这样学习就有被淘汰的危险，无奈之举，教育亟待改革呢！

张老师压低声音说：你别说，放松一下，效果不错，学生们学习劲头空前高涨，这次模拟学生成绩都有所提高呢。

小李老师：我们这么多老师眼巴巴瞅着你也不邀请我们去，即便有几个代表也好啊。

张老师声音放大：下次，下次我一定邀请所有老师，专门组织一次老师游。我在这发誓！

小李老师：好了好了！发什么誓，别忘了我们就行。

张老师：谢谢大家的好心！谢谢小李老师的提醒！

小李老师：万一事发东窗，用不用我们包庇？

张老师：用！用！咱是一战壕里的同志，共进共退。

小李老师：那你给我打一杯水来！

张老师笑着拿李老师的水杯起身到墙角打开水：谁需要喝水，我来打给你们喝。

老师们微笑着摇手。

高三教室

早自习时间，学生们都在紧张地复习。

李小叶站起来伸伸懒腰：哎呦，累死呀！把我的小蛮腰都瘦了，下辈子我坚决不上学了。

张　媚：不上学你干嘛呀？

李小叶：在家做个乖乖女呗！给父母洗衣做饭，干家务，咱也轻松轻松。

张　媚：家务活更累，手忙脚乱做半天，谁也看不到，白干！真是不当家不知家务苦啊！

李小叶：你又知道了，切！

张　媚：当然！我妈病时，我做了好些天家务，你不知道？而且，我认为想做好了还有许多不足呢。做人难，做女人更难，做家务难上加难。

李小叶笑了：看把我们媚儿累的，心疼死我了。

王飞云：轮不到你心疼！我这儿正疼着呢！

李小叶：多嘴！我们姐妹说话，大老爷们插什么嘴？

王云飞：我多嘴？我不也是心疼她嘛！好心不得好报，烧香引得鬼叫。

张　媚：谁让你心疼了，一边凉快去吧！

王云飞：你也说我？这不是落井下石、嘴杀亲夫嘛！

张媚追打他：嘴能杀得了你吗？皮这么厚。

王云飞跑着：谋杀亲夫！谋杀亲夫了！

张　媚：你还说！你还说！

高恒乐：喂，不要影响大家学习好不好？

王云飞跑到她前面：班头，救救我！救救我！

高恒乐一把拉住张媚：好啦！下了学你们再打情骂俏吧。

张　媚：你瞎说！这是你当领导该说的话吗？什么打情骂俏！

高恒乐：你们做得我说不得？大家给评评理！

张媚看着四方投来的目光，心虚地坐回自己座位上，自言自语：都不是好人，没一个好人！

高恒乐：大家看书吧，别让这点事影响大家学习。

张媚哼了一声，闷闷不乐地打开了书。

龙城中学

深秋的龙城中学，杨柳落叶纷飞，青草衰黄，秋风卷着落叶挤到墙角，松柏如旧，依然生机勃勃。

转冬景。树上没了树叶，成了光杆，枯枝芽落到树根旁。下雪了，但下了一会儿，雪停了。

高三三班教室

课休时分，学生们三五成群地在楼道里、教室里闲聊、玩耍、打闹。

刘劲在窗前发呆。王云飞过来拍拍他。

王云飞：想什么呢哥们？

刘　劲：没想什么，看窗外就下了一点雪，不过瘾。

王云飞：马上要放假了，有什么打算？

刘劲笑起来：回老家看爷爷奶奶，然后回家全力复习。

王云飞：我们几个同学商量一下，过一个不一样的年，决定过年初一那天到乡下给爷爷奶奶拜年，怎么样？同意吗？

刘　劲：到我老家？我爷爷奶奶的乡下？初一？

王云飞：是啊，过一个新鲜的乡下年。初一早上我们出发，大约十点多就能到达你爷爷家。你得多准备点好吃的，知道吗？还有住宿问题，我们住一晚，初二中午回。怎么样？有创意吧！

刘　劲：找事！同学们有时间去吗？家长同意吗？你了解他们的想法吗？

王云飞：放你的狼心吧！你只说同意不同意。

李　劲：我举双手赞成，我管吃管住，年初一的交通怎么解决？打车都不好打呢。

王云飞：李小叶她爸答应车接送，最少去十个人。

刘　劲：十个？你吹吧。同学们的补习班初二就开课，能去十个人？

王云飞：十个，而且有男有女。剩下就看你的了。

刘　劲：分分钟钟的事，只要你能把他们请到我家即可，别的一切都 OK。

王云飞：这才像个好哥们！说定了，初一早上见，到时候你若不见了，我可不能饶过你。

刘　劲：别把人看扁了，操心你妈不让你去的吧。

王云飞：我办事，你放心，我通知他们去。

教室办公室

刘劲喊报告得到允许，他推开门来到张老师桌边，和张老师耳语几句，眼睛却瞟着小李老师。

张老师点点头，低声道：你们一定注意安全，我实在脱不开身。要不我一定会去的，不要声张，保密一些。

刘劲走了。

小李老师过来低声问：你们鬼鬼祟祟说什么呢？说来听听！

张老师耳语：几个同学过春节要去刘劲老家去，他事先通知我一并邀请你去，我想你该去一趟，看看村里的冬景。

小李老师：我去不了，我得回家帮父母待客。过年了让老人歇歇，老人忙了一年了，我也尽尽孝心。

张老师：想不到你还是一个孝女，我可是邀请你了，是你没时间去。我的心虔诚吧。

小李老师：虚情假意，虚晃一枪，我领孩子们的情不领你的，这个是你欠我的。

张老师：明年春天找机会补给你，真是个小心眼。

高三三班教室

张老师在讲台上讲话：同学们！今天放学后就是寒假，我知道你们学习任务特重，家长们都给你们报了各种各样的补习班，以期望提高你们的学习成绩，我深深理解。我对你们是有信心的，问题是你们有没有信心？

“有”，回答寥寥无几。

张老师：这声音充分显示了同学们信心倍增。好，还有几个同学呢！

大家乐了。

张老师：我就纳闷了，我对你们充满信心，而你们却自甘堕落！

某学生：你是老师才有信心，而我们拼命学习，那个累啊，你不知道！一睁眼都是习题，一睡觉尽是上课之梦 。

张老师：哎，苦了你们了。我那时候没你们累，我那时每天点着油灯学习，村里没有电，是不累。

学生们笑了。

张老师：你们通过眼下的苦，想想明天的甜。道路是曲折的，前途是光明的。等你们高考完，我领你们好好玩几天，让你们深刻领略大自然的美好！

“噢！”大家一同欢呼。

高恒乐：张老师，我们遇上这么体贴学生的老师真是太高兴了，老师您能把所有费用全包了吗？

张老师：我管车费、住宿费可以了吧，你们欲望不能无底呀。

赵　婷：老师，我们饭量很小的，只吃那么一口口，又不用多少钱，一起管了得了。

张老师：合着算计我一年的工资。我拿什么养活你师娘，还有我儿子？你们心太黑了吧。

“噢”！“噢”！起哄声掀翻了天花板。

张老师：嘘！嘘！起哄是吧。我有个前提，一定要考出好成绩，不强求各位都考上大学，但求各位尽心尽力一搏，要不你们怎么能对得起我的一片赤心呢？闲话少说，我过年回家乡探望爹娘，你们现在就给我拜个年，也算团拜吧。

高恒乐喊：起立！

学生们齐刷刷地起立。

高恒乐：老师过年好！鞠躬！一拜！二拜！三拜！

不知道谁低声说：送入洞房！

张老师：小小年纪尽想好事！过年好，同学们！爱死你们了！

张老师：下课！再见！新学期再见！

众学生：老师再见！

山村，除夕夜

红红火火的气氛笼罩着全村，家家张灯结彩，户户红灯高挂，春联簇新，家家门口一堆旺火燃得通红，不时响着鞭炮。

刘劲老宅

灯火通明。

爷爷、奶奶、爸、妈、刘劲围炕桌坐着，桌上摆满美酒佳肴。刘劲妈正在那边灶火煮饺子，炕对面的电视机播着春节晚会。

爷　爷：劲他妈，煮一锅就好，你先过来喝一盅。

刘劲妈：好嘞！你们先喝着，马上就好。

刘　劲：妈先喝酒，等你呢。

刘劲爸笑到：来吧，喝个开头酒！

刘劲妈应着，捞了饺子端上来，偏身坐在炕沿上，大家都举起酒盅。

李劲爸：新春了，我代表全家祝爸妈身体健康，快乐幸福！干杯！

接着，刘劲举着酒盅：爷爷！奶奶！爸爸！妈妈！你们辛苦了，祝你们寿比南山，福如东海，我给你们拜年了，干杯！

大人们乐呵呵地瞧着他。刘劲喝了酒，又跪下来给爷爷、奶奶叩头。

奶奶笑到：好了好了，磕一个头就好了，好孙子！这是爷爷奶奶给你的压岁钱，接着！

刘　劲：谢谢爷爷！谢谢奶奶！这是两个红包？

奶　奶：我一个，你爷一个，我的包大钱多！

全家笑起来。

李　劲：爸妈，恭喜发财，红包拿来！

刘劲妈：贪心的孩子，给！

刘劲接过红包捏捏：多少钱？

刘劲妈：能少得了你的啊！财迷！还计较钱多少呢，平时你要多少没给你！贪心！

刘　劲：我可不贪心，我这是在争取拿到二狗、栓柱的学费呢。

刘劲妈：那你挣的钱呢？

刘　劲：都包括进去了，现在县城里的学费老贵呢。

刘劲妈笑着：妈知道！

刘　劲：爸！妈！你们不知道，你们的儿子受聘当私人保镖，一个月挣五千呢，这都帮助同学们缴学费了，劲儿从不乱花钱。

爷　爷：劲！多做善事，是做人的本分。记得你小时候，有一个要饭的在门口要饭，你就把刚盛好的一碗饭和一个馒头给了要饭的，自己却饿着，回来怕奶奶说，自己偷偷到厨房偷吃干馒头。真是三岁看大，七岁至老。从小爷爷看你是个好孩子，果然如此。

刘劲爸：那是龙生龙、凤生凤，我儿子嘛，当然出类拔萃了。

奶　奶：兴头的你，劲是刘劲妈生的呢！

刘劲爸：是！是！是！妈你说话怎么总是向着你媳妇。我不是你亲生的吗？

奶　奶：刘劲妈又勤劳，又孝顺，我不许你欺负她呗！

刘劲爸：这怎么是欺负她呢？

爷　爷：看你把儿子逼的。

奶奶笑起来，全家人都笑起来。快乐幸福的一家人。

村口，大年初一

刘劲和二狗、栓柱、黑旦翘首以待。

二　狗：你同学男的女的？

刘　劲：男女都有，大概十多个。

二　狗：有对象同学吗？

刘　劲：纯同学，我早说过，高中不找对象，你就是记不住！

二　狗：拉倒吧，我们县城高中的同学哪个没有对象？栓柱、黑旦都有，你们城里人没对象？谁信！

栓　柱：二狗的对象就是咱村的妮子。刘劲！我信你没对象，你说话算数。

二　狗：拍马屁！

黑　旦：我也信。

二　狗：又一个马屁精。

黑旦一把抓住二狗：竟敢说我。

俩人摔起跤来。山村路上，远远地驶来一辆黑色的越野车，很快驶来停到刘劲身旁，李小叶、张眉、赵婷、王飞云、马跃相继下了车，乐呵呵地互相寒暄着。

刘劲探头对司机：师父！进家去坐坐，喝杯水。

司　机：不用了，老板等着用车呢，再见！

小车开走了。

刘劲他们一同向村里走去。

刘　劲：怎么只有你们几个人，不是十个人吗？

王飞云：嗐！当初他们的确信誓旦旦地答应了，昨晚打电话催时碰我一鼻子灰，不是有事儿不能来，就是家长不让来，弄得我好没面子。

刘　劲：非常时期，能理解。怎么样？我们这儿好吧！空气多新鲜！

王飞云：好什么呀，黄秃秃一片，有什么好！

刘　劲：这是在冬天，春夏秋你来看，到处都是绿荫荫的，真美呢!

张　媚：就是！刘劲说得对。

刘劲老宅，正屋

孩子们鱼贯而入，阖家人表示欢迎他们的到来。

爷　爷：你们都脱鞋上炕坐，炕上暖和，估计你们从来没有坐过这样热乎的炕。

孩子们都脱鞋上炕，爷爷奶奶一个劲地让他们吃糖、吃水果、喝茶。

王飞云：爷爷、奶奶、叔叔、阿姨，我们专程来给你们拜年。

孩子们在炕上鞠躬拜年，然后吃水果、喝茶。

刘劲爸、妈在厨房忙着做菜。

刘　劲：中午咱们简单一点儿，吃完我带你们去山里转转，看看我们山里的冬景。

其他同学：好啊！听你安排!

山　里

饭后，刘劲、二狗、栓柱、黑旦领同学们等走进山里，来到山崖谷底。

谷　底

一大片鹅卵石，这是一处没了水的河滩。

刘　劲：看到那儿了吧，一片卵石，我们以前最得意的地方，是一个深潭，水深到这儿，夏天我们就在水里泡着，特凉快舒服。没想到前年那水一夜之间就无影无踪了，只剩下一堆卵石，连泥鳅都没剩一条！

王飞云：怎么搞的，一下就没水了？

刘　劲：是啊！头天我们还游泳呢，第二天就干了。

二　狗：还不是挖煤挖透潭底，水一下渗漏了，下游几个村子的吃水井也都没了水，吃水还得来我们村里拉。

栓　柱：都是人为破坏了环境。从前水里的每条鱼都这么长，我们逮着玩儿，岸边的草这么高，野兔野鸡就在草里钻。现在荒凉一片，什么都没有了。

赵　婷：有野兔？咱们抓野兔好不好？

二　狗：这潭里没有了，那边的沟里有。那家伙跑得飞快，难抓着呢，村里人用土枪打兔子。

王飞云：那咱们借土枪去，也过过打猎的瘾。

刘　劲：前些年政府不让私人藏枪，所有枪支，包括气枪，都上缴了，哪里还有枪。

二　狗：有！玉龙他爹就有，不借人，也不让说，怕政府没收。

刘　劲：不可能，存枪是犯法的，他能不知道？

二　狗：怎么不可能！我和玉龙前些天还偷偷拿来打兔子，不过连麻雀也没打到一只，放了十几次空枪。

王飞云：那咱们去借。

张　媚：借你个头！这多人误伤了怎么办？私枪犯法，你借枪打猎不是没事儿找事儿？逞什么能！

王飞云：这是男子汉玩儿的游戏，你懂什么！

张　媚：不跟你犯法，咱们走！

大家笑起来，继续向前走。

山坡上寺庙

寺庙牌匾上写“水神庙”。

栓　柱：这是水神庙，古人为了那潭水建造的。后来水没了，这庙也荒了。你们进去看看。

水神庙

三间正殿，供着水神和两护法，赵婷、李小叶跪下叩拜。

张　媚：你们也信这个？

赵　婷：拜拜无害。这些古建筑也值得拜拜，你看这神像有几百年呢。

张　媚：那我也拜拜！早知道该带香火供奉。

赵　婷：心诚则灵，撮土为香，许个心愿一定能成。

张　媚：我得虔心地许个大愿。

她大拜三叩，然后和赵婷、李小叶进了庙门。

赵婷问李小叶：你怎么一句话不说？

李小叶莞尔一笑：心诚不能说话，说了就不灵了。

庙　外

男生们都在等着她们。

王飞云望着蓝天白云，还有远山，心情一震：你们看！那云像什么？衬着蓝天多么美！在城里看天哪有这样蓝？湛蓝湛蓝，沁入心中的蓝。

大家都凝视蓝天。

张　媚：赵婷她们来了。

李小叶：我醉了！真醉了！我的胸膛豁然开朗，好像能容纳整个蓝天。

张　媚：我也醉了，蓝天真的深邃无底，让人顿觉浮生三日。

栓　柱：这白云越聚越多，天又这样暖和，我看要变天呢。

王飞云：这晴好的天会变？瞎说！你们这儿还有好玩的吗？领我们去。

二　狗：前面有个山洞，很深。我们没下去过，听老人们说那洞里住着神仙。夏天，能看到洞里飘起雾气，像白雪一样。人们说那是神仙踏云游山去了。

栓　柱：别听他们瞎嘞嘞！弄得你们五眉三道的。

二　狗：四毛大爷讲给我们的，他不是你爷吗？你还不信？

栓　柱：那只是个传说！

王飞云和几个同学都跃跃欲试想去山洞看看，都征询刘劲意见。

刘　劲：没手电筒，没绳子，进不了洞。

李小叶：咱就在洞口看看，见识见识。手机电筒足够用了。

刘劲思索一阵：好吧！你们不怕远咱就去。你们都同意吗？

大家纷纷点头，刘劲扬扬手，十来个孩子向山上爬去，大山茫茫，他们行进在蜿蜒的山路上，一路说着笑着。这时，天空被白云积成了阴天，天色暗下来。

峭壁下

一座不大的峭壁下，有一山洞口像大张的兽口，孩子们来到洞口前。

王飞云：就这洞？没什么特别的啊。

张　媚：你见过几个洞呢就不特别了，你敢钻进去吗？

王飞云拍拍胸脯：这有什么不敢钻的，这一定不是毒蛇洞。

栓　柱：就是毒蛇洞冬天也不会出现蛇，都冬眠了。

王飞云就要钻进洞去，刘劲拦住他：别进了，你胆子大！咱回吧，天都阴了呢。

李小叶：刚才还好好地，突然就阴天了。

张　媚：你别拦他，料他也不敢钻进去，胆子和老鼠一样小。

王飞云不服气，拿上手机拨到手电上，独自钻进山洞。

山洞里

阴暗清冷，一进洞走了两米多远，洞还在三米高下，越往里走洞口越小，王飞云壮着胆子向里走着，用手机电筒晃着，最后停在一洞卡处，卡口只能容一个人钻进去。王飞云犹豫一阵，用手电照照，回望山洞口的亮光距离，也就十多米深，他长叹口气，冒险钻入卡口向里拱去。

山洞外

大家等着，有一句无一句地聊着，一边眺望着四周的群山。

张媚笑道：我猜他一定会吓得跑出来，还吹牛到洞底了。

刘　劲：这山洞我还真没有钻进去过，不知道有危险没。

二　狗：这地方没有大型野兽，又是大冬天，不会有危险，洞里连耗子也没有一只！

李小叶：这长时间了他还不出来，该不会有事吧？

张　媚：那咱们进去看看吧。

刘　劲：你们等着，我进去看看，如果我二十分钟没回来，你们就求救。

赵　婷：那咱们直接报警求救吧，大家都别向里钻了。

二狗笑了：没那么可怕，刘劲开玩笑呢。

赵婷看着刘劲的笑脸，伸手捶他一拳：让你学坏！这时候吓唬人，人吓人，吓死人。

二　狗：咱都进去，人多力量大，手机都按成电筒。

大家都向洞里钻去。

山洞里

刘劲在最前面举着手机，向里走着。

刘劲大声道：王飞云！王飞云！回答我。

洞里回声嗡嗡，谁都不清楚是回声还是什么。

刘　劲：听到了吗，有回声，你们停下仔细听。

好像有人捂着嘴说话，嗡嗡的，又好像是风吹洞口的声音。

刘劲向前走着，来到洞卡处，见王飞云两只脚在洞壁上镶着，活动着，但范围不大，嗡嗡声就从这儿发出。

刘　劲：快！他被卡在这儿了。二狗你拉那只脚，我拽这只，咱悠着点，我喊一二三一起向外拽，别使猛劲，别把他拽散架了，一二三……

王飞云被拽了起来，大家七手八脚地把他架到了洞口。

王飞云：我没事！放开我！我真没事。

张媚笑着：那么小的洞你也钻？你是黄鼠狼还是狐狸？也不掂量掂量，你有缩骨功啊！

王飞云笑着：有你们候在外面，我怕什么！那个洞卡有两米长，里面是一个更大更深的洞，手机照不远，所以看不清，我向里爬了不长就使不上劲了，急忙喊你们你们也不答应，急得我俩脚直蹬！

赵　婷：我们当你在洞里栽萝卜呢，光露着脚脖子。

大家笑起来。

王飞云：那洞里一准有宝藏呢，要不人只开那么小一洞口？我猜里边一定设有机关，回头我拿镐头来把卡子扩大一些，张媚也能钻进去了。

李小叶：我们可没有担心，别惦记上我们，大家说是不是！

“是！只有张媚的心担着，我们真没有！”

王飞云：你们是我哥们不是，我可是给你们淘宝去的。

张媚拧他的耳朵，他吓得跑起来：大厅广众之下也敢谋杀亲夫！

张媚眼睛一瞪，眉毛一竖：你还敢瞎说，看我怎么收拾你！你别跑！

刘　劲：咱快回吧，回去也得一个小时呢。马上要下雪，一下雪路就不好走了，咱快走！

这时天空飘起了雪花，越下越大。

山间路上

一行人快速返回。

二　狗：这雪一时半会儿停不了，你们这几天是走不了了。

张媚突遭打击：啊！那怎么办？我来时我妈就不让来，我哀求了半天才允许我出来，但明天必须回去。明天回不去我怎么过我妈那一关啊。

李小叶：像现在大雪飘一夜，高速一定封路，三四天都不会开封呢。

张　媚：完了完了，我彻底疯了，我将在我妈妈的骂声中永生！

刘　劲：不用担心，这雪下不了多长时间，我估计一两个小时就停了。

王飞云：打电话告诉你妈，刘劲这儿有课本，又有这多陪练，误不了功课。再说，我们这么多人陪你，你该幸福才是！

张媚气恼地：幸福你个头！都怪你，建议过什么特殊年，这下陷我于不义。说话不算，我妈再不相信我了。

刘　劲：咱走快些，回去让我爸打电话，他们大人们好沟通，你妈会给面子的。

张媚无奈地叹口气。

李小叶接了雪花：你们看，这一层雪花真大，都是由六角形组成，多好看！快看，多美！

她转给了张媚看。

张媚：都什么呀，难看死了。

李小叶：不识艺术，就是好看。

张媚接雪花抹到李小叶脖子里：让你好看。

李小叶：你敢欺负本小姐，长你狗胆了。

李小叶从地上抓起雪带着土就要抹张媚，张媚笑着跑开，两人追逐起来。刚才的不快早跑到爪哇国去了。

雪花飞舞，漫天青色，山峦很快就被雪遮闭了。

山　村

山村已被皑皑白雪覆盖，无人的街上，路灯下雪花飘舞，不时传来狗吠声。

刘劲家北屋

灯火辉煌，十多人围炕桌而坐，桌上菜肴丰盛，美酒泛光。

刘劲爸举杯：大家都有酒了吧？女同学不能喝酒喝饮料，大家举杯，为来年的幸福、来年的快乐、来年考取大学，干一杯！

大家举杯而尽。

爷爷笑呵呵地举杯：为你们到乡下来过年干一杯！我很高兴你们能来，干杯！

赵婷举杯：我第一次在农村过年，心里很新奇也很激动，在这里祝爷爷奶奶、阿姨叔叔，祝所有在座的快乐幸福！万事如意！心想事成！

奶奶笑道：别光喝酒，夹菜吃！这些山里的特产你们平时吃不到，你们都尝尝！

大家欢快地吃喝着。

李小叶悄悄对张媚说：你别喝了，喝醉了出洋相怎么办？

张　媚：小看我！我千杯不醉。

赵　婷：谁敢小看你？是心里有事不能多喝。

王飞云：她心里能有啥事？

张　媚：要你管！多嘴！

赵　婷：下雪回不去还不是事？

刘劲举杯：各位放心！刚才我爸打电话给李小叶的爸爸，他爸答应派车走国道来接你们，只是时间长一些，开车慢一些，明天准让你们到家！放心品尝这农家菜、农家饭，到城里你们可就吃不着了，来！吃着！

二狗举杯：我不会祝酒，这里真心实意和大家喝一杯！我先干为敬。

栓柱举杯，黑旦举杯：大家实心干一杯！

大家举杯而干。

屋　外

漫天大雪，世界一片白茫茫。

饭后，姑娘们先来到院子里醒酒，赵婷见张媚神情忧郁。

赵　婷：媚啊，刘劲爸爸已经把问题解决了，你还愁眉苦脸，这是过年呐！

张　媚：我妈一个人多孤单啊！

赵　婷：事已至此，你不高兴也于事无补，不要多思，思则伤神。

李小叶：想不到我们张媚是个有情有义的孝顺孩子，还能想到妈妈的苦楚。唉！我就从没这样为父母想过。

赵　婷：你也有伤感的时候，你自己一定也感觉到了，我发现你现在话少了，也不像以前无忧无虑。怎么，失恋了吗？

李小叶：狗嘴里吐不出象牙，你就不能说些好听的？

张　媚：赵婷说得没错，你真的变了好多，是不是高志勇有变？

李小叶：你们没一个好人，我哪有失恋！

张　媚：就咱姊妹说说，为什么变了？

李小叶：我决定单身一世，不找对象，不结婚。

赵　婷：不是吧？

李小叶：真的！什么爱情！骗人的传说，狗屁！

张　媚：就是！人们总说爱情是幸福的，其实根本不是那回事，要多痛苦有多痛苦。

赵　婷：那你细细说说怎么回事。

张媚斜瞥赵婷一眼，顺手抓一把雪塞到她脖子里，赵婷拉李小叶求助，李小叶用雪塞张媚，三姑娘嘻嘻哈哈地戏雪。

北门开处，小伙子都出来了。

王飞云：不许欺负我们张媚，我来救你。

王飞云雪球一飞，几个男生都加入到打雪仗中，雪球飞来飞去，笑声充满小院。北屋门口站着的刘劲爸妈，笑眯眯地观望着。

刘劲爸：瑞雪兆丰年，来年一定是个丰收年。

刘劲妈：是啊，孩子们多开心啊！我也想和他们打雪仗呢！

刘劲爸拿一团雪抹到刘劲妈脸上，刘劲妈捧雪扔向刘劲爸。正巧一雪球砸到刘劲爸眼睛上，刘劲爸爸的雪球飞在砸他的栓柱身上。院子里成了雪仗场，窗户上看着的爷爷、奶奶，喜得合不拢嘴。

龙城中学

龙城中学的迎春花黄灿灿的，桃花红艳艳的，灌木草坪绿茵茵的，尤其松柏翠绿养眼。

高三三班教室

后墙上的标语：冲刺一百三十天，优异成绩考大学。

埋头刻苦学习的学生们，翻书声，细语声。

小李老师站在讲台上，望着学生们，她踱到学生最后一排，又转回讲台上。

校　园

随着下课铃声，学生们蜂拥而出，课休时间享受春天的美好！

王飞云来到张媚面前，关切地：张媚，挨咱妈骂了吧，咱回来都深夜了。

张　媚：叨叨我三天！那晚我如果回不来，她第二天一准打车去接我。我认错，央告了两天才算过去。

王飞云：你妈也是，回都回来了磨叽有用吗？

张媚剑眉一竖：不许说我妈！

王飞云：不说不说，我只是表示一下对你的关心而已！

张　媚：这叫关心？这叫拨火挑斗。

王飞云：唉！生生一片好心当成驴肝肺！

他边说边怏怏地走了。

高三教室

正在举行毕业典礼，讲台上张老师讲话，台下坐着各位副科老师和同学。

张老师：通过毕业考试，我们班没有一位同学落后，都高中毕业了，我很欣慰，我的心血没有付之东流。同样，同学们的辛苦也得到了回报。我就不啰嗦了。接下来就是迎接你们要付出更多努力的高考，希望同学们奋力一搏，争取考上心仪的大学。下面发高中毕业证，这一组同学开始上来领取，一个一个来，开始！

学生们从张老师手中接过毕业证，教室里掌声不绝。

龙城中学校园

刘劲低声问李小叶：志勇毕业了没有？

李小叶神情漠然地摇摇头：不知道。早就失联了，电话换号，网上不露面，一定换了网名。

刘　劲：是不是他父母的原因？

李小叶：不可能！他心里没我，要有，也不会这样对待我。

他和你有联系吗？

刘　劲：没有！刚走时还有电话，后来就没有了音讯，这小子忘恩负义！

李小叶：也好！索性断了也好，省得人牵肠挂肚，这么多年的情分换不来一个准信的电话，唉！

刘劲无语。

李小叶沉默一会儿：你呢？准备怎么样？

刘　劲：我？什么怎么样？

李小叶：你的情儿啊。

刘劲笑了：我哪有？我早说过，高中不谈个人问题，等上了大学有合适的你给介绍一个。

李小叶：张媚那么爱你，你感觉不到？过年硬是背着妈妈的臭骂到你老家过了一个年。一个女孩子爱你这么深你能不感动？

刘　劲：我和张媚说过我俩不合适，再说王飞云苦苦追求她三年，她应该知道啊！

李小叶：可张媚从来没有对你死心过，一直为你表现着，为了能和你考一个大学，她下了多大的苦功学习，你不是铁石心肠吧？

刘　劲：我对不起张媚，可我心里真的没有她。

李小叶：可怜少女一痴情！她还就爱上你了，唉！

刘　劲：我真的无能为力。

李小叶：张媚的初恋生生毁在你身上，你别像高志勇一样没良心。有时间多和人沟通沟通，不爱也不要伤人的心。

刘　劲：好的，我和她好好聊聊。

李小叶幽幽地望他一眼：说心里话，你也是我的暗恋呢，从你救了我那时起。高志勇走后，我的感觉更是强烈。可我知道你的脾气，所以控制自己的感情，我想你从我的行动中可以感觉到，对吗？

刘　劲：我感觉到你现在变得成熟了，不是高一时那个不管不顾只要高兴就胡作非为的小姐了。

李小叶：你这是夸我呢还是损我呢？

刘劲笑笑：当然是夸你喽！你别领会成别的意思，我以诚待人。

李小叶：表面老实的你，其实狡猾着呢，心里不知藏了多少不轨心思呢。

刘　劲：我比窦娥还冤呢！我去找下王飞云，其实挺简单的。

刘劲跑走了。

李小叶叹口气自语道：爱你的你不爱，不爱你的又去追，琢磨不透的世界。

张媚正和王飞云说话呢。赵婷跑过来。

赵　婷：这么多同学，你们谈情说爱不受影响吗？

张　媚：不是，所以不怕！

赵　婷：王飞云，刘劲满世界找你呢，回教室了。

王飞云跑走了。

赵　婷：媚啊，和你商量个事，我后天过生日，想请大家聚聚，你说合适不合适？

张　媚：有什么合适不合适的，只是一个中午，大家不也要吃饭？我说只邀请几个要好的同学得了，不然考大学考不好的又说因为给你庆生耽误了。

赵　婷：听你的，就咱们几个说得来的坐坐算了。

张　媚：我能帮你做什么尽管开口。

赵　婷：请客钱你付！

张　媚：你这是要人命呢。

赵　婷：逗你玩呢。媚啊，咱要能考取同一所大学该多好啊！

张　媚：谁说不是呢，咱最后努力一把。

赵　婷：我心里真有些发怵，万一考不上我该怎么办。

张　媚：我也是在做最后的冲刺，否则更无脸面对我妈呢。我妈一个人把我拉扯大，浪费了多少心血、多少青春，真要考不上还不把我妈气死？

赵　婷：你妈一个人更可怜，唉！

张　媚：谁说不是呢，可谁理解我的心呢。

赵　婷：能理解！咱好好拼搏一下就是了。

马路上

中午放学，刘劲骑车追上了赵婷：赵婷，你别回家吃饭了，我请客，顺便有道题请你解释一下，可以吗？

赵　婷：好吧，我给我妈打电话告诉一声。咦，李小叶呢，你不天天和她相跟吗？

刘　劲：他爸的司机把她接走了，说是参加一个婚宴。

赵婷拨打了电话看着刘劲。

刘　劲：我领你去一个好地方，安静，环境一流，服务也不错，适合请教你问题。

赵婷跟在刘劲后边骑车而去。

刘劲家

刘劲妈敲响刘劲卧室门。

刘　劲：请进。

刘劲卧室

刘劲妈进屋：儿子，你是不是有什么事情瞒着妈，妈总看你神情和以往不一样，告诉妈是不是身体不舒服？

刘　劲：没有啦，没有任何事情发生，要有我第一时间告诉妈！这不正忙着复习准备高考嘛！

刘劲妈：说得好听，你这个闷葫芦，什么事都藏着掖着，最后知道的一定是父母。

刘　劲：看您说的！妈，我现在是不是话多了一些？

刘劲妈：妈觉得你比以前说话多了一些，但要论起来还是少于常人。总是少言寡语，怎么跟人交往？怎么和女孩子交往？

刘　劲：我不找对象行不行？

刘劲妈：那可不行，我还等着抱孙子呢。

刘　劲：妈！

刘劲妈：你不用烦，妈是问你学习小组怎么不来了？

刘　劲：他们家长都给他们找了辅导强化班，强化一个月，等完了再来。

刘劲妈：那咱也报个班去。

刘　劲：不用。这么多辅教，网上有资料，我自己努力就行了，考大学没有什么。

刘劲妈：吹吧你！妈信你，辛苦我儿子了，不要学得太晚，身体是本钱，临考试千万别累病了，听话啊。

刘　劲：嗯，知道了。

刘劲妈：想吃什么宵夜妈去做。

刘　劲：妈，你早点睡吧，别等我了，我有梨水喝就行。

刘劲妈：好的！

刘劲妈来到客房。

客　厅

刘劲妈把电视调到静音，坐着织毛衣。

龙城夜景

灯火辉煌，霓虹闪烁，LED广告墙连续播放着广告，车来车往，路人稀少。

刘劲卧室

墙上的表指向1点，刘劲收好文具，躺到床上，手机响了。

刘劲接起电话：喂？王飞云，什么事？噢！你别急，我马上到。

刘劲迅速穿衣，悄悄出卧室，推门向外走。

刘劲妈：劲儿，半夜三更要去哪？

刘　劲：妈，张媚她妈急病，送医院抢救了，我去看看。您赶快睡吧，别等我。

刘劲妈：路上小心！

刘劲答应着出了门。

人民医院，急症室外

张媚在哭，王飞云、刘劲在一边陪着，王飞云递纸巾给张媚。那边是静静的走廊。

大夫过来，三人围上来，焦急地询问。

大　夫：患者是心脏病突发。患者平时有无憋闷、疼痛？

张　媚：有！我妈经常憋闷，我让她检查一下，她不来，说等我高考完再说。

大　夫：心脏病不能激动，不能受刺激，不能劳累，要适度锻炼，均衡饮食，忌烟酒，救急药品随身携带。记住了吗？

大夫回到值班室去。

张媚他们随后进入急症室。

急症室

张媚妈在床上睡着了，打着点滴，一边是心电记录仪，闪烁着。

张　媚：没事了，要不你们回去休息吧。

王飞云：不回去，现在回去影响家人，陪着你吧。

刘　劲：这儿待着吧，一会儿天就亮了。

王飞云：你不知我多急，一接张媚电话，马上就拨120，然后急速赶到张媚家。

张　媚：谢谢你！大夫说来得及时，没有延误。谢谢你们帮我！我看我妈难受得打滚，早慌了神，只好打电话向你们求助。

王飞云：这就对了，咱这么贴心的同窗好友，不必客气，就该首先想到我们才是。刘劲，咱楼道里坐着好不？

急症室外

一排椅子上坐着刘劲、王飞云，他俩低着头打着瞌睡。

急症室内

张媚妈在平稳地睡着，张媚看看满满的液瓶，又看看手机，她走出来。

急症室外

张　媚：刘劲，王飞云，你们去吃早点吧，一会儿该上学了。

刘　劲：趁现在平稳，你先去吃，我们在这儿守着，咱替换着。

张　媚：我哪有胃口啊，不吃了，你们去吃吧。

王飞云：刘劲，我和你去吃，然后你到学校给我俩请个假，我带早点给她们吃。

张　媚：你们都去上学，有我足够了。

王飞云：闲话少说，就这样定了！走，吃饭去！

刘劲点点头：也好，张媚一定细细观察啊。

张　媚：好的！再见！

刘劲、王飞云向医院外而去。

刘劲的电话响了，他接电话：妈，她妈妈心脏病突发，现在稳定了，大夫说早上就可以出院。我直接去上学。妈，您又一夜没睡吧。睡了？我不信。嗯！知道了，再见！

王飞云羡慕地：你妈多关心你，真是个好妈妈！我妈要像你妈就好喽！

刘　劲：你不是亲生的，是垃圾堆里捡来的。

王飞云：去你的！胡说八道！

校　园

夏初的绿色和生机把校园点缀得更加美丽。

刘劲站在避凉亭里，盯着树木叶子出神。

马跃跑来：刘劲，看你越来越不对劲儿了。

刘劲看看他没有接话。

马　跃：你有心事，当我不知道？

刘　劲：我有心事？我咋不知道。

马　跃：别装了！老实坦白，哥们给你支一招，不说实话后果很严重。

刘　劲：诈唬我！

马跃故作神秘：你爱上哪个美女了？

刘劲摇摇头。

马　跃：当我傻子？我观察你好久了，你看她的神情都不一样。

刘　劲：谁啊？

马　跃：我说事实你不许不承认。

刘　劲：我都不知道我爱上谁，你知道？

马　跃：别蒙我，高中就这一学期了，想恋爱也不为过，都大龄青年了是该考虑了，要不好女孩儿都被同学挑走了。

刘劲盯他一会儿，扭过脸又去看树叶。

马　跃：下学路上追人家，教室里总往人前凑，当我看不见？

刘劲被说中心思：你瞎猜瞎说呗！我只不过才刚有了一些想法。

马　跃：谁啊？名字！

刘劲伸手抓住他的胳膊：你说不说？

马　跃：赵婷！

刘劲放开手：实话说，我过年时候细细地看看她，觉得她文静、大方，怦然心动了一下。

马跃思虑一阵：看上了就大胆追，扭扭捏捏反而误事。要不哥们给你拉拉线？

刘　劲：不用！等我思考彻底了再说。

马　跃：不过你得先解决张媚的问题，不然有麻烦。

刘　劲：又是这个问题，我早对她说过不可能，王飞云追着她呢。

马　跃：王飞云剃头挑子一头热，全班人都知道。你得让张媚死心了才行，不然，你把张媚弄成神经病呢。

刘　劲：那我怎么办？

马　跃：回家好好想想怎么办，处理不好会直接影响大家考大学。你若拒绝也等考完，你说呢？赵婷这人你也别挑明了，隐忍着，都不伤害，两全其美。

刘　劲：这个建议很好，我遵照执行！

赵婷伴着张媚过来。

张　媚：说什么悄悄话呢，说来听听！

赵　婷：马跃能说什么好话，背人没好话。

马　跃：你不能这样把人撸到河里，我们都是好人，刘劲更是大好人呢。

张　媚：你哪里比得上刘劲，一个角都模仿不上。

马　跃：是！比不上，谁和黑、干、瘦的火柴棍比呢。

张　媚：你胡说！信不信我打你？

张媚扬起手来。

马跃笑着跑了：你心上人不让说？不就和火柴棍一样！

刘　劲：你这家伙，就不能消停一下？

赵　婷：狗嘴里你想让他吐出象牙？算了吧，上课去喽！

她们一起笑着跑向教室。

龙　城

鸟瞰大都市，夏日景色，艳阳高照。

高三教室

下午，放学前最后一节课。

张老师：明天起你们就不用到校了，自由复习，也就是说你们可以自由掌握时间，想歇歇也行，但是考试不能松，六月三号到校取准考证，六月七日上考场，拼命一搏，也是检验你们水平的时刻。这里我祝大家都考上如意的大学！有什么问题可以电话联系老师，各科老师的电话都有了吧？

“有了。”

“老师你把考试内容透漏一些最好。”

张老师：投机取巧，这么简单的问题，我帮不上你们的忙！但可以告诉你们的是，考试内容不外乎你们学过的所有课程，加上你们生活中真实体验，还有闲书、网络各方面学到的知识。

马　跃：这个就是我们十几年的青春付出，我们还不知道结果，悲哀啊！

张老师：话不能这样说，你们的青春才刚开始，而逝去的年华将成为你们生命里的沉淀，你们将用之不竭、汲取不枯，这就是知识。

高恒乐：老师说得真轻巧，哄我们高兴呢。

张老师：我郑重地这样说，而且，我也是这样一步步走过来的，受益匪浅。早晚有一天你们也会对你们的学生说这样的话，当然这个学生是个泛指，比如你的徒弟、子女，还有请教你各式各样问题的人，都是学生。

高恒乐：老师，你解释得太啰嗦，让人感到太絮叨。

张老师：我就知道你们会这样说，不知好歹，不辨香臭，不解释，又会发问，解释一下又嫌啰嗦，前后左右都不是。好了，我告诉大家一个经验，拿到试题，别在大题上下功夫，先把容易的做对了，最后再光顾加分题。好好努力吧，年轻人。

“你也不老啊，也是年轻人呢。”

张老师：不老能叫老师？总有地方老了。下课！再见！

学生们笑着涌出教室。

龙城中学校门口

刘劲等李小叶推车过来，才一起走。

李小叶：总算放假了。可是不能放松，还得把吃奶的劲儿用到学习上，又累又苦又烦人。

刘　劲：没几天了，忍一下就过去了，平时那么大劲都用上了，不在乎这点努力吧。

李小叶：我真的喜欢你这种坚韧不拔的劲头，是一种好性格。

刘　劲：这是我从小养成的，一入师门就得坚持！有时特累特困，一指头都不想动，但师父从不留情，打我的石子又快又准，打得我直想叫喊，只能迷迷糊糊起床去练功。也是这种鞭策和执着，让我有了今天的成绩。

李小叶：原来你也受过苦啊。

刘　劲：可不是咋的，就这样师父都不表扬我，只夸师哥他们，哎！

李小叶：老头怕你们翘尾巴学不好，你应该理解。

刘劲点点头：你到了。明天起我就卸任保镖一职，你就多加小心，注意安全。

李小叶：谢谢！谢谢你两年多的护送。

刘　劲：不用谢！用你电话拨打你爸的电话，我和你爸说话。

李小叶：好嘞！

李小叶拨通电话，递给刘劲。

刘　劲：李叔叔您好！我是刘劲。李叔，我们今天放假，自由复习，我也完成了当年护送李小叶上下学的承诺，我谢谢您的慷慨大方，一直付我工资，明天起就不用计算我的工资了，谢谢啊！

李叔：有你保护小叶安全度过这两年，我该谢谢你，这两年我省了多少心啊！你辛苦了，要不工资付你到大学毕业好不好？

刘　劲：叔叔，不好！无功不受禄，我再次表示谢谢！再见！我挂了！

刘劲把手机还给李小叶。

李小叶神情忧郁地：这部电话给你好不好？是我的谢意，当个纪念。

刘劲笑道：我有手机。再说你爸付给我的工资可不低呢，你还不嫌我烦，像个老头似的成天跟着你。摆脱了我，你该开心才是啊！

李小叶：你不是好人，临了还占我便宜，怎么就学我父亲了，只不过小哥一枚。

刘劲呵呵一笑：小心眼！这就对了，小叶脸上多会有过阴霾？记住，笑对学习，笑对生活，笑对人生！时间长着呢，再见！

刘劲跨车驰走了。

李小叶怏怏地往家走，轻声叹口气。

高考考场

考生们都埋头做题。

考场外，焦急如火的家长们，不惧烈日炎炎，站在烈日下，盯着考场的门，他们的祈盼、希望、憧憬都在里边呢。这是学生的考试，更是对家长们的考验。

一考场

考生们陆陆续续考完出来了。家长们拥子而询，而归。

刘劲走出考场，独自到存车处取了车骑车回家，他脸上写满了自信与满足，看来考得不错。

刘劲家

刘劲推开门惊呆了！师父、爷爷、奶奶、爸爸、妈妈都在沙发上坐着呢。

刘　劲：你们都在？师父！你怎么不打招呼就来了？

大家都笑起来。

师父笑哈哈道：早告诉你，你能安心考试？先说你考得怎么样？

刘　劲：还行吧。根据我的估分还不错。

刘劲妈递过水：喝吧！渴坏了吧。

刘　劲：不渴！这才哪儿跟哪儿！爷爷，奶奶，你们也不早打个电话告诉人家，让人惊喜得不知说什么好呢！

爷爷笑着，奶奶说道：和你师父说这么多话才轮到我，还说最亲奶奶，你是我孙子吗？

刘　劲：奶奶，不许这样说我！我最亲谁你知道！我梦到你好几回呢，今天就和梦境一样。

大家都哈哈大笑起来。

刘劲妈：你们看到了吧，还说养来的亲呢，早就想你们呢，一说话就扯到师父、爷爷、奶奶，没有我们。

刘劲爸：咱们也该起身到饭店了。劲儿，老爸在饭店包了饭，给爷爷他们接风，顺带给你庆祝一下，过些时请你们老师和同学们。走吧，楼下有车。

百花酒店

刘劲左手拉着爷爷，右手拉着师父，走进玫瑰厅。

玫瑰厅

已经有两位中年人坐着，见人们进来，站起来齐打招呼：师父好！大叔大婶好！

师　父：我给大家介绍一下，这是我的两个徒弟，刘劲的师哥。这个在省体委工作，那个在省体工作队工作，他们怕跟刘劲叫吃亏，就先叫大叔、大婶了，照说他们该叫爷爷、奶奶，但已经叫了就别改口了，省得辈分上吃亏。这是你师弟刘劲，师弟的父母，你们就哥弟相称吧。

刘劲爸：叫兄弟亲切。师父您请上座，爸妈坐这儿，俩老哥坐这，劲就坐我这吧。

大家都入了座。

师　父：你们别见怪，是我让他俩先来餐厅的，没有事先对你们说是我的错，对不住啊！

爷　爷：哪里哪里！都是一家人，到哪儿都一样。

师父：是啊，到家里你们都会小一辈的。

刘劲爸：俩老哥是领导，今天认识很荣幸。咱是兄弟，刘劲比你们小好多呢，一家人就这么地吧。服务员上菜！

刘　劲：师父，先喝茶。爷爷、奶奶你们也是。

门开处，服务员端菜而入。

华瑞小区

早晨，晨阳高照，温暖宜人，绿化带，繁华似锦，绿草如毯。

刘劲拿着一枝玫瑰花来到赵婷家单元门口。

单元门开了，马跃出来，他看到刘劲愣住了，刘劲也愣住了。接着赵婷乐呵呵地出来，嘴里说着：让你等一下，你偏不等！

她看到刘劲也呆住了。

赵　婷：刘劲？

刘劲迅速把玫瑰花藏到身后，上前一步：你们这是干嘛去？

赵　婷：我和马跃去看电影，放松放松。

刘　劲：哦。

刘劲背后的手把花拧碎，使劲拧着。

马跃尴尬地：刘劲，找我有事吗？

刘劲冷冷一笑：咱们真是好朋友、好同学！就是没有认清你。

马跃看了看赵婷：刘劲，你听我解释。

刘　劲：用不着，祝你们幸福！

刘劲把花扔地上跑走了。

赵婷不解地问：他怎么了？

马　跃：我也不知道！咱走吧，要误点了。

赵婷狐疑地看了看马跃，瞅瞅地上的花，望望刘劲跑去的背影，默默地跟着马跃向小区外走去。

龙城中学

花圃里百花争艳，绿化带绿树茂盛。

办公楼前告示牌、大红榜上写着各位考生的名字，按成绩排列，人们熙熙攘攘，望着告示寻找自己的名字和成绩。

刘劲和王云飞站在一起，马跃、赵婷、张媚、高恒乐都在人群中仰头寻找着，寻找着崭新的人生。

剧　终

2015 年 7 月

片　　名：凡人小事人性脆弱

字　　幕：

演职员表：

高楼工地

一栋刚建成的高楼主体，楼前挂着红色横幅，上写“龙兴住宅主体工程竣工典礼”，现场彩旗飘舞，锣鼓喧天，一边挂着鞭炮准备燃放。

高楼八层

毛坯房中，徐光宗给天花板安灯泡，梯子一滑连人带梯倒向墙边，头正碰到铸铁暖气片上，脖颈一下歪在墙角，顿时口鼻流血晕过去了。听到动静的几位工友从邻屋冲进来，见状惊呆了。

徐队长试试口鼻息和脉搏，摇摇头。

三位工友使劲摇着徐光宗，喊着：“徐光宗！徐光宗！”

徐七起身打开对讲机：赵总赵总！听到请回答！

典礼现场

笑容满面的赵总正在迎接客人，他接过秘书递来的对讲机：我是赵总，我是赵总，请讲话！

徐　七：赵总！赵总！请您马上到八楼来，发生了意外，请您马上到八楼来。

赵总将对讲机还给秘书：你通知张副总接待来宾，我上楼一趟，这个徐七就会和稀泥，一点问题都解决不了。

赵总匆匆上楼。

八楼事故现场

赵总气急败坏：你这个队长怎么当的？怎么能在这时候发生这种事故呢？简直就是要公司的命！要我的命！这楼是建工局树立的样板楼，为这楼我呕心沥血，你不也连着加班？今天领导验收合格，就能发资质证。我们公司在这个城市就算立稳了脚，就能顺利进入房地产这一行，这一下不就毁了吗？毁掉公司，毁掉我，同时也毁掉你们自己。这怎么办？怎么办？

赵总在地上转起圈来。

徐七对讲机响起来：赵总！赵总！建工局领导全到了，请你马上来现场，马上来现场。

赵总拿过对讲机：我马上下来，马上下来。

他把对讲机扔给徐七：你们别愣着，把楼里的水泥集中过来，垛严实，遮盖痕迹。快！人已死了，典礼结束再说，听到没有？这是关系着公司存亡的大事，你们四个马上行动。搬水泥！快！

四个人急忙搬水泥，赵总匆忙下楼。

徐　村

夏日的徐村掩映在浓浓的绿色之中，依山而凿的孔孔窑洞，三孔五孔成户、成坪，每家一条路通到沟底的路上。

大林家

三孔窑洞的里间炕上，一家人围着炕桌吃饭，爷爷、奶奶、十三岁的大林、十岁的二林。

爷　爷：吃完饭你们在炕上睡一会儿，不要出去疯跑，这晌午天毒日头，怕中了暑。

二　林：嗯，俺听爷爷的。

奶奶收拾桌子：还是俺二林让人待见，听话懂礼貌，学习还好。

大林把最后一口饭拨拉到嘴里，抹抹嘴转身就走：奶奶偏着二林，不亲俺。

奶　奶：不亲你能长这么大！你去哪？没听到爷爷让你歇晌午？

大　林：俺身体棒，不用歇，俺能照顾自己。

奶　奶：你才十三，小的呢。和你爷爷一个德行，倔巴头，大热天出去做甚！

大林在窗外回答：俺在山里下了套子，趁中午没人去看看。

奶　奶：二林，你可不能跟你哥学，要向好同学、好人学。

爷　爷：你瞎叨叨个甚！架火拨梁子不教好！二林呐，你别听奶奶的，做人得记人好，你哥把上学机会让给你，是个仁义的孩子。唉！都怪咱家穷，有三分奈何你哥俩一块上学多好。

奶　奶：是啊，都是你挣不来钱！儿子学习多好，没上初中，要不儿子出去打工不也像徐七一样挣大钱？要说儿子和媳妇一走三四个月，也不知道他们工作得咋样！

二　林：奶奶，上次俺爹来信说一切都好。

奶　奶：上次是上次。奶奶知道你爹是闷葫芦，你娘话也不多，他俩过日子算是配好了，在家时一天也没个响动，奶奶担心他们出去也不说话能不能好。

爷　爷：行了！你就瞎操心，光宗去投靠徐七，他当堂哥的能不照护光宗吗？再说徐七当着建筑队队长，在咱这一片是响当当的人物，声誉好着呢。俺看徐七照顾他俩周到着呢。你少说这些不顺的话。

奶　奶：两个肩膀扛着脑袋，提一铺盖卷，挣钱难着呢！都是你尽想些好事，不看俺娃离开爹娘多可怜。

爷　爷：孩子有咱俩可怜个甚？

奶　奶：咱俩能和他爹娘比吗？行了，快睡你的觉吧。叨叨个甚。

爷　爷：谁叨叨呢？

说着闭上眼睛。二林对奶奶笑笑，回对面自己窑里去了，奶奶到中窑洗碗。

徐　村

夜里电闪雷鸣，风雨交加。

大林家

大林被敲门声惊醒，开门见是亚彬。亚彬匆匆地跑进爷爷窑里，爷爷奶奶早已坐了起来。

亚　彬：爷爷，俺娘病了。俺叫不应她，你快去看看吧。

山　路

崎岖泥泞的山路，大林拉着平车艰难地行进，二林、亚彬在两侧推车，车上徐婶罩着塑料布随车颠簸着。狂风暴雨在山间肆虐，山路拐弯处，平车陷入泥泞中，怎样都拉不动。

大林想了想背起徐婶，二林、亚彬两边照护，三人在泥泞中走着。雨水如注，闪电划过天空，大林向上 掴掴徐婶，喘着粗气走着。

镇卫生院

急诊室里，徐婶吊着液瓶安然入睡，亚彬他们都趴在床边睡着了。一护士进来，加了液体，她拍拍亚彬。

护　士：睡觉警觉点，观察病人的情况，液体没了喊我！

亚彬点点头，那俩也醒了。大林望望窗外，风停雨住，东方已露出太阳光。

大　林：看天色你俩该去上学了。

亚　彬：俺不去了，二林给俺请个假。

二林点点头。这时徐婶醒了。

徐　婶：亚彬，这是甚地方?

亚　彬：娘，这是镇卫生院，昨夜你高烧叫不醒，俺到爷爷家求救，爷爷让大林哥俩帮俺送你来医院。下着大雨，平车陷在泥坑里，是大林哥背你到医院的。大夫说你高烧昏迷了，输了三瓶液体你才安稳下来。

徐　婶：昨夜下雨？俺一点没察觉。

亚　彬：路上的水这么深，泥泞得拔不出脚，看俺的鞋还没干呢。

徐　婶：谢谢大林和二林！俺病得人事不省了，没有你们说不定出啥事呢，是你们救了俺的命！

大　林：没那么严重。婶！不用谢！

徐　婶：你们还小不懂呢。人就是这样，一口气上不来就完了，你们不懂。

门开处，爷爷奶奶进来。

奶奶笑着：她婶好些了吗？

徐　婶：好多了！正在说谢谢你们呢，搅扰得你们也没休息好！

奶　奶：不碍事！半夜你们走后，俺俩放心不下，一夜没好好睡觉。这不早早熬了粥送过来，你们都喝一碗，驱驱寒气，热着呢。

徐　婶：让你们跟着受累了。

奶　奶：不累不累！一家人不说两家话，你先趁热喝粥。小米粥可养人呢，暖胃驱寒。

爷　爷：缓过劲来了，晚上昏睡说胡话，现在好了，你喝粥！你婶熬了两个小时呢。

徐　婶：谢谢叔、婶！叫俺不知道说甚才好。

爷　爷：不说了，喝粥！谁让咱都姓徐呢。

徐婶接过奶奶递过的碗：亚彬，傻啦，给爷爷奶奶搬凳子。

亚彬、大林马上搬过凳子让爷爷奶奶坐下。

奶奶给他们都盛了粥，看他们吃。人手一个馍一块咸菜，典型的农村吃法。

奶　奶：亚彬，你们吃完直接上学，你娘有俺和大林照看。

亚　彬：好的。俺刚还说让二林请假呢。

奶　奶：能不耽误学习就不耽误。听奶奶的话没错。

庄稼地

大林、二林在锄谷子地，草帽遮阳，汗水淋淋。

大　林：二林累不累？

二　林：不累！就是热得难受。

大　林：该！你不放心哥嘛！你想地里的活有哥这能干的还用你帮忙呢？

二　林：俺是帮爷爷干活。再说这么长的暑假也该帮着干些农活才好。

大　林：亚彬做甚呢？

二　林：他和徐婶去城里看徐七叔叔去了。俺说俺也想看看爹娘，他说先去了解爹娘的详细地址，下次一起去。

大　林：下次哥陪你去，咱哥俩也去大城市逛逛，去见见世面。别和爷爷一样，一辈子只去过县城。

二　林：爷爷比别人强，有的人就没离开过这片山林。

大　林：年代不同了。快锄几下，锄到头你到树荫下歇息，哥去看看套住了东西没有，别让别人捡了去。

大林锄到地头上放下锄头跑走了，二林坐到水渠边的柳树下看起书来，身边水渠的水哗哗地流着。

二林感觉拿书的手有东西爬，他甩甩手，又看起书来，一阵钻心的疼让他蹦起来，一只大马蜂正在蜇他的手。他拍掉马蜂用脚踩死，用嘴吸吮着手背，蜇处肿了起来，他左手抚摸右手，焦急地望着哥哥走的方向。

大林从那边跑回来，手中晃着一只野兔，大声嚷嚷：看哥套住这么肥大的三瓣嘴！你手怎么了？被蜂蜇了吧。哥看看，肿成这样，疼不疼？

二　林：不算太疼。

大　林：你来！

大林伸手从水渠底挖出一把黑泥：来！用黑泥包住你的手。

二　林：黑泥？都是细菌怎么能抹手呢？

大林拽他过来，把黑泥抹他手上，又挖一把黑泥包上去。

二　林：这行吗？万一中了毒还得把手锯掉呢。

大　林：你还不信哥？水下黑泥是蚊虫叮咬的特效药，尤其是蜂蜇了更有奇效。黑柱去年捅马蜂窝，让马蜂蜇得头肿成笸箩，都是哥用黑泥治好的，放心！这是哥跟继礼爷爷学的，没错！天也不早了，你又受了伤，咱干脆回家弄兔子吃吧。

二　林：俺的手不疼了，咱再干一阵吧。

大　林：地里活没个完，走吧，听哥的没错。

山路上

大林炫耀着：看到了吧，这兔子多肥，咬一口嫩得能化了，香着呢，城里人想吃吃不着。你怎么不说话啊？

二　林：哥，俺的手没事吧？

大　林：你说呢，书呆子！是不是一点不疼了？一只马蜂有多大毒性？放心。

二　林：不是能蜇死牛吗？

大　林：说你是书呆子就是书呆子。你说的是土蜂，后山里才有呢。一只这么大个，叮一下牛都受不了，你一点都不知道，还是山里人呢。到家把泥洗掉，连一点感觉都不会有，水渠底下的黑泥最干净，能解毒，不是脏水沟里的黑泥又臭又脏。跟哥学着点，你太差劲了。

二　林：哥哥，你就知道欺负俺。

大林笑了：哥教你知识呢，这些知识学校里没有，俺看大学里也不能有。

二林哼一声朝前走了，大林笑着追上去。

大林家

晚上的窑洞里，一家人刚吃过饭，炕桌上散放着兔子骨头。

奶　奶：大林啊，你到小卖部给你爹打个电话，奶奶今天心里老是嗵嗵地跳，也不知道烦甚呢。

爷　爷：疑心生暗鬼，别瞎想就没事。前几天不是刚通过电话吗？长途电话贵着呢，打一个电话就是七八块钱！

奶　奶：你个老东西！俺挂念儿子不对吗？几块钱电话费也舍不得掏啦？闭上你的蚂蚱眼睡你的觉。

大　林：奶奶，亚彬告诉俺，他打电话时问了俺爹娘的情况，他爹说俺爹娘情况好着呢。奶奶，七叔的话你应该相信啊。

爷　爷：听俺说的没错吧。这才几天，要有甚事徐七能不对咱讲？

奶　奶：真的吗？

二　林：真的，奶奶，亚彬告诉俺哥时俺在旁边听得一清二楚。

奶奶叹口气：那就算了。二林你回屋里学习去，这屋灯光暗，看把俺娃看成近视了。

大　林：二林早晚戴近视镜，看书这样看，能不近视？

奶　奶：你就不盼二林好。

大林嘿嘿一笑：俺到地里下套子去。二林去不去，哥领你？

二　林：俺不去！俺帮奶奶洗碗。

奶　奶：看俺二林知道帮奶奶洗碗，奶奶给爷爷洗了一辈子碗，也没有这样一句话，就不落好！

大　林：奶奶就喜欢二林卖片汤，到头来他也不洗碗。

奶奶乐了：不用俺娃洗碗，奶奶还能洗动碗了。

爷　爷：你还别说，大林学会下套子以来，咱家可没少吃肉，还净是稀罕野味呢！

奶　奶：美得你！那是让娃杀生害命造孽呢。

爷　爷：鸡鸭鱼兔是道菜，喂它就是为了吃啊。

大　林：爷爷说得对，野兔祸害庄稼，得适当抓捕，不然地里全是野兔把庄稼祸害了，咱靠什么生活？

奶　奶：小孩子家不懂，这世上一物降一物，吃野兔的动物多了，犯不着你当猎人。你就知道上房揭瓦掏雀，抓野鸡野兔子，胡折腾没个正行！

爷　爷：娃是帮家里打食，不是折腾，你要去就去，磨叽个甚。

大林笑着拿着一把细铁丝走了。

庄稼地

大地呈现一片丰收景象，成熟的庄稼随风摇曳。大林和爷爷收割谷子，割倒的谷子放到一起直接捆成谷个子。

爷爷乐呵呵地：今年风调雨顺，谷子长得好，俺估摸亩产能达到七八百斤。

大　林：咱的玉茭子也能打千把斤。

爷 爷：穗大，一秆双穗，一千五六总能有，还是你选的优种玉茭子，你啊，能当个好农民。

大 林：俺想来年把外出人家的地承包过来，咱当个种粮大户也不错。

爷 爷：好办法！那些人家的地看着就荒了，爷爷心疼呢。年底你爹娘挣钱回来，咱先买台小四轮机。那样光咱爷俩就能种大几十亩呢。

大 林：再挣了钱咱买收割机、除草机、播种机，种上百亩都行。

爷 爷：就是不知道你爹他们能挣回来钱不，广播里播了好多包工头不给工人发工资、坑人血汗钱的事。

大 林：俺爹娘去的工地不一样，跟的人不一样，一定能挣钱。

爷 爷：人不给钱，就是你徐七叔再能耐也没辙。唉！你爹也是，打个电话能花几个钱，就不能来个电话？找人写封信回来也好啊！儿行千里母担忧，爷娘留家儿不愁啊！

大 林：俺爹娘想着爷爷奶奶呢，俺知道俺爹娘是甚人。

爷 爷：俺是瞎亲你们。人啊只是往下亲，从没往上亲的。隔辈亲，亲煞个人。

大 林：爷爷，俺也亲你呢，真心亲！俺爹他们没有消息就是好消息。爷爷不早了，回家吃饭吧。

爷爷看看太阳：嗯，下午说甚咱也把这块地收割完。

大林拿了绳子捆了一捆谷个子背着，爷爷背两捆谷个子，爷孙走向村里。

大林家

爷爷、大林进屋，二林懊恼地在炕边坐着。

大　林：二林怎么了，挨奶奶骂了？

奶　奶：俺才舍不得骂俺二林呢。是同学之间闹矛盾，挨同学捶了几下。又没用东西打，同学之间免不了，过一阵子就没事了，尤其男孩子之间更是这样。你哥上学时更是这样，成天家长找来告状，告状的还没走，你哥他们又一块玩了，男孩子心胸得宽广，不能计较。

大　林：谁打你了？告诉哥，哥去找他。

奶　奶：你可别去给咱惹事，快去洗手吃饭。二林和奶奶端饭，让爷俩歇息，累了一上午了，走！

大　林：俺不能看二林让他们打着玩，俺皮糙肉厚经打，二林可不行。

奶　奶：你快去准备吃饭，少操些心好不好？

大林窑洞

大　林：谁欺负你？告诉哥！

二　林：没人欺负俺。

大　林：你不说是不是？那好！俺到学校找你们老师，问问学生受欺负她管不管。

二　林：又不关你的事，你少去找俺老师。

大　林：不找他也行，你对俺说实话，谁打你来？

二林无奈地：俺和亚彬玩耍撞了大个子一下，他就打俺两下。又没打疼，你不用管我，成不成？

大　林：大个子？哪个班的？

二　林：六年级班的。

大　林：六年级打四年级的还不是欺负？睡午觉，上学喊俺一起走！

二　林：哥，你可不许找俺老师，老师对俺那么好，你搅和得老师不喜欢俺了怎么办！

大　林：放心！你告诉俺了还找老师干甚，哥只找大个子说道说道，不给你惹麻烦，睡觉。

院　里

典型的农家小院，一架葡萄，两棵桃树，几畦菜地。

大林窑洞

二林醒了，见哥正睡得香，蹑手蹑脚地拿了书包出门而去。

路　上

二林和亚彬说笑走着，大林追上来。

大　林：不是让你叫俺吗？没出息，不敢叫俺。

二　林：哥，奶奶不让你惹事，你就不要去学校了。不听奶奶的话俺告诉奶奶。

大　林：哥不打架，就诈唬他一下，俺在校门外说他。你说给俺就行！

亚　彬：大林哥，俺告诉你是谁，走快些。

二林怏怏地跟在他们身后。

徐村学校

校门口，亚彬指着一个大个子：就是他。

大林跑向大个子。大个子经身边同学的提醒，撒腿就跑进学校。大林一直追到学校里和大个子扭打在一起，大个子马上就吃了亏，直到老师赶来将他俩拉开，俩老师把大林拉到校长室。

校长室

校　长：徐大林，你多大了还回学校打同学！学校能允许你胡作非为吗？

大　林：他打俺弟弟，俺只想说说他。他不停地跑，俺只能追他，还没对他说话，他倒先动起手来。

校　长：你还有理了？说深了你这是犯法，说浅了你不懂道理。你弟弟挨打了，你调解一下就好了，双方都不生气和好如初，或者你来学校告诉老师，老师自会处理。你来学校大打出手，扰乱了学校的教学秩序，你知道学校是教育学生、培养人才的地方，在这打架斗殴你还有理呢，真该送你去派出所关几天。

大林低头不语。

校　长：知道你错了吗？

大林嗯一声。

校　长：你这么大是该帮爷爷奶奶分担的时候了，好好反思反思。哦，大爷来了！

爷爷进了校长室和校长点点头，伸手就打大林：让你不听话，让你来学校打架！

校长连忙拦住他，把他让到椅子上坐下：大爷你别生气，我正给他说道理呢，打解决不了问题，他已认识到自己的错误了。

校　长：大爷，大林这么高，你能打动他啊？

爷　爷：是打不动了，儿大不由娘，你替我好好管管他！他爹娘出去打工他更成了脱缰野马了，成天让人操心。

校　长：谁家孩子不操心能长大？你领他回去吧。我相信他一定能改。大林，这一阵子你明白了吗？

爷　爷：你说！明白了没有？快跟校长认错。

大　林：徐校长，俺错了！绝不再犯。

校　长：这就对了，马上十五的人了，该为爷爷奶奶操心才是，这次看在爷爷的面子上就算了，下次直接送派出所，绝不姑息。

大　林：俺知道了。

校　长：大爷，你领他回去吧。

爷　爷：谢谢徐校长，是俺没管好他。

校　长：大爷，不用谢。

校长将爷孙送到门外。

路　上

爷　爷：你干的好事，你要把人家打个三长两短的怎么向人家长交代！今后再打架俺先打断你的腿，省得跟着你丢人败兴。

大　林：爷爷，校长说打人犯法，你要打断俺的腿，那就更犯法了吧。

爷爷扬起手来打大林：你学会顶嘴了，对你就是棍棒底下出孝子。

大林笑着躲开：爷爷不讲道理！

爷　爷：长辈打晚辈就应该！晚辈听话还用打？

大　林：俺都认错了还不行。爷爷下晌你在家歇歇，俺一个人去地里。

爷　爷：那么多庄稼凭你一个人收到甚时候？不知道人多力量大？俺是老了，但收割庄稼，不减当年呢。秋天的庄稼收回家就放心了。万一来一场连阴雨，一年辛苦就打水漂了！

大　林：听您的，爷爷！

爷爷乜斜他一眼向前走了。

大　林：爷爷慢些走，这路坑坑洼洼的不好走。

说着追上爷爷。

山　中

深秋的山里小溪水潺潺地流动，一堆篝火边坐着大林、二林、亚彬。火里烧着一黑黑的泥团，大林用棍子翻动泥团。

二　林：哥，这样烧着能好吃吗？不放调料是不是有鸡屎味？

大　林：纯自然味，一准香得你流口水。亚彬，你爹来电话了没？

亚　彬：俺爹说他们又开工两栋楼的地基，到时候回家过年，俺爹说明年接俺和俺娘到城里去住，俺爹在城里买了大房子，让俺到城里上学。

大　林：谁问你这些，说俺爹娘的事没有？

亚　彬：俺爹说让你娘在食堂做饭，轻松一些，对你爹娘照顾着哩。

大　林：看来你爹娘够仁义，不过他是俺爹的叔伯兄弟，也该这样！

二　林：亚彬哥，你跟你爹说给俺留个好位置，俺上完学到他那干活。

大　林：少来！就这点出息，不思慕着毕业以后领导他爹。

亚　彬：俺爹手下上百号人呢。想领导俺爹，难了点！

大　林：年轻人领导老人有的是，二林学习这么好，将来当的官准比你爹大，不信走着瞧。

亚　彬：瞧就瞧！二林这么小，等他长大俺爹的官就更大了，他追不上。大林哥，俺爹说他们公司招人呢，你去不去挣钱？

大　林：俺不能去，俺走了爷爷奶奶谁照顾？还有二林，还不让你们欺负？再说，俺家那么好的地不种多可惜，那是村里最好的地！

亚　彬：村里人出去打工的走了多少了，看着看着就剩老人和孩子了。

大　林：俺心红出去的人，俺拖累多放不下，要不早跟俺爹娘一块打工去了。

二　林：哥，你岁数不够，没人敢雇童工。

大　林：多嘴！就你知道！

亚　彬：漏底了吧。

大　林：不说这些了，你爹在外边照顾村里人俺信服他，不愧是七叔！

亚　彬：那是！你去打工俺让俺爹更照顾你。

大　林：俺不用。俺是谁啊！

大林用棍子敲硬邦邦的黑泥团：你俩提水来灭火，别把山点着，那就真吃不了兜着走了。

大林将泥团拨到一边，二林、亚彬来回跑着用葵花叶捧着水来把火浇灭，然后围在大林身边。大林用力砸开泥团，一只油汪汪的鸡呈现出来。

二林拨拨泥壳：褐马鸡？哥，老师说褐马鸡是国家二级保护动物，你怎么能吃褐马鸡呢？

大　林：这是套住的，已经死了，不能白扔了吧。再说咱这一块儿的人如果都遵守国家法令，那褐马鸡早漫山遍野地跑了，你知道个甚！这叫靠山吃山。告诉你，春天俺从山里捡的鸡蛋也是褐马鸡的，你不也吃了？给你条腿，尝尝香不香！

二　林：俺不吃保护动物，现在褐马鸡越来越少，都让你们吃了。

大　林：不吃？亚彬你吃。怎么样？香吧！

亚　彬：香！真香！二林不吃白不吃，俺在村委会还见村长拿褐马鸡招待上级领导呢。他们糟蹋你一个人保护管甚用！

大林边咬鸡翅边说：真香！听哥的，国家不在乎你一个人保护动物。吃不吃？真香！

二林眼睁睁地看着、闻着，嗫嚅道：那俺吃一块。

大林把鸡腿递给他，三人很快就把一只鸡吃完了，把碎骨残渣踢到地缝中。

大　林：看这地缝还不是人们把地下的煤挖空塌陷的吗？现在人想钱想疯了，到处乱挖，咱村地下没煤，否则，村子也被他们挖塌了，这么好的环境谁保护呢？唉！回村吧。回去谁也不许说。漏一点风声，小心俺的拳头。亚彬，一有俺爹娘的消息就告诉俺，听到没？

亚　彬：没问题，大林哥！

大　林：走了！

徐　村

家家户户桃符簇新，一派春节的喜气。

大林家

徐七提着礼品，亚彬提着礼盒，敲响门，大林拉开门。

大　林：爷爷、奶奶，七叔来看你们来了。

徐七进屋把礼品放桌上，爷爷邀他桌旁入座，二林、大林、亚彬站一旁，奶奶端来吃食招待客人。

徐　七：叔、婶，你们别忙活，俺一下就走，这些礼物是光宗让俺捎来的，这些是俺一点心意。

爷　爷：一家人还拿东西来。

徐　七：这是应该的，这么长时间不见，心里真是想着叔叔和婶婶呢！

奶　奶：可不是，长日子不见了，俺们也想着你们呢。

爷　爷：大年二十九才回来？

徐　七：是啊！车票不好买，这还是托人才买到的，叔、婶，你们身子骨可硬朗？

奶　奶：是哩！光宗呢？他们几时回家？

徐　七：正要说这个事呢，你们听俺说。

徐七从怀里掏出一封信交给奶奶。

徐　七：这是光宗捎回来的安家费，光宗和媳妇出去打工去了，那是七月份正热的时候，光宗到广场上买东西，正遇上招募劳工，他和媳妇报了名，结果政审通过了，据说是到非洲给人盖楼房去了，待遇好，国内国外两份工资，管吃管住，唯一不好处就是一走三年，三年内不能回家，光宗让俺回来把事情说给你们。他没敢说，怕你们担心。俺一进家门就先过来告诉你们，省得你们担心。

屋里的人都没了笑容。

徐　七：大林这么大个子了，你爹说，这三年里你要把爷爷奶奶照顾好，把家里的事撑起来。二林嘛，要好好学习，争取考上好学校。

大　林：七叔放心，俺一定照顾好全家。

徐　七：光宗当时报名报对了，后来俺队里人去报名，人已招满了。都说光宗命好呢，三年时间很快的，等光宗风风光光地回来多争脸！话不多说了，叔、婶，俺就回去了。一半天我请家人吃饭，到时候大家都要来啊。

一家人送走七叔回到家里。

爷　爷：俺说这小子年下了还不来电话，敢情是出去挣钱去了。等三年回来，咱就有钱把窑洞翻新了。

奶　奶：就知道钱，不说俺娃受累，不受罪谁给双份工资？这小子也不和家里商量商量，一下就跑国外去了，这下到哪里寻他？让俺心里空落落的。

爷　爷：好事情，又挣钱又能出去转转，你看咱村里有人出去过没有？俺看镇上也不一定有人出过国呢，换了俺想都不敢想。

奶奶掏出钱数着：好家伙，五千块！咱也成了半个万元户了。

爷　爷：把你高兴的。安家费就这么多，等他回来你就数钱吧。快收好，咱吃饭。大林，拿酒来热热，咱先过个小年。

奶　奶：美得你，咱还不是天天过年，天天有酒有肉的，大林陪爷爷喝一盅。

大　林：好嘞！

大林家

三十晚上，院门口一堆燃得通红的旺火，爷爷奶奶站在院子里看大林贴对联。

奶　奶：生儿养女指望谁呢，一下就蹿到国外去了，这年过得冷冷清清。

爷　爷：又想到甚地方去了。人往高处走，水往低处流，儿子他们往高处走呢。你别急，有你高兴的那一天了，别乐叉嘴就行。

奶　奶：盼着吧，只要他们好，俺就心安。

大　林：爷爷奶奶，你们别担心，过完年俺到城里去问问。

爷　爷：问甚！不许去，不是说三年就回来了吗？你去问消息传进你爹耳朵里，他们以为有什么大事，会不安心的。

奶　奶：儿大不由娘，随他去吧。你和爷爷把地种好，让他们回来看看，没他们咱一样是好生活。

大　林：奶奶，所有对联贴好了，咱放炮吃饺子吧。

奶　奶：好的，奶奶下饺子，咱开吃年夜饭。

大　林：二林二林，把火拿出来和哥放炮。

二林拿两支点着的香出来，兄弟俩在院子里放炮，爷爷在一边乐呵呵地看着。村里的起火、二踢脚、挂鞭炮此起彼伏，响声不断。

大林家

三年后的春节，一家人围在炕桌上吃饭，热腾腾的饺子，丰盛的菜肴，爷爷美美地品着烧酒。

大　林：爷爷，过完年俺去找七叔，让他帮着俺问问俺爹娘的消息。

爷　爷：是该去问问，这都三年半过去了，没有电话、邮件，只是隔三差五地寄三五百块钱回来算甚事情，就是上天也该给个实诚的消息。

奶　奶：不孝之子，俺看是把这个家忘了。

大　林：不会的，奶奶！俺爹娘不是忘本的人，国外那个环境，俺爹娘年不识外文，换了二林去也找不着北。再说国际长途多贵！用美元计算，俺爹娘舍不得，给了俺俺也舍不得。

奶奶笑道：听到了吧，谁养的谁亲，尽帮他爹娘说话呢。

大林笑着：奶奶，你最亲俺爹当俺不知道？俺知道你想他呢。

奶　奶：可怜天下父母心，人世间都是向下亲，有几个向上亲的呢？

二　林：奶奶，俺最亲奶奶！

奶　奶：二林除外！大林啊，去城里找你徐七叔，他多年在城里熟门熟路，能指给你门道。

爷爷抿口酒：过了十五工地开工，人们都上工了。去早了找不到人，不瞎耽误工夫吗？

二　林：俺也去！

大　林：你好好学习，去甚去！等你考上大学再去，现在凑热闹。

二　林：奶奶，俺哥说俺。

奶　奶：你哥说得对，他去城里两眼一抹黑，再带着你多花一份钱，你就不要去了。

二　林：好吧，听奶奶的。奶奶，初中毕业俺想考技校，考大学俺没信心。

爷　爷：看俺娃的，能考上甚就考上个甚，不耽误学习就行！

大　林：早看扁你了，没雄心大志。

二　林：俺知道自己的底子没打好，学习环境也不行，哪能考上大学呢。

大　林：脚疼怨孤拐，你从小就是尿包。

爷　爷：你别说二林，自己知道自己的分量，人贵有自知之明。

奶　奶：吃完饭你哥俩把炮放了，今年熬夜不?

二　林：俺熬通宵！哥，你熬不?

大　林：没意思，也没那精神。爷爷奶奶，俺先给你们拜年。

二　林：再多喝就有精神了。爷爷奶奶，俺也给你们拜年。

大林、二林跪在炕上给爷爷奶奶磕头。

奶　奶：好了好了，起来吧，意思意思就行了。

奶奶掏出俩红包：一个给你，一个给你哥。这几年你哥可是咱家的顶梁柱。

二林把红包拿给哥。

大　林：你收着吧。你上学得用零花钱，哥没用的地方。

二　林：俺花时朝你要吧。俺去放炮。

二林跑出去了。

爷　爷：还是孩子心，俺大林像个大人，这些年也不淘气了。

大　林：俺是个大小伙子了，再淘一准遭村里人骂！

爷爷笑着：懂事了！娃们都懂事了！哎！看着看着就老了。

奶　奶：可不咋的，你想你多大了！七十了。你吃好了吗?

爷　爷：俺再吃个饺子收拾了吧。岁月不饶人，要不俺还能喝一大杯。

奶　奶：看把你能的。

伟业地产公司

卷扬机、搅拌机、振动棒，轰隆隆响成一片，一栋大楼浇筑地上部分，塑料布包着脚手架防尘，工人们热火朝天地干活，挂着的横幅上写“百年大计、质量第一”。

工地办公室

几排活动房，这边生活区，那边办公区。办公室里，大林坐在椅子上看着忙碌的人们，无聊地掰着手指。

徐七笑呵呵地进来：大林，七叔忙得让你等半天。

大林站起来：七叔，没事，俺有的是时间。

徐　七：喝不喝水？叔婶的身体挺好吧，你上城里来有什么事啊？

大　林：爷爷奶奶好着呢。七叔，俺来想请你帮俺打听俺爹娘的事，一去三年半都多了，没个消息，爷爷奶奶都心焦！

徐七看着大林，思忖一阵：一转眼就快四年了，过得真快！大林，你爹娘出国后我们就没有联系，我知道的和你一样多。

大　林：七叔，你在城里多年，帮帮俺，帮俺查查俺爹娘是哪个公司派遣的劳工，公司一定有记录。

徐　七：这个我帮你查，你爹在伟业做过，公司应该有他的记录，现在咱就去总公司查查原始记录。

大　林：好啊！麻烦七叔了。

徐　七：见外了，我是你七叔，不要客气，小事。小李，让张师傅把车开到门口。

小　李：好的，徐总！我马上通知他。

徐　七：大林，咱到大门口等。走！

两人走向门口。

大　林：七叔，一个工地就这么大！

徐　七：是啊！这几年国家发展住宅，伟业乘风而上，已发展成三个分公司了，要说赵总有这个大胸怀、大眼光，这一片住宅十二栋楼，伟业承建三栋，你天贵叔、金宝叔和我一样是分公司经理。

大　林：这才几年呀，都当经理了，真能干！七叔，你没少拉扯他们吧？

徐　七：帮是帮了些忙，遇的机会也好。公司发展，大家沾光，我们三个都在城里买了房，还是大房子，公司给派了汽车和司机。等会你就到我们家，你婶想着你呢，亚彬早就想回村里看你，要不是我拦着早回村了。你还没找住的地方吧，就住我那里，住得下。

一辆桑塔纳停在他们面前。

伟业地产总部

八层大楼里，徐七领大林到了劳资部。

劳资部

徐　七：刘艳，你给我侄儿查查档案，我上去找赵总办点事。大林，查完到楼下等我。

大林答应一声，跟着刘艳进入里屋。里屋就是档案室，刘艳查找一阵摇摇头。

刘　艳：没有徐光宗的档案，你是不是记错了？

大　林：俺记得清清楚楚，俺爹是 2002 年 3 月份投奔七叔的，就在七叔工队干活，你再查查。

刘　艳：真没有，我查了两年的档案，没有徐光宗的名字，要不你回头再问问徐总，当初如果是临时工，不入这里的档案。

大　林：工队里不是全都是临时工吗？

刘　艳：工队骨干或者合同工才建档案，临时工来了走了只是工队掌握。

大　林：谢谢你！

刘　艳：不用谢！回头你问徐总就清楚了，再见！

伟业地产

大楼外的停车场，徐七：大林，找到没有？

大　林：没有！七叔，刘艳说临时工是工队掌握。

七叔：啊！看我这脑子，见到你一高兴，就把这茬忘了，临时工过了试用期才入籍，你爹干了没几个月就劳务去了，没有记载。

大　林：接下来咋办？这里没有，俺到哪里去找？七叔，你给俺起个头绪。

徐七想了一会儿：这样啊，咱去劳动局，那里分配工作的肯定有记载，再有外事局，他们管劳务派遣，还有省市外贸。不过七叔没时间陪你去，回头让亚彬领你去怎么样？

大　林：好啊！七叔忙你的，让亚彬领俺正好，俺早就想和他说话呢。

徐　七：那小子也长高了，像个大人了，就是不爱学习，你见面说说他。来！上车！咱先吃饭去，几年没见，咱爷俩好好喝一杯！张师傅，到老地方吃饭！

老地方餐厅

桌上四菜一汤，徐七把酒杯斟满，端起杯：来！咱们同干一杯！今天为大林接风洗尘，张师傅可不能落下！干！

斟了两杯时大林端起杯：七叔，俺敬你一杯，谢谢你对俺家的照顾，干！

张师傅：我喝了这杯酒就打住，不能奉陪，下午开车呢。

徐　七：也好，那你先吃饭。大林长这么高，真让人羡慕你们年轻。

大　林：七叔不老呢。

徐　七：哎！不是年龄了，不提了。

大　林：亚彬学习怎么样？

徐　七：不好！一天就是泡网吧、打电游，没个正形。早知道不如就让他在村里学习呢，来城里没学好，就学玩了，让人看着就生气。

大　林：村里的学习环境可不如城里，二林说，再认真学习也学不过城里的学生，过几年，亚彬长大就懂了。

徐　七：懂个甚！唉，不说了，喝酒。

大　林：七叔你们招人不？俺也想来打工，村里青壮年都出来打工了，弄得俺心红哩！

徐　七：你想来就来呗，公司大门还不是为咱开的？张师傅你说是不是？

张师傅：那是！别人不行你来准行。这儿是徐总的天下，来吧！咱常年打交道，互相帮助，我用饮料和你们碰一杯，表示心意，干杯！

徐　七：张师傅！吃完饭把大林送到我家，我直接回公司，好吧？

张师傅点点头。

徐　七：饭后百步走，活到九十九。我也该锻炼了，看我肚子像怀了孩子。

三人笑起来。

徐七家

大林被屋子的宽敞、装饰的豪华惊着了，四室两厅两卫。徐婶引他参观一遭后安排和他亚彬住一屋。

亚彬屋

墙上贴满明星照片，摆着两张单人床，写字台上是书和学习用具，还有一台台式电脑。

大　林：亚彬都有电脑了，真是超前！村里刚有了彩电，还就两家有。

徐　婶：他非要买，只好给他买了，贵着呢，一万多块钱。亚彬早盼着你来，成天把大林哥挂在嘴上，回来看到你不知道有多高兴呢！婶也盼着你来住些日子，婶忘不了你们背俺去医院，要不能有今天吗？

大　林：小事一桩，亲婶不背不成！婶，你嫁俺七叔嫁对了，七叔多能干，这大屋子俺想也不敢想。

徐　婶：你七叔跟的这个老板大方，买一半送一半，要遇到小气的老板光顾着吃肉，底下人汤都喝不着。大林，你去床上躺着歇歇，到家来别拘束，就像回到自己家一样。村里人投奔你七叔的人经常就住这了，看俺一高兴就叨叨上了。你睡觉吧！

徐婶走了，大林躺在床上，盯着天花板，渐渐地睡着了。

徐七家

已是晚上，屋里灯光雪亮，大林、亚彬在客厅聊天。徐婶叫了两次吃饭都没理会。

徐婶急了：亚彬，过来吃饭听到没有？边吃边聊，别让大林饿肚子聊天！

大林拽着亚彬来到餐厅。

餐　厅

餐桌上摆了一桌菜。

大　林：婶，等叔回来一起吃吧！

徐　婶：不等他，你叔过了12点才回来呢。

亚　彬：我爸天天有应酬，基本不在家里吃饭。妈，拿瓶酒，我和大林哥喝一杯！

徐　婶：大林喝，你不许喝，不管你都成了酒鬼了。

亚　彬：我干看大林哥喝，他能喝得下去吗？我只喝一杯，钥匙，我去拿酒。

徐　婶：我去吧！你们先吃菜垫补垫补。

亚　彬：大林哥，尝尝我妈做的菜，好吃着呢。

大　林：徐婶的手艺一向不错，村里俺可没少吃。

亚　彬：进城后我妈尽琢磨做菜让我吃，我成了试验品了。

徐婶拿酒过来：你做甚就成了试验品了？

亚　彬：不管好吃的不好吃的，都是我吃第一口，不是试验品是什么？

大林抿一口：这酒好喝！

大林夹口菜：这是什么菜，真好吃，我没吃过这菜。

徐　婶：南方过来的油麦菜，这是空心菜、生菜，你尝尝，稀罕！

大　林：好吃好吃！

亚　彬：来！喝酒！别光吃菜。

大林喝口酒：亚彬初中毕业考高中吗？

亚　彬：考高中是一定的，我爸让我考大学。二林呢，考什么？

大　林：他说考技校，不像你有志向、有出息。

亚　彬：技校也好。一毕业就是技术员，然后升技师、工程师，这出息也可以了，我爸要是有技校学历，现在就是公司副总了，没文化靠人气才升到现在的级别。

大　林：七叔很好呢，分公司经理，你看咱村没有比得上他的人。

亚　彬：要不我说拼人气。大林哥，来喝酒，这酒不好喝，不如咱酒坊里的头锅烧，那个香甜，那个口感，一个乍辣，接着绵香，喝多少不上头。这酒一喝就知道是勾兑酒，喝几口就开始上头。

大　林：你都成品酒专家了。

亚　彬：咱有节制，我爸弄回来那么多好酒，不喝不白瞎了嘛。大林哥，伟业地产用房子换了好酒，分给他们当头的做福利，你走时带几瓶给爷爷。

大　林：婶，这日子过得真滋润。

徐　婶：还行吧。就是亚彬太费钱，一个月零花钱上千，不知道钱难挣，当刮风逮的呢。

亚　彬：妈总是贬低我，看我们同学人怎么花钱，我这小意思了。大林哥，我总想村里的生活，快乐无忧，自由自在，想上山上山，想下河下河，这里除了学习还是学习，枯燥乏味，真没意思。

大　林：身在福中不知福，大家都想过这样的日子，你说村里人为甚碰破头也往城里挤呢！

亚　彬：和我想的不一样！没文化！

徐　婶：怎么对大林说话呢。

大　林：俺都听惯了，亚彬抽时间领俺上劳动局、外事局查查俺爹娘的消息成吗？

亚　彬：可以，明天就去。我给老师打个电话请个假，现在就打。

大　林：不急，吃完饭再打。

亚　彬：咱再干一杯！我和我爸父子俩一次干一瓶。

徐　婶：那是能耐？只不过是酒鬼罢了。

亚彬冲妈妈一乐，又干一杯。

劳动局

亚彬陪着大林进入大楼。

外事局

大林、亚彬走出办公室。

检疫局

大林、亚彬无望地离开。

徐七家

门口，徐七、徐婶送大林上车。

徐　婶：大林，回去问爷爷奶奶好，有时间让爷爷奶奶来家住些日子让他们开开眼。

大　林：嗯，叔、婶，你们回吧。再见！

徐　七：大林，你要想打工你就过来，叔等着呢，再见！

汽车载着大林走了，徐七若有所思地站着，徐婶拉他一下回屋。

大林家

爷爷面色阴沉：城里的领导是干什么吃的，人派去四五年没有记录？派遣部门没有记录？好端端的夫妻俩一走没影了？你跟他们说邮局邮钱的事了吗？

大　林：说了。俺还去邮局问过，邮局说这是滨江市邮寄的。爷爷，俺回来是商量商量，俺去滨江打工，好去打听俺爹娘的下落。

奶　奶：这个没良心的不孝子，不找了，找他做甚，就当没这个儿子。

大　林：奶奶，一定会有消息的。七叔说他再托人到别的建筑公司问问，看有没有国外的工程。

爷爷叹口气：孩他娘，只能这样了。这钱不断寄来就是好消息，证明孩子们惦记咱们呢，大林出去打工是打听他爹娘的好办法，这些年大林在村里干了好多活，亏了孩子了，就让他出去闯吧。

大　林：嗯，明天起俺就开始把地种好了俺再走，地里活爷爷想干就干，不想干就等着，秋天口粮是能有的。

爷　爷：放心打工，地里爷爷收拾，爷爷身板硬朗着呢。

大　林：这酒是七叔带给你们的，奶奶你也尝尝，贵着呢。奶奶，徐婶还给你带了礼物，在那纸盒子里。七叔、徐婶对咱家真好！

奶　奶：是啊！你七叔他们仁义、善良，比你那没良心的爹娘好。人说儿女是冤家，起先俺不信，这下信了，老话一点没错。奶奶给你倒水去，一路来家也不知道喝水。

大　林：俺去吧，奶奶你歇着。

奶　奶：俺天生劳碌的命，坐不住，伺候你爷爷一辈子，接下来是两个秃小子，命里催的，一辈子瞎操心，白忙活。

伟业地产工地

徐七把大林介绍给一工头，工头领大林来到活动房宿舍。

宿　舍

大家都打地铺，大林放下铺盖，打量着简陋的住处。

工　地

大林满头大汗地弯钢筋，有工人从他这里领走钢筋。

邮　局

大林拿着汇单询问工作人员。

工作人员：这是从我们这里寄去的单据。

大　林：师傅，您记得邮钱的人是甚模样？

工作人员：这可不好说，我们两班倒，人又多，记不大清楚。

大　林：师傅，这人再来邮寄帮俺留意一下，问清楚他们是哪个公司的。

工作人员：我尽量吧，有的人不愿说。

大　林：麻烦您了！谢谢！

工　地

夏日炎炎，大林在工棚下忙着，不时用米尺量着弯好的钢筋。

徐七的车停下来，徐七急切地进入工棚。

徐　七：大林，你过来。

大林过来：甚事？七叔！

徐　七：大林！这是火车票，你马上回老家，爷爷病重。

大　林：爷爷甚病啊？

徐　七：不晓得。二林来电话只说爷爷病重，让你火速回去。这一千元是我孝敬爷爷的。还有就是我给你预支了两月工资，你抹把脸就去火车站，我让张师傅送你，回去有什么事给我打电话。

大林接过车票和信封跑向宿舍。

大林家

爷爷在炕上昏睡着，一边吊着液瓶，大林在炕边握着爷爷的手，盯着他的脸。

奶　奶：你爷爷这病是那天突然下大雨淋着了，从地里跑回来浑身湿透，接着高烧不止，俺和二林领他去县医院才确诊肝癌晚期，赶紧让二林打电话叫你回来，大夫说这病早就有了，已经扩散全身。唉，平时硬朗，一病就是大病。

爷爷昏迷说话：光宗！光宗！等着俺，俺走不动了！等等！

奶　奶：说胡话呢。一直惦记他儿子，这都几年了！大林，有你爹娘的消息了吗？

大林摇摇头。二林挪凳子凑到哥身边，大林看看他揽住他的肩，俩人凝视着爷爷。

奶　奶：你俩看着。俺去给你弄点吃的。

大　林：俺还不饿。

奶　奶：坐这么远的火车，不吃饭不行。家里全指望你呢，你可不能倒下。

大　林：没事，俺扛得住。

奶奶微微摇头，去做饭。

坟　地

爷爷新坟，大林、二林在坟前浇奠、烧纸、叩头。

村　口

二林送哥哥去打工。

大　林：二林，哥走后奶奶就由你照顾了，你要多陪陪奶奶，爷爷去世奶奶一定非常孤单、伤心。你在她身边多和她说话，别跟呆子似的没个话，地里的庄稼你不用管，哥到时候回来收割，明年咱就不种地了，存的粮够吃好几年呢。等哥挣了钱，把奶奶接过去让她老人家也享享清福。你技校毕业也去城里，咱哥俩一边挣钱，一边寻找爹娘。

二　林：哥你放心，奶奶有俺照顾，从今天起俺不在学校住宿，一下学就骑车回来陪伴奶奶，一定让奶奶高兴。

大　林：千万不能耽误你的学习，明白吗？

二　林：知道！俺这么大的人了能不知道？哥，你去城里报个失踪人口，警察会帮咱寻找爹娘，那不是更快些？

大林赞许地瞅瞅二林：好办法！俺怎么没想到这主意呢。好了，你回吧。家里全靠你了。回吧，奶奶在家呢。

二林点点头住了脚步，看着大林的背影消失在山路拐弯处，他才缓缓转身，眼里泪光闪烁。

分公司办公室

大林敲敲门。

徐　七：请进！大林来了，你坐。

大　林：七叔，您找俺有事？

徐　七：嗯！明天起你就来分公司上班，当我办公室的主任，帮我接电话，发传真，送报表，接待来访人员。不懂不会的电话问我，或者请教办公室其他同志，我相信你能做好。

大　林：谢谢七叔！俺一定好好干，不让你失望。

徐　七：工头对我说你在工地上的工作做得很好，所以提拔你。再说，一个好汉三个帮，有自己人就要用上，咱是亲戚，更应该是这样，不是拉帮结派，是人尽其用。

大　林：真心谢谢七叔！你对俺和俺家的照顾俺不会忘。

徐　七：客气了。这样我也对得起爷爷了。将来你出息了，回到村里我脸上也沾光，这里给你腾一间宿舍，吃饭在食堂，不想吃的时候，去饭店吃一顿，自己把自己照顾好。一会你回去把东西整理一下，明早过来上班。去吧！

分公司办公室

大林接电话，收传真，接待客人，忙得不亦乐乎，他从复印机里复印出一叠寻人启事。

街　上

晚上，大林把寻人启事张贴到墙上、电杆上、启事栏里。

寻人启事：徐光宗，48 岁；白莲娣，46 岁。俩人于 2002 年来滨江市打工，杳无音信，至今已四年多，望知情者告知，必有重谢，8657823 宿舍。

大林窗头摆着几本书，他正在看一本《公文的格式与写作》。窗外已是繁星满天，他伸个懒腰，看看电子表已经两点，他躺在床上，又拿起书来看。

派出所

大林正对警甲述说爹娘的失踪。

警　甲：你所说的我已记录在案。我们会积极寻找线索，深入调查，给你一个答复。

办公室

徐七进来，大林正在看《管理与执行》。

徐　七：正学习呢？

大林笑道：不学习赶不上工作进度，再不学习就落后淘汰，俺不能给你丢脸。

徐　七：好！有决心，做人做事就得有恒心，有信心，下苦功，我没看错人。大林，跟我去趟公司，我约了几位副总让你认识一下，你要好好记在心里，将来得和他们打交道。他们是我以前的工友，是我把他们带出来、扶上去的。

大林跟徐七出门，来到车前，车驶出公司大门。

伟业地产副总办公室

徐七领大林进入。

徐七笑呵呵地：你们先到了，约你们来给你们介绍我办公室主任大林！这位是余有余副总，这位是梁建设梁副总，这位是张耀文张副总，论理你该喊他们叔叔，他们都是你爹的工友，但工作中你要喊他们副总，他们是伟业当红的副总、伟业的栋梁，你今后会常常和他们碰面打交道。给你们介绍一下，我办公室徐大林——徐光宗的儿子，请你们多帮助指教他，当然更要罩着他。

三位副总互视一眼，又把目光都集中到徐七和大林身上。

余　总：徐总没问题，徐光宗是我们的好哥们，他的儿子我们也一样对待，虽然光宗和我们相处时间不长，我们可是忘不了他的厚道、热心。大林，以后有什么为难的事情找我们，我们全力帮助解决。

梁　总：遗憾的是你爹出国劳务一走就没了消息，说实话我们也一直挂念呢。

大　林：俺就是为了寻爹娘的消息才来城里打工的。可惜至今无下落。

徐　七：各位副总人脉广，一定要帮助打听打听，徐光宗毕竟和你们一起工作过，是工友、老乡、兄弟呢。

余　总：没问题，兄弟的事就是我们的事，你们说是不是？

梁总、张总：那是！我们会尽力的。

徐七笑笑：大林，咱们走！各位副总再见！

三位副总送他们到门口，又返回坐处，面面相觑。

张　总：徐七这是什么意思？真让人弄不明白，干嘛用他当主任？

余　总：我看徐七找他来一定有很深的用意。我们得好好琢磨琢磨，别中了他的圈套。

梁　总：我也感觉不对劲，但又说不上来哪点不对。我们该怎么办？

张　总：什么怎么办？凉拌！兵来将挡，水来土掩，由他去！

三人各自沉思起来。

伟业地产

大林出大门看见门卫保安把一中年人架出门。

中年人嚷着：不给钱，俺和媳妇没饭吃！你们不讲道理。

大林询问保安：师傅，这是做甚了？

甲：这人是个傻子，叫赵全，经常来这里闹事。

乙：他是赵总的叔伯弟弟，总裁一直照顾她，他反而成了理了，没钱就来公司要，不给就闹。总裁没办法，只能让我们把他挡在门外，要我说对这种傻子不能心慈，黏上就是麻烦，他不懂道理、不知好歹，这叫好人不得好报，烧香引得鬼叫。

大林无语。

甲吓唬到：你还不走！警察马上就来抓你。快走！快走！

赵全胆怯地后退几步走了，保安回到保安室。大林跟在赵全后面往街里走。

街　上

大林紧走几步：赵全，等一下！

赵全转回身：你喊俺？你又不是警察。

大　林：赵总裁是你甚人？

赵　全：是俺哥！亲哥！

大　林：你哥啊！你没吃饭呢吧。

赵　全：保安不让俺进去找俺哥，早上就没饭吃。

大　林：俺请你吃饭好不好？

赵　全：好啊好啊！俺要吃肉。

小饭店

赵全面前盘干碗净，已吃完两碗饭、两盘菜。

大　林：吃饱了吗？

赵全嘿嘿一乐：俺媳妇没饭吃。

大　林：你有媳妇？

赵　全：俺媳妇漂亮，给俺生一闺女。

大　林：服务员，再来两碗饭两个菜，分开打包带走。

大　林：你在甚地方住啊？

赵　全：赵家庄！坐汽车来的。俺有房子、有媳妇、有闺女，就是没钱。嘿嘿！

大　林：你有汽车票吗？

赵全掏出一张汽车票给大林，大林仔细看着点点头。

赵　全：给俺！俺回去坐汽车。

大　林：这票作废了，不能用了。

赵　全：能用能用。给俺！你不能骗俺汽车票。

服务员拿来打包好的饭菜，大林把饭菜递给赵全，又给他十元钱。

大　林：你知道在甚地方坐车吗？

赵　全：汽车站！一张不够，要两张。

大林又给一张十元，赵全拿了钱提了饭菜转身走了。

大林笑到：这人不是实傻子！

大林家

奶奶在炕上趴在窗户边向外看，二林进来。

二　林：奶奶，俺把钱取回来了。还给俺哥打了电话，俺哥说没俺爹娘的消息，还说年二十九一准到家。奶奶你看甚了？

奶　奶：没看甚，想你爹娘没良心，光寄钱，人不露面算甚事情。唉！冤家啊！你爷爷忧心死了，奶奶也快。

二　林：奶奶，大腊月的说甚了，邮来钱就是好消息呢。

奶　奶：好怎么不回家？奶奶心里空落落地悬着呢。

二　林：奶奶别操他们的心！你想吃甚饭俺去做。

奶奶边下炕边说：你能做个甚饭，还是奶奶做吧。上辈子欠下你们徐家的还没还完哩！你想吃甚？

二　林：奶奶做甚都香，俺都爱吃。

奶　奶：二林说话奶奶爱听，识文断字的人就是不一样。奶奶给你做烩菜面吧。

二　林：好啊！有面有菜，俺百吃不厌。

奶奶笑着取盆和面。

二　林：奶奶，俺年后七月份毕业，毕业后俺就整天陪着你。

奶　奶：说是说哩，现在村里年轻人都去城里去了，你考出去再回来，俺娃的学不就白上了？

二　林：俺哥说他挣了钱买大房子接奶奶到城里去享福。

奶　奶：俺娃们说得好。俺住不惯城里的房子，再说咱的地还有羊和鸡，俺可放不下，还有俺不能让你爷爷孤零零地在这儿，奶奶得在这儿守着他。

二　林：这都不是事，地留给大爷家种，小物件卖了，到时节了俺和哥回来给爷爷上坟。

奶　奶：奶奶就想守着老院子、守着你爷爷过。你们年轻，去城里闯前途，有出息了比甚都强，俺一个人每天做点吃的，又省心，又便宜。不和你们去城里受罪！

二　林：奶奶，你实在不想去城里，俺和哥就在老宅这儿给你盖栋新房子。

奶　奶：还盖新房子？不用！俺住石窑就好，冬暖夏凉，比什么房子都好住。俺娃去抱柴火来，烧水煮面，看着天阴麻麻的，怕是要下雪呢。奶奶这身子骨一疼天一准会变，比天气预报都准。

二　林：好的，俺去抱柴火。

公路上

惨烈的车祸现场，桑塔纳被一货车撞得面目全非。

分公司办公室

大林接到电话，抓了外衣就向外跑去。

人民医院急救室

楼道里，大林站在一边，身边徐婶、亚彬坐在椅子上哭泣。

大夫出来：哪位是徐大林？伤者只要见他一个人，其他人一会儿再进。

大林进入急救室。

急救室

徐七四处插管，遍体鳞伤，在床上躺着，穿的衣服被剪开扔在墙角垃圾筒里。

大林凑到徐七嘴边听他困难地说话。

徐　七：大林，你爹工伤死了五年多了，原谅叔瞒着你们，我上衣口袋有支录音笔，专门把你爹娘的事说给你，你快拿了，衣服口袋里。

大林翻出衣兜里的录音笔：七叔，是这个吗？

徐七微微点点头，示意他过来。

徐　七：七叔求你件事。

大　林：你说，七叔。

徐　七：七叔求你一定要等你婶拿到抚恤金后你再上法院告他们，叔求你！不然你婶和亚彬往后生活没着落。他们知道我给你的证据一定不会给你婶抚恤金，你要听叔最后的话，叔求你了。

大　林：七叔你放心！俺听你的。

徐　七：叔说给你的没有一句假话，是你爹娘确切消息，叔从你来的那天就想跟你说，几次话到嘴边没说出口，叔心里欠着你爹娘的债呢，这个良心债叔早想还啊。

大林无语。

徐　七：把你婶和亚彬叫进来，我有话对他们说。

大林点点头，走出急救室。

楼道内

大　林：婶、亚彬，七叔让你们进去呢。

徐婶在亚彬的搀扶下进入急救室。

大林拿着录音笔，心事重重，默默坐到椅子上。这时急救室传来徐婶的嚎啕大哭声。

大林宿舍

大林打开录音笔，传来徐七的声音：我说的全是事实，徐光宗的死实属意外，但他工作时间出的意外事故，属工伤，公司应当给予抚恤金和照顾。那是六年前……

竣工典礼，回忆

赵总笑迎领导，台上讲着楼房的质量和进度，下面人拍手赞扬。

八　楼

徐七、余有、梁建设、张耀文坐在楼梯上，没有门的房间里堆着一堆水泥。

徐　七：这可是人命关天的大事，等典礼完毕，咱们去问问赵总怎么办。我想光宗和咱兄弟一场，这个头我出，赵总不会坑咱农民工吧。

余　有：不会吧！你是头，俺听你的，一定得报工伤，不报没有抚恤金。

梁建设：哎！偏偏今天出这事，咱不能让光宗白死了。

徐　七：我也正想呢。赵总一向很仁义，对咱们比别的老板都好。

余　有：他给的条件不适合咱就和他闹，堵路罢工，闹到建工局！说甚也得给光宗兄弟争取到满意的答复。

画外音

我们等到天黑都没看到赵总的影子。我们准备主动找赵总时，来了一拨年轻人把尸体抢走了，那拨人凶神恶煞的，我问他们为什么，被他们连推带搡挤到一边，吓得我们三人不敢吭声。天太晚了，我们无法找人，计划第二天一早就找赵总闹去，没想到第二天天还未亮，赵总就把我们四个叫到办公室。

办公室回忆

夏夜，屋里灯光明亮。

赵　总：你们几个是公司的栋梁，是我的铁哥们，你们也知道公司处于节骨眼上，如果徐光宗的事现在传出去，公司就完了。起码影响公司的晋级，大家都不想我领着你们给别人打工吧，我不能看着大家落魄，所以把大家请来，互相通个气，让大家知道这件事情对公司的打击不是一星半点。我的意思是这件事先压一压，等公司通过鉴定，站稳房产市场，咱们给徐光宗风风光光办个葬礼。徐光宗是你们的兄弟，也是我的兄弟，出了这塌天的大事我也心疼，但为了大家的利益，就这样先定下来。你们的意思呢？

余　有：赵总，往后拖几天也行，这么大个事，你给个承诺，让我们干着也安心。

徐　七：我想公司私下给徐光宗家属一些钱，也就是抚恤金，和他爱人商量着悄悄到乡下办个葬礼不就行了？

赵　总：如果他的家属不同意，这个事情一嚷嚷弄得路人皆知怎么办？我跟着你去打工？我说话什么时候没有兑现？咱们一起合作四年了，我什么时候说话不算数！徐七，你这个办法不好，拖些时候最好。

徐　七：人命关天的事啊！

赵　总：正因为人命关天才影响到公司的存亡，我知道全仗着在座的兄弟们帮衬着才有今天的发展，咱们是同一条船上的人，公司的一切都有你们的份额，当然公司不会亏待你们，我只要求建设厅发下文来即可。

秘书得到赵总的示意，递上四个厚厚的信封，赵总一人塞给他们一个。

赵　总：你们帮公司的忙，公司不会忘记。公司发展，你们发财。

梁建设：这样也行，谢谢赵总！

赵　总：就到这吧，散会。

大家出办公室，徐七跑向宿舍。

宿舍回忆

徐七进来看看白莲娣的床铺已空，生活用品都已清光，他跑回办公室。

办公室前回忆

徐七拦住赵总：赵总，徐光宗的爱人不见了！

赵　总：为了保险起见，我安排她到铁建公司当保管去了，昨晚就到岗了。等时间一到，我亲自接她回来。放心，我不亏待下属，全都是为了你们，把这人命关天的事情揽到头上，你也不忍心看着公司倒闭吧？我知道你是徐光宗的哥，所以你这里保密最重要。我去建工局有事，先走一步，你把你手下三位知情者的工作做好。

赵总坐车走了，徐七茫然地站立原地。

画外音

从此我背上了良心债，实在对不起光宗。本以为年底可以给他办丧礼，谁知赵总绝口不提这件事情。我真的无法面对你的家人。只好编个你爹娘出国外打工的瞎话。把赵总的钱说成是安家费给了你们。那三个人的钱都各自留下了，人啊，真是见利忘义。后来，赵总提升他们为副总，你要上告就把他们一起告上，他们是知情者，从他们口中能证实你爹工伤的真相，要回应得的抚恤金。

工地回忆

徐七领导工人干活，身边都是新人。

工地回忆

余总、梁总、张总指挥工人干活，显然他们晋升为干部一级。

画外音

大林，叔几次想跟你和盘托出真相，我又胆子小地收住了。是爷爷的死刺激了我，我买了录音笔把这一切录下来作为见证。大林，隔一个月邮寄你们五百元，纯粹是为了良心的安宁邮寄的，总想补偿你们一下，事实就是这样。说出来我安心了，以后就看你的了。

大林宿舍

大林泪流满面：七叔，不管甚，谢谢你告诉俺爹娘的实情！虽然迟了很久，但总算得到了准确的消息，可以告慰爷爷的在天之灵了。七叔，俺听你的，等俺婶拿到抚恤金，俺就上告。一定不能让俺爹娘受失踪的冤枉，一定从他们身上问出俺爹娘的消息来。

徐七家客厅

灵堂已收，桌上摆着遗像，显然丧事已经办完。徐婶还是哭泣不止，亚彬在一边悲伤地坐着，大林忙里忙外地接送亲朋好友。

赵总领着三位副总和秘书进来，在遗像前上香鞠躬后，转到徐婶坐处。

赵　总：嫂子！节哀顺变，对不起！我在外地出差没能给徐哥办事，请您谅解。今天我把公司的抚恤金拿来了，也算为徐哥做了一点事情。徐哥是因公殉职，所以抚恤优厚，都在卡里。

赵总把卡递给徐婶，徐婶接住。

徐　婶：谢谢赵总！

赵　总：嫂子！事故处理得怎么样了？对方赔偿了吗？

徐　婶：没有呢，处理事故的交警说，对方是给私人老板开车，本身没有赔偿能力，已要求老板先行垫付，很快就会有结果。

赵　总：亚彬，你也是小伙子了，以后家里的担子就得挑起来，遇到什么棘手的问题来找我，我一定帮你解决。将来到伟业来工作，叔给你留好位置。

亚　彬：谢谢赵总！

赵　总：嫂子，我们走了！事已出了，人也走了，节哀全力把亚彬培养成才，有难处就给我打电话。再见！

大林将他们送到门口，返回客厅。

律师事务所

大林和律师商谈。

律　师：光有条录音证据还缺少人证，你得收集直接证据，如果那三个副总有一个站出来说实情就行，等拿到证据，再行起诉。我先准备必要的材料，做些外围的调查。咱们起诉就一定把这场官司打赢，你我互通有无，你说呢？

大　林：好的，俺一定努力。

派出所

大林对警甲诉说情况。

警　甲：你是把失踪二人的失踪案改为你母亲失踪，对不对？就是说你父亲死于工伤。你确信吗？

大　林：确信！这是俺前几天得到的准信，所以过来更改一下。

警　甲：我们在网上核对侦察，暂时还没有你母亲的消息，一有消息我们及时跟你联系。把你的联系方式告诉我。

大林送上一张名片：打这个电话，是俺手机。

警甲接过名片：好的。就按这个找你。

分公司办公室

大林接到余总的电话：徐大林！来总公司给我当助理，你愿不愿意？

大　林：愿意！跟余总工作，俺肯定愿意。

余　总：那好，明天就来我这里上班。手里的事你交给小李，其实这里做的事也是办公室主任做的事情，一切都给你安顿好了，明早过来吧。

大　林：好的。

总公司办公室

大林给余总打水、接电话，梁总进来。

梁　总：徐大林，在这里干得习惯不习惯？

大林笑笑：很好啊，比分公司轻松！

梁　总：一听就是老实人。好好干，有机会余总会提拔你。

大　林：谢谢！谢谢！

梁　总：余总上去开会。

余总应着俩人走了，大林坐到沙发上想着事情。

伟业房地产门口

大林见畏畏缩缩的赵全在楼角一侧，看着楼门不敢走进，大林走过去。

赵　全：你是好人，他们不是好人，不给钱，还打俺。

大　林：你还有别的亲戚吗?

赵　全：亲戚? 有的，俺有媳妇、闺女。

大　林：俺是说你有别的亲戚就不要来找你哥了，他有钱，忙着呢。

赵　全：俺哥忙！俺哥忙得不见俺，俺知道。

大林笑笑掏出钱，钱包夹缝里落下一张父母合影。赵全捡起来，仔细看着，一边念叨着：俺媳妇漂亮，漂亮！

大林指着白莲娣疑惑地：这个人你认识?

赵全笑着：俺媳妇！漂亮！

大林四处打量一下，拉赵全到一边，指着照片上这个人：你真认识?

赵　全：俺媳妇！认识！

大林激动起来，拉着赵全就走，赵全挣扎着不走。

大　林：俺领你去吃饭！

赵全看看照片，望望大林，嘿嘿笑着跟着走。

派出所

大林着急地：警察同志，俺找到俺娘了，快去救俺娘！这人说俺娘是他媳妇，他不会撒谎。这可是千真万确的消息，求你了，救救俺娘。

警　甲：他的话你也信？他智力不全。

大　林：他有甚说甚，都是真话，求求你救救俺娘。

警　甲：你确信他说的是你娘，你确认？

大　林：俺确信！也确认！

警甲看看他：你在这里等着，我向所长汇报请示一下。赵全，你跟我来！快！

所长办公室

所长指着照片问赵全：这人是谁？

赵　全：俺媳妇。

所长又拿着寻人启事给他看：这个呢？

赵　全：俺媳妇，俺哥给俺的媳妇，俺哥给媳妇不给钱，俺跟他要钱买吃的。

所　长：你哥叫什么名字？

赵　全：俺哥叫赵广福，是个大官。

所　长：你媳妇在哪里？

赵　全：在俺家锁着，俺哥不让她跑，让俺看着她。俺媳妇漂亮，给俺生一闺女，嘿嘿！

所　长：能领我们看看你媳妇吗？

赵　全：俺媳妇漂亮，不许你们抢。

敲门声，所长：进来。

警甲进来，大林跟随其后。

所　长：徐大林，你把他领出去，我们商量一下。

大林拉赵全出门。

所　长：看来这女的是白莲娣无疑。解救被拐人员是我们的责任，不过去村里解救很复杂，弄不好会出乱子。这样，你带大林进村先确认，如果真是白莲娣就电话联系，我们的车先停在村外，得到消息再进去。如果你们很顺利，那就把人解救出来，两波人马随你们直接返回，没有疑问咱就出发。

警　甲：没疑问！

所　长：那就出发！

马路上

三辆警车疾驰着。大林、赵全、警甲在第一辆车内神情严肃地坐着。

赵家庄赵全家

赵全家就在村口。第一辆车直达门口，赵全手里还拿着照片，推开自己院门，大家进院见一个五六岁的女孩孤零零地坐在一堆砖头上，看到来人没有做声默默地看着。

正　屋

三人进屋，黑暗的屋里卧着一个衣衫褴褛的女人，两脚被铁链锁着。

警　甲：我是警察！你叫什么名字？

女　人：俺叫白莲娣。

大林这时认出了娘，扑过去抱着娘哭起来：娘！娘！可算找到你了娘！俺是大林啊。

白莲娣：你是大林？

母子抱头痛哭。

警　甲：赵全打开锁头，快！

赵　全：俺哥不让！她跑了俺哥会打死俺。

警　甲：大林快找钥匙打开锁！这里不宜久留，村里人知道了一定会阻挠。

大林、警甲找不到钥匙，警甲找到一把锈锤子，用力砸开锁头。大林背起母亲就走。

赵　全：不让你们走！不让你们走！

院　里

大林背着母亲，警甲拖拽赵全不让靠近母子。

白莲娣看到女孩：娟儿！快跟娘走，快！警察叔叔来救咱们来了。

娟儿听话地跑过来拽着娘的衣襟，一同出院子。

赵全挣脱警甲也跑过来，拽住白莲娣另一衣角：俺媳妇，俺不让你走。

警　甲：赵全，我们警察在执行公务！你放手！把手放开！

警甲掰开他的手，他一屁股坐在地上哭喊起来：你们抢俺媳妇！你们是坏人！抢俺媳妇是坏人！

警甲思考一下，从兜里掏出自己的早餐——一块巧克力、一包饼干给赵全，赵全不哭了，打开巧克力吃了起来。

人们坐上车驶出赵家庄，村外停着的车跟了上来。

马路上

行驶的警车里，大林看着娘苍白的脸：娘，你咋到了赵家庄的？

白莲娣：娘也不知道为甚。六年前的一天夜里，俺等你爹很晚了还不回来，俺正躺在床上想事……

活动房宿舍回忆

闯进来四五个蒙面人，把白莲娣架起来，蒙上了她的眼睛，堵上嘴，另外的人拿了铺盖、日用品，出门上了一辆小面包车，扬长而去。

小面包车回忆

蒙面人恶狠狠地：我们不要你的命，给你找个好地方去生活。警告你：不用思量地离开那里，如果我们发现你想逃跑，我们就弄死你，扔到山里喂狼，听到了吧？不听话现在就弄死你！

白莲娣蜷缩在后排座上。

赵家庄赵全家回忆

白莲娣被挟持下了车，锁到赵全床上，铁链簇新。

蒙面人：傻子，这是你哥给你的媳妇，把她看住了，决不能让她跑了，听到没有？你哥说了，每个月给你钱养着你们，要是生个一男半女就放开她。喂，你也听到了吧。好好过日子，门外就有我们的人，不听话马上弄死你。咱们走。

蒙面人都走了。

赵全拽去白莲娣头上的黑布，又扯去嘴里的东西，解开绑着手的绳子。

赵　全：媳妇！俺有媳妇了！俺媳妇漂亮。

白莲娣喝道：滚开！不许碰俺！碰俺俺打死你！

赵全吓得躲去一边，盯着她不敢吭声。

警车里现实

白莲娣：那时候俺早就有了身孕，过几个月生下了娟，娟是你嫡亲的妹妹啊！为甚不见你爹，他不知道解救俺吗？

大林泪如雨下：俺爹早死了，就是绑架你的那一天早上，从梯子上摔下来，摔断脖颈当场死了。为了掩盖爹的死讯，他们才把你绑到赵家庄扔给一傻子，那傻子是赵广福的叔伯弟弟，这一切都是赵广福办的，就是赵总！为了他们的利益隐瞒了工伤，让俺和二林想得好苦啊！俺爷爷到死都没能知道你和爹的信息呢！俺到城里来就是找你们的。娘啊，寻你寻得好苦啊！俺也是前不久才知道爹的死讯的，俺还寻思着打入他们内部寻找你的下落。苍天有眼，让俺在无意中发现了你的踪迹，才到派出所求援，警察一听说就来解救你。

白莲娣搂着娟儿哭泣着，车里人都眼泪汪汪。

病　房

白莲娣脚、脖子上裹着纱布，坐在病床上，大林、娟娟一边望着娘。

白莲娣：二林呢？你不说二林和奶奶？

大　林：没顾得上说。二林马上就技校毕业，为了不影响他学习，俺没告诉他们。奶奶在村里身体挺好，每天给二林做饭做菜。等你身体好了，俺和你一起回老家去，俺怕奶奶经不住这大喜讯，俺在身旁有个照应。

白莲娣：对，咱在她身边也放心。法院的事呢？

大　林：根据你的描述，警察已经把赵广福抓了起来，三位副总也抓了，不过三位副总坦白取保候审了。娘，警察告诉俺，赵广福对俺爹的死讯有隐瞒不报之罪——渎职罪，对你犯的是主要罪行——绑架罪、拐卖罪。警察说，他们正在收集证据，等证据齐全了送交法院判决。娘，俺已向法院提交了工伤抚恤金赔偿的民事诉讼。

白莲娣：你爹的尸身呢，有下落吗？

大　林：没有，赵广福交代埋在一栋楼的地基里了，具体哪栋楼他记不清楚了。

白莲娣哭泣起来：孩他爹，俺再见不上你一面了，俺到甚地方祭奠你啊！该死的赵广福好狠毒！

大　林：娘，别哭了，看哭坏身体。

娟　儿：娘，俺哥不让你哭，别哭了！

白莲娣揽过女儿，泪水横流！

徐村路上

大林一手拉着箱包，一手牵着妹妹，娘在一边走着，路边的庄稼长势喜人。

大林家

奶奶在炕上睡觉，忽然听到大林说：奶奶，俺们回来了。

她一骨碌爬起来，就下地穿鞋，大林已走进窑洞。

大　林：奶奶！

奶奶乐得直擦眼睛：大林你咋回来了，也不提前说一声，叫奶奶高兴得不知道说甚好呢，奶奶还以为做梦呢。

大　林：奶奶，你先喝口水，还有好消息告诉你。

奶奶倒了水自己一杯，递给大林一杯：你也喝水，一路上渴得嘴唇也裂了。

奶　奶：快说给俺听。

大　林：奶奶，俺找到个妹妹。娟娟你进来。

奶奶怔住了。娟娟进屋，羞怯地躲在大林身后，大林揪她出来。

大　林：娟娟，叫奶奶！

奶　奶：哎，这是谁家的闺女这么秀气？

大　林：奶奶，这是您亲孙女。奶奶，俺把娘和孙女给你找回来了！

奶　奶：啊？真的吗？你娘呢！你娘呢！

大　林：娘，进来吧。奶奶没事能挺住！

白莲娣进来，一把握住娘的手哭了起来：娘哎！俺的亲娘！可算是让俺们又见面了。

奶奶嚎啕大哭起来，一手抚着白莲娣的头：莲娣啊，你这些年跑哪去了，看你瘦成甚样了。

白莲娣一把鼻涕一把泪地哭泣着，娟娟手把着哥的腰，泪水不断，大林泪水涟涟。

奶　奶：咱不哭了，不哭了！大林！给你娘倒水喝！娟娟过来，让奶奶好好看看！

大林倒水给娘和妹妹。

奶　奶：天可怜让俺又见到你们了！俺以为和你爷爷一样看不到你们了。大林啊，你爹呢？

大　林：奶奶，俺爹他六年前就因工去世了。

奶奶又哭了起来：儿啊！想不到就见不着你的面了，老天不公啊！

一家人又哭成一团。哭声引来了邻舍乡亲围在门口，不少人陪着落泪。

坟 地

爷爷的坟旁起了座衣冠冢，一家人跪在墓前上香、跪拜、祭奠。

奶奶在供桌前烧着纸钱，奠着酒，用棍子翻动着燃烧的纸钱，低声念叨着：老头子，总算有儿子的下落了。他去陪你了，俺这白发人送黑发人心疼啊！你啊，不用担心俺的生活。告诉你，你又添了一个孙女儿，你可是孙子孙女双全的人了。唉！好好等着俺吧！

大　林：爷爷，爹，你们安息吧！赵广福判了刑，你们的仇报了。二林毕业要和俺一起去闯生活，兄弟一起有个照应。奶奶有俺娘回来照顾，娟娟也在村里上学，你就放心吧。俺们一定会过上好生活。

二　林：爹，俺去城里，一定把你的尸骨找回来，现在仪器能测到，俺挣了钱买一台，一定让你入土为安。

白莲娣扶起奶奶，又把儿子拉起来，一家人离开墓地，来到山路上。

山 路

路边放着两只手提箱，大林、二林一人提了一个，挥手和奶奶、娘告别。

大　林：你们回吧。奶奶，娘，再见！

他们顺路走向远方，身旁是绿油油的庄稼，映入眼帘的是蓬勃的夏日。

这里，奶奶望着他们远去的背影，脸上映着灿烂的阳光。

剧　终

2016 三稿